國家出版基金項目
NATIONAL PUBLICATION FOUNDATION

明清戲曲序跋纂箋

六

郭英德
李志遠 纂箋

人民文學出版社

石榴記（黃振）

黃振（一七二四—一七九三後），字舒安，號瘦石，別署蘇庵、潄石、海漁、柴灣村農、石榴村農，室名柴灣村舍、瘦石山房，如皋（今屬江蘇）人。清貢生，屢試不第。乾隆二十九年（一七六四），與汪之珩（？—一七六六）、同鄉江干等舉里社。著《黃瘦石稿》、《斜陽館日記》、《斜陽館詩文全集》等。選輯《東皋詩存》四十八卷。撰傳奇《石榴記》。傳奇《譜定紅香傳》亦疑爲其作，見孫書磊《〈譜定紅香傳〉稿本及其作者考》（《南京圖書館藏孤本戲曲叢考》）。傳見《崇川咫尺聞》卷七及卷八、《獻徵餘錄·文苑》等。參見馬廉《隅卿日記選鈔》（收入《馬隅卿小說戲曲論集》）。

《石榴記》，《曲海目》、《曲考》、《曲錄》著錄，均入清無名氏傳奇目；《今樂考證》著錄，題『黃振』作。現存乾隆三十七年（一七七二）柴灣村舍刻本（《傳惜華藏古典戲曲珍本叢刊》第四六冊據以影印）、嘉慶四年己未（一七九九）擁書樓重刻本。

（石榴記）小引

黃　振

余性懶僻，少時從師讀四子書及場屋制藝，輒攢眉俯首，不能終篇。至讀《左》、《國》、《莊》、《騷》，子、史、詩、古文詞、稗官野史及唐宋人說部，皆愛不釋手。食簞枕函之旁，常置一冊，以破幽寂，否則嗒然自喪。

記昔年見《情史》、《豔異編》載『張幼謙囹圄報捷』事，驚爲新奇，思必得孔東塘、洪昉思疎爽綿邈之筆，演爲傳奇，付吳兒於紅氍上，刻摹其大起大落、頃刻千里之生死寵辱，世態人情，當不知其胡然而籲天搶地，胡然而軒渠捧腹也。此志久而未就，耿耿於心者三十年矣。

庚寅春〔一〕，牡丹盛開，集同社諸子於柴灣村舍，酒盌詩筒，極一時韻事。西賓戴脩亭〔二〕，於籬根石罅，摘小草花數種，插短瓶中，顏色鮮嫩，香味甜永。問其名，皆以不知對。余曰：『此逸事，奇而可傳者也。』因戲填樂府小令一套，倩王子菊田擫笛〔三〕，宗子杏原按拍〔四〕，歌之鏗鏘合節，圓轉怡人，遂相與盡醉爲歡。

閱數日，集雪聲堂，看家女伶小紅、月香演梨園雜劇。宗子葭漁〔五〕、范子雙桐〔六〕曰：『佳人演舊劇，殊覺耳目不新。子工於音律，曷作新傳奇教之？』余雖唯唯，懼不副斯任。然又私計三十年來欲行之事而竟不行，顧余老矣，他日縱有同余之志者，不及見，猶不行也。於是不揣謬妄，自四月至六月，勉成十數齣，因病中止。中冬，始呵凍筆續成，就正江子樵所〔七〕、蔣子星巖〔八〕，相與指摘紕繆，較正舛訛。最後顧子茨山〔九〕，又令增入《神感》一折。至今年春，方竣厥事。

嗟乎！事之奇與不奇，與文之傳與不傳，皆不可得而知。特念東塘、昉思之後，名家繼起，作者如林，求如《桃花扇》之筆意疎爽，《長生殿》之文情綿邈者，果有其人否也？余學譾陋，詎足步驟前民？但以三十年欲行之事，而一日克遂其志而成之，少時之心醉於《左》、《國》、《莊》、《騷》、子、史者，雖茫乎未有所得，而得力於稗官野史、唐宋人説部，於此略見一斑焉。余之能事止已。如謂能刻摹其大起大落、頃刻千里之生死寵辱，世態人情，余敢乎哉？

乾隆壬辰夏五月，柴灣村農自題〔一〇〕。

【箋】

〔一〕庚寅：乾隆三十五年（一七七〇）。

〔二〕戴脩亭：字號、籍里、生平均未詳。

〔三〕王子菊田：字號、籍里、生平均未詳。

〔四〕宗子杏原：即宗孔思，字杏原，如臯（今屬江蘇）人。與同邑江干、吴廷燮輩結香山吟社。《全清詞·雍乾卷》據《楓香閣詞鈔》附詞録其【瑣寒窗】一首。參見嘉慶《如臯縣志》。

〔五〕宗子葭漁：字號、籍里、生平均未詳。

〔六〕范子雙桐：字號、籍里、生平均未詳。

〔七〕江子樵所：即江大鋭，字筆峯，號樵所，如臯（今屬江蘇）人。廩生。詩文弘博淵深，爲時所重。與弟大鍾、大鍵相切劘，人稱『三鳳』。乾隆間，與黄振增益康熙間汪之珩《東臯詩餘》二卷爲四卷，附刻於《東臯詩存》之後，現存乾隆三十一年（一七六六）刻本。卒年五十。著有《燕遊草》。

〔八〕蔣子星巖：即蔣宗海（一七二〇—一七九六），字星巖，一字天津，號春農，別署冬民、歸求老人，丹徒（今江蘇鎮江）人。乾隆十七年壬申（一七五二）恩科舉人，同年進士。十九年，授内閣中書。年甫四十，乞養歸田。先後主講如臯雉水書院、儀徵樂儀書院、揚州梅花書院等。擅書畫。著有《蔣春農文集》、《遺研齋集》。傳見蔣椏《春農府君行狀》、汪啓淑《飛鴻堂印人傳》卷五、《湖海詩人小傳》卷一五、《昭代名人尺牘續集小傳》卷二、

《墨香居畫識》卷五、《墨林今話》卷四、《清畫家詩史》丙下、《清代畫史增編》卷二八、《續印人傳》卷五等。

〔九〕顧子茨山：即顧人驥，字仲隗，號茨山，如皋（今屬江蘇）人。乾隆十三年戊辰（一七四八）進士，二十一年任上杭知縣。能詩，如里中好友結爲超社，時人號爲『蒲塘十子』。著有《息僑存稿》。編修《上杭縣志》（現存乾隆二十五年刻本）。傳見《白蒲鎮志》、《江蘇詩徵》等。

〔一〇〕題署之後有印章二枚：陽文方章『振』，陰文方章『瘦石』。

（石榴記）凡例

黄　振

一、《琵琶》爲南曲之祖，然用韻太雜。『支思』、『齊微』通用，音調已自不協，乃更濫入『魚模』；『寒山』、『桓歡』、『先天』混用，固已牽强，乃更濫入閉口之『廉纖』。白璧之瑕，遂成千秋遺憾。故清遠道人、柏子山樵等繼起，非不翻新鬬巧，炫異爭奇，直造元人上座，而拗腔劣韻，每不順歌者、讀者之口，則皆《琵琶》誤之也。余才學疎劣，寧守成規，間有借用，亦百無一二。

一、襯字，北曲視南曲較多。蓋北曲以氣行腔，稍多數字，與歌喉無礙。若南曲過多，不免促腔趕板，與本調音節大有關礙。然曲中抑揚頓挫，偷聲換氣，全在襯字。果多寡中節，自疾徐合拍，箏琶之外，别有餘韻縈人矣。余素昧音律，每問途已經，頗不畫依樣葫蘆。至若湯臨川之才大於法，旁幾掩正，則斷不敢效。

一、入聲借作平聲，理甚足也。試聽歌者歌入聲字，原與平聲無二。吳人唱法，以入聲字出口略斷，以分別之，此亦權宜立法。究之平與入聲行腔，果何所異同乎？至上聲作平，雖萬紅友言之鑿鑿，終屬未安，故詞人鮮有遵者。

一、每曲中有上去字，有去上字，斷不可移易者，遍查古本，無不吻合，乃發調最妙處。前人每於此加意，取合務頭，余惟恪守陳規，不敢稍有師心。

一、元人如用『顛不剌』、『沒踹的』、『赤緊的』之類，以彼時方言土語，插入詞曲，行以北人腔調，則誠妙矣。若南曲則宗崑腔，吳兒無此科白也。且文義語氣，並無明注，不過以意默會，久久漸失本來。與其疑似，何如少用，不可以唐詩之『遮莫』、『揭來』相比例也。

一、北詞套數，前人編載明白。南詞套數，譜皆未載。余則準之《琵琶》、《殺狗》、《牧羊》、《白兔》諸記，庶幾取法於古，免譏於今。

一、牌名雖多，今人解唱者，不過俗所謂『江湖十八本』與摘錦諸雜劇也。就中刪汰不唱者，正復不少。稍涉新異，皆瞪目束手，無從置喙矣。余惟取時曲熟牌，處處通習，上口卽唱者用之，期於文妙可存，何必曲高寡和？

一、詞曲譬畫家之顏色，科白則勾染處也。勾染不清，不幾將花之瓣、鳥之翎，混而爲一乎？故折中如彼此應答，前後線索，轉灣承接處，必挑剔得如鬚眉畢露，不敢稍有模棱，致多沉晦。

一、上下場詩，前人多集唐句，文氣本不貫串，不過拈一兩句與本齣稍有沾染者入之，餘皆閒文，且濫套可厭。今皆出己意，按前後章法血脈，作新詩該括之。或花面口吻，不妨插入常言俗語，倒覺新人耳目，親切有味。

一、依本傳考核南宋端平時事，絕非臆撰。

一、圈點批評，則同社諸子，於花前小飲、月下偶吟時，隨興著筆，都無倫次，久久不辨誰氏之手。

一、南徐顔毓齋最工音律〔一〕，余甫脱稿，卽與手譜工尺，擫笛調之，稍有不協，卽行改正，故通部無生澀詰屈之病。

柴灣村農偶拈〔二〕。

【箋】

〔一〕顔毓齋：南徐（今江蘇鎮江）人。字號、生平均未詳。

〔二〕題署之後有陰文方章『髯癡』。

石榴記序〔一〕

蔣宗海

自劉孝標著《廣絶交論》，後世遂有《葛衣記》〔二〕。其實，任彦升四子，東里、西華、南客、北叟，並貧落不振，到茂灌亦未嘗以女妻西華也。馬季長諂事梁冀，戕害諸賢，誠不得比於人數，『漁家樂』事，則究屬子虛。且人之才具有限，心惡其人，力加詆斥，非不可以經世厲俗，而其精神力量，亦遂止於是，才子佳人吟風弄月之雅氣，不暇及焉。

吾友黄子瘦石，具沉博絶麗之才，詩古文詞，冠絶一世。出其餘技，俯就音律，辨晰於毫釐分寸之間，元人如王實甫、高東嘉，皆更其進退。卽其所著《石榴記》觀之，大抵有感於世俗初終反覆、炎涼勢利之徒，而出之渾然，讀者但知其爲鍾情善怨之詞，扢雅揚風之作，如是而已。其才具不有大過人者哉！昔湯玉茗撰《還魂記》，頗得意《吊打》一折。夫出諸平章府而得狀元，何如置身囹圄，方生死之不可必，而忽中狀元之尤爲奇特乎？乃益歎瘦石之才，有不可以古今人相擬者也。

辛卯春三月〔三〕，余客雉皋，瘦石屬余弁數言於首。余素不知音律，懼無以當瘦石言。然余又得附瘦石以傳，是又余之所深願者也。瘦石風流豪宕，鬪池館，畜女樂，倚聲度曲，登之紅氍毹，以宿賓客有日矣。惜余歸促，不獲謬託於顧曲之末，是又不能無遺憾也夫！

七月既望，丹徒愚弟春農蔣宗海〔四〕。

【箋】

〔一〕底本無題名。

〔二〕《葛衣記》：明顧大典（一五四一—一五九六）撰，呂天成《曲品》著録，現存舊鈔本（《古本戲曲叢刊五集》據以影印）。

〔三〕辛卯：乾隆三十六年（一七七一）。

〔四〕題署之後有印章二枚：陰文方章『蔣宗海』，陽文方章『星巖』。

石榴記序〔一〕

顧　雲〔二〕

余素不善音律，而酷嗜音律。私計人世間適性陶情之具，莫此若也，矧在老病日乎？間嘗博搜元明及國朝諸名家傳奇，縱觀之，其最愜心者，急摘付家伶，演歌以爲樂。惜未遑親叶宫商，譜製新詞，用自憾焉。

瘦石先生，詩古文詞，各詣精妙，誠世所稱『上駕三唐，下軼兩宋』者。其所梓《斜陽館詩文全集》，久已讀而心醉之。今寄示所譜《石榴記》法曲，雒誦一過，忽不覺性爲之洽、情爲之移也。且夫人之情性，各不相謀者也。乃揣他人之性情，適以吻合一己之性情，而遂使天下後世讀吾書者，無不各自得其性情。要之，性情者，一己如是，推之他人，達之天下後世，無不如是，斯爲得也。瘦石性天肫摯，而深情一往。任天籟之吹噓，極太和之洋溢，又何難適斯陶、陶斯詠哉？至摩寫世俗，盡態極妍，引刻羽商，緬規合節，以視玉茗堂、柏子山房諸篇，殆有過之無不及焉。此又其性之獨得其正，而情之無微不入者爾。

昨歲入城，曾觀君家女伶矣。所見小紅、月香輩，歌喉圓囀，舞態輕翩，誠爲色技雙絶。請即將是記命按拍歌之，其流播於茜板銀箏，宛轉於蠻腰素口間者，當不知於性若何，於情更若何也。顧余老矣，雖不敢自附於聽曲識眞之列，言此，竊不禁心嚮往云。

年姻家同學弟顧雲北墅氏撰〔三〕。

【箋】

〔一〕底本無題名。

〔二〕顧雲（一七一六—一七九八）：字伯顧，號北墅，如皋（今屬江蘇）人。乾隆九年甲子（一七四四）舉人，補內閣中書。二十六年，任吏部考功司主事。歸白蒲鎮後，建三里樓別墅，與名流擊鉢賦詩。工書畫。著有《北墅集》。傳見《崇川咫聞錄》卷七。參見秦鏡澤《明清時期白蒲人榮膺皇帝封典述略》（《博物苑》總第一六輯）。

〔三〕題署之後有印章二枚：陰文方章『顧雲之章』，陽文方章『內廷眎草』。

（石榴記）題辭

謝家梁　等〔一〕

西堂學富冠三吳，雜俎傳奇字字珠。今日柴灣村社裏，蠻箋譜出《石榴》圖。

富貴窮酸別一門，新翻院本《石榴》繁。老夫只愛收場好，直向圜扉報狀元。　蘭臺謝家梁〔一〕

夜窗無月逕無花，天海茫茫何處家？萬斛牢騷消不得，酒尊拋卻撥琵琶。

附熱驅涼世盡迷，誰能塵海識牟尼？寒酸落拓豪華貴，莫怪丈人峯太低。　松嵐仲鶴慶〔二〕

錦軸牙籤擁百城，斜陽館老舊書生。閒將著史青霜管，寫出人間兒女情。

雨窗雲檻讀書堂，紅綻榴花襯靚妝。一自畫眉人接席，箇儂懶不繡鴛鴦。

酸寒夫壻福偏齊，怪底花陰墮竹梯。畢竟才郎能吐氣，圜牆深處報金泥。

半灣春水月遲遲，彩筆填成絶妙詞。一笑掀盃消磈磊，青燈點板教紅兒。荔村徐麟趾〔三〕

浪笑狂花不及春，也從月下作冰人。肯教飛上韓憑蝶，暮暮朝朝説苦辛。

世間何事不炎涼？月證花盟總斷腸。只有庭前石醋醋，精魂不著野鴛鴦。

《西堂樂府》九重知，南内秋風度曲時。他日石榴開上苑，菊夫人又唱新詞。

新聲欲壓《桃花扇》，好事空傳玉茗堂。付與櫻桃樊素口，一時歌吹滿斜陽。茨山巓人驥

【北雙調】【落梅風】老病吟都懶，香詞砌不工。掩蓬扉冥心無用。任南枝北枝花放紅，也不管春風吹動。

【前腔】花嶼斜陽好，柴灣淑景融。有心人吟肩時聳。向人情反覆波浪中，繪出個端平南宋。

【前腔】綵縷同心結，榴花隔院紅。蠢蟲兒就中調弄。甚仙童繡娥來闕宫，險化作鴛鴦雙冢。

【前腔】借得菖蒲酒，思澆塊壘胷。寄柔情一腔幽悃。怕炎涼儘能欺固窮，沒得箇魁星跳動。

用盡功夫意味長，芳名千載播詞場。多情一本《石榴記》，笑下愁人淚萬行。（集本曲中句）　笠亭樵所江大鋭

月落長生殿下場，人間何處論宫商？髯公樂府新翻遍，題到榴花五月香。

彩鳳烏鴉逐隊鳴，白頭含涕怨三生。虧他最小嬌兒女，會向花前説誓盟。

倚伏亨屯判一宵，圜牆枷鎖也風騷。誰人少箇青雲志？冷署秋風恨未消。梁溪王灝〔五〕

無端嘻笑，無端怒罵，無端悲惋。文章固如此，儘吾儕消遣。愛煞先生騷雅慣，選新聲傳

史鳴皋〔四〕

奇親撰。垂髫兩兒女，有風流公案。（調【憶少年】）

時而書舍，時而旅店，時而囚繫。形容逼眞處，有龍門佳致。　信道著書懷抱事，不徒寫閨情而已。溫柔復何似？得風人之旨。（調【憶少年】）　雨船高謨〔六〕。

柴灣居士黃瘦石，小築斜陽館傍溪。跂腳西窗翻樂府，新聲拈到《石榴》題。

憶昨當筵月似鈎，小紅出閣囀珠喉。郎君新曲應教唱，莫遣傷春想狀頭。（小紅、月香、翠竹，皆瘦石女伶。）　石橋陳松〔七〕

芸窗有志，誰無箇、鴈塔題名之日。綵筆開花書滿腹，不中狀元疇識。冷落蓬門，悽涼短褐，面帶寒酸色。自然不比豪家，氣象炎赫。　休怪俗子庸夫，閒言冷笑，驀地輕相測。湖海茫茫，君試問，幾箇羅家惜惜。心有靈犀，鴛鴦死守，肯被風波拆。一雙青眼，翻教紅粉生得。（調【念奴嬌】）

韓香非竊，渾不解、爲底風流罪及。昨日東牀今夜盜，反覆人情難測。萬仞圜牆，出時衣錦，何礙披枷入？笑他嶽老機謀，徒壞心術。　遙想花燭良宵，紅絲綰處，各把芳心述。不是泥金，郎報捷、恨殺蓬山重隔。酬了花神，還須念到，暗裏魁星力。不然榴火，窗前開落如昔。（調【念奴嬌】）　春巢何承燕〔八〕

天半金庭插九峯（天台山有九峯，名金庭洞天），傳聞采藥有仙蹤。誰家嬌小紅榴下，也似桃花洞口逢。

荊襄凋弊苦元兵，誰出茆廬一扇平。十萬健兒齊卸甲，帳中跪拜老儒生。

笑他一女兩東牀，擇配嚴君失主張。自古窮酸多富貴，人情底事有炎涼。

三載東家宋玉鄰，相窺未許一相親。如何便入牢籠計，畢竟風流太認眞。

無端婚媾强粗求，總是紅閨起禍由。省卻傷心多少事？當年不上媚春樓。

森森犴狴赭衣人，瞬息紅袍馬上新。轉怪殷勤一巵酒，魁星不謝謝花神。　菉村施承烈〔九〕

芒鞋人踏萬山秋，風雨歸來半白頭。閒煞兔毫無所事，借他詞曲寫風流。

不報泥金太不堪，千金盟誓託空談。當時豈少梁山伯？寧第傷心碧蘚庵。（碧蘚庵，梁祝讀書處。）

月明人度苑邊牆，貪盡歡娛死未妨。好是蓮花原並蔕，五湖何限野鴛鴦。

櫻桃紅破柳青青，家樂當年豔女伶。潦倒名場誰在眼，與君閒坐舊旗亭。　菊田王燦〔一〇〕

妾折花枝，郎騎竹馬，天然燕侶鶯儔。書窗守、𥈭眼幾春秋。證得三生密誓，小亭外一樹紅榴。誰知道、文鴦未嫁，風浪起河洲。　天公緣底事，關山戎馬，做盡恩讎。使一家骨肉，散若萍浮。逼向茫茫黑海，無路處、現出圓丘。眞奇絕、雙鳴彩鳳，飛舞出秦樓。（調【滿庭芳】）　飱竹李岐〔一一〕

始信人間有謫仙（羅虯），裁霞曳繡一篇篇（方干）。愁腸斷處春何限（溫庭筠），留與工師播管絃（湯悅）。

舊窗風月更誰親（趙嘏），蛺蝶雙雙護粉塵（李商隱）。盡日後廳無一事（白居易），海榴紅綻錦窠勻（元稹）。

慵紅悶翠掩青鸞（韓偓），相見時難別亦難（李商隱）。此日與君除萬恨（薛能），禮闈新榜動長安（劉禹錫）。

嫁與春風不用媒（李賀），豈知平地是天台（方干）。碧沙洞裏乾坤別（曹唐），一樹山榴依舊開（劉禹錫）。

畬白管濤〔一二〕

誰無心思託琵琶，爭及文通筆有花。按定九宮翻樂府，西窗吟到日西斜。

驚煞當時皮相人，禁中迎出狀元身。區區兒女悲歡事，未覺詞人感慨真。

離奇難測是穹蒼，予福先何予禍殃？不是文光沉獄底，鰲頭占得亦尋常。

歌管華堂歲歲同，曾無妙筆寫春風。閒時譜就《霓裳》曲，月下鐙前付小紅。

春園冒椿〔一三〕

老向朱門作較書，青鐙夜雨讀《陰符》。縱然有箇治安策，兒女消磨亦漸無。

密意幽情願自賒，三生誓畢隔天涯。聲聲杜宇啼紅血，染出庭前一樹花。

文星受謫降中天，掩彩埋光亦可憐。不是嫦娥舒玉腕，誰開雕籠出飛仙？

樂府新編絕妙辭，仙才淪謫已多時。可憐歷盡繁華夢，一館斜陽雨鬢絲。

月香絃索小紅簫，一曲新歌別樣嬌。廡下賃春人已老，不堪良夜漏迢迢。（時予授學雪聲堂）

秋田范光奎〔一四〕

閨中兒女忒多情，紅豆何妨記昔盟。狡獪天心工弄巧，先教新婦作門生。

門掩斜陽客放顛，柴灣風月自年年。佳詞應選佳人唱，除卻紅兒莫浪傳。

湘浦徐觀政〔一五〕

合付當筵菊部頭，偷聲減字擅風流。桃花翻盡天台案，一種閒情寄石榴。

清絲細裊棗花簾，腸斷尊前《昔昔鹽》。寄語世人嚴勖子，休將兩小信無嫌。

只解情癡不解愁，誓花初願竟能酬。紅閨多少憨兒女，從此深深學拜榴。

不是鄒枚太史公，也從獄底受磨礱。當時若少泥金捷，並蒂蓮花死守紅。

雪聲堂上帽簷斜，小部新粧學内家。消得人間多少恨？曉風殘月按紅牙。

《桃花扇》子《長生殿》，得此殊堪鼎足三。不道柴灣老詩客，新聲傳唱滿江南。梅原吴廷燮〔一六〕

青衫未是動人時，莫訝紅羅判合遲。塊壘三杯消不得，燒燈且唱《石榴》詞。

紅粉黄金樂不違，天教庸俗早因依。丈夫苦被塵纓縛，逼取青天萬里飛。弁江徐錫爵〔一七〕

一曲紅牙唤奈何？雪聲堂上我頻過。吴娘未老風情在，好付新詞踏臂歌。

兩字多情苦未休，學堂兒女解溫柔。人間一本韓馮樹，支得寒風耐得秋。

一自花前密誓成，春殘樓上怕啼鶯。掌中一粒相思子，數載寒窗風雨情。

冤海愁雲鎖不開，忽聞恩詔出蓬萊。書生不用消魂死，及早名成天下才。杏原宗孔思

讀書胡不早成名？反覆無端世上情。寧止《石榴》多感慨，秋清萬木有悲聲。

長夏江村逸事多，水亭涼處放高歌。新聲譜與紅兒唱，膰腹掀髯偃碧柯。秋晴郭健〔一八〕

折花騎竹早留情，一對書窗學語鶯。不向牡丹亭畔去，紅榴樹下印三生。

休推白下金鵝館，不數西江玉茗堂。冷落才人猶氣概，銅琶鐵板送斜陽。青江石峯〔一九〕

萬里歸來兩鬢華，薰風池館夕陽斜。閒居只有情難遣，惆悵紅榴一樹花。

同窗又喜是同庚，兒女無知亦有情。院宇沉沉人寂寂，剩他一對小書生。

難將否泰測蒼穹，瞬息風雲態不同。多少金錢占玉闕？狀元出在赭衣中。

斜陽館裏樂如何？尊不曾空客轉多。填就《石榴》新樂府，月香吹笛小紅歌。墨莊喬林〔二〇〕

落落山村，閒閒日月，先生儘勾銷磨。數莖華髮，萬里憶關河。也覺逢人不少，終輸與、兒女情多。又何怪、香山白傅，樊素一聲歌。舊詞，塵土棄，新翻繡譜，花樣猗儺。爲風流世界，買斷愁魔。不顧金釵十二，多因爾、蹙損雙蛾。簫吹咽，紅燈將暗，今夜夜如何？

富貴何難，神仙自有，人間萬事尋常。奇才絕色，天也妒成雙。一哭斜陽廢冢，能多少、地下鴛鴦。銷魂劇，梁生祝氏，風雨舊書堂。而今，同學異，聰明兒女，懵懂爺娘。只榴花笑煞，就裏行藏。莫怪經書懶記，多情字、過目無忘。誰知道，別離滋味，還要斷人腸。

罪業如山，恩情似海，秀才難死難生。匆匆一別，人斷小樓深。道是牆高賈午，阻不得、韓壽三更。誰曾料、一篝燈火，鈴柝響千聲。老親，知得否？煢煢弱子，受此磨淩。縱邊鴻飛去，訴與悽清。難把千軍萬馬，能爲爾、力解圍城。眞奇絕、飛書報捷，姓字寫泥金。

柳汁衣新，桃花馬疾，家家卷盡珠簾。昨朝前夜，貧賤有人嫌。只得羅娘心思，堪昭告、后土皇天。春無恙、從容相見，一對蕊宮仙。少年，休眼熱，如無厚福，未有奇緣。是先生憤筆，極寫纏綿。萬古離魂怨魄，招來看、美滿團圓。斜陽館、梨園小部，日日有悲歡。（調【滿庭芳】）片石江干〔二一〕

黃泥岡子槿籬笆，舊是柴灣處士家。風雨青燈無箇事，新詞譜出《石榴花》。

快人心目斷人腸，情理多乖罪不妨。莫謂良緣偏蹭蹬，不成歌哭豈文章？

跳躍文星下紫宸，功名提出難中身。前人事與才人筆，合有靈奇動鬼神。

百年詞賦愛斜陽，慚愧先生鬢欲霜。何日重逢尊酒夜，畫堂絃管看登場。臥雲徐攀龍〔二二〕

休因離别怨干戈，名士文章托興多。借一子虚兒女事，當筵擊筑放悲歌。

愛我丹青結撰奇，教圖離合與歡悲。衣冠優孟吾能寫，跌宕風流不易爲。（《石榴記》全圖十六幅，命予寫意。）小山陳模〔二三〕

坐老窮鄉。看年光如駛，没箇商量。風雲多變幻，花鳥恁匆忙。將往事細推詳。嘆古怪穹蒼太狡猾，捉拏不定，就裏行藏。若非反覆無常底，後來歡笑，先有悲傷。問誰不偃蹇，何我獨荒唐？高莫測，恨茫茫，寫幾套文章。牧笛兒兄歌弟和，度了凄涼。（調【意難忘】）曉峯弟巖〔二四〕

（以上均清乾隆三十七年柴灣村舍刻本《石榴記》卷首）

【箋】

〔一〕謝家梁：號蘭臺，生平未詳。

〔二〕仲鶴慶（一七二三—一七八五）：字品崇，號松嵐，泰州（今屬江蘇）人。仲振奎（一七四九—一八一一）、振履（一七五九—一八二二）父。乾隆十七年壬申（一七五二）解元，十九年甲戌（一七五四）進士，官四川大邑知縣，權筇州事。後主講鎮江寶晉、歸德文正、南康白鹿等書院。善繪事。著有《迨暇詩集》、《迨暇集》等。傳見《墨香居畫識》卷一、《墨林今話》卷四、《清畫家詩史》丁上、《清代畫史增編》卷三〇等。

〔三〕徐麟趾：字春書，號荔村，秀水（今浙江嘉興）人，移居儀徵（今屬江蘇）。監生。工詩。乾隆十八年（一七五三），盧見曾任兩淮鹽運使，稱詩弟子。晚居康山草堂。著有《荔村詩鈔》。傳見《湖海詩傳》卷三四、道光《重修儀徵縣志》卷三九等。

〔四〕史鳴皋： 字荀鶴，號笠亭，如皋（今屬江蘇）人。乾隆十年乙丑（一七四四）舉人，十六年辛未（一七五一）進士。次年，由庶吉士改官浙江昌化知縣。調象山知縣，陞黄州府同知，以艱去。後授梧州府同知、柳州府同知。善花草竹木。參纂《象山縣志》、《梧州府志》。傳見《國朝畫識》卷一二、《詞林輯略》卷四、《清代畫史增編》、道光《象山縣志》、民國《象山縣志》卷二一等。

〔五〕王灝： 號梁溪，籍里、生平均未詳。

〔六〕高謨： 字禹傳，號雨船，如皋（今屬江蘇）人。名諸生。善弈工書。傳見《如皋縣志》。

〔七〕陳松： 號石橋，籍里、生平均未詳。或即淮人陳松（一七五〇—一八一〇），字茂庭，號秋濤，以援例需次入官，歷任廣西思恩太平府通判、甘肅寧夏府水利同知。傳見《國朝耆獻類徵初編》卷二六汪廷珍《傳》。

〔八〕何承燕（約一七四〇—一八〇〇）： 字以嘉，號春巢，又號巢仙，别署春巢居士、六朝詞客、賣花道人，仁和（今浙江杭州）人。乾隆三十九年甲午（一七七四）順天副貢，官浙江德清、東陽教諭。六十年，重赴鄉試，仍落第。好爲詩，尤工詞曲，爲袁枚（一七一六—一七九七）深賞。著有《春巢詩鈔》、《春巢詩餘》（附《春巢樂府》）等。傳見《歷代兩浙詞人小傳》卷八。

〔九〕施承烈（？—一七九七）： 字奉峨，號菉村，仁和（今浙江杭州）人。諸生。曾客寧紹運副如皋徐觀政幕。卒於火災。著有《菉村存稿》。傳見《兩浙輶軒錄》卷三五。

〔一〇〕王燦： 號菊田，籍里、生平均未詳。

〔一一〕李岐： 號餐竹，籍里、生平均未詳。

〔一二〕管濤（？—一七九五）： 字雲度，號齏臼，如皋（今屬江蘇）人。廩貢。乾隆六十年（一七九五），署六合縣教諭，卒。工詩詞繪事。著有《鋤金圃詩集》。傳見《清代畫史增編》、《棠志拾遺》。

〔一三〕冒椿：字大椿，號春園，如皋（今屬江蘇）人。諸生。著有《還樸齋遺稿》。傳見《晚晴簃詩匯》卷七十。

〔一四〕范光奎：號秋田，籍里、生平均未詳。

〔一五〕徐觀政（一七四二—一八〇八）：字憲南，一字憲甫，號湘浦，別署霽峯園主人，如皋（今屬江蘇）人。官浙江鹽運副使，後引病歸。工寫意水墨花卉。家有小部梨園，時演舊劇。著《洋程日記》等。傳見《墨林今話》卷一〇、《墨香居畫識》、《清畫家詩史》己下、《清代畫史增編》等。

〔一六〕吳廷燮（約一七三八—？）：字調玉，號梅原，如皋（今屬江蘇）人。入國子監，應順天鄉試，不售，以疾歸。與同里江干、徐麟趾等結香山吟社。乾隆四十六年（一七八一），高宗南巡，迎鑾獻賦。著有《楓香閣詩詞》（含《恭和詩》、《詩存》、《詞鈔》）、《梅原詩鈔》、《梅園詞鈔》、《梅園文鈔》等。

〔一七〕徐錫爵（一七三四—？）：字景馭，號弁江，通州（今江蘇南通）人。隨父徐人俊宦居如皋。乾隆三十五年庚寅（一七七〇）舉人，歷官知縣，有政聲。著有《弁江詩鈔》。傳見光緒《通州直隸州志》卷一三。

〔一八〕郭健：號秋晴，籍里、生平均未詳。

〔一九〕石峯：號青江，籍里、生平均未詳。

〔二〇〕喬林（一七三一—一七七八後）：字翰園，號西墅，晚年號墨莊，室名綺霞軒，如皋（今屬江蘇）人。太學生。性耽山水，工吟詠，善書畫篆刻。著有《篆刻彙編》、《金石萃言》、《墨莊印譜》、《寒碧軒詩鈔》等。傳見錢大昕《喬墨莊先生傳》（胡長齡書，稿本）、《如皋縣志》卷一三、《清代畫史增編》卷一二、王本興《江蘇印人傳》。參見《江蘇省志》卷九〇《人物志》、何樂《藝苑一絕『竹根印』——記清代如皋著名篆刻家喬林》（載《如皋文史》第二輯，一九八六）等。

〔二一〕江干（一七三九—？）：　字片石，號黄竹，如臯（今屬江蘇）人。嘉慶五年庚申（一八〇〇）貢生。著有《江片石詩存》、《片石詩鈔》（附《詩餘》）等。傳見《國朝詩人徵略初編》卷三三、《羣雅集》卷一〇等。

〔二二〕徐攀龍（約一七四五—一七九八前）：　字利人，號臥雲，通州（今江蘇南通）人。性豪邁，喜結納，飲酒賦詩。年五十餘，卒於蜀中。著有《臥雲剩稿》。傳見《淮海英靈集·甲集》卷四。參見鄧長風《十四位明清戲曲家生平著作拾補》（收入《明清戲曲家考略三編》頁六〇七），鄧氏以爲即《譜定紅香傳》作者，俟考。

〔二三〕陳模：　號小山，籍里、生平均未詳。

〔二四〕黄巖：　號曉峯，如臯（今屬江蘇）人。黄振弟。生平未詳。

石榴記跋〔一〕

黄　晙〔二〕

晙垂髫失學，長而夢夢，然每見家大人及諸同社，分題鬮韻，擊鉢拈鬚，未嘗不躍然心喜。數年來，趨庭之暇，學爲聲偶，尚未能成家，遑及音律哉！　庚寅長夏，奉家大人避暑柴灣。大人揮汗填詞，構病中輟，隔年始克補成。搦管時，頗授以移宮换羽之法，而晙終茫然。信才分有限，不容勉强。

今年夏，書將付梓，大人畀以較訂之任。晙受命，維謹三閲月而畢。晙惟古人詩文，若《長庚集》之編纂於族弟當塗令，《昌黎集》之編纂於厥壻李氏，而出自一家嗣續間者甚少。析薪負荷，若是其難。晙何人，敢當斯任！然丙戌之歲〔三〕，既較家君詩集，今又較此，坐孤館之斜陽，幸春暉之方爛，蓋又愧極而終之以喜也已！

男晙謹跋〔四〕。

（同上《石榴記》目録後）

【箋】

〔一〕底本無題名。

〔二〕黄晙：黄振子。生平未詳。

〔三〕丙戌：乾隆三十一年（一七六六）。

〔四〕題署之後有印章三枚：陽文方章「晙」、「古民」，陰文方章「花原漁長」。

一片石（蔣士銓）

蔣士銓（一七二五—一七八五），字心餘（或作莘畬、心畬、辛畬、辛予、星漁等），一字苕生，號清容，晚號藏園、定甫（或作定翁、定庵），别署離垢居士。乾隆十二年丁卯（一七四七）舉人，二十二年丁丑（一七五七）進士，選庶吉士，授翰林院編修。歷官至候補御史。著有《忠雅堂詩集》、《銅弦詞》、《忠雅堂文集》等。撰雜劇八種：《一片石》、《四弦秋》、《第二碑》、《康衢樂》、《忉利天》、《長生籙》、《昇平瑞》（以上四種合稱《西江祝嘏》）、《廬山會》，傳奇八種：《空谷香》、《桂林霜》、《雪中人》、《臨川夢》、《香祖樓》、《采樵圖》、《冬青樹》、《采石磯》，皆存。另有散曲《南北雜曲》。參見熊澄宇《蔣士銓劇作研究》（中國戲劇出版社，一九八八）、林葉青《論蔣士銓的戲曲創作》（南京大學博士學位論文，一九九八）等。傳見袁枚《小倉山房文集》卷二五《墓志銘》、王昶《墓志銘》（同治《鉛山縣志》引）、阮元《揅經室二集》卷三《傳》、翁方綱《復初齋集外文》卷二《墓志銘》、《清代七百名人傳》、《清史稿》卷四〇九、乾隆《南昌縣志》卷二五等。參見蔣士銓《清容居士行年錄》（乾隆間刻《忠雅堂詩集》附錄）、陳述《蔣心餘先生年譜》（民國二十二年九月《師大月刊》第六期）、詹松濤《蔣心餘先生年譜》（民國三十七年《京滬周刊》第二四—二五期）等。並參上饒師專中文系歷代作家研究室編《蔣士銓研究資料集》（江西人民出版社，一九八五）、王建生《蔣心餘研究》（臺北：　學生書局，一九九六）、徐國華《蔣士銓研究》（華東師範大學博士學位論文，二〇〇五）等。

雜劇《一片石》，《重訂曲海目》著錄，現存嘉慶間紅雪樓原刻《清容外集》本、清刻《藏園九種曲》本、乾隆四十六年（一七八一）序紅雪樓刻《紅雪樓十二種塡詞》本（《不登大雅文庫珍本戲曲叢刊》第二二冊據以影印）、道光間重刻紅雪樓《清容外集》本、清姚燮編《今樂府選》稿本、清蔣知白廣東刻及咸豐同治間蔣立昂補刻《忠雅堂全集》本等。

一片石自序

蔣士銓

前明寧庶人妻妃沉江後，爲南昌人私葬。二百年來，無有志者。乾隆辛未春夜，南昌蔡書存先生謂余曰：『昔聞朱赤谷老人言，婁妃有墓，在城外隆興觀側。今廢矣，碑趺尚存，惜無能復之者。』余頷之。明日告青原方伯，意怏怏，急遣吏訪得其處，遂立碑表識之。

越三日，有鍾某來謁方伯，伏地拜不起，曰：『某本上饒婁氏裔，妃即某先世祖姑。因避逆藩禍，易姓鍾，旋徙居隔江沙井。崇禎末，宗室子弟鬻妃墓，爲郡守陳公建生祠。守憫焉，索地券，益官牒一紙，給某家世守，戒勿更售。鼎革時，冢漸傾廢。後建上饒新建兩漕倉，以有妃墓故，虛其間隙地數丈。今市兒各構屋賃之。』乃探懷中牒以獻，則硃墨符篆，居然前代物。方伯喜慰，信益篤。

或疑妃沉樵舍，有順流西下皖江耳，安得逆溯城闕？是獨不聞曹孝娥、叔先雄之故事乎？夫義烈之鬼，皮骨苟存，且有應聲逐人者矣，有反側鼎鑊中者矣，精氣不泯，可動天日。區區河伯，敢不迴既倒狂瀾，成賢妃首丘之志？然則好爲議論者，固未可執方隅固陋之見，以斷其爲必無也。妃之窆也，余固未見，勝國官牒，則既見之。豈鍾氏於百歲前，逆知有彭公其人，而預爲此贋物相待？是不辨而自明矣。

余時撰《南昌縣志》，乃紀其事，參雜《志》中。以地屬新建故，故『祠墓篇』中，例不得載。尚竊懼其弗播人口，霪雨溜簷，新蘚上四壁，現中塵薄若蒙縠，一燈熒熒然，乃起濡殘墨，衍其事爲《一片石》雜劇。其間稍設神道附會，精誠所感，又何必不爾耶！若詼笑點染，以鄉人言鄉事，曼聲拉雜，謂之操土音可也。山川落落，客有渡章江者，或向此石作寒山語，即非方回，是亦解人矣。

穀雨日，鉛山蔣士銓苕生自識〔一〕。

【箋】

〔一〕題署末有印章二枚：陰文方章『蔣士銓印』，陽文方章『清容』。

題墓圖詩

蔣士銓

水際埋香太等閒，匆匆何處卜青山。玉魚金盌無人見，只有秋江似佩環。

斷碣銷沈劫後灰，已無華表鶴歸來。柴關土銼人稀到，消受官廚酒一盃。

聚米量沙計已空，唱籌聲合院西東。江城豈是無閒上，豚柵雞棲據此中。

遺丘畫就免傳訛，藝苑應摹陸法和。不許碑陰牛礪角，詞人經此定摩挲。士銓自題

（一片石）題詞

彭家屏 等

曾向黃陵弔二妃，又尋荒冢與扶持。期將悵望千秋淚，灑向荒涼數尺碑。

鎮石消沉馬鬣封，一抔黃土二厫中。遺丘不若秦樗里，渭水邊旁夾兩宮。

標識匆匆去此都，那知好事有吾徒。何因乞得傳神手，粧點風流到老夫。

多謝挑燈譜赫蹏，一時傳唱大江西。他年小泊隆興觀，來聽秋娘按拍低。夏邑彭家屏青原〔一〕

釀窨將同殖業坊，卻勞重寫十三行。尋常來驗臙脂土，半是泥香半酒香。
孫許還應拜九原，同時忠烈各銜冤。笑他一丈降王纛，不及江神兩樹旛。
一齋家學驗閨門，大節分明死自尊。地下若逢莊烈后，故應攜手各寒溫。
兩行銀燭舞衫齊，悲壯纏綿入耳淒。不看新碑看法曲，卷端消得蔡邕題。

華亭王興吾慎庵〔二〕

白幟書名獻逆俘，南昌冷落一魂孤。滄桑變後遺丘在，留畫詩人展墓圖。
更拓紅氍現宰官，墓門澆酒發長嘆。莫將裂石崩雲響，滴粉搓酥一例看。
蔣捷才名酒樣濃，江湖聽遍雨惺忪。少年曾否歌樓上，紅燭周圍幔一重。

北平黃叔琳崑圃

不作喁喁兒女詞，愛將名節譜烏絲。胷頭義烈肩頭事，每藉柯亭笛一吹。
四年兩度過樵舍，每向斜陽一弔之。難得廬陵老居士，江頭題出淑人碑。
罿服沉江志可哀，殘軀眞賴土人埋。插秧時候農歌好，可有金蠶出墓來。
詞人題滿碧油幢，院本傳來果擅場。不道老夫門下士，竟能分壘敵高王。

秀水錢陳羣香樹〔三〕

刻意流傳見苦心，梨花寒食共探尋。才人妙筆神仙志，不要嬋娟諛墓金。
樵采雖難近墓封，民居攢簇竈烟蒙。可能別蓋杉皮屋，讓出遺墟地十弓。
指點斜陽碧水限，煩他過客與低徊。一聲牙板無人和，合召湘靈鼓瑟來。

常熟蔣溥恒軒〔四〕

不放廬山頂上雲，自噓餘氣作妖氛。從教茅土隨風捲，三尺孤墳遺細君。
想見貞魂獨立時，哀蟬落葉不勝悲。水邊沙際淒然唱，定有靈風捲畫旗。

桐鄉程尚賓北涯〔五〕

節義偏教巾幗持，城南藁葬有誰知？暫將才子生花筆，寫作貞妃表墓辭。

一時新曲豔西江，小部徵來盡擅場。聞道淺斟低唱夜，翠簾爭認綠衣郎。錢塘宋樹桐門〔六〕

黃石磯邊霸業休，夕陽江上動人愁。銷沉戰骨餘多少？只有香魂占一丘。

些只何勞遺越巫，新詞譜就一燈孤。他時笛裂歌聲咽，卿是人間鬼董狐。濟南趙大經吾山〔七〕

廢壟消磨罷掃除，留將方伯表幽居。綿津也建西江纛，卻向蘇州禮六如。

飲恨何殊周郁妻，自憐不及衛樊姬。當時已分難同穴，應悔登船聽鼓鼙。

席上填詞掌上謳，纔離兔穎入鶯喉①。哀絲苦竹愁人劇，博得靈妃破涕不？廣昌饒學曙芸圃〔八〕

曾勸狂夫莫渡河，鮫人淚冷較誰多？生平怕讀《劉英傳》，無奈彭城俯首何。

尚書端坐中樞省，宣撫頻班討賊師。莫嗟國傳無何敞，不敵妖人卞忌詞。

變盡《連廂》亡國音，招魂交付米嘉榮。當時舞殯而歌墓，不及秋墳鬼唱聲。新建裘麟超然〔九〕

冰肌懼濁喜清流，失節餘生若死休。一代紅顏亡國婦，古來留得幾人丘。

雨滴簷蕉助客哀，衍波箋上斷魂回。可知竹屋填詞夜，暗有啼粧襝袵來。商丘陳淮望之〔一〇〕

捷書底用太匆匆，天子纔封鎮國公。不信君王能殺賊，受降城在石城東。

難挽西江淨洗兵，知來語驗鐵冠靈。還他護衛眞無識，愁煞監司胡世寧。

荒草斜陽自訴愁，檻車低咏足包羞。降王臭骨無埋處，讓與婁妃土一丘。

珊珊環珮是耶非，唱得香魂冉冉歸。各有心頭忠孝淚，一時賓客盡沾衣。寧都盧明楷端臣有客登樓讀楚騷，黄沙吹面烈風高。酒酣題壁江神見，忽聽空中奏八璈。
宴罷麻姑别彩鸞，山君海鶴出江干。賢妃淚滴豐碑字，還倚炊烟仔細看。
才人《片石》托傳奇，欲破黄溪渡口疑。驅逐青蠅全白璧，解嘲弭謗應如斯。
西山已醒雲烟夢，南浦無勞杜宇聲。料得水仙開口笑，一縑一字謝苕生。武寧汪軔輦雲（一一）
一片苔痕是淚痕，年年杜宇哭黄昏。千巖萬壑信州路，生長妻妃何處村？
紅板輕翻幼婦詞，個儂心事幾人知？可憐跛足稱皇后，那及降王墮淚時。南昌楊垕恥夫（一二）
過江飛蓋下天師，銜石孤蹤後代疑。不似景陽宫内井，斑痕猶涴舊胭脂。
風雨何須問武林，念家山破劇沉吟。按辭忍唱黄金縷，字字《離騷》屈宋心。
靈支翠羽大顛狂，可識水仙舊有王。珍重官奴更爇燭，揚碑另寫十三行。
彤管吟成絶妙詞，龜趺先立最高碑。詞中有句分明説，長乞天龍好護持。廣豐徐曇穉亭（一三）
漆燈雖滅寸心明，誰向秋墳種女貞？等出筆頭花一朵，烏絲闌上寫銘旌。
豈無絶世佳人冢，博得消魂過客詩。不許江頭留綺語，者堆香土亦男兒。武進龔起予鮮（一四）
官牒猶存表墓詞，茆簷三面護荒基。不然一片埋香地，换作南昌太守祠。
遲遲一死素心違，覆體何曾昤竇衣？福命不如成祖后，殘碑題作庶人妃。鉛山汪汝淮濬川（一五）
紀葬難尋墓大夫，百年流恨遍江隅。新詞傳得千秋信，一洗鄉人穢語污。
碑字分明贔屭知，魚扉當建水仙祠。從今不怕秋濤卷，定有江神與護持。

淚痕多少注春江，小部徵來韻繞梁。冷月照人聲慷慨，一時秋氣滿西堂。南昌謝逢泰蒼崖〔一六〕

題碑纔表桓伊墓，又與婁妃志廢丘。能爲古人存朽骨，不相關處獨風流。

避禍何年易姓鍾，前朝官牒篆書紅。爭墩莫漫分王謝，守土還須學仲翁。

文章節義重千鈞，此意原堪泣鬼神。扶植風騷本忠孝，不知誰是賞音人？南昌鍾瑗蘧廬〔一七〕

章門破浪下樓船，聲撼長江震遠天。一自虔南風雨後，埋香鬱鬱獨淒然。

花影曾無上錦庭，杜鵑猶帶血痕腥。豐碑雨過蒼苔蝕，不待樵人始再經。大庾戴涵元篔圃〔一八〕

勾闌雜戲蓄深謀，大命何堪以暴求？天子氣纔明漢水，美人簪又過蘆溝。

從夫枉自效丁寧，滑路擔柴肯暫停？卻被商辛妃子笑，不曾呼得轉頭聽。

城陰屋角爨烟昏，小院中間覓墓門。驀唱一聲《河滿子》，燈前招出水邊魂。南昌于發祥定庵〔一九〕

王匹都輸烈婦薨，漆燈金盌可無徵？家人小占江南土，只有斯丘伴孝陵。

明月空江響珮環，《終風》低咏恨難刪。臨河試種嬋娟竹，定有當時血淚斑。新城陳守誠恕堂〔二〇〕

緪結沉江事可憐，貞妃殉國慘風烟。誰人酹酒冬青樹？冷落湘娥證水仙。

苔花一片夢沉沉，聞說殘碑鬼氣深。方伯風流能好事，重澆麥飯薦青岑。

麻姑仙醞蔗漿寒，招向吳峯約采鸞。樓上月明秋似水，雲吹烈魄下珠冠。

酒樓歌扇近清明，爲弔婁妃悶聽鶯。小掐檀痕記天寶，仙才禰褦蔣苕生。新建熊爲霖鶴嶠〔二一〕

百計思量淚眼空，戰船催逼向江東。酒樓夢裏分明聽，斷碣猶存矮屋中。數尺殘碑濕淚痕，江邊人靜哭黄昏。梨花二月城西路，似有靈旗掩墓門。豐碑四尺倚江濱，細雨斜風墓草新。謗語傳訛今始雪，受他貞魄拜詞人。廣豐女史蔣婉貞清映〔一二〕

（《不登大雅文庫珍本戲曲叢刊》第二二册影印清乾隆四十六年序紅雪樓刻《紅雪樓十二種填詞》本《一片石》卷首）

【校】

①喉，底本作『侯』，據清紅雪樓藏板本《清容外集》本《一片石》改。

【箋】

〔一〕彭家屏（？—一七五七）：字樂君，號青原，夏邑（今屬河南）人。康熙六十年辛丑（一七二一）進士，授刑部主事。歷任江西、雲南、江蘇布政使。後以病乞罷。乾隆二十二年（一七五七），因收藏明末野史，入獄，自盡死。著有《栗山世祀》、《左傳經世鈔參訂》等。傳見《清史稿》卷三三八。

〔二〕王興吾（一七〇五—一七五九）：字宗之，號慎庵，華亭（今屬上海）人。王鴻緒（一六四五—一七二三）孫，王圖煒子。雍正五年丁未（一七二七）進士，選庶吉士，散館授編修，歷官廣西道監察御史、戶科給事中，出爲河南按察使，擢河南布政使，調江西布政使。乾隆二十四年（一七五九）擢吏部侍郎，入朝途中，卒於舟中，年五十五。傳見《國史列傳》卷五四、《滿漢大臣列傳》卷五四、《國朝耆獻類徵初編》卷五八、乾隆《婁縣志》卷二六、光緒《重修華亭縣志》卷一二、光緒《金山縣志》卷一九等。

〔三〕錢陳羣（一六八六—一七七四）：字主敬，號香樹，一號修亭，嘉興（今屬浙江）人。康熙六十年辛丑（一七二一)進士,選庶吉士,散館授編修。官至刑部左侍郎,謚文端。著有《香樹齋全集》(含《文集》、《文集續鈔》、《詩集》、《詩續集》)。傳見姚鼐《惜抱軒文集》卷一二《墓志銘》、沈叔埏《頤彩堂文集》卷一四《墓志銘》、于敏中《墓志銘》(《碑傳集》卷三四)、《清史稿》卷三〇五、《清史列傳》卷一九、《國朝耆獻類徵初編》卷七五、《國朝先正事略》卷一五、《漢名臣傳》卷二三、《國朝詩人徵略初編》卷二二、《湖海詩人小傳》卷二、《昭代名人尺牘續集小傳》卷二〇、《清代七百名人傳》等。參見錢儀吉撰《文端公年譜》(光緒重刻《香樹齋集》本附)、錢君祥補編《文端公年譜》(廬江錢氏年譜續編稿本卷一至卷三、民國七年排印廬江錢氏年譜續編本)。

〔四〕蔣溥(一七〇八—一七六一):字質甫,號恆軒,常熟(今屬江蘇)人。大學士蔣廷錫(一六六九—一七三二)子。雍正七年己酉(一七二九),欽賜舉人。八年庚戌(一七三〇),成進士,選庶吉士,直南書房。十一年,授編修;次年,遷侍講。乾隆時,官至東閣大學士兼戶部尚書。卒,贈太子太保,謚文恪。奉敕編《御製詩初集》、《御製詩二集》。傳見《清史稿》卷二八九、《清史列傳》卷二〇、《漢名臣傳》卷二四、《國朝耆獻類徵初編》卷二三、《國朝先正事略》卷一三、《國朝畫徵續錄》卷下、《國朝畫識》卷一一、《清代七百名人傳》等。

〔五〕程尚濱:字北涯,號萊山,桐鄉(今屬浙江)人。由例貢生,授江西南昌府通判。遷饒州府同知,歷署瑞州、吉安、九江、贛州府篆。經巡撫阿思哈保薦,擢知建昌府,卒於官。傳見光緒《桐鄉縣志》卷一三。

〔六〕宋樹穀(約一七一四—一七八三):字笠園,號桐門,錢塘(今浙江杭州)人。副貢生。乾隆二十三年(一七五八),任蒙城知縣。二十六年,授安徽蕪湖知縣。三十七年,任甘肅兩當知縣。四十七年,以冒賑案,戍黑龍江,年近七旬。明年,竟客死。傳見《隨園詩話》、《龍城舊聞》卷二、民國《黑龍江志稿》卷五七。

〔七〕趙大經(一七三〇—一七八九後):字叔常,號春澗,又號吾山,德州(今屬山東)人。乾隆十八年癸酉(一七五三)拔貢,三十三年戊子(一七六八)舉人,授鄒縣教諭。三十七年後,任直隸樂亭知縣。四十六年,任武清（今屬天津）知縣。遷山西襄陵知縣，病卒於官。工詩文，善書畫。著有《閩遊草》、《春澗詩》、《嶧尾草堂詩》、《晴碧軒詩》、《初心齋詩》。傳見光緒《德州志略》、光緒《欒亭縣志》卷七、光緒《永平府志》卷五三、《晚晴簃詩匯》卷九三、《山東通志》卷一四五。

〔八〕饒學曙（一七二〇—一七七〇）：字霽南，號芸圃，又號筠圃、雲浦，廣昌（今屬江西）人。由副貢舉乾隆十二年丁卯（一七四七）鄉魁，十六年辛未（一七五一）榜眼，授編修。歷左右中允，轉侍講。官至武英殿通考館纂修官。著有《研露齋詩鈔》、《研露齋文鈔》。傳見蔣士銓《忠雅堂文集》卷五《墓志銘》、《詞林輯略》卷四、同治《廣昌縣志》卷六等。

〔九〕裘麟（一七三三—一七六一）：字超然，號青溪，新建（今屬江西）人。工部尚書裘曰修（一七一二—一七七三）長子。乾隆十八年癸酉（一七五三）舉人，二十五年庚辰（一七六〇）進士，選庶吉士，散館授編修。旋卒於官，年僅二十九。傳見裘曰修《裘文達公文集》卷六《墓志銘》、同治《新建縣志》卷四八、《皇清書史》二一等。

〔一〇〕陳淮（一七三一—一八一〇）：字望之，號藥洲，商丘（今屬河南）人。由選貢捐納知府，乾隆二十六年（一七六一），選授廣東廉州府知府。調韶州、廣州知府。後任福建鹽法道、浙江鹽道，擢安徽按察使。因罪革職。起復後，官至江西巡撫。傳見《清史列傳》卷二七、《滿漢大臣列傳》卷六六、《國史列傳》卷六六、《國朝耆獻類徵初編》卷一八六、《皇清書史》卷八等。

〔一一〕汪軔（一七一〇—一七六七）：字輂雲，號魚亭，室名藻香館，武寧（今屬江西）人。甫冠，學於豫章書院。工詩，與南昌楊垕、南豐趙由儀、鉛山蔣士銓齊名，有『江西四子』之目。久困場屋，晚年以廩貢生授吉水儒學訓導，不數月而卒。著有《魚亭詩鈔》、《藻香館詞》。傳見蔣士銓《汪魚亭學博傳》（《碑傳集補》卷四七）、魯九皋《山木居士文集》卷一〇《汪魚亭墓志銘》、《清史稿》卷四八五、《國朝詩人徵略》卷三三、同治《武寧縣志》卷二三、同治《新城縣志》卷一〇。參見鄧長風《忠雅堂集校箋訂補》（《明清戲曲家考略三編》）。

〔一二〕楊垕（一七二三—一七五四）：字子載，號恥夫，南昌（今屬江西）人。乾隆十八年癸酉（一七五三）拔貢，次年病卒。與鉛山蔣士銓、南豐趙由儀、武寧汪軔齊名，人稱「江西四才子」。著有《恥夫詩鈔》、《恥夫紀聞》、《芳悅錄》等。傳見林有席《平園雜著内編》卷一二《家傳》、《清史稿》卷四八五、《清史列傳》卷七二、《國朝耆獻類徵初編》卷四三五、《國朝先正事略》卷四二、《國朝詩人徵略初編》卷三三、《羣雅集》卷七、光緒《南昌縣志》卷三八等。

〔一三〕徐曇（一七二九—？）：字雲蕘，號稺亭，一號迦城，廣豐（今屬江西上饒）人。乾隆十九年甲戌（一七五四）進士。三十一年（一七六六），授浙江分水縣知縣。三十六年（一七七一），遷安徽祁門知縣，以勞卒於署。著有《五粒山房一桃吟草》，李孔地爲之序。傳見同治《廣豐縣志》卷八、道光《祁門縣志》卷二一、道光《徽州府志》卷八等。

〔一四〕龔起：號予鮮，武進（今江蘇常州）人。生平未詳。

〔一五〕汪汝淮（一七一四—一七七五）：字禹績，號溶川，鉛山（今屬江西）人。乾隆十二年丁卯（一七四七）舉人。四上公車，卒無所遇。居鄉築三中園，賦詩飲酒。著有《明堂圖考辨》等。傳見蔣士銓《忠雅堂文集》卷六《墓志銘》（收入《國朝耆獻類徵初編》卷四五六）。

〔一六〕謝逢泰：號蒼崖，一號西堂，別署蒼崖老人，南昌（今屬江西）人。官州倅。與蔣士銓父爲知交。青年時從父宦遊粵西，歸居東湖，別構亭館，爲觴飲燕息之地。士銓自幼即從之遊。著有《寄吾草》，蔣士銓有《寄吾草序》（《南昌文徵》卷一〇）。

〔一七〕鍾瑗：號蘧廬，南昌（今屬江西）人。生平未詳。

〔一八〕戴涵元：號篔圃，大庾（今屬江西）人。生平未詳。

〔一九〕于發祥：號定庵，南昌（今屬江西）人。生平未詳。

〔二〇〕陳守誠：字伯常，號恕堂，新城（今屬江西）人。陳道（一七〇七—一七六〇）子。乾隆二十一年（一七五六），入貲爲員外郎，授浙江金衢嚴分巡道。於本邑創建新城書院。曾刻邵長蘅《古今韻略》。著有《和阮嗣宗詠懷》詩。

〔二一〕熊爲霖（一七一五—一七八五後）：字浣青，號鶴嶠，一號學橋，新建（今屬江西）人。乾隆六年辛酉（一七四一）舉人，七年壬戌（一七四二）進士，選庶吉士，散館授翰林院檢討。陞侍讀，典貴州、陝西鄉試，充順天鄉試同考官。晚主嶽麓書院講席。著有《筮策洞虛》、《左氏紀事本末》、《鶴嶠詩鈔》、《紀行詩》（一名《熊爲霖詩集》）等。傳見《詞林輯略》卷四、《湖海詩人小傳》卷九、同治《新建縣志》卷四五、同治《武寧縣志》卷二六等。

〔二二〕蔣婉貞：號清映，廣豐（今屬江西上饒）人。貢士蔣謙女，張典室，蔣士銓堂妹。早寡，撫孤依父居。著有《希繡草》。

一片石題詞〔一〕

蔣士銓　等

蝶是莊生化。絕纓冠、仰天而笑，閒愁休挂。自古人生行樂耳，檀板何妨輕打。窮與達漫漫長夜，騃女癡兒歡喜煞。嘆何戡已老秋娘嫁。須富貴，何時也？　十年騎瘦連錢馬。經幾多浮雲變態，悲歌嫚罵。南郭東方遊戲慣，場上誰眞誰假？吊華屋荒丘聊且。不見古人何足恨，笑

文詞伎倆斯其下。我本是，傷心者。（右調【賀新涼】） 清容自題

下筆關風化。譜宫商、分明指點，芳蹤遺挂。二百年來堪恨事，盡把疑團翻打。瘞土處片時清罷，大字碑陰眞痛煞。問何如出塞昭君嫁！青冢怨，茫茫也。　知音只許王、關、馬。看幾多插科打諢，旁敲刺罵。免俗未能聊爾爾，說鬼東坡非假。表節烈難容聊且。握管自摹避自審，況低徊召伯甘棠下。用不著，空空者。（和前調韻） 鄱陽徐燾[二]

（同上《一片石》卷末）

【箋】

[一]底本無題名。

[二]徐燾：字公覆，號石田，鄱陽（今屬江西）人。性豪放，不治生產。專工詩古文，善南北詞曲。與蔣士銓爲忘年交。著有《咄咄吟》、《岫雲編》、《匪存詞》等。傳見同治《鄱陽縣志》卷一二等。

四絃秋（蔣士銓）

《四絃秋》雜劇，一名《青衫淚》，《今樂考證》著錄，現存嘉慶間紅雪樓原刻本《清容外集》本，清刻《藏園九種曲》本，乾隆四十六年（一七八一）序紅雪樓刻《紅雪樓十二種塡詞》本（《不登大雅文庫珍本戲曲叢刊》第二一冊據以影印），嘉慶間鈔本，《今樂府選》稿本，清蔣知白廣東刻、咸豐同治間蔣立昂補刻本《忠雅堂全集》本，民國八年（一九一九）碧梧山莊石印《玉生香傳奇四種

曲》本（改題《江州淚》）等。

（四絃秋）序

蔣士銓

壬辰晚秋〔一〕，鶴亭主人邀袁春圃觀察、金棕亭教授及予宴於秋聲之館〔二〕。竹石蕭瑟，酒半，鶴亭偶舉白傅《琵琶行》，謂向有《青衫記》院本，以香山素狎此妓，乃於江州送客時，仍歸於司馬，踐成前約，命意敷詞，庸劣可鄙。同人以予粗知聲韻，相屬別撰一劇，當付伶人演習，用洗前陋。予唯唯。明日，乃翦劃詩中本義，分篇列目，更雜引《唐書》元和九年、十年時政，及《香山年譜自序》，排組成章，每夕挑燈填詞一齣，五日而畢。

嗚呼！憲宗英斷之主，雖强藩不靖，而將相得人，斥姦納諫，柄不下移，可云盛矣。矧居易受特達之知，列在近侍，且使擇官以濟其貧，明良之會，豈衰世君臣猜忌者所及乎？乃《捕賊》一疏甫上，竟遭讒謫，固政府好惡之偏，而得旨施行，又何爲者？豈以殿中論事，抗直干怒時，雖暫解於裴度一言，而憲宗厭薄之心，究不能釋，因而借以出之耶？嗚呼！此青衫之淚所難抑制者也。人生仕宦升沉，固由數命。若劉夢得、柳子厚、元微之輩，戾由自取，豈得與江州貶謫同日而語哉？塡詞雖小道，偶連類而論次之，俾知引商刻羽時，不僅因此琵琶老妓浪費筆墨也。

鉛山蔣士銓清容氏書〔三〕。

【箋】

〔一〕壬辰：乾隆三十七年（一七七二）。

〔二〕鶴亭主人：即江春，詳本卷下條箋證。袁春圃觀察：即袁景昭，號春圃，室名實是齋，常熟（今屬江蘇）人。金棕亭教授：即金兆燕（一七一九—一七九一）。

〔三〕題署之末有印章三枚：陰文方章『蔣士銓印』，陽文方章『清容』，陽文長方章『長歌當哭』。

《四絃秋》序

江　春〔一〕

白太傅文章風節，載在正史。余讀其詩，每心儀其人，將重編《長慶集》付諸梓。適鉛山蔣太史心餘過我秋聲館，因出所創《凡例》就質焉。太史拊掌曰：『善。』遂相與上下其議論。偶及《琵琶行》，舊人撰有《青衫記》院本，命意遣詞，俱傷雅道。太史工填詞，請別撰一劇湔雪之，太史欣然諾從。閲五日卽脱稿，題曰《四絃秋》，示余。

余讀之而歎。歎夫太史之才之大，徵引不出本事，而閨房婉轉，遷客羈愁，描摹鏤刻，一一曲盡其妙。乃益笑昔人之拙，其增添新意，正苦才窘耳。亟付家伶，使登場按拍，延客共賞，則觀者輒欷歔太息，悲不自勝，殆人人如司馬青衫矣。夫文之至者能感人，太傅之詩與太史之詞，皆千秋絶調，合而爲一，其尤足以感人也，不亦宜乎！太史既收入《外集》，余復爲之序其顛末如此。

秋聲館主人鶴亭江春識〔二〕。

【箋】

〔一〕江春（一七二一—一七八九）：字穎長，號鶴亭，又號廣達，别署秋聲館主人、鶴亭主人、康山主人、東園主人，室名隨月讀書樓、秋聲館、康山草堂，本籍徽州歙縣（今屬安徽），自祖父江演起，徙居揚州（今屬江蘇）。初爲儀徵（今屬江蘇）諸生，工制藝，能詩。因應試不第，力治鹽業，乾隆時推爲兩淮八大總商之首，因功晉秩布政使銜。有家班德音班。著有《隨月讀書樓詩集》。傳見應澧《闇然室文稿》卷二《傳》、袁枚《小倉山房文集》卷三二《墓志銘》、《國朝耆獻類徵初編》卷四五七、《湖海詩傳》卷一六、道光《徽州府志》卷一二等。

〔二〕題署之末有陽文方章三枚：「江」、「穎」、「長」。

（四絃秋）序

張景宗〔一〕

蝦蟇陵下，兒家門戶重開；翡翠函中，史院詩詞雙絕。溯青衫之歌泣，事以感生；揮彩筆之雲烟，興從境起。美人香草，雲山助詞客謳吟；戍婦飛蓬，霜雪乃征夫寄託。總緣千古情同，遂致一時紙貴。

若乃碧雞坊裏，少小知名；金馬堂前，詞華獨擅。佳人才子，同推名噪當時；怨婦逋臣，忽漫相逢異地。泉流鶯語，悽清發子夜之歌；鐵騎銀瓶，慷慨解商人之穢。石銜精衛，潯陽苦海難填；血染杜鵑，京洛旅魂如結。薔薇盥手，清芬現五色之絲；芍藥爲心，嬌豔出四絃之響。借酒澆重重魂礧，君其然乎？搓酥成字字珠璣，我眞醉矣。請付紅兒菊部，悲涼共看沾襟；

試起白傅蓬山，今古應稱同調。

乾隆癸巳六月中浣，東皋弟張景宗拜題於英灣舟中〔二〕。

【箋】

〔一〕張景宗：號沼亭，永嘉（今浙江溫州）人。生平未詳。

〔二〕題署之末有印章二枚：陰文方章『景宗私印』，陽文方章『沼亭』。

（四絃秋）題詞

錢世錫 等

過眼繁華一霎空，歡娛憔悴任天公。才人例作邯鄲婦，燃燭看他臉暈紅。

棼尾穠花細細謳，也如小杜醉揚州。春風十里珠簾捲，不似潯陽兩岸秋。　秀州錢世錫百泉〔一〕

嚼徵含宮夙擅奇，新翻曲譜更淋漓。難銷一段秋情處，多在江州送客時。

販茶重利輕離別，每到春來不在家。漫道此身如柳絮，可①憐彩鳳暗隨鴉。

豪華忽忽現前情，往事多因想內成。霹靂一聲金鼓震，人間秋夢忒分明。

涼館挑燈讀未終，銜杯愛賞百分空。玉堂風月元無價，擡舉一枝花退紅。　新安江春鶴亭

讀②罷新詞覺酒香，故人相接在他鄉。浮生出處渾閒事，適楚還③吳客夢長。

辛苦十年才乞郡，不將別淚向人彈。琵琶亭下秋風冷，老卻④朱顏且自看。　太倉王宸蓬心〔二〕

覆水難收感舊遊，夢醒江上楚天秋。直將九曲腸迴淚，洒向潯陽九派流。

青溪白水蔣三妹，綠酒紅粧段七娘。一曲銷魂人聽去，笙歌徹曉是維揚。甘泉秦黌西巖

騷⑤情史筆擅風流，舊曲新翻會妙謳。一丈紅氍多少恨，美人學士兩分頭。

得意時歡失意傷，難從兒女較收場。天涯怨婦孤臣淚，榮落升沈各斷腸。德州盧謨竹圃〔三〕

老大何須更自傷？蝦蟇陵下舊家鄉。從來遷客元多感，不必琵琶始斷腸。

不須更說錦纏頭，淚濕青衫水自流。此日登場誰按拍？荻花楓葉滿江秋。震澤張棟看雲〔四〕

司馬住江州，青衫淚自流。祗今江上月，腸斷《四絃秋》。

九派空留寒浪，千秋誰訴幽襟？才子原多軼事，詞人最肯傷心。

笙歌鼎沸夜遲遲，白髮當筵醉一卮。解得琵琶深夜語，不須⑥鬻駱遺楊枝。全椒金兆燕棕亭〔五〕

古樂秦漢已淪佚，中聲在人今不沒。審音易而作樂難，此語吾服西泠逸。堂堂蔣侯起豫章，奇句驚天卓天骨。餘技能爲樂府辭，宮徵咀含發古質。空谷蘭揚幽闔芬，霜林桂傲陰崖茁。協律今見夷夔才，傳奇卻借范班筆。挑燈偶誦《琵琶行》，潯陽遺事從頭述。名倡遠嫁辭青樓，才子南遷望紅日。元和戡亂時尚隆，樂天敢言道非屈。誰教白璧被蠅點，始信朱顏入宮嫉。茫茫荻花江浸月，船舫無聲四絃歇。莫怪江州泣下多，多情原自忘情出。休官余亦臥江干，四十四年霜髩殘。臨風聽徹銷魂曲，那免青衫淚暗彈。京口王文治夢樓〔六〕

【校】

①『可』字後至『美人學士兩分頭』，底本闕一頁，據北京師範大學圖書館藏本補。

②讀，底本闕，據《玉生香傳奇四種曲》本補。

③『楚還』二字，底本闕，據《玉生香傳奇四種曲》本補。

④卻，底本闕，據《玉生香傳奇四種曲》本補。

⑤騷，底本闕，據《玉生香傳奇四種曲》本補。

⑥須，北京師範大學圖書館藏金兆燕《棕亭古文鈔》卷一二作『應』。

【箋】

〔一〕錢世錫（一七三三—一七九五）：字慈伯，一作嗣伯，號百泉，別署苧村桑者，秀水（今浙江嘉興）人。禮部左侍郎錢載（一七〇八—一七九三）長子。乾隆四十三年戊戌（一七七八）進士，選庶吉士，散館授檢討，官編修。著有《復齋隨筆》、《百泉詩稿》、《麂山老屋集》。傳見《國朝詩人徵略初編》卷四五、《湖海詩人小傳》卷三六、《詞林輯略》卷四、《皇清書史》卷一一、《昭代名人尺牘小傳》卷二四、《晚晴簃詩匯》卷一〇一等。

〔二〕王宸（一七二〇—一七九七）：字子凝，一字紫凝，號蓬心，晚號蓬叟，別署瀟湘子、瀟湘翁、柳東居士、玉虎山樵、退官衲子等，太倉（今屬江蘇蘇州）人。乾隆二十五年庚辰（一七六〇），以監生舉順天鄉試。次年辛巳（一七六一），會試中式。三十一年，補內閣中書。三十八年，選授湖北宜昌府同知。四十八年（一七八三），擢湖南永州知府。五十七年，致仕，僑寓武昌。工山水。著有《繪林伐材》、《蓬心詩稿》等。傳見俞蛟《夢厂雜著》卷七《王蓬心傳》、《清史稿》卷五〇四、《國朝耆獻類徵初編》卷二三九、《國朝詩人徵略》卷三七、《墨林今話》卷四、《清畫家詩史》丁上、《昭代名人尺牘小傳》卷二三、《國朝書畫家筆錄》卷二、馮金伯《墨香居畫識》卷二、《晚晴簃詩匯》卷八九、嘉慶《直隸太倉州志》卷三六、道光《永州府志》卷一三等。參見許雋超《清代『小四王』之一王宸生平仕履考》（杜桂萍主編《明清文學與文獻》第二輯，頁二九八—三〇六）。

〔三〕盧謨：號竹圃，德州（今屬山東）人。盧見曾（一六九〇—一七六八）次子。工書。傳見《皇清書史》

卷六。

〔四〕張棟(一七〇五—一七七八):字鴻勳,一字玉川,號看雲,别署看雲子、看雲山人、烟波釣叟,震澤(今屬江蘇)人。以貢生入太學,累試北闈不售,遂棄去,專肆力於詩畫。乾隆十六年(一七五一),兩浙巡撫雅爾哈聘纂《南巡盛典》。著有《看雲吟稿》。傳見《國朝詩人徵略初編》卷三三、《湖海詩人小傳》卷一九、趙蘭佩輯錄《江震人物續志》卷四、《國朝畫徵錄續》卷下、《國朝畫識》卷一二、《墨林今話》卷三、《清畫家詩史》丙下、《清代畫史增編》卷一四、《國朝書畫家小傳》卷四、《國朝書畫家筆錄》卷二、民國《震澤縣志續》等。

〔五〕此三首詩又見清道光十六年(一八三六)刻本《國子先生集·棕亭詩鈔》卷一二,題《蔣清容四絃秋題詞三首》。

〔六〕此詩又見王文治《夢樓詩集》卷一二,題《題蔣苕生前輩四絃秋新樂府》。

(四絃秋)詩餘

高文照等

常怪彼蒼,忍把江河,都成淚凝。算無古無今,兩條玉筯;爲官爲賈,一塊紅冰。長慶詩人,善才弟子,嗚咽相逢別舫燈。鯤絃絕,惹一場痛哭,月涌濤崩。　孤亭記我曾憑。認千里波連下馬陵。怪如許秋光,幾人吟弔;者般傀儡,若個翻騰。偌大才情,淋漓史筆,重寫青衫老白丞。休多訝,看當歌鉛水,誰減誰增?(【沁園春】)　武康高文照東井〔一〕

夜舫琵琶婦(昉),訴衷情,忍把嬌嬈,頓教僝僽(立)。男子浮梁買茶去(昉),落得空幃獨守(立)。

只抱卻鵾絃消受（昉）。切切嘈嘈珠淚灑（立），搵難乾司馬青衫舊（昉）。江月白，荻花瘦（立）。新翻一曲常筵奏（昉）。有玉堂仙客，金源妙手（立）。剪劃長歌徵本事（昉），雜列史書排紬（立）。看腕下雨行風驟（昉）。好句成，時剛按拍（立），影芭蕉紅燭搖窗牖（昉）。聽九派，秋濤吼（立）。（【金縷曲】） 新安江昉橙里〔二〕，新安江立玉屏〔三〕

世間能幾歡娛者，相逢便彈珠淚。遠謫官人，孤棲蕩婦，都是者般憔悴。空勞隕涕。任濕透青衫，有誰憐未？瑟瑟霜蘆，晚風吹盡月西墜。　知音忽來千載，聽翻絃上曲，頓教心醉。身在江湖，志存廊廟，脈脈此情遙寄。偷聲減字。早筆奪龍門，補成唐史。一部新歌，令英雄短氣。（【齊天樂】） 苕溪陳文煜蓉圃〔四〕

燈影停紅，酒杯凝綠，聽按琵琶調別。舊曲翻新，更繁音淒切。宛然見、當日荻花楓樹，西舫東船明月。淪落相逢，將舊情追說。　嘆主知如此標臣節。誰道是、一疏江州謫。回首龍池鶴禁，竟風流消歇。只數聲漁笛蕭條絕。可憐生、淚灑青衫血。算今古一等才人，有天公磨折。（【拜星月慢】） 錢唐俞褆是齋〔五〕

刻羽函宮，兩行官燭。翻新譜。往懷今緒，都付琵琶語。　戀闕丹心，史筆淋漓補。天涯暮。悲涼如訴，一夕成千古。（【點絳脣】） 雲間淩應曾叔子〔六〕

（以上均《不登大雅文庫珍本戲曲叢刊》第二一册影印清乾隆四十六年序紅雪樓刻《紅雪樓十二種填詞》本《四絃秋》卷首）

【箋】

〔一〕高文照（一七三八—一七七六）：字潤中，號東井，又號秋士，别署東井山人，武康（今浙江德清）人。少隨父遊宦金陵，得從袁枚（一七一六—一七九七）遊。朱筠典學安徽，曾遊其幕，與黄景仁並稱『二才子』。乾隆三十年乙酉（一七六五）拔貢，三十九年甲午（一七七四）舉人。輯録《韻海》八十餘卷。著有《高東井先生詩選》（附《蕢香詞》）、《闐清山房詩》。傳見《國朝詩人徵略初編》卷四三、《湖海詩人小傳》卷三三、《歷代兩浙詞人小傳》卷八、《晚晴簃詩匯》卷九六等。

〔二〕江昉（一七二六—一七九三）：字旭東，號橙里，又號硯農，室名貽清堂，新安（今安徽歙縣）人。江春（一七二一—一七八九）弟。候銓知府。寓揚州，工詩詞。家有紫玲瓏閣，四方名流，觴詠其中。善繪事。與吴烺、程名世等合輯《學宋齋詞韻》。著有《晴綺軒詩文集》、《練溪漁唱》、《集同中白雲詞》、《隨月讀書樓詞鈔》等。傳見《清畫家詩史》丙下、《清代畫史增編》卷一、《全清詞鈔》卷一〇、《墨香居畫識》卷六、道光《徽州府志》卷一二、民國《歙縣志》卷一〇等。

〔三〕江立（一七三二—一七八〇）：字聖言，初名炎，字玉屏，號雲溪，室名金石録十卷人家，新安（今安徽歙縣）人。隨父僑居揚州。監生。從厲鶚（一六九二—一七五二）遊，學爲詩詞。擅畫山水。著有《夜船吹笛詞》、《小齊雲山館詩鈔》。傳見王昶《春融堂集》卷六〇《墓表》、《初見樓續聞見録》卷二、《湖海詩人小傳》卷一八、民國《歙縣志》卷一〇等。

〔四〕陳文煜：字蓉裳，號蓉圃，歸安（今浙江湖州）人。任湖南知縣。編《吴興合璧》。

〔五〕俞禔：號是齋，錢塘（今屬浙江杭州）人。生平未詳。

〔六〕淩應曾：字祖錫，號叔子，雲間（今屬上海）人。淩存淳族兄弟，淩如煥（一六八一—一七四八）從子。

乾隆二十一年丙子（一七五六），以選貢中舉人，官貴池縣教諭，加翰林院待詔銜。曾注李因培選《唐詩觀瀾集》。傳見《湖海詩傳》卷二〇、嘉慶《上海縣志》卷一三、同治《上海縣志》卷二一等。

第二碑（蔣士銓）

《第二碑》雜劇，又名《後一片石》，《今樂考證》著錄。現存嘉慶間紅雪樓原刻《清容外集》本，清刻《藏園九種曲》本，乾隆四十六年（一七八一）序紅雪樓刻《紅雪樓十二種塡詞》本（《不登大雅文庫珍本戲曲叢刊》第二二冊據以影印），清姚燮編《今樂府選》稿本本，清蔣知白廣東刻、咸豐同治間蔣立昂補刻本《忠雅堂全集》本等。

（第二碑）自序

蔣士銓

婁妃墓在新建、上饒兩倉間，埋沒貧家竈側有年矣。乾隆辛未春，予訪得之，告青原方伯。時移藩滇南，且戒裝，不得廓清塋域，僅立碑表識而去。歷今二十六載，予每寓書有司，乞擇官地一區，徙此破屋，以妥妃靈，無有應者。

乙未冬〔一〕，漢陽阮見亭茂才過訪〔二〕，執手如平生。叩以故，則於傳鈔中，心折予所撰《一片石》舊詞，蓋十餘稔，每以不及訂交爲憾。予乃傾倒見亭者不能已。見亭時往虔南，省舅氏太守翥堂吴公〔三〕，匆遽特甚。

明年，上特擢太守江西鹽道，即權方伯篆，見亭從焉。予心怦然動，遂舉妃墓事，屬告方伯，亦姑妄語之云耳。明日，聞方伯偕令尹伍君往視〔四〕，即賞墓戶遷屋之貲，又給金，屬令尹修葺如式。伍君亦捐俸，購墓門外民居，俾拆去。於是兆域夷曠，馬鬣隆起，新坊翼然以崇。嗚呼！妃之幽宅，至兹而奠矣，不亦快乎！

或謂事之廢興，良由期會。予獨歎美方伯樂善之宏，而行義之勇也。世無墓大夫，柳下之禁缺焉弗講，官之汲汲者奚恤於斯？方伯聞一善言，沛然若決江河，則於官守民生，擔荷維持之意，寔可概見。富鄭公、韓魏公、范忠宣輩，每莅官司，必以掩骼埋胔爲務，方伯有焉。

予自銜恤後，捐棄筆研，閲月二十矣。今以夙願得申，始一破涕。乃援祥琴禮例，作《後一片石》，藉紀其媺，比事屬詞，弗依絲竹，見亭或不以爲非禮歟？爰摭顛末以爲序。

藏園居士蔣士銓書。

【箋】

〔一〕乙未：乾隆四十年（一七七五）。

〔二〕阮見亭：即阮龍光，字見亭，號元侯，漢陽（今湖北武漢）人。諸生，困場屋二十年，入幕爲生。著有《錦江吟》、《珠江吟》、《紅藥齋》等集。傳見《湖北通志》卷八八。參見蔣士銓《忠雅堂文集》卷一《阮見亭詩序》。

〔三〕翥堂吴公：即吴山鳳，字翥堂，漢陽（今湖北武漢）人。乾隆二十四年（一七五九），任河北河間知縣。二十八年任涿州知府。四十年署江西布政使。纂修《河間縣志》、《涿州志》等。傳見同治《涿州續志》卷一一、光緒《順天府志》卷二四。

〔四〕令尹伍君：即伍魁孝，號省亭，全州（今屬廣西）人。乾隆間舉人。三十二年（一七六七），署湖口縣知縣。三十六年，任江西東鄉縣知縣。四十三年，任江西南昌縣知縣。四十五年，任新建縣知縣。

（第二碑）敍

王　均〔一〕

義烈之顯載邑乘者，不待傳也。惟志乘所略，而又事涉嫌疑，不得文人之筆宣播之，則其迹不彰，而其義且終晦。

明寧庶人之妃婁氏，紙結沉江之事，洵足嘉矣。或有以叛臣之妻少之者，以故二百年來，僅一青原方伯表識其墓。而數弓塋址，雜還民居，欲求一欣爲擴清者不可復得，蓋狃於斯議耳。不知宸濠雖叛，妃則始以歌諷，繼以泣諫，終以死殉，其忠也、義也、烈也，不相掩也。今讀苕生太史《後一片石》塡飼，乃知署方伯翥堂觀察吳公，不惑羣議，毅然爲培其墓，表其坊，遷其民舍，而新建伍明府復襄其事，爲泐碑以志焉。噫！是何精於辨義而勇於旌善乎！昔青原方伯之表妃墓也，太史實啓之，聞時尚未通籍。茲《第二碑》傳奇，以方伯擬向日之錢公，見亭爲今日之薛生，是不惟兩方伯後先媲美，而兩君之力爲先容，擬以范文正爲秀才時，即以天下事爲己任，亦何多讓？

予諸子向師見亭，特與予契，因郵是編，囑予序之。嗚呼！方伯之闡揚義烈，兩君之扶植人倫，心心相印，所謂『文章有神交有道』者歟？予退食之餘，庾樓憑眺，輒攜此帙，臨江諷之。尤愛

【醉花陰】數闋，怨慕情深，低徊欲絕，而故宫禾麥之悲，恍繚繞於波濤浩渺間，有令人慷慨唏嘘，不知涕之何從焉。因歎文章之能移我情也，正使子長復起爲之寫生，恐不能傳神至此。即以此補《新建縣志》祠墓之缺焉可耳。

丙申涂月上浣〔二〕，上谷王均棨平氏書於古江州之庾樓〔三〕。

【箋】

〔一〕王均：字棨平，上谷（今屬河北張家口市）人。生平未詳。

〔二〕丙申：乾隆四十一年（一七七六）。

〔三〕題署之末有印章二枚：陰文方章『王均之印』，陽文方章『棨平』。

（第二碑）序

阮龍光

鴻文補闕，曾志貞妃；彤管分編，仍歸史筆。幸舟藏之未泯，槀葬堪悲；嘆墓禁之誰申，堂封將隘。殘碑數尺，忍沒如斯；破屋幾家，實偪處此。何幸重來方伯，攄清一薦香芩；不圖舊日詞壇，傳播再翻新調。碣刊第二，依然一片韓陵；拍按無雙，怕聽三更鬼唱。洵千秋之佳話，慰十載之遐思。賡韻於帝子樓邊，斁愧東鄰之效；尋詩在隆興觀側，車同下澤之遊。嗟乎！曳明璫翠羽，以來香籠夜魄；訪金盌玉魚，而至風滿靈旗。偕仙令以扶持，伍松滋有茲後裔；藉史官而紀載，蔡陳留應是前身。凡此移宫換徵之清音，要皆揚烈表忠之健筆。是以飲香浴露，韻分中祕之馨；因而橫錦粲花，鮮濯西江之水。聲流簡外，都緣文以情生；豔發毫端，寧等老而才盡。宿雲花榭，十手爭傳；牖日芸窗，六么頻按。播雅音於豪竹哀絲之會，誰知我亦登場？開清讌於蟹肥橙熟之秋，共羨君能顧曲。

漢陽阮龍光拜題於洪都官署西齋〔一〕。

【箋】

〔一〕題署之末有陰文印章三枚：方章『龍光』、『燕侯』，長方章『竹林小阮』。

（第二碑）題詞

王　堂等

久佩銅弦絕妙詞，春華秋實信兼之。何曾老退江郎筆，試讀新翻《第二碑》。

蕭蕭颯颯復啾啾，風外猿聲最惹愁。如此命騷歌永漏，恐驚山鬼泣遺丘。

氤氳芳骨暗流香，誰道仙靈事渺茫？記否神乩寫名字，第三神女玉巵娘。上谷王堂午橋〔一〕

史筆騷才兩絕倫，一腔幽怨倩傳神。墳邊共下蛾眉拜，巾幗何嫌屬庶人。

題碑敢謂繼青原，扶植人倫事可存。不道無鹽煩刻畫，登場慚我鶴乘軒。

昔仰松滋獻馘功，後賢書碣表幽忠。誅邪反正存公道，守土心情異代同。漢陽吳山鳳翥堂

又讀騷壇《第二碑》，傷心往事涕還垂。當年泣諫能回主，不使才人數費詞。

一縷幽香烈女魂，感人精魄動乾坤。廿餘年後重封鬣，明月清風鎖墓門。

玉骨塵埋蹟未湮，開懷自有總持人。續成一部旌忠傳，舊曲新腔細討論。

憑弔曾經冢上來，天教取次護殘堆。劇憐一片西江月，流入河聲萬古哀。　湘源伍魁孝省亭

醉和江樓吊古吟，十年神契卷中深。重勞刻羽移宮手，寫盡依韓慕藺心。

多君史筆譜綱常，《第二碑》成水一方。不等降王遺臭骨，幽馨留得墓門香。（香出墓碑下細竇中，月夜尤烈。土人來告，伍大令親得之。）

兩賢相識畫中顏，寄語煩予代往還。（清容與蕓堂公未識面時，各以小像訂交，遂屬余商榷廓清妃冢。）片石因緣總前定，五人同灑涕滂湲。（事始於彭、蔣兩公，而予與吳、伍兩公繼成之。）

行省門留妙格書，（藩司門榜『屏翰』二字，乃妃手書。）延陵人爲表幽居。眞教別蓋杉皮屋，豚柵鷄棲頓掃除。（蔣虞山相國題前《一片石》，有『可能別蓋杉皮屋，讓出遺墟地十弓』之句。）

見說靈乩信有神，第三天女是前身。誰知再譜魚山曲，仍屬操觚舊舍人。（太史昔官中書時，妃曾降乩書，謝塡詞，自稱『天帝第三女』，其事甚奇。）　宛陵阮龍光見亭

文成捷後故宮非，寂寞妝臺澹夕暉。憑眺荒郊餘片碣，新詞和淚一沾衣。

方伯冰銜大令題，新坊舊碣護香泥。王孫尺土今何在？　腸斷田歌雨一犁。

曾於青史弔芳蹤，不道來瞻馬鬣封。補入江鄉丘墓志，尚煩明府墨花濃。　夢澤張汝弼直卿（二）

礪畢（碑）王田（重）數七（立）兮（漢碑額），廋詞笑破外孫題。何如江漢題襟手，月斧修成日未西。

貞妃遮莫賦歸來，共詫霏烟出墓臺。一窨神香三尺土，可憐千劫不成灰。

如此情文絕等倫，八風五色一何神。誰人解賦湘靈瑟，只恐先生是後身。

唾海瀾翻舌本蓮，不全忠孝不游仙。堂防忽變風陵相，拔地人驚又補天。府谷蘇遇龍德水〔三〕

寒濤嗚咽向東流，詞客相逢賣酒樓。一片新碑如玉滑，如椽筆健抵松楸。

前度詩人有二毛，肩頭事讓與人挑。神弦再譜魚山唱，不死貞魂命我曹。（集本詞句）揚州羅聘兩峯〔四〕

表貞阡換表貞閭，二十年來事再書。一様釵痕寫泥壁，朱顔華髮兩相如。

舊句曾傾阮步兵，新詞還續蔣山卿。《哀江頭》曲湘靈唱，不是商聲是羽聲。

仙人旌節駐雲中，下界聲聞盡掃空。一片靈風度江去，大王無復較雌雄。

鶴歸華表證前身，世事升沈信有因。誰剪茅茨換松柏？浮圖端藉合尖人。山陰鍾錫圭西樵〔五〕

六合茫茫索解難，百年遺事感無端。重題一片韓陵石，七品歸田老史官。

好德千秋自不孤，能酬夙志頼吾徒。怪他阮籍懸青眼，不爲西山展畫圖。

廿載流光劇指彈，滇南人去海生瀾。摩挲舊碣翻新唱，大似三生石上看。

酷日篷窗不憚勞，湘靈鼓瑟助蕭騷。神仙忠孝原無二，巾幗居然愧我曹。鉛山張舟廉船〔六〕

鴉巢蝸舍竟遷移，一桁新坊兩石碑。能改蕭條變清肅，何妨異代不同時。

聽唱哀詞廿五年，怕經殘竈拂炊烟。誰將陸老丹青手，畫出江頭好墓田。

方伯風儀吳季子，令君家世伍忠襄。表貞心事靈妃鑒，江水眞同此意長。

山卿時爲老彭哀，天遺風流小阮來。掃淨氛霾現香冢，安危端仗出羣才。柿南于發祥定庵〔七〕

二十年前上冢詞，西堂曾聽唱哀絲。遺邱再挂延陵劍，老眼重看《第二碑》。

薛生未老阮生來，同向孤墳酹酒杯。一對詩人兩名宦，後先分管劫餘灰。

地志圖經待補遺，又將史筆譜新詞。意中言外傷懷極，一語能堪十日思。

分明有穴未能同，卻拜貞妃罵狡童。千里長江一抔土，偷彈老淚向西風。南昌謝逢泰蒼厓

韓陵片石寫閒愁，二十年前舊酒樓。重賦《大招》煩楚客，仙官名士兩千秋。

雞犬驅除釜竈移，還他三尺舊墳基。風流例與賢方伯，一桁坊題兩墓碑。

唐計詩墳且再新，況留貞骨守江神。主持名教存風義，畢竟揚芬賴顯人。

淒涼法曲譜雙聲，兩串驪珠一手擎。自有如椽遷固筆，不煩香豔擬昭明。奉新甘立猷西園（八）

憶昔狂童犯順年，南昌城郭枕江烟。計疎狡兔無三窟，舉國繁華委逝川。（溫庭筠、韋莊、羅隱、吳融）

綵雲天遠鳳樓空，亡國離宮墁草中。多難始應彰勁節，不將顏色託春風。（楊巨源、胡曾、韓偓、白居易）

白楊別屋鬼迷人，數尺墳頭柏樹新。何者爲泥何者玉，浮生共是北邙塵。（李商隱、張籍、顧況、歐陽詹）

三徑初開見蔣卿，歌詞自作別生情。《陽春》欲奏誰相和，珍重多才阮步兵。（楊萬里、劉禹錫、李白、曹唐）

江間亭下悵淹留，二十年前向此游。拾得寶釵金未化，新篇寫出畔牢愁。（李商隱、李涉、王建、劉禹錫）

飽看西山插翠霞，吳公政事副詞華。紫薇今日烟霄地，一字千金未足誇。（耶律楚材、劉禹錫、白居

易、郭翼）

莫計恩仇浪苦辛，景陽宮井又何人。雲衢不要吹簫伴，試瀝椒漿合有神。（白居易、鄭畋、劉禹錫、羅隱）

海北兆率兩茫然，記取紅羊換劫年。近得麻姑音信否？仙人曾此話桑田。（蘇軾、殷文生、顧況、沈彬）

名帖雙鉤搨硬黃，蓬萊才子即蕭郎。文章聲價從來重，留得當年翰墨香。（陸游、李羣玉、姚鵠、仇遠）

江畔誰人唱《竹枝》，蒼苔滿字土埋龜。飢烏啄碎琅玕石，欲爲君刊《第二碑》。（白居易、王建、杜瑛、劉禹錫）　臨川李友棠西華〔九〕

誰種紅梨覆瓦棺，青原故碣墨纔乾。飛香久作生天證，歷劫今方得地安。

貞魂招得勝螓磯，頭白詞宗此日歸。翁仲共看斜照泣，神鴉解傍舊人飛。

坊表巍峨署達官，九區能吏好名難。江樓此夜瀟瀟雨，破壁何人剪燭看。

筆散幽花護殯宮，關心興廢一抔中。玉魚舊地傷重到，黃絹新詞比更工。

天水含愁霧不開，蕭郎哀豔表休裁。清江魂魄生前節，望苑文章死後才。

拔山休喚柰虞何，曾止癡人逐日戈。花蕊有詩傷蜀主，一般哀感夜潮多。　臨川李傳燮夢岩〔一〇〕

（以上均《不登大雅文庫珍本戲曲叢刊》第二二冊影印清乾隆四十六年序紅雪樓刻《紅雪樓十二種塡詞》本《第二碑》卷首）

【箋】

〔一〕王堂：午橋，上谷（今屬河北張家口）人。生平未詳。

〔二〕張汝弼：號直卿，夢澤（今湖北雲夢）人。生平未詳。

〔三〕蘇遇龍（一七二九—一七九一）：字際飛，號德水，別署德水愚者，府谷（今屬陝西）人。乾隆十三年戊辰（一七四八）舉人，十七年壬申（一七五二）進士。二十五年（一七六〇），授浙江龍泉知縣。曾修《龍泉縣志》。丁外艱歸，主講榆陽書院。服闋後，授江西德興知縣。坐事免官，歷主江西鵝湖、山西太平各書院。傳見道光《榆林府志》卷三〇、光緒《龍泉縣志》卷八、民國《續修陝西通志稿》卷八三。

〔四〕羅聘（一七三三—一七九九）：字遁夫，號兩峯，別署花之寺僧，世居徽州歙縣（今屬安徽），生於揚州（今屬江蘇）。諸生。著名畫家金農弟子，「揚州八怪」之一。所作《鬼趣圖》，最爲著名。好遊歷，足迹半天下。著有《香葉草堂詩存》。妻方婉儀，亦工詩畫。傳見吴錫麒《有正味齋駢文》卷二三《墓志銘》（《碑傳集補》卷五六）、《清史稿》卷五〇四、《國朝耆獻類徵初編》卷四三六、《國朝先正事略》卷四四、《國朝詩人徵略初編》卷四二、《湖海詩人小傳》卷三九、《初月樓續聞見録》卷二、《昭代名人尺牘小傳》卷二四、《墨香居畫識》卷六、《墨林今話》卷四、《清畫家詩史》丁下、《國朝書畫家小傳》卷四等。參見陳金陵編《羅兩峯年表》（一九八〇年上海人民美術出版社排印《中國畫家叢書·羅聘》附）、陳金陵編《羅聘年譜》（一九九三年江蘇美術出版社《揚州八怪年譜》本）。

〔五〕鍾錫圭：字介伯，號西樵，山陰（今浙江紹興）人。生平未詳。

〔六〕張舟：號廉船，鉛山（今屬江西）人。張紹渠仲子。以工詩名世。曾評編《甌北詩鈔》。著有《鷗南集》。傳見同治《鉛山縣志》卷一六。

〔七〕于發祥：號定庵，籍里、生平均未詳。

〔八〕甘立猷：字惟弼，號西園，又號蘭舫，奉新（今屬江西）人。乾隆三十六年辛卯（一七七一）舉人，四十五年庚子（一七八〇）進士，選庶吉士，散館授編修，充武英殿三通館纂修官。官至吏科掌印給事中，因事左遷刑部員外郎，旋領東倉監督，以疾卒於官。工書，善詩。著有《養雲樓詩草》。傳見《詞林輯略》、同治《奉新縣志》卷八、《江西通志》卷四〇。

〔九〕李友棠（？—一七九八）：字苕伯，號西華，又號適園，臨川（今屬江西）人。李紱（一六七五—一七五〇）孫。乾隆元年丙辰（一七三六）舉人，十年乙丑（一七四五）進士，選庶吉士，散館授編修。十六年補授福建道監察御史。三十八年（一七七三），任四庫全書館副總裁。官至工部侍郎。著有《侯鯖集》（清繡谷趙氏靜香閣刻本）。傳見《清史列傳》卷二五、《國史列傳》卷五九、《國朝耆獻類徵初編》卷七〇、《國朝先正事略》卷一四、《詞林輯略》卷四、《湖海詩人小傳》卷一〇、同治《臨川縣志》卷四一等。

〔一〇〕李傳燮：號夢巖，臨川（今屬江西）人。乾隆四十四年己亥（一七七九）舉人。五十一年（一七八六），任廣西興業知縣，遷廣西陸川知縣。曾官候補布政使經歷。著有《夢巖詩草》。

（第二碑）書後

阮龍光 等

吟肩漫勞醉聳，怕擔愁萬古。北邙裏遺恨如山，就中心緒誰語？記當日洪州畫壁，烏絲傳寫新詞苦。嘆重游，拍遍紅牙，一抔黄土。　蔣捷歸歟，阮生至矣，忽相投臼杵。向前墓剪紙招魂，解人惟我偕汝。看墳頭柴扉冷竈，渾不是兒家陵戶。料無人再掃殘丘，但憑侵侮。　籛鏗久逝，季札重來，漏天應待補。笑我亦因人成事，謝舅羊甥，揭好攜他湘源明府。方伯題門，令君書碣，人家雞犬纔移掉，表幽貞墨淚彈秋雨。可憐詞客，者番白了吟髭，又煩重按新譜。　繁音拉雜，逸響刁騷，把舊愁細數。算往事黄金教伎，胡粉登場，一往情深，風流如許。豪哉太史，桂林蘭谷。傳神自寫人天怨，舊霜豪撾破燈筵鼓。樽前相對掀髯，君試長歌，我爲起舞。（【鶯啼序】）漢陽阮龍光見亭

江頭墓，問是誰家占住？何曾見金盌玉魚，只有神香裊烟霧。閲滄桑幾度。朝暮無人卻顧。思前次方伯去時，但志賢妃瘗斯處。傷哉，好詞句。唱冷雨酸風，殘破如故。延陵仙吏旌旗駐。把舊屋遷徙，新坊圍護。再磨碑碣傍墳樹。寫年月鐫注。如慕，更如訴。聽法曲聯珠，聲韻雙互。曉風殘月江南路。讓箇儂腸斷、綠腰偷賦。何戡已老，弔書客，剩賀鑄。（【蘭陵王】）鉛山程嶒尺木〔一〕

（《不登大雅文庫珍本戲曲叢刊》第二二册影印清乾隆四十六年序紅雪樓刻《紅雪樓十二種填詞》本《第二碑》卷末）

【箋】

〔一〕程嶒：號尺木，鉛山（今屬江西）人。生平未詳。

空谷香（蔣士銓）

《空谷香》傳奇，《曲海目》著錄。現存《藏園九種曲》本，中國國家圖書館等藏。按，現存《藏園九種曲》主要版本有、乾隆四十六年（一七八一）紅雪樓刻本、乾隆間經綸堂刻本、乾隆間漁古

堂刻本、乾隆間煥乎堂刻本、嘉慶間家刻本《蔣氏四種》本、一九二三年上海朝記書莊據紅雪樓原本石印本等。《藏園十二種曲》則有乾隆間刻本與嘉慶間刻本。另有清鈔本（《明清鈔本孤本戲曲叢刊》據以影印）。

空谷香傳奇自序

蔣士銓

海寧姚氏，爲南昌令尹顧君瓚園賢姬，事令尹十有四載。乾隆庚午冬誕一子，甫及晬而姬死，時年二十有九。予往弔之，令尹瘠而慟，同人竊有笑之者。令尹獨留予飲繐帳側，語姬生平事最詳，凡三易燭，而令尹色沮聲咽，予亦泫然不能去。夫姬以弱女子，未嘗學問，一絲既聘，能爲令尹數數死之，其志卒不見奪，雖烈丈夫可也。方欲爲姬作小傳，越日晤方伯王宗之先生〔一〕，語及之。先生曰：『吁，姬其可傳也已！天下事有可風者，與爲俗儒潦倒傳誦，曷若播之愚賤耳目間，尚足觀感勸懲，冀裨風教！』予唯唯。

既而兩赴春官，轉徙燕、齊間且三載。當風霆雨雪，空齋兀坐時，廑念夙諾，心口間輒汩汩然欲有所吐，而究未能踐。甲戌乞假還〔二〕，寒舟孑然，行迴飆涸渚中，歷碌如旋牀。疏櫺四閉，一榻自欹。乃度事勢，揣聲容，譜爲《空谷香》傳奇，凡三十篇。日有所得，即就隙光中縱筆書之。脫稿後，擊唾壺而歌，聲情颯颯，與風濤相蕩激，此身若有所憑者。回視同舟之客，皆唏噓泣數行下。

噫嘻，姬之貞魂烈性，感人遂至如此夫！他若刻畫小人，摹寫世態，又二十載飄零閱歷所助，知我者何罪焉？

因念斯世之大，飲刃投繯之婦，何日無之？其埋没泥塗骼胔中者，安能一一在人耳目間？寄百端於茫茫，存什一於千百，亦可長歌當哭矣。明日歸質方伯，或令伶工演習之，未審酒綠燈紅之際，令尹當何如？觀場者又當何如也？

小雪日，濟寧舟次，鉛山倦客自序〔三〕。

【箋】

〔一〕方伯王宗之先生：即王興吾（一七〇五——一七五九），時任江西布政使。

〔二〕甲戌：乾隆十九年（一七五四）。

〔三〕題署之後有印章二枚：陰文方章『蔣士銓印』，陽文方章『苕生』。

（空谷香）題詞

蔣士銓

灤水南流折不回，此心當日亦堪哀。一絲紅線三生石，不信千金换得來。

兩度輕離倩女魂，笑談惟覺此身尊。不知轉徙朱門妾，舞扇歌裙幾輩存？

桃李無言亦自芳，當門紉佩漫商量。秋來縱被西風敗，終向花叢號國香。

憐他香令悼亡詩，疊在空箱淚點滋。不道五年成往復，有人偷譜斷腸詞。

低唱黃河古岸頭，引商刻羽訴窮秋。寒風浩氣同蕭颯，愁絕歸人上水舟。

磁枕荒唐夢不成，烏闌錦硯坐三更。方回亦是傷心者，直得因人寫哭聲。

廿載旁觀笑與顰，凡情世態寫來眞。誰知燈下塡詞客，原是詼諧郭舍人。

白骨青燐付可憐，芳魂何必果生天。流傳恨事知多少？不到詩人耳目前。

海內輶軒孰往還，紛紛黃土誤朱顏。安能遍攝啼鵑魄，盡現紅氍燭淚間。

癡絕錢唐顧愷之，化身還爲後人疑。新詞定許憑肩看，官閣煩他玉笛吹。（瓚園新納小姚君，善長笛，字曰又蘭，池凰其小名也。）

【滿江紅】十載塡詞，悔俱被、粉粘脂涴。纔悟出、文之至者，不煩堆垛。譎諫旁嘲惟自哂，眞情本色憑誰和？待招他、天下恨人魂，歸來些。　夢中語，眞無那。意外事，何堪唾？談笑把、賢愚肝肺，毫端穿過。誤處憑君張眼顧，悲哉讓我橫肱臥。料知音、各有淚痕雙，誰先墮？

【賀新涼】女子如斯也。自低回、一聲檀板，泣數行下。幾許花叢懶迴顧，儘著流鶯輕罵。只聽說、文君新寡。明鏡無情春又老，嘆紅顏、一例愆期嫁。三五豔，易凋謝。　倦摹潘陸鈔揚馬。淟涊說、文章華國，何關風化？呼吸商聲秋氣滿，節義幾人肩者！渴睡漢、酒闌燈灺。三十功名塵與土，古之人、先我將愁寫。公等語，大都詐！　清容自題

空谷香序

張三禮〔一〕

文字無關風教者，雖炳燿藝林，膾炙人口，皆爲苟作。塡詞，其一體也。史家傳志之文，學士大夫或艱涉獵，及播諸管絃，托於優孟，轉令天下後世觀場者，若古來忠孝賢姦，凜然在目，則塡詞足資勸懲、感發者亦重。元人雜劇限於篇幅故事，曲繁白贅，節目殊多牽混。南曲既興，名作亦鮮。《琵琶》詞意深摯，質樸高華，無有倫比。雖以《幽閨》、《祝髮》專工本色，且難追步，其他淺俚癡肥者，固不足道。而妖豔靡曼之音，誨淫倡亂，甘以詞章得罪名教。遂使毛穎、陳元，失身溷廁，楚炬秦灰，不能廓清摧陷，豈非詞場冤山苦海歟？或有迂儒解談忠孝，又苦筆陣庸腐，麻木不仁，而輪困滯拙，使人讀之不快，亦恨事也。

余守越州，獲交苕生太史，最稱契洽。太史歷落嶔崎，名山友教，跌宕於文章氣誼間，有不可一世之概。酒闌燈灺，意有所觸，輒縱筆取古今事，作金元院本，以發揮其志趣。此《空谷香》傳奇，其一種也。余謂海内如顧、姚之事者，不知凡幾，不遇苕生，莫傳姓氏。今觀三十首，菀結纏綿，淋漓透豁，意則草蛇灰線，文則疊矩重規，語則白日青天，聲則晨鐘暮鼓。吾不知出於仙佛之炎炎皇皇耶？出於兒女子之喁喁于于、淒淒楚楚耶？抑出於苕生之諄諄懇懇、借存提命耶？問之苕生，不知也。苕生曰：『吾甫搦管時，若有不能遏抑者，洋洋浩浩，奔注筆端，乃一決而出焉。吾固不知孰爲仙佛，孰爲兒女子，而遂成吾《空谷香》之三十首矣。』予曰：『此有關風教之文也。亟授梓氏，使讀其曲者，共思其人云。』

辛卯二月〔二〕，燕臺張三禮椿山氏書〔三〕。

【箋】

〔一〕張三禮（一七三一—？）：字椿山，大興（今北京）人。乾隆間舉人。二十六年（一七六一），任茌平（今山東聊城）知縣。三十四年，任越州知府。三十六年，遷兗州府同知。三十九年，署潼川守。五十年，由浙江湖州府知府革職後，任湖北襄陽府知府。

〔二〕辛卯：乾隆三十六年（一七七一）。

〔三〕題署之後有印章二枚：陽文方章『椿山三禮』，陰文方章『會稽太守』。

（空谷香）題詞

劉文蔚　等

苦海無風日起波，鍾情人更折磨多。偶然譜入桓伊笛，齊向蒼天喚奈何。

才子幽懷寄國香，生花筆筆斷人腸。空中缺陷何從補？不怨共工怨女皇。

飛花縹緲落塵寰，薄命難留裀席間。千古才人齊一哭，傷心不獨是紅顏。

風雅扶輪仗謫仙，前生原住大羅天。若非一曲《猗蘭操》，空谷香從何處傳？　山陰石驅劉文蔚〔一〕

謂他人父走天涯，鋤必當門禍有芽。地水火風磨鍊出，人天一朵劫中花。

生來絕不似紅顔，膽識朱家、劇孟間。慚愧樓前身一死，斷魂三到鬼門關。

離魂也有合歡時，玉果金錢又洗兒。若使永諧官閣裏，可憐天意不如斯。

國香國色自相因，謫墮何煩嘆不辰。芳草美人原合並，《離騷》心事賦靈均。歸安戴永植農南甫〔二〕

桃李昌丰得意開，春風豔冶傍樓臺。國香偏受冰霜苦，留得芳名絕可哀。

鉛華洗盡見天成，一片吹來變羽聲。斑管只工兒女語，風流玉茗枉多情。

百般磨折在風塵，保得無瑕白玉身。無限世間獅子吼，殷勤難得護蘭人。

熱酒難澆磊塊胸，文章空自哭秋風。人間節行須傳述，合付周南太史公。

又戲題一首

無限淒風苦雨吹，投繯飲刃管絃悲。生時季路焉知死？可怪工塡絕命詞。苧村桑者錢世錫

曾表賢妃片石芳，更傳幼婦谷蘭香。不圖才子淩雲筆，慣寫人間節烈腸。

貽我《西江祝嘏》詞，汪洋如海細如絲。無端更讀幽蘭傳，眼淚潸潸不可支。

投繯飲刃爲誰來？百折剛腸總不回。常怪牡丹花下骨，精魂獨愛柳和梅。

巾幗綱常事可風，筆花淚染杜鵑紅。偶然讀到詼諧處，天籟噓噓入耳中。河東陳夢說曉巖〔三〕

史公家世傳金筆，闡得幽微信可徵。一代廬陵風教在，肯教小説沒王凝！

詞苑曾推若士湯，南安夢境太荒唐。不傳梅柳傳蘭蕙，壓倒風流玉茗堂。

服媚虛占吉夢通，偏多霜雪少春風。國香不向蕭叢死，爲仗芳名播管彤。

星小何妨月共明，倚他才子好聲名。十年許傍河陽種，莫恨花開祇半生。

陶輪世界刹那過，石火風刀可奈何？勘破色身原幻假，不生忉利不閻羅。

留得庭堦玉樹姿，春來雨露漸華滋。殷勤說與當門客，好爲仙家護一枝。武康高文照東井

意蕊情絲細品量，青衣節俠有餘香。頭廳閒袖三長手，卻與娥眉作主張。

貝齒東方善滑稽，深文慣借判花題。衣冠魑魅千般態，牛渚愁逢照水犀。

薝蔔林中並命禽，升天入地准須尋。如何後死南柯守，愛聽枇杷水上音。

仙緣鬼趣兩模糊，倩女魂從筆底呼。他日蓉城公是主，不應官籍注酆都。山陰平聖臺確齋〔四〕

（以上均《不登大雅文庫珍本戲曲叢刊》第二三冊影印清乾隆四十六年序紅雪樓刻本《紅雪樓十二種填詞》所收《空谷香傳奇》卷首）

【箋】

〔一〕劉文蔚（一七〇〇—一七七六）：字伊重，又字豹君，號枏亭，別署石騆、石帆山人，山陰（今浙江紹興）人。劉正誼三子。久困棘闈，太學優貢生。曾主講睢陽文正書院。與其兄大申、大觀等結西園吟社，又入越中七子社。編《詩韻含英》、《詩學含英》、《唐詩合選詳解》、《唐人應試賦選》等。校定商盤評選、王大治編輯《越風》三十卷，著有《石帆山房集》（一名《石帆山人詩集》）。傳見蔣士銓選定《石帆山房詩選》卷首自傳、蔣士銓《忠雅堂文集》卷二六《越州七詩人小傳》、嘉慶《山陰縣志》卷二三、《晚晴簃詩匯》卷八七等。參見高學安《劉文蔚小傳》（一九八六年廣西人民出版社《唐詩合選》附錄）。

〔二〕戴永植（一七〇五—一七六七）：字于庭，號農南，歸安（今浙江湖州）人。雍正十年壬子（一七三二）舉人。乾隆元年丙辰（一七三六），舉博學鴻詞，廷試被落，旋充咸安宫教習。後起爲湖南龍陽知縣，改浙江餘姚縣教諭。著有《汀風閣詩》。傳見戴熙《習苦齋古文》卷四《行狀》、《碑傳集補》卷二一、《鶴徵後録》卷六、光緒《歸安縣志》卷二五、《晚晴簃詩匯》卷六八等。

〔三〕陳夢說（一七一四—一七八五）：字象臣，又字曉巖，別署西崦剛夫、枕泉居士，絳縣（今屬山西）人。乾隆元年丙辰（一七三六）舉人，十三年戊辰（一七四八）進士，授刑部河南司主事。十九年擢浙江司員外郎。三十二年授浙江督糧道。在浙十二年，歸鄉林居。著有《棻錫堂稿》。傳見《清史稿》卷三三六、《國朝耆舊類徵初編》卷二一一、《碑傳集》卷八五、光緒《絳縣志》卷一九等。

〔四〕平聖臺（一七二三—一七九五後）：字瑤海，號確齋，又號晚晴，晚歲自號火蓮居士，室名餘庵、妙香庵、清娛閣，山陰（今浙江紹興）人。乾隆十九年甲戌（一七五四）進士，選庶吉士，散館改知縣。歷官江西金谿縣知縣、廣州府同知、吉安府知府。晚年嗜佛，年七十餘卒。著有《揞黑豆集》。傳見《兩浙輶軒録》卷二九、《詞林輯略》卷四、《湖海詩傳》卷一七、同治《雲和縣志》卷一〇、民國《紹興縣志資料》等。

空谷香總評〔一〕

高文照

三十首驚天動地、鏤心鉥骨之文，關攝鈎連，如瑣子骨節，無一閒詞剩字，才大者心細如此。從起筆至收筆，純用中鋒，尤見腕力千鈞，非常神勇，眞奇構也。

（同上《空谷香傳奇》卷末）

【箋】

〔一〕底本無題名。

桂林霜（蔣士銓）

《桂林霜》傳奇，一名《賜衣記》，《曲海目》著錄。現存版本同《空谷香》。

桂林霜傳奇自序

蔣士銓

西興，古驛也。驛有丞，狹隘迫蹙，蹩躠隨牛馬走。官斯者猥俗自厭，過客弗顧焉。予棲越州六載，涉羅刹一江如履閾。馬君宏壎來爲丞，予輒止行李驛門，數與語。初以爲馴謹儒士也，及君出《扶風譜系》相示，始詳其家世。於戲！忠義之門，顧亦官此耶？君曰：『某家以文毅公難，廕世叨恩襲，某兄今列佐領，固如舊。惟某久困一衿，鰥居二十年，家壁立，乞升斗微祿，養子女耳，豈得已耶！』予聞而悲之。

按《譜》，馬氏顯列仕籍者，自別駕公起家，生廣文公，至總督公，門乃大。而文毅公挺然繼起，殉厥封疆，合門靖難，年纔四十有四。嗚呼，偉矣哉！先是天啓辛酉，遼左兵變，廣文公晝夜守城，力頗瘁。夫人趙氏聞訛言，倉卒驅女孫入井，率家人死者四十餘口。去康熙丁巳未六十年，而廣西難作，何其慘也！國初，三孽跳梁，諸臣死者纍纍。然目炬脣鋒，赫然史冊，卽釵笄角丱，同任國殤者，亦難歷數，顧皆慷慨捐生，雖難而未極其至也。若文毅，半載空衙，四年土室，凍骸餓殍，縱橫階戺間，虎倀猘媒，魆沙魚餌，日陳左右，而屹然不動。卒至噀血常山，旋飄柴市，偕四十口藁葬尸陀。嗚呼，可謂極其難者矣！

長夏病瘧，百事俱廢。瘧止，輒采其事，填詞一篇。積兩旬，成《桂林霜》院本。酷暑如熾，攜枕簟，就雜樹下，臥而讀之，侍疾者愀然而悲，听然而笑，予且不知其故也。他日，客有過予者，曰：『讀君《空谷香》，如飲吾越醽，雖極清洌，猶醇醴也。此文則北地燒春，其辣逾甚。豈五齊之法未辨耶？抑秫稻麴蘖，湛饎水泉之異性，陶器火齊之殊用耶？願聞其旨。』予聽然曰：『枚皋飛書，相如典冊，辛呲寒木，劉逖春華，夫固各有其筆也。冬日飲湯，夏日飲水，甘酒毋痰，燒春宰凍，所宜有間焉。子酒家南董也，予痁語耳。若砭予文，當求之和與緩。』遂召馬君而貽之，君不能出一詞。涙浪浪溢卷端，再拜而去。

乾隆辛卯仲夏，鉛山蔣士銓書於蕺山之館〔一〕。

（《不登大雅文庫珍本戲曲叢刊》第二〇冊影印清乾隆四十六年序紅雪樓刻本《紅雪樓十二種填詞》所收《桂林霜》卷首）

【箋】

〔一〕題署之後有印章二枚：陰文方章『蔣士銓印』，陽文方章『清容』。

（桂林霜）書後

蔣士銓

人臣死厥職，婦死其夫，子死其父，奴死其主。同一食祿忠事之義，敢希褒卹之施，俎豆之祀乎？然國家教忠之典至隆，所以激揚風節，俾事人者洗革二心，益惇恭榮，知雖死若生，雖亡若存。其榮顯於身後，更能保世而滋大。馬氏世篤忠貞，備邀恩禮，惟同殉之子女、奴婢等三十五人，未叨矜卹。想國初功令，例未及此，或以慎重勳勞，堤防冒濫，未可知也。伏見我皇上宣威辟土，賞罰嚴明，雖至微極賤之人，苟能盡力捐軀，則絲綸渙汗之必及，而錄其姓名，矜其妻子，使枯骸剩魄，淪浹仁恩於九原者，咸思結草仰報，以效犬馬未終之志。嗚呼！彼三十五人者，時命事會之遭耳，奚敢稍存遺憾歟？此篇以神道結之，人天感應，都無二致。因申論之，使愚賤者咸知所勵焉。

辛卯六月朔日，清容居士書。

（同上《桂林霜》卷末）

（桂林霜）序

張三禮

史冊忠貞義烈之臣，或異或同，後先輝映，卽學士大夫不能僂指。其幸而傳播天壤，雖愚賤皆知姓名者，則托於詞客，演於伶人之故。然則一丈氍毹，兩牀絲竹，關乎名教風化也，亦大矣哉！國初，三孽鼎沸，其間殉保障而死職守，與夫合門同盡者，如繁星閃爍霄漢，汗簡昭垂，藏諸冊府，海內閭閻之人弗知也。若似茫茫古今，只此岳鵬舉、楊椒山輩數公，撐持宇宙而已，不亦隘乎？

苕生太史，氣和而性烈，每與談史事，目光射人，唏嘘壯激，聲錚錚不可遏，齷齪之士輒避去，予弗敢厭也。今夏，太史病瘧兩旬，既愈，出新詞一帙，笑謂曰：『此痁語也，盍覽之？』予讀於乙夜，乃知爲馬文毅合家殉廣西之難而作。揆勢揣聲，如見其人，如聞其語，以至性寫奇人，故宜如是。

予咏歎之餘，嗚咽不能卒讀。而家人僮婢，咸倚壁拭涕，不勝悲哽，其所感又何摯歟！然特觀之紙上，誦之燈前耳。假使優孟寫生，聲容曲肖，其感發懲創之有裨於風教也，又可知矣。因勸亟付剞劂，俾文毅合門靈光浩氣，由斯普現大千也，豈非忠烈之所甚願乎！

乾隆辛卯九秋，燕臺張三禮書於越州郡齋〔一〕。

【箋】

〔一〕題署之後有印章二枚：陰陽文方章『三禮』，陽文方章『椿山』。

（桂林霜）題詞

王亶望 等

將軍曾說伏波孫，捍賊孤忠正氣存。六十年來家運厄，一般詩史愴精魂。

紅旗耀日鎮南荒，忠義人人自激昂。肘腋變生軍跋扈，空憐腹內甲兵強。

大義從容談笑餘，圍城土室好樓居。可憐淑女簪花格，併作孤臣泣血書。

銀章埋處上花黏，肯把恩榮與賊覘。早辦黃衫堪報國，不教紫綺拜孫炎。

竈下養皆成國士，馬牛走亦樹功名。更將特筆書嬰、臼，千古鬚眉盡欲生。

表章潛德擅鴻詞，演向氍毹事更奇。踴躍梨園暮節義，羞將笑貌學分宜。

臨汾王亶望味隒〔一〕

三孽雞連戡定難，煌煌褒鄂滿長安。偏將天末孤臣節，演出昇平百姓看。

一門兩世萃忠賢，厄運剛逢六十年。碧血輪囷照今古，須知惡死勝生天。

兒女牽衣遺遁時，儘教鐵漢淚如絲。誰知擊賊烏金鋪，駢僇雙雛不皺眉。

彙草簪花費較讐，名姬寶墨最風流。丈夫辦得從容死，土室圍城亦雋遊。

全憑浩氣植綱常，竈養蕘童盡國殤。檢點髑髏三十八，枝枝血染桂林霜。

人悲卞壺家全覆，時較文山死更遲。埋印藏衣皆國士，豈惟南八是男兒！

穴地孤兒捧玉棺，西臺遺客作祠官。神絃更唱《公無渡》，砭骨嚴霜六月寒。

聖世哀榮恩數稠，雙忠廟食炳千秋。史臣更爲開生面，付與當場菊部頭。山陰平聖臺確齋

長蛇封豕起南滇，破鏡鴟鴞競附羶。賴有伏波好孫子，一條銅柱拄青天。

淩兢難度三冬冷，顑頷常聞五夜啼。點檢賤良男共女，後先凡十九夷、齊。

南冠四載鎮幽囚，生死眞同大海漚。萬馬圍中衍筆陣，佳人名士兩風流。

二子髑髏血染衣，頭顱擊賊手親提。忠臣血嗣饒精爽，豈遜吳鴻與扈稽！

精忠浩氣有潛移，下格豚魚不自知。豈獨霽雲能授命，羊頭羊胃盡男兒。

屍骸橫野野烏飛，馬革包纏願亦違。收殮由來是賊黨，請君於此驗幾希。

荼毗都作腦臍香，柩櫬舁歸選佛場。夜半沖天燐火耀，人疑舍利吐奇先。

《桃花》樂府數東塘，仍滯南朝金粉香。何似淋漓濡大筆，直教鶺鴒衍綱常。任丘邊連寶隨園〔二〕

伏波銅柱屹千尋，瘴雨蠻烟捧日心。忍把勳名埋土室，不須重唱武溪深。

六詔風腥到八閩，淋漓畫壁亦酸辛。節毛落盡惟存舌，張、許同時社稷臣。

囚比文山多一年，橘奴燈婢命同捐。失身可似圓圓妓，舞扇包羞破鏡前。

三世重遭慘異常，宗支零落姓名香。彥回多壽瀛王樂，史筆窮搜沒地藏。

是滑稽文亦典型，閒調鳳管續《麟經》。勸忠眞有廣長舌，寫向烏絲教老伶。

酒闌讀曲燭花紅，字字驚人午夜鐘。兒女英雄恨都雪，幾人慷慨幾從容。雒南薛寧廷補山〔三〕

烏金月落路昏黃，雁影驚寒草著行。千古英魂招未得，人間唱徹《桂林霜》。
豫章樂府會傳神，墓上尚書恨又新。舊院爭誇新誥重，當時一種顧夫人。吳興紀復亨心齋〔四〕

珍重天恩付賜衣，闔門視死竟如歸。多君一管含丹筆，挾得霜稜帶血飛。
不枉西陵渡口行，歸來力疾鬭心兵。忠肝義膽精靈聚，早把人間瘧鬼驚。甘泉秦黌西巖

寫來生氣戟髯張，盤口分明是桂薑。吹度炎荒清似洗，河山新落一天霜。
愁中兒女也情深，臺妙親教纖手臨。到得香殘拋玉骨，斷腸總是廣平心。
受恩深重報恩難，合演忠良作例看。豈有負薪孫叔子？故教優孟肖衣冠。
藏孤匿迹劇堪哀，幕府當年盡異才。感我臨風欲長慟，千秋心事付西臺。虞山顧元揆端卿〔五〕

一夕霜飛古桂林，艱危九死藎臣心。直將頑豔同哀感，譜出新詞淚滿襟。
全家碧血委芳叢，彷彿鵑啼夜月中。遼海灘江同一轍，漢京名第重扶風。
軼事流傳秉史裁，特將生面爲重開。馬、班書法秦、黃調，併入先生腕底來。新安吳賢魯齋〔六〕

窈窕幽閨玉雪清，邯鄲廝養亦崢嶸。烏金鋪下人重過，似向田橫島上行。
掐徧新紅碧血深，千秋風雨泣烏金。封狼既死貙羆殪，未快當年罵賊心。
三十八人俱死殉，風操凜凜激清商。龍門變格傳神作，漫比風流玉茗堂。眞州江昱松泉〔七〕

鴻飛猝遇《桂林霜》，毅魄忠魂姓字香。自古傳奇無此筆，銅琵鐵板壓當場。
土室當年文信國，全家殉難似忠宣。賀蘭不救終非計，漫恃雄關四壁堅。

囚繫忠良死節成，逆藩兵焰勢堪驚。孤兒遠遁荒城去，杵臼、程嬰喜並生。

顧夫人似衛夫人，筆札還能見性眞。《彙草辨疑》詳注釋，閨中死事勒貞珉。

扶風死後傳將軍，處處丹心結陣雲。千古雙忠祠廟在，御書碑碣峙斜曛。

獨秀峯前詔遠頒，袍含雲日照仙山。編成史筆千秋業，遍灑萇弘碧血斑。　震澤張棟看雲

錯節盤根萬變嘗，從容忍死四星霜。可憐親見雙雛慘，含笑歸泉鐵石腸。

遺屍顛倒桂林秋，冠劍裙釵共一丘。三載暫稽淮、蔡戮，寒泉誰與薦松楸？

《彙草》重開《筆陣圖》，彩鸞精楷細箋橅。不知玉帶生何處，曾伴文山禁室無。

炎午曾傳生祭文，西臺竹石碎難分。間關九死全遺育，汗簡青標讓四君。

祗園殯啓骨猶香，螭首豐碑賜廟堂。卻笑疑棺三十六，曹瞞故智最荒唐。

四座青衫有淚痕，堂堂史筆仰龍門。孤忠畫壁傳閩海，擬借宮商更品論。　新安江春鶴亭

桂林跋扈擁貔貅，霜落烏臺夜角收。解唱褒忠新樂府，漁樵不數《秣陵秋》。

拜章倉猝出圍城，憔悴諸郎間道行。天末蠻雲望何處？章江嗚咽作離聲。

大書笏擊匾高懸，《彙草》樓中手自編。要與侍姬論《筆陣》，怒猊抉石驥奔泉。

烏金鋪黑喪中丞，毅魄貞魂恨不勝。贏得夜臺相慰語，全家長傍佛前燈。

檢屍義士認無差，廟號雙忠祀典加。莫向橫江歌竹石，靈旗風捲集神鴉。

誦芬得自西興驛，秉直原同南董狐。想像山堂驅瘧鬼，髑髏提擲血模餬。　會稽吳璜鑒南〔八〕

六十年來慘劫身，生同慷慨死同瞑。司農一擊平生了，可及全家兩代人。
山河殘破得圓圓，心事南來一笑捐。已娶麗華吾願足，又從天水下樓船。
公子艱難赴帝都，兩賓辛苦護雙雛。西臺更有同聲哭，親繪文山死節圖。
繼中丞者傳將軍，雙見靈旗下彩雲。張、許、南、雷先後事，詞人特筆史公文。

山陰鍾錫圭介伯〔九〕

尚書之子廣文孫，身是清時忠孝門。九乳無聲人睡熟，厝薪一點戒心存。
羣蠻跳月勢難降，作難先聞左右江。莫恃中原小邛僰，妖星早閃日南邦。
一領宮袍裹御烟，星軺催下夜郎天。平生食肉班超相，閒過人間卅六年。
大中丞幕客如雲，競跨弓刀志策勳。一夕蓮花池上聚，直疑談論動星文。
鬼兵鬼馬煽妖魔，邪正其如不敵何？他日變機生肘腋，龍泉恨未到孫和。（謂延齡）
本來節烈是家常，鈴閣無譁笑語香。忽報滇南反吳濞，一時迴首憶遼陽。
梟獍河曾解報恩，花翎不戴想烏巾。睢陽未陷南、雷死，同日男兒有兩人。（王、孟兩都統）
忍答君恩一劍遲，沉沉閶闔返魂時。天教公死同文信，更作燕山《正氣詩》。
一顆關防值甚錢，擲來漢殿角猶全。詎知袖裹司農印，日與樓頭笏並懸？
遣奴才往遣兒行，一紙封章萬里程。不比溫嶠輕作別，絕裾單爲立功名。
密箐淫溪萬死來，白雲漸遠望鄉臺。故人尚有陳蕃榻，差勝王孫泣路哀。
趙氏孤難隱袴中，誰家複壁許爲傭？天生一對扶忠手，李憲、朱雲合傳同。

土窨曾聞齧雪氈，新開土室苦拘攣。是霜是雪原無別，卻羨蘇卿返國年。

元和書腳魯公筋，不是拳痕即爪痕。誰信圜扉清課在？烏闌紅袖月黃昏。

丁公買主遭烹速，何苦甘爲反噬徒。到底烏紗幾曾戴，負他萬里送頭顱。

還朝望斷錦衣歸，尚剩團花七尺圍。想得開箱重檢過，鮮紅添暈淚痕揮。

取義行仁在此朝，烏金鋪內罵聲高。最憐盱、眕顏如雪，也附芳名銅柱標。

夢破全家午夜鐘，不煩慷慨有從容。怪來瘴墨吹都散，七朶蓮花倚七峯。

蕭寺殘冬風雪淒，相攜亡命匿禪棲。形容已改精靈在，怕聽鄰廧鬼夜啼。

只有唐林風義遒，如何賊手樹松楸。須知先軫如生面，不似西僧飲器頭。

死節原非要世欽，褒忠典自盛朝深。一輪寶日中天駐，照徹幽沉四載心。

化碧埋香土一堆，三年無主野棠開。白頭留得闍黎在，指說牙牌插記來。

竊弄潢池等刹那，洗兵洱海慶包戈。尉佗黃屋成何用？萬古豐碑寫伏波。

文章豈賴有團圓，忠孝神仙理則然。安得赫蹏書萬本，直教張、許遍街傳。武康高文照秋士

（以上均《不登大雅文庫珍本戲曲叢刊》第二〇冊影印清乾隆四十六年序紅雪樓刻本《紅雪樓十二種填詞》所收《桂林霜》卷首）

【箋】

〔一〕王亶望（？—一七八一）：字誕鳳，號味隙，室名來鳳樓，臨汾（今屬山西）人。江蘇巡撫王師（一六九〇—一七五一）子。乾隆十五年庚午（一七五〇）舉人，捐納知縣，二十一年（一七五六）發甘肅，知山丹、臯蘭諸

縣。累遷至浙江布政使。乾隆三十九年（一七七四），移甘肅布政使，貪污銀兩。四十二年（一七七七），擢浙江巡撫。四十六年（一七八一），甘肅事發，處斬，籍沒，得金銀逾百萬。工書，學米、董。撰《浙江采進書總錄》、《解進書目》、《浙江乾隆進呈書目》、《浙江進呈未收書目》等。傳見《清史稿》卷三三九、《國史列傳》卷五五等。

〔二〕邊連寶（一七〇〇—一七七三）：字趙珍，一字肇畛，號隨園，晚號茗禪居士，學者稱北隨園先生，任丘（今屬河北）人。邊汝元（一六五四—一七一五）子，邊中寶（一六九七—？）弟。雍正十三年乙卯（一七三五）拔貢，廷試第一。乾隆元年丙辰（一七三六），舉博學鴻詞，召試不中。十四年（一七四九），復舉經學，辭不赴。遂絕意仕進，肆力詩古文。評訂《五言正味集》、《杜律啓蒙》等。著有《隨園詩草》、《隨園詩集》、《隨園病餘草》、《隨園詩草》、《隨園文鈔》等。傳見蔣士銓《忠雅堂文集》卷四《傳》、《清史稿》卷四八四、《清史列傳》卷七〇、《國朝耆獻類徵初編》卷四三二、《國朝詩人徵略初編》卷二七、《國史文苑傳稿》卷二、《詞科掌錄》卷一六、《鶴徵後錄》卷一、《大清畿輔先哲傳》卷二一、乾隆《獻縣志》卷一〇等。

〔三〕薛寧廷（一七一八—一七九二）：字退思，號補山，別署洛間山人，雒南（今屬陝西）人。廣東韶連道參議薛韞（一六八七—一七六七）子。乾隆十六年（一七五一），隨父謫居山東樂陵。中舉後，任華州學正。二十二年丁丑（一七五七）進士，選庶吉士，散館授編修。退職後定居山東，主講濟南濼沅書院、膠西書院。著有《洛間山人詩鈔》、《洛間山人文鈔》等。傳見《詞林輯略》卷四、《晚晴簃詩匯》卷八八等。

〔四〕紀復亨：字元稚，號心齋，又號杍亭，吳興（今浙江湖州）人。河南商丘籍。乾隆十七年壬申（一七五二）進士，選庶吉士，散館授編修。官至太僕寺少卿。因病乞歸，寄居蘇州，後返南潯。卒年七十四。工詩，善詩畫。著有《心齋詩集》、《杍亭詞》、《鼎湖小志》、《太僕遺文百一編》。傳見《詞林輯略》卷四、《湖海詩人小傳》卷一四、《昭代名人尺牘小傳》卷二二、《墨林今話》卷六、《清畫家詩史》丙下、《清代畫史增編》卷二六、《國朝書畫家筆錄》卷二八、《歷代兩浙詞人小傳》卷八、光緒《烏程縣志》卷一七等。

〔五〕顧元揆（一七三一—？）：字端卿，號梅坡，虞山（今江蘇常熟）人，一說元和（今江蘇蘇州）人。乾隆九年甲子（一七四四），順天鄉試舉人。二十八年授浙江龍泉知縣。調餘姚，擢雲南羅平知州，補貴州黔西知州，調古州。工書畫。著有《梅坡詩草》。傳見《畫家知希錄》卷七、民國《吳縣志》卷六八下。

〔六〕吳賢（一七二八—一七七五）：字思焉，號魯齋，休寧（今屬安徽）人。乾隆二十一年丙子（一七五六）舉人，歷官常州督捕通判、蘇州管糧同知，再權丹陽、荊溪、江都、金匱、元和五縣事。傳見袁枚《小倉山房文集》卷四《墓志銘》、吳蔚光《素修堂遺文》卷三《事狀》及《祭家魯齋明府文》等。

〔七〕江昱（一七〇六—一七七五）：字賓谷，號松泉，初名旭，字才江，既而更今名，儀徵（今屬江蘇）人。江都諸生。善經學，通聲音訓詁之學，工詩詞。著有《韻歧》、《尚書私學》、《瀟湘聽雨錄》、《松泉錄》、《山中白雲詞疏證》、《蘋洲漁笛譜疏證》、《草窗詞外集疏證》、《松泉詩集》六卷、《梅鶴詞》、《清泉縣志》等。傳見蔣士銓《忠雅堂文集》卷四《傳》、《清史稿》卷四八一、《清史列傳》卷七一、《國朝耆獻類徵初編》卷四二〇、《國朝詩人徵略初編》卷三三、《湖海詩人小傳》卷一八、《皇清書史》卷二等。

〔八〕吳璜（一七二七—一七七三）：字方甸，號鑒南，山陰（今浙江紹興）人。商盤外甥。乾隆二十四年己卯（一七五九），順天舉人。二十五年庚辰（一七六〇）進士，授戶部主事。出知澧州道。三十八年（一七七三），委署重慶府通判，小金川土司叛亂，隨總督退保美諾，死於難。著有《黃琢山房詩鈔》。傳見蔣士銓《忠雅堂文集》卷三《傳》、程晉芳《勉行堂文集》卷六《傳》、《碑傳集》卷一二一、《國朝詩人徵略初編》卷三七、嘉慶《山陰縣志》卷一五、道光《會稽縣志稿》等。

〔九〕鍾錫圭：字介伯，號西樵，山陰（今浙江紹興）人。生平未詳。

臨川夢（蔣士銓）

《臨川夢》傳奇，《曲海目》著錄，現存版本同《空谷香》。

臨川夢自序

蔣士銓

客謂予曰：『湯臨川，詞人也歟？』予曰：『何以知之？』曰：『讀《四夢》之曲，故知之。』予听然而笑曰：『然則子固歌者也，何足知臨川？』客愠曰：『非詞人，豈學人乎？』予曰：『《明史》及《玉茗堂全集》，非僻書，子曾見之歟？』曰：『未也。』予曰：『然則子固歌者也，又烏知學人？』乃取《明史·列傳》及《玉茗堂集》，約略示之，客慚而退。

嗚呼！臨川一生大節，不邇權貴，遞爲執政所抑，一官潦倒，里居二十年，白首事親，哀毁而卒，是忠孝完人也。觀其星變一疏，使爲臺諫，則朱雲、陽城矣。徐聞之講學明道，遂昌之滅虎縱囚，爲經師，爲循吏，又文翁、韓延壽、劉平、趙瑤、鍾離意、吕元膺、唐臨之流也。詞人云乎哉？

然則何以作此《四夢》也？曷觀臨川之言乎？題《牡丹亭》曰：『夢中之情，何必非眞？』題《紫釵》曰：『人生榮困，生死何常。爲歡苦不足，奈何？』題《邯鄲》曰：『岸谷滄桑，亦豈常計焉？醒之物耶？概云如夢，醒復何存？』題《南柯》曰：『人處六道中，嚬笑不可失也。夢了爲覺，情了爲佛，境有廣狹，力有强劣而已。』嗚呼！其視古今四海，一枕蟻穴耳。在夢言夢，他何

予恐天下如客者多矣，乃雜采各書，及《玉茗集》中所載種種情事，譜爲《臨川夢》一劇，摹繪先生人品，現身場上，庶幾癡人不以先生爲詞人也歟？嗟乎！先生以生爲夢，以死爲醒；予則以生爲死，以醒爲夢。於是引先生既醒之身，復入於既死之夢，且令《四夢》中人，與先生周旋於夢外之身，不亦荒唐可樂乎？獨惜婁江女子，爲公而死，其識力過於當時執政遠矣，特兼寫之，以爲醉夢者愧焉。然而予但爲夢中人說夢而已，固無與於醒者。客果以臨川爲詞人，又何不可之有哉？

甲午上巳〔一〕，鉛山蔣士銓書於芳潤堂〔二〕。

（《不登大雅文庫珍本戲曲叢刊》第二〇冊影印清乾隆四十六年序紅雪樓刻本《紅雪樓十二種塡詞》所收《臨川夢》卷首）

【箋】

〔一〕甲午：乾隆三十四年（一七七四）。

〔二〕題署之後有印章二枚：陰陽文方章『蔣士銓印』，陽文方章『清容』。

臨川夢題詞

闕　名〔一〕

夢中言夢亦荒唐，難覓龍宮醒睡方。萬物有知形答影，百花無語色憐香。鷄蟲得喪成恩怨，鳥鼠因緣見短長。三十年來雙冷眼，去來今裏怕思量。

腐儒談理俗難醫，下士言情格苦卑。苟合皆無持正想，流連爭賞誨淫詞。人間世布珊瑚網，造化兒牽傀儡絲。脱屣榮枯生死外，老夫叉手看多時。

（同上《臨川夢》卷末）

【箋】

〔一〕此二詩當爲蔣士銓撰。

雪中人（蔣士銓）

《雪中人》傳奇，《曲海目》著録。現存版本同《空谷香》。

雪中人塡詞自序

蔣士銓

癸巳臘日[一]，與錢百泉孝廉[二]，圍爐飲護春堂中。檐雪如毳，百泉偶舉鐵丐事，談笑甚樂，僦予塡新詞，寫其狀。百泉既去，除夜兀坐，意有所觸，遂構局成篇，竟夕成一首，天已達曙。人事雜遝，小暇即書之，越八日而稿脱矣。

嗚呼！一取與求索間，皆丐也。得其所與者，輒忘其丐；丐其所與者，旋爭豔其得。丐也，與也，得也，有相圜而見，相賸以成者焉。蓬垢藍縷，特丐之外著者耳。然丐而能鐵，較之韋而丐者，不差勝乎？於是作《鐵丐傳》，使凡丐者以鐵自勉焉，雪且失其寒也已。

清容居士書。

（同上《紅雪樓十二種塡詞》所收《雪中人》卷首）

【箋】

［一］癸巳：乾隆三十八年（一七七三）。是年臘日，公元已入一七七四年。

［二］錢百泉孝廉：即錢世錫（一七三三—一七九五），字百泉。

采樵圖（蔣士銓）

《采樵圖》傳奇，《古典戲曲存目彙考》著録，現存清乾隆間刻本、嘉慶間《清容外集》本、乾隆四十六年（一七八一）序紅雪樓刻本《紅雪樓十二種塡詞》本（《不登大雅文庫珍本戲曲叢刊》第二二冊據以影印）、盧冀野校訂《紅雪樓逸稿》本（中華書局一九三六年版）。

采樵圖傳奇自序

蔣士銓

吾郡上饒婁一齋先生，理學名儒。誕育賢女，結配非人，含恨而卒。其墓在江①省德勝門外，河干湮没已久。予於辛未訪得碑址，先後作《一片石》、《第二碑》院本以表之。今復爲《采樵圖》十二齣，傳演本事，蓋題畫以諫阻其夫之亂，故妃之隱志也。終以陽明立功遭忌，學道名山，一倡三歎，唯解人知之耳。

辛丑中秋日〔二〕，離垢居士書。

（同上《紅雪樓十二種塡詞》所收《采樵圖》卷首）

【校】

①盧冀野校訂《紅雪樓逸稿》本，『江』字後有『西』字。

【箋】

〔一〕辛丑：　清乾隆四十六年（一七八一）。

采石磯（蔣士銓）

《采石磯》傳奇，《古典戲曲存目彙考》著録，現存清乾隆間刻本、嘉慶間《清容外集》本、乾隆四十六年（一七八一）序紅雪樓刻本《紅雪樓十二種塡詞》本（《不登大雅文庫珍本戲曲叢刊》第二一册據以影印）、盧冀野校訂《紅雪樓逸稿》本（中華書局一九三六年版）。

采石磯傳奇自序

蔣士銓

才高識短，豎儒耳。太白才傾人主，氣淩宦官，薦郭汾陽再造唐室，知人之功，雖姚、宋何讓焉。後世誦其文者，皆以詩人目之，淺之乎丈夫矣。予表文、謝兩公忠義後，尚餘墨瀋，乃盡一日，塡《采石磯》雜劇八齣，以見青蓮一生遭逢志節，同聲而哭者，或又破涕爲笑矣。

辛丑重九日〔一〕，清容居士書。

（同上《紅雪樓十二種塡詞》所收《采石磯》卷首）

【箋】

〔一〕辛丑：乾隆四十六年（一七八一）。

冬青樹（蔣士銓）

《冬青樹》傳奇，《曲海目》著録。現存版本同《空谷香》。

（冬青樹）自序

蔣士銓

竊觀往代孤忠，當國步已移，尚間關忍死於萬無可爲之時，志存恢復，耿耿丹衷，卒完大節，以結國家數百年養士之局，如吾鄉文、謝兩公者，嗚呼，難矣哉！秋夜蕭然，不能成寐，剪燈譜《冬青樹院本》三十八首，三日而畢。摭拾附會，連綴成文，慷慨歌呼，不自能已。庾信之賦《哀江南》曰：『惟以悲哀爲主。』殆或似之。經曰：『歲寒然後知松柏。』若兩公者，即以爲冬青之樹，誰曰不宜？

辛丑八月〔一〕，離垢居士書。

【箋】

〔一〕辛丑：乾隆四十六年（一七八一）。

（冬青樹）序

張　塤〔一〕

文章爛漫易，老境難。老而乾瘠，非老也。老而健，老而腴，刊去枝葉，言無餘賸，此爲老境，非少年學人才人所可幾及也。心餘先生所撰院本，如《空谷香》、《桂林霜》、《臨川夢》若干種，流播藝苑，家鱧其書。而《冬青樹》一種，最後出。其時落葉打窗，風雨蕭寂，三日而成此書。以文山、疊山爲經，以趙王孫、汪水雲、幕府諸參軍及一切遺民爲緯，采掇旣廣，感激亦切，振筆而書，褒貶各見。此良史之三長，略具於此。而韻如鐵鑄，文成花粲，此先生老境之文如此。子由序東坡《和陶》謂：『無老人衰憊之氣者，有如是也。』予交先生時，年未及三十。其後爲翰林，名益高，文益奇。而諸子皆能讀父書，取科目，俾先生淡泊榮利，爲風雅中之巨擘焉。烏虖！天之待先生不爲薄也。

此書成，首以眎予。予考文山坐臥一小樓，三年足不履地，此見正史，而有不足信者。《指南後錄》有《五月十七夜大雨歌》、《築房子歌》、《七月二日大雨歌》諸詩，咸道狴犴之苦，沮洳濕毒。自兵馬司移宮籍監，稍爽塏，旋還所司，械項縶足，麥述丁並收公棋弈、筆墨、書卷，則所謂小樓者，絕無其地。先生塡詞曰：『天涯靜度如年日，樓中頻和少陵詩。』此蓋沿於正史也。此書除《勘獄》一劇，餘皆實錄。故附書所知，以復於先生云爾。

乾隆辛丑中秋後二日丁亥，吳郡張塤石公序。

（以上均《不登大雅文庫珍本戲曲叢刊》第二一冊影印清乾隆四十六年序紅雪樓刻本《紅雪樓十二種填詞》第四種《冬青樹》卷首）

【箋】

〔一〕張塤（一七三一—一七八九）：原名傳詩，字商言，一作商賢，號瘦銅，一作瘦桐，別署石公、吟薌、吟鄉、錦屏山人、小茅山人，室名竹葉庵、青瓷閣、紅閶書屋，吳縣（今江蘇蘇州）人。久困場屋，乾隆三十年乙酉（一七六五）舉人。三十四年，考授內閣中書，入四庫全書館任職。與蔣士銓同爲金德瑛（一七〇一—一七六二）弟子。工詩詞，善書畫。著有《竹葉庵文集》、《林屋詞》、《碧簫詞存》等。撰雜劇《督亢圖》、《中郎女》（一名《蔡文姬歸漢》），均佚。參見鄧長風《張塤和他的〈竹葉庵文集〉》（《明清戲曲家考略》）。

〔二〕辛丑：乾隆四十六年（一七八一）。

香祖樓（蔣士銓）

《香祖樓》傳奇，一名《轉情關》，《曲海目》著錄。現存版本同《空谷香》。

（香祖樓）自序

蔣士銓

或謂藏園主人曰：『子題《愍烈記》云：「安肯輕提南董筆，替人兒女寫相思。」〔一〕今乃成

《轉情關》一編，豈非破綺語之戒，涉欲海之波，踐情塵之迹耶？』主人听然而笑曰：『否！否！《風》、《雅》首於《二南》，其閨房式好之詞，巾幗懷人之什，長言而嗟嘆之，何爲者？蓋得乎性情之正者也。惟然，故冠於三百之篇。』

或曰：『敢問《香祖樓》，情何以正？』主人曰：『曾氏得《螽斯》之正者也，李氏得《小星》之正者也，仲子得《關雎》之正者也。「發乎情，止乎禮義」，聖人弗以爲非焉，豈兒女相思之謂耶？』

或曰：『敢問兒女相思則何若？』主人曰：『才色所觸，情欲相維，不待父母媒妁之言，意耦神構，自行其志，是淫奔之萌櫱也，君子惡焉。』

或曰：『然則茲編仍南董之筆歟？』主人曰：『知言哉。』於是以情關正其疆界，使言情者弗敢私越焉。

乾隆甲午寒食日，藏園居士自書〔二〕。

【箋】

〔一〕《愍烈記》：即《中州愍烈記》，周壎（一七一四—一七八三）撰。蔣士銓《中州愍烈記題詞》，見《忠雅堂詩集》卷四（嘉慶二十二年序藏園重刻本）。

〔二〕題署之後有陽文印章二枚：長方章『長歌當哭』，方章『未免有情』。

（香祖樓）後序

陳守詒〔一〕

予情渺渺，引自無端；此境依依，因而有著。剪柔絲而不斷，亂緒偏多；遏逝水以難停，驚波靡定。都無起止，心花發向誰邊？忽有勾留，意蕊粘於空際。蓋從因示現，遂繾綣之非常；以相生緣，竟纏綿而莫解。聯寸衷於脈脈，此之謂情；生百感於茫茫，轉成爲恨。情能終局，歡娱皆係前塵；恨少收場，苦惱多由宿業。嗟乎！補情天之缺，采石焉求？填恨海之坑，冤禽罔訴！乃有文章大手，挽恨水之奔濤；肯將詞賦餘波，潤情田之槁壤？婆心隱躍，假風月以寓雷霆；苦口瀾翻，藉褒彈而爲棒喝。寄詼詞於莊論，無非指點迷津；寫名理於清言，不異商量正學。此《香祖樓》一編之所由作也。

原夫花生上界，三枝偶作低徊；因之劫墮閻浮，一室來成眷屬。天關共轉，巍巍手握樞機；世網爭投，赫赫途分靈蠢。六般成就，旗邊字字分明；各種無常，簿上紛紛領受。爾乃協紫綬黄裳之吉，現宰官仕女之身。戶列三星，圖成二美。桐陰比翼，翔阿閣之鸞皇；銀漢交翎，戲仙橋之鳷鵲。情之正者，福用歸焉。别有孤根屈曲，秀出卑枝；弱羽褵褷，生爲窮鳥。造化不加憐惜，鬼神安肯護持？是雨露之所遺，任風霜之交妒。偶登鷲嶺，便稱弟子陀羅；纔近蓮臺，許作慈航龍女。於是緑珠堆米，換取璧人；寶帳垂烟，遮藏金屋。南園鬬草，花底隨肩；碧沼觀荷，尊前聯詠。極倡隨之樂，邊旁倚此娟娟；訂燕婉之盟，固結期於世世。

不料貪狼無饜，中山之毒肆流；黠鼠多謀，半夜之姦叵測。雖鋤兇有律，堂縣燭怪之犀；而縛鬼無憑，符少辟邪之呪。嗟乎！草難獨活，花作將離。斷寸寸之猿腸，灑行行之鵑血。零丁賦命，孑爾小星；捐逐甘心，賢哉大婦。春光九十，便算一生；恩愛萬千，難留半晌。空抱重圓之鏡，徒悲已缺之甌。休言笛授花奴，枉說樓名香祖。從此魂銷海畔，頻延屢死之生；目斷天涯，再和雙聲之韻。帛書寄去，盼穿河北關山；油壁推來，笑煞党家風味。且向銷金帳下，凜凜數言；試看刁斗聲中，錚錚一命。於是桑扈絕交飛之想，高吟求友鶺鴒；芄蘭釋紉佩之憂，不唱換巢鸞鳳。同全趙璧，謀從間道而歸；誰失楚弓，暗買曲張而得。入雄狐盜藪，依然不染亭亭；假雌虎獅威，猶是無瑕皎皎。

無何王師自天而下，蟻賊據險以迎。九重授鉞，誇渠橫海將軍；三十登壇，是妾封侯夫壻。郎眞羆虎，僕亦崑崙。沙吒利函顱有匣，敢將柳氏潛藏；古押衙救死無丹，空把王嬙偷出。嗚虖！半庵落葉，掩此哀蟬；滿馬征旗，難招別鶴。徒使殘魂一縷，化爲幕上之烏；雖餘細柳千絲，莫返樓中之燕。情之恨者，人也天乎！若乃將仲子兮，其癡難及；猶夫人也，厥愛惟均。衾裯陳列鼎之圖，枕簟結同功之繭。他生未卜，此生先說休休；小別如何，永別居然草草。捧遙緘而隕涕，高樓拍遍闌干；坐冷月以懷人，破驛聽殘鼓角。獨尋蕭寺，可憐少婦離魂；晝寢空堂，還續香樓前夢。莫不以癡償恨，以愛生魔；敢云本德爲功，恃緣成福。夫奉行惟善，曹司有紀錄之神；食報不虛，戰壘集酬恩之鬼。雖恆理之可信，實寓言之有加也。至於蟻穿蚓蝕，皆爲芳烈所招；即教幡護架擎，亦係馨香宜有。魔寧任過，義敢稱功。若非帝釋前後諄諄，將使衆生來回瞢瞢。此又情關之妙於其轉者也。

嗟乎！舞衫歌扇，大半宣淫；檀板金樽，無非行樂。説理者落於腐障，掩耳思逃；醒世者墮入狐禪，游談惹厭。惟本忠孝節義之旨趣，發爲布帛菽粟之詞章。質非傖父之敷陳，雅異俗流之掉弄。雲霞結綺，目眩者方知五色成文；琴瑟和聲，傾聽者始識八音吹律。試問俳優陋語，可能感動至情？若無筆墨化工，不足維持名教。借酒盃而歌哭，自君出矣，奚殊三疊清商；觸恨壘以咨嗟，惟我聽之，不啻一聲《河滿》！

乾隆甲午九秋，種木居士陳守詒題撰〔二〕。

【箋】

〔一〕陳守詒（一七三一或一七三二—一八〇八或一八〇九）：字仲牧，一作仲子，號約堂，別署種木居士，新城（今屬江西）人。陳道（一七〇七—一七六〇）次子。援例員外郎，父歿後，出補兵部武選司。乾隆四十五年（一七八〇），擢車駕司郎中。歷官安徽太平府知府、河南陳州府知府。傳見陳用光《太乙舟文集》卷三《行狀》、秦瀛《小峴山人續文集》卷二《墓志銘》、姚鼐《惜抱軒詩文集·中憲大夫陳州知府陳君墓志銘》、同治《新城縣志》卷一〇等。

〔二〕題署之後有印章三枚：陽文方章『陳仲子』，陰陽文方章『貽印』，陽文長方章『聊以自娛』。

《香祖樓》論文一則

羅　聘

甚矣，《香祖樓》之難於下筆也！前有《空谷香》之夢蘭，而若蘭何以異焉？夢蘭、若蘭同一淑女也，孫虎、李蚓同一繼父也，吳公子、扈將軍同一樊籠也，紅絲、高駕同一介紹也，成君美、裴畹同一故人也，小婦同一短命也，大婦同一賢媛也。使各爲小傳，且難免雷同，瓜李之嫌；況又別撰三十二篇洋洋灑灑之文，必將襲馬爲班，本昫成祁，安能別賁於邕，判優於敖也乎？

作者曰：不然。夢蘭之吳公子、成君美，實有其人；若蘭之外，皆不可深考。吾以蘭爲獅之球，龍之珠，尨之鬼睛，布之戟支焉。按《蘭譜》，蘭之紫者、黄者、白者，皆有姓名也。害蘭者，蚓與蟻也，架高則免焉。而又護之以風幡，培之於九畹，自能展其媚而揚其芬也。於是布子分羿，立經陳緯，製局謀篇，穿插掩映，將復轉離，欲粘反脱。試合兩劇而參觀之，微特不相侵犯，且各極其變化推移之妙。嗚呼，神矣哉！

予謂不善爲文者，如拙工之寫生，秦人、越人，無不相似者。善爲文者不然，伯喈必非仲喈，家臣斷非至聖也。玉茗先生寫杜女離魂若彼矣。作者偏不畏其難，而一再攖其鋒，犯其壘，弗以爲苦。寫夢蘭之死，則達也；寫俞娃之死，則戀也；寫若蘭之死，則恨也，皆非若麗娘之死於情欲之感。而立言之旨，動關風化，較彼導欲宣淫之作，又何其婉而多風，嚴而有體也耶？至首尾二篇，以情關爲轉捩，發出徹地通天之論。造語神奇，說理平實，括三乘於半偈，韜萬派於一源，又何其解悟神通若是歟！昔人以塡詞爲俳優之文，不復經意，作者獨以古文法律行之，搏兔用全力。君子於其言，無所苟而已矣，不信然乎！

前身花之寺僧兩峯山人羅聘書〔一〕。

【箋】

〔一〕題署之後有陽文長方章『游戲』。

（香祖樓）題詞

馮廷丞 等

又向人天任別離，三才穿貫總無遺。上天下地無閒土，百事思量總不宜。

涼風容易自西來，並蔕花宜一處開。只有鴛鴦同臥起，鴛鴦池上醒方才。

落葉罷隨飛燕還，畫中人不似從前。憐他去我三千里，望帝春心托杜鵑。

當時一著子兒差，說到生離淚似麻。鬼使神差胡撮弄，酸甜苦辣更加些。

郎官何遜最風流，不及盧家有莫愁。曾記年時攜手處，水晶簾下看梳頭。

腸斷魂銷若個知，黃泉不唱比紅兒。將軍海上新傳箭，臺上平明大將旗。

但生歡喜莫生愁，地下傷春也白頭。匿枕低帷成隔世，繡檀迴枕玉雕鎪。

楊柳迎霜倍可憐，雕闌同靠態嫣然。紅鸞兩次花星動，肯向洪厓又拍肩。

不許癡兒憶故夫，滿身花影倩人扶。今生不死難消受，燕子樓中淚眼枯。
穿著宮衣騎駿馬，身留一劍報郎恩。滿窗藥氣雙愁淚，清磬一聲人叩門。
幽蘭花放無人賞，哭倒青蓮九品臺。光景無多送花萎，綠衣娘墜下樓來。
鐵甲將軍戰馬馱，征袍一樣淚痕多。念他烈自根苗具，無定河邊夢若何？
何年再上埋香墓，落葉聲催小命亡。落葉聲聲心上打，修羅注死恁倉皇。
高樓上與浮雲並，短夢淒迷放不長。領取和鳴好情況，又歸他館伴鴛鴦。（集本詞句）雁門馮廷丞

康齋〔二〕

孰擁情闕孰轉輪，人間離别到新婚。明珠卅二看成串，都是情腸熱淚痕。
夢蘭悲異若蘭悲，仲子癡如顧令癡。唱到人天離合外，就中多不合時宜。
百堵闕樓六種情，人天消息太分明。個中多少無情物，一例和他蟻蝨生。
小婦聰明大婦賢，柔情生愛愛生憐。蘭花不卸香樓暖，織就流黄是枉然。
丹砂玉札雜牛溲，暮鼓神鐘響未休。不論文章論文字，定知磊塊積胷頭。
裴君扈老笑登場，小戰沙蟲列陣行。莫爲摧殘怨芳烈，論功還合讓雌王。
從來一飯抵千金，贏得南柯奏捷音。若論飢鴻飽粱稻，合將鴛侣報淮陰。
天神眷屬最情多，同倚闕樓蹙翠蛾。不但幽蘭是芳草，一花一葉奈愁何！
乾坤萬古大情癡，舊恨新愁欲問誰？豎出情闕第一義，煩他天眼與禪眢。
萬劫莊嚴帝釋身，茫茫欲界證緣因。羣花管領今何在，可是蓉城舊主人？天都羅聘兩峯

識得情芽卽禍胎，仙城四扇爲誰開？ 可憐天上癡兒女，也作浮漚幻影來。
香祖樓中一刹那，烏紗紅袖任婆娑。 自從天酒澆愁後，不唱人間《長恨歌》。
天宮無地種相思，卻有名花管別離。 情到纏綿黃殿講，爲他憔悴也應宜。
了無根蒂與萌芽，劫裏沙蟲莫怨嗟。 倩女離魂回首處，空香仍是斷腸花。
白刃光中現寶鬘，黄沙堆起望夫山。 臨行一滴人天淚，不贈羊家碧指環。
無色無邊無盡情，最迷離處更分明。 牡丹亭上三生路，猶是拖泥帶水行。
『二南』遺教溯《風》詩，掃盡才人旖旎辭。 絕大文章在游戲，談天說法寫相思。
蒲團紙帳自觀身，又爲幽蘭觸恨因。 拈起妙蓮華一瓣，銷他八萬劫風輪。（先生所居軒曰妙蓮華）

湘潭張九鉞度西（二）

新得佳人字莫愁，不風流處轉風流。 樓中執手花前坐，斜倚紅鸞笑不休。
花要人憐卻又羞，鴛鴦眠穩仲家樓。 冰壺小佔清涼界，似惹閒愁不是愁。
三人結就同心帶，且約花前飲玉杯。 比似山陰亭子上，一家終日住樓臺。
樓上花枝笑獨眠，讓他華髮寫淩烟。 三生留下相思債，死做鴛鴦不羨仙。
莫厭當杯酒入脣，鏡中雙照比肩人。 多情慣惹無情罰，射影含沙計最神。
節序榮枯有變遷，等閒輪卻賣花錢。 世人那得知其故？ 錦瑟無端五十絃。
蒼鷹拏攫過藩籬，自己酸辛自己知。 遙想伊人應念我，香蘭聚影勝新知。
都是生前墮劫人，豺狼反面易生嗔。 權棲惡木相迤逗，不愧孫郎帳下身。

魔星降世難征討，壘土爲巢踞海疆。持鉞請纓將有待，龍蛇升降法陰陽。
怪底窮鱗起怒渦，寶船翻起葬鯨波。森嚴虎帳陳兵衛，野宿貔貅萬竈多。
手按龍泉搔白髮，欲飛長劍斬鼉鼉。嘗前細柳藏飛鳥，三月楊花撲面多。
女蘿今作寄生枝，累我思他十二時。此夜孤鴻支漏苦，一般夫婦嘆仳儷。
莫笑么麿難抗敵，驅除玄武避勾陳。河清海晏兵戈洗，白刃叢中訪麗人。
前身今世兩茫茫，各有臨岐淚兩行。酒醒今宵何處也？烏雲低接陣雲香。
纔待歡娛病來矣，三人小別一人歸。情場福分誰能並，卻羨黃衣配紫衣。
愛戀因由自忖量，胎中曾帶女兒香。天涯把做梅花贈，蟻蝨秦宮去采芳。
未卜他生合便休，眼穿腸斷爲牽牛。一枝花影將奴殢，重轉仙人白玉樓。
饗士筵傾分袂酒，昇平聊且賦閒居。誰題落葉碑三尺，一縷香魂付使車。
樓上徘徊樓下立，數行家信萬金來。庵中短了桃花命，一寸眉窩展未開。
三生石上睡瞢騰，錦繖夫人別有城。淡月東升日西矬，與君今世說前生。（集本詞句）　南昌吴起

濂石南〔三〕

誰云草木無情物？偏是情多恨轉深。試看香樓終始局，悲歡離合繫人心。
漫言仲子是情癡，更有夫人惜玉奇。參透箇中消息理，恨端已兆見憐時。
戕蘭蚓、蟻原無意，裴、扈周旋若有懷。盤錯全他金石性，故教恩怨兩安排。
正變貞淫法戒陳，詞人妙旨本風人。果然帝釋司情柄，須信藏園是後身。　南昌萬仕英青士〔四〕

（以上均《不登大雅文庫珍本戲曲叢刊》第二二冊影印清乾隆四十六年序紅雪樓刻本《紅雪樓十二種填詞》所收《香祖樓》卷首）

【箋】

〔一〕馮廷丞（一七二八或一七二九—一七八四或一七八五）：字均弼，號康齋，代州（今屬山西）人。乾隆十七年壬申（一七五二）舉人。二十一年（一七五六），由蔭生授光禄寺署正。歷官大理寺丞、刑部員外郎、郎中，仕至湖北按察使。著有《敬學堂詩鈔》。傳見朱珪《知足齋文集》卷三《墓志銘》、汪中《述學外篇·神道碑》（《國朝耆獻類徵初編》卷一六七）、汪喜孫輯《尚友記·馮按察家傳》、光緒《山西通志》卷一三五等。

〔二〕張九鉞（一七二一—一八〇三）：生平詳見本卷《六如亭》條解題。

〔三〕吳起濂：號石南，南昌（今屬江西）人。生平未詳。

〔四〕萬仕英：號青士，南昌（今屬江西）人。生平未詳。

八寶箱（夏秉衡）

夏秉衡（一七二六—一七七四後），字平千，號谷香、谷香子、香閣，華亭（今上海松江區）人。清乾隆十八年癸酉（一七五三）舉人。二十八年，任蒲城知縣。三十年，遷盩厔（今陝西周至）知縣，三十二年，離任。十六年，刻所輯《清綺軒詞選》三十卷。著有《清綺軒初集》。撰傳奇《八寶箱》、《雙翠圓》、《詩中聖》三種，合稱《秋水堂傳奇》。參見蔣星煜《夏秉衡及其〈秋水堂傳奇〉》

（《中國戲曲史鈎沉》）。

《八寶箱》，《曲海目》著録，入清無名氏傳奇目；《今樂考證》著録，題『夏秉衡』作。現存乾隆十五年庚午（一七五〇）秋水堂刻本。

（八寶箱）序

夏秉衡

余弱冠時，偶讀《西京雜記》，至明妃出關事，心輒不平。又嘗讀《情史》，至杜十娘沉江事，爲之感憤者累日。思欲並爲作傳，以幻筆補造化之缺陷，而屬稿未成。己巳春〔一〕，雨窗無事，謀竟前志。翻閲《前漢書》，見昭帝時以宫女賜鄯善新王，蓋事在明妃前，而姓氏莫考，儀容不著。獨明妃以毛延壽故，使天下後世之人無不歌之、吊之，從而憐惜之，則延壽寔有功於明妃也。卒之延壽見誅，而他年墓草内向，明妃之心平矣。明妃之心平，而天下後世之人之心亦平矣；天下後世之人之心平，而余之心又何爲而不平？故《明妃傳》可不作也。

獨十娘以蘭蕙之姿，抱冰雪之操，而遇人不淑，中道棄捐，此其可悲可憫，當十倍於明妃，而余向之恨延壽而憐明妃者，不自知其何以移而憐十娘矣。雖然，十娘之事往矣，余即爲之嗟嘆之、歌哭之，與當年白骨何與然？卒不能已於嗟嘆之、歌哭之者，此非余一人之私心也，實天下後世之人之公心也。既爲天下後世之人之公心，則何難變幻其説，補綴其詞，使死者復生，離者復合，而後有以快余之心，而卽有以快天下後世之人之心？ 而卒有所不可者，何也？ 蓋十娘有心人也，彼蓋塵視人世之金玉錦繡，而惟以寸心之足信爲期。 今李郎之心不足信矣，卽使勉而相從，安保後日之不終棄乎？ 故十娘必死之志，不決於富豪謀構之時，已早決於李郎愁窮之日。 而如孫富者，不過爲鬼神所使，出而成就十娘之節操，則孫富實有功於十娘，猶夫毛延壽之有功於明妃也，又何尤哉？

余故據《情史》所載，敍其始末，譜爲新曲，使千古慧心淑女，一段精光，永永流傳於鵝笙象板間，是則余作《八寶箱傳奇》之志也。 若夫詞曲之工拙，固不暇計，紅牙按拍之餘，亦姑俟周郎之顧而已。

乾隆己巳冬，谷香子夏秉衡書。

【箋】

〔一〕己巳： 乾隆十四年（一七四九）。

八寶箱序〔一〕

廖景文

若夫湘江蘅杜，大都寄託之辭； 巫峽雨雲，半是虛空之語。 李供奉瑤臺羣玉，妃子倚欄；柳屯田殘月曉風，女郎按板。 由來韻事，每屬騷人。 和凝稱『曲子相公』，陰陽協律； 摩詰號『琵琶弟子』，風雅宗師。 調宮徵以①成音，錯朱藍而煥彩。 豈徒珠簾繡戶，誇豔體於《香奩》； 錦瑟金釵，寓閒情於古意者哉？

吾友夏子谷香，弱歲騎羊，妙齡吐鳳。花前嘯咏，欲召花神；月下吟哦，可招月姊。軒翥華亭之鶴，筆是淩雲；飛騰谷水之龍，梭能織錦。長篇小令，鏤雪團香；低唱淺斟，搓酥滴粉。呼選樓之公子，盥手裝書；倩列屋之美人，畫眉捧硯。於是詩腸賦手，平章南部烟花；繡口錦心，陶寫東山絲竹。簪環綺麗，院仿宜春；絃管參差，園分梓澤。譜翻《白紵》，聽歌《玉樹》新腔；筵醉紅裙，看舞《霓裳》仙樂。芳華竟體，福慧兼全；韶令宜人，情文雙美。《鬱輪袍》製成一曲，古調自彈；沉香亭草就三章，仙才復見。固知玉釵窈窕之句，馳譽楚宫；洞簫清俊之篇，蜚聲漢邸矣。

爾乃握珊瑚之管，别擬新題；擘琅玕之箋，分編佳話。詞塡黄絹，機本七襄；事記青樓，籍名八寶。蓴綠華人間到處，翠袖闌珊；杜蘭香天上謫來，朱顔飄泊。輕盈十五，偏從薄倖兒夫；佳麗三千，徒作有情眷屬。啜其泣矣，甲帳影孤；傷如之何，寒江魂斷。恨無隱娘匕首，報此狂且；痛深小玉烏襴，憐伊薄命。紫簫吹去，歸歟碧水藍橋；青鳥飛還，逝矣江潭雒浦。嗟乎！十二行豔冶，收入私囊；五百年姻緣，結存公案。唤醒三生春夢，儼若遊仙；參同四壁秋波，由兹證果。

臣眞好色，對此神交；僕詎知音，觀之意滿。情多宋玉，君其描繪南威；才盡江淹，余乃唐突西子云爾。

乾隆庚午夏月，古檀廖景文拜書。

【校】

①以，底本闕，據文義補。

【箋】

〔一〕底本無題名。版心題『廖序』。

（八寶箱）題詞

趙虹等

佛貍城外兩峯高，一片秋聲捲怒濤。無數英雄腸斷處，淚痕如水涴青袍。減字偷聲獨擅場，漫將紅豆點清商。關河冷落閑風味，記否前身柳七郎？ 嘉定趙虹飲谷〔一〕

詞是詩餘，曩推北宋，秦、柳齊肩。念『衰草微雲』，舞腰旖旎；『曉風殘月』，拍板纏綿。才並無雙，行皆第七，異曲同工天下傳。遙相待，有谷香夏七，鼎足三焉。驀生筆底雲烟。將《八寶箱》詞譜一編。嘆薄倖狂且，人爭切齒；守貞淑女，鬼見猶憐。奇愈生奇，幻而又幻，思入非非天外天。歌喉歇，聽繞梁餘韻，三日猶然。（調寄【沁園春】） 吳縣周本碧螺〔二〕

拾翠江邊恨未休，無聊情味獨經秋。誰攜寶鑒當空照？不把明珠向闇投。山月自沉雲靄靄，汀花如笑水悠悠。旗亭畫遍新翻曲，紅粉青衫一樣愁。 維揚江昱松泉

一縷柔腸，兩行清淚，無端濕透青衫。倩鶯聲宛轉，燕語呢喃。《紅鹽》、《白紵》新翻曲，低唱

處、調叶英咸。風流才子，緣情擒藻，詎比常談？　堪嘆薄倖兒男。任珠沉玉碎，直恁癡憨。念芳姿豔質，飄泊奚甘？至今怒激江濤涌，只剩有、岸草毿毿。忘情似我，聞歌掩抑，亦自愁添。（調寄【金菊對芙蓉】）　雲間陳鐘笏庵〔三〕

宮本流傳幾曲新，玉簫吹斷廣陵春。驚鴻不定游龍舞，敵過陳王賦洛神。紅燭青尊千古恨，哀絃彈入羽聲稀。明珠萬顆鮫人淚，激起天風海水飛。　白門秦大士劍泉〔四〕

人物雲間，溯幾社風流未歇。烏絲寫，紅牙輕拍，滿毫花屑。游戲神仙思一縷，别離兒女腸千結。任當筵、濕透舊青衫，珠成血。　懷璧志，憑誰說；沉淵恨，從君雪。想俠骨香魂，眞堪淒絕。攜向妙高臺畔唱，玉簫隱隱聲嗚咽。看長江、萬里舞蛟螭，歌方闋。（調寄【滿江紅】）澄江繆孟烈毅齋〔五〕

句有清音字有香，好憑鶯舌囀笙簧。青樓姊妹能歌否？合醵黄金鑄七郎。

幾許閒愁筆底生，百年舊事亦關情。江郎本是相思種，一滴啼痕一字成。　華亭朱宗載空香〔六〕

（以上均清乾隆十五年庚午秋水堂刻本《八寶箱》卷首）

【箋】

〔一〕趙虹：　字飲谷，號賸翁，嘉定（今屬上海）人。布衣，寓揚州，工詩文，才名籍甚。詩入《國朝詩别裁集》卷二八。曾爲陳撰《玉几山房吟卷·秋吟》題跋。著有《春帆吟》。傳見《湖海詩傳》卷一一、光緒《增修甘泉縣志》卷一五等。

〔二〕周本：　號碧螺，吳縣（今江蘇蘇州）人。生平未詳。

〔三〕陳鐘：號笏庵，婁縣（今上海松江區）人。按光緒《青浦縣志》卷十九載：『陳鐘，字玉延，婁縣人。福泉諸生，庠姓沈。以舉人考授内閣中書。工詩文，師事焦袁熹，與曹一士善。所居不蔽風雨，勵節彌堅。年六十餘卒。』或卽其人。

〔四〕秦大士（一七一五—一七七七）：字魯一，號澗泉（又作劍泉、鑒泉），别署秋田、秋田老人，江寧（今江蘇南京）人。乾隆十二年丁卯（一七四七）舉人，十七年壬申（一七五二）狀元，授翰林院修撰，官至侍講學士。二十八年（一七六三）告終養，家居十餘年卒。工詩文，善書畫。著有《秦澗泉稿》、《秦狀元稿》、《蓬萊山樵集》等。傳見盧文弨《抱經堂文集》卷三三《墓志銘》（收入《碑傳集補》卷八）、《詞林輯略》卷四、《昭代名人尺牘小傳》卷二二、《墨香居畫識》卷六、《國朝書畫家筆錄》卷二、《皇清書史》卷九、《國朝書人輯略》卷五、《清畫家詩史》丙下、《清代畫史增編》卷九、《金陵文徵小傳彙刊》、《金陵通傳》卷三三、同治《上江兩縣志》卷二四等。

〔五〕繆孟烈：字學山，號毅齋，婁縣（今上海松江區）人。乾隆十八年（一七五三），内閣學士夢麟視學江蘇，拔爲諸生。入太學，應京兆試，不售，抑鬱成疾，卒。傳見嘉慶《松江府志》卷五八、光緒《婁縣續志》卷一六、《雪橋詩話續集》卷五。黄達《一樓集》卷一〇有《哭友絶句三十首·繆毅齋孟烈》。

〔六〕朱宗載：號空香，華亭（今上海松江區）人。生平未詳。

雙翠圓（夏秉衡）

《雙翠圓》傳奇，《曲海目》著錄，入清無名氏傳奇目，《曲考》、《今樂考證》、《曲錄》諸書亦同。諸書復重出《翠翹記》一本，殆卽此劇别名。現存乾隆三十二年丁亥（一七六七）小石山房刻本，題《繡像雙翠圓》，一題《秋水堂雙翠圓傳奇》；乾隆間秋水堂刻巾箱本(《傳惜華藏古典戲曲珍本叢刊》第四五册據以影印)。

(雙翠圓)序

夏秉衡

《虞初新志》載王翠翹遇徐海事，甚奇，惜其傳略而不詳。丁亥秋〔一〕，養疴官署之鏡齋，偶閲稗史，知翠孃之適徐郎，乃境遇之一端耳。其間遇人不淑，獅吼河東，若錫麓之束生，亦如花之枝葉，水之波瀾，作翠娘一生結束。惟金釵盟證，生死不渝，方其情之所種，醉心刻骨，所謂千里來龍，結穴在此。因掇其本末，略爲改竄，譜之詞曲，播之管絃，然後小傳之略、稗官之誣，或可補救萬一，不至使豔心俠骨泯滅無聞，則千百載後，余又翠娘一知己也。至傳中寫憂愁之遇，則如江上哀猿，淒然欲絶；歡欣之境，則如佛前妙諦，微笑拈花。甚至詼諧嫚罵，又如穿花蛺蝶，點水蜻蜓，略黏即脱，不著色相，可謂鏤心嘔血，窮此筆力矣。而其間工拙，不敢自計，世有周郎，定能識賞於清尊紅燭間也。

時乾隆丁亥季秋，雲間夏秉衡谷香氏書於盩厔官舍之挹翠軒〔二〕。

(《傳惜華藏古典戲曲珍本叢刊》第四五册影印清乾隆間秋水堂刻巾箱本《秋水堂雙翠圓傳奇》卷首)

【箋】

〔一〕丁亥：乾隆三十二年（一七六七）。

〔二〕題署之後有陽文方章二枚：「秉衡」、「谷香」。

雙翠圓跋

闕名

金生絕然不提，忽冒出衛姓、束姓來，雖係書中變法，而令閱者難憑次序，且亦情趣勉强。吾雖不才，斷難謬贊也。

（中國國家圖書館藏清乾隆間秋水堂刻本《秋水堂雙翠圓傳奇》卷上末墨筆題）

詩中聖（夏秉衡）

《詩中聖》傳奇，《今樂考證》著錄。現存乾隆四十九年甲辰（一七八四）秋水堂刻本，題《繡像詩中聖》，一題《秋水堂詩中聖傳奇》；乾隆間秋水堂刻巾箱本（《傅惜華藏古典戲曲珍本叢刊》第四四冊據以影印）。

（詩中聖）序

夏秉衡

詩莫盛於三唐，而唐詩以李、杜爲鼻祖。太白天才奇特，故發爲詩歌，壯浪縱恣，擺去拘束，實有仙才。少陵則詞氣豪邁，屬對細密，其寓意遣詞，哀而不傷，懟而不怨，得風人忠厚之遺，非太白所能窺其堂奥。此李、杜詩體之概論也。

若少陵境遇轗軻，更足爲才人酸鼻。天寶末，獻《三大禮賦》，見賞於明皇，此其受知之始。嗣則祿山之變，宵遁靈武；房琯之敗，貶官鄜州。其間負薪采梠，兒女餓殍者數人，境亦若矣。得嚴季鷹之薦，宦游西蜀，種竹植樹，結構錦江埜亭於浣花里，日與田夫野老相狎蕩，此少陵一生最樂之境。季鷹死，蜀中復有崔寧、楊子琳之亂，乃客游耒陽，又爲暴水所阻，不得食者旬日，其遇更惡。然屢嘗寇亂，挺節無所汙，其爲詩文，情詞悱惻，忠不忘君，則少陵不獨爲一代之詩人，寔亦一代之忠臣耳。

余撮其生平顛末，播爲歌詞。其中略有潤色，以合傳奇家關目，而姓名事寔，悉從本傳脱胎，非類俗本一味駕空，竟作海市蜃樓觀也。少陵爲一朝鉅手，千古詩人，何待予言爲發揮？特是院本登場，最易感發人之性情。傳奇中多載太白事，未見少陵，無怪愚夫愚婦知有李白而不知有杜甫也。急爲被之管絃，欲使牧豎販夫，皆知李、杜並重，是則余塡詞之旨矣。若夫詞曲之工拙，初不暇論，以俟賞識家之指南云爾。

乾隆甲午歲小春月，華亭夏秉衡谷香氏書於吴門秋水堂〔一〕。

（《傅惜華藏古典戲曲珍本叢刊》第四四册影印清乾隆間秋水堂刻巾箱本《秋水堂詩中聖傳奇》卷首）

【箋】

〔一〕題署之後有印章二枚：陰文方章「秉衡」，陽文方章「谷香」。

頤情閣五種曲（曹錫黼）

曹錫黼（一七二六—一七五四），字誕文，一字旦雯，號菽圃，上海人。早歲得第。約乾隆十五年庚午（一七五〇），任太常寺員外郎。著有《碧鮮齋詩集》，編定《石倉世纂》、《曹氏合族試藝》等。參見鄧長風《曹錫黼的生卒年和明清上海曹氏世系》（《明清戲曲家考略》）、《十三位清代戲曲家生平材料·曹錫黼》（《明清戲曲家考略三編》）。

撰雜劇五種，總名《頤情閣五種曲》，又名《無町詞餘》，包含《桃花吟》、《四色石》（四種），現存乾隆間原刻本（《清人雜劇初集》據以影印）。

頤情閣五種曲序〔一〕

葉　承〔二〕

海倘能塡，何處得尋精衛？天如可補，不妨重問女媧。思破涕以何時，茫茫今古；嘆埋愁兮無地，浩浩山川。蓋夫地缺天傾，誰平遺恨？風流雲散，徒剩虛名。無聊幾碎唾壺，有激欲斟大斗。則若門羅雀網，戲場卽在名場；面暎桃花，薄命可能續命。春憐三月雨，猶羨雙鴛合鏡之緣；神助一帆風，徒驚『孤鶩落霞』之句。歌傳同谷，悲拾橡之少陵；會記蘭亭，仰流觴之内史。名猶不幸之幸，事皆無奇之奇。嗚呼！大造愚人，化工侮世。凡波逝者，雪㫙見晛而消；苟有情人，劍且倚天而叩。此菽圃曹太常《桃花吟》、《四色石》傳奇所由作也。

憶往日脫稿殷勤，袖煥珠璣之彩；詎而今披書太息，坐熸筆墨之光。匏繫一官，輸杜陵之老大；菌凋廿載，同王勃之伶俜。命也如何，湯湯逝水；天胡不佑，黯黯秋雲。尚忍言哉，誰能遣此！雖然，嘆孤桐之摇落，天本忌才；撫文杏之芬菲，名原自我。若其才非蓋世，徒嗤紫色哇聲；縱令壽過古稀，終等電光泡影。今且半生佳製，唱遍旗亭；卽此一闋新聲，歌傾菊部。引商刻徵，蠻箋增墨苑之光；换羽移宫，彤管奪蒼旻之巧。從此遺書能讀，望屬孤兒；況復潛德克彰，誼推幼弟。君眞不朽，留佳話於人間；我爲解嘲，報故人於地下。

乾隆景子鞠月朔日〔三〕，芝涇弟葉承拜題〔四〕。

【箋】

〔一〕底本無題名。

〔二〕葉承（一六九六—一七七四），字子敬，號松亭，青浦（今上海青浦區）人。葉映榴（一六三八—一六八八）曾孫，葉棠（一六七一—一七二七）子。雍正五年丁未（一七二七）進士，授浙江常山知縣。改貴池教諭，一作池州府教授。罷歸後，設教里中。學問淹雅，善書畫、刻印。工詩，著《松亭集》。傳見光緒《青浦縣志》卷一八、光緒《南匯縣志》卷一四、《墨香居畫識》、《清畫家詩史》丙上、《清畫家詩史增編》卷三五、《吳中葉氏族譜》卷四一等。

〔三〕乾隆景子：乾隆二十一年丙子（一七五六）。

〔四〕題署之末有印章三枚：陽文圓章『一片冰心』，陰文方章『葉承之印』，陽文方章『子敬』。

頤情閣五種曲序〔一〕

葉鳳毛〔二〕

竊觀多文才藝之士，用之不盡，則溢爲小説詞曲。自元代創傳奇，四百年來，其書汗牛充棟，然優人習而歌之者，僅百餘種。蓋不必其詞之工，第視其聲容之足以動人，歌演得盡其技者而已。求其三者兼美，百餘種中又僅得一二。小小文字，傳不傳亦有數與？

曹太常誕文，多文才藝，生平所著詩文，俱流播人間。嘗於酒酣談笑之傾，輒爲傳奇，曰《桃花吟》、《四色石》。雖短篇小構，亦足見其才氣之奔逸，辭采之淵茂，寄興之微遠，殆老手專家無以過之。其詞既工，其聲既諧，有爲付之管絃，傅粉墨，登氍毹，當必能動人而盡優人之技者矣，何疑於之。

不傳乎？今誕文逝矣，風流文采，日在人口。其弟北樞、循南，梓此曲行之，吾知其壎篪之誼，人琴之感，有餘悲焉。

清靜退人題〔三〕。

【箋】

〔一〕底本無題名。按，吴毓華《中國古代戲曲序跋集》誤植此文爲吴偉業《臨春閣》雜劇序，且誤署「清靜道人」撰（頁三二三—三二四）。

〔二〕葉鳳毛（一七〇九—一七八一）：字超宗，號恆齋，別署六泉、隴畝、清靜退人，青浦（今上海青浦區）人。葉映榴孫，葉旉（一六七〇—一七六〇）子。雍正八年庚戌（一七三〇），雍正帝以忠節子孫召見，授内閣中書，轉典籍。將遷同知，以病請假，奉母歸。工詩文，善書畫。著有《説學齋集》、《倚玉詞》、《内閣小志》、《清太廟紀略》等。傳見光緒《南匯縣志》卷一四、《清畫家詩史》丙下、《清代畫史增編》卷三五、《墨香居畫識》、《松江詩徵》等。

〔三〕題署之後有印章二枚：陽文方章「葉鳳毛」，陰文方章「隴畝氏」。

頤情閣五種曲序〔一〕

施　潤〔二〕

曹員外菽圃，生僅二十九年，而著作已富。詩、古文及説部、雜識，卷帙盈尺，各有根柢，存乎其間。至按律吕爲南北曲，固才人能事之餘，而士林亦深賞之。

憶癸酉、甲戌間〔三〕，同居日下，余二人賞奇析疑，意極相得。誼本中表親，菽圃以兄事余，如余以兄事容圃太史，切切匪形迹合也。顧容圃時官中書，頻入直，大約晨夕之數，緊菽圃爲多。故所撰述，余見什之九。《桃花吟》、《四色石》，亦曾屬余爲周郎之顧，而余謝不敏者。

嗚呼！今菽圃墓草宿矣。難弟北樞、循南，率令子匡來輩，孝友之思，不忘手澤，將輯其詩、古文、說部、雜識以行世。余方幸菽圃懷才好學，不能天假之年者，將藉翰墨以垂不朽名，而不意此詞餘二種，已先鐫之棗梨，並且演之傀儡也。茲余久客倦歸，得逢妙舞清歌，爲移情者久，乃取原藁，一再吟諷。見《桃花吟》一折，與玉茗堂《四夢》同工；而《四色石》慷慨淋漓，各盡其致，則徐文長之《四聲猿》可以頡頏。由此鼓吹詞林，流傳藝苑，洵亦慧業中不朽者。菽圃非藉此以傳，而此足以傳菽圃矣。海内知菽圃名者，即不求諸詩、古文、說部、雜識，而求諸《桃花吟》、《四色石》，亦足見才人之才，無所不至也。

乾隆戊寅初冬，秋水施潤題。

（以上均《清人雜劇初集》影印清乾隆間刻本《桃花吟》卷首）

【箋】

〔一〕底本無題名。

〔二〕施潤（約一七二六—一七七五後）：字澤寰，號秋水，上海人。乾隆三十三年戊子（一七六八）舉人，三十七年壬辰（一七七二）進士，授鳳陽教授。以憂歸，主上海敬業書院。著有《居敬堂詩稿》。傳見光緒《南匯縣志》卷一四。

〔三〕癸酉、甲戌：乾隆十八年（一七五三）、十九年（一七五四）。

四色石（曹錫黼）

《四色石》，包含《張雀網廷平感世》、《序蘭亭内史臨波》、《宴滕王子安檢韻》、《寓同谷老杜興歌》四種雜劇，現存乾隆間原刻本（《清人雜劇初集》據以影印）。

題雀羅庭

闕　名

炎涼之態怕無加，白眼看來轉嘆嗟。省得凡人難貌相，青門莫厭故時瓜。

（《清人雜劇初集》影印清乾隆間刻本《張雀網廷平感世》卷末）

題曲水宴

闕　名

一年最好是三月，勝事猶傳晉永和。參透人生生死案，青春贏得笑呵呵。

（《清人雜劇初集》影印清乾隆間刻本《序蘭亭内史臨波》卷末）

題滕王閣

闕名

義烏亡命楊盧死，終古書生處境窮。年少飄零似王勃，神人還予一帆風。

（《清人雜劇初集》影印清乾隆間刻本《宴滕王子安檢韻》卷末）

題同谷歌

闕名

一腔熱血杜襄陽，矢口酸辛淚滿裳。莫訝七歌歌太苦，耐人悵觸是殊鄉。

（《清人雜劇初集》影印清乾隆間刻本《寓同谷老杜興歌》卷末）

離騷影（楊宗岱）

楊宗岱（約一七二六—一七九六後），原名生魯，號鈍夫，别署楚客，大庾（今江西大餘）人。乾隆二十四年己卯（一七五九）舉人，二十八年癸未（一七六三）進士。三十三年，掌教廣東惠州惠陽書院。三十九年，署四川綿竹知縣。四十二年，任井研知縣。五十八年，任湖南朗江書院山長。傳見嘉慶《井研縣志》卷五、咸豐《大庾縣志》卷一二、民國《大庾縣志》卷八等。撰傳奇《離騷影》。參見杜桂萍《清代戲曲〈離騷影〉作者考》(《文學遺產》二〇一〇年第五期)、黄義樞《清代戲曲作者考三題》(《文獻》二〇一〇年第四期)、何光濤《楊宗岱小説〈烈女無名氏傳〉和雜劇〈離騷影〉考論》(《明清小説研究》二〇一二年第一期)等。《離騷影》,《古典戲曲存目彙考》著録,作『鈍夫』撰。現存乾隆五十八年(一七九三)序正氣樓刻本,中國社會科學院圖書館藏,《古本戲曲叢刊七集》據以影印。

離騷影題詞〔一〕

楊宗岱

生死皆乘化。寓形宇内如逆旅,有何牽挂?難得五更鼾睡美,鄰寺曉鐘輕打。利誘名牽何時罷,把倮蟲兒簸弄煞。嘆替人、做就衣裳嫁。行自念,吾衰也。　何須不應呼牛馬。花落花開春料理,黄鸝慣罵。三萬六千傀儡場,遮莫疑眞疑假。楚人謠處,我歌且烈,傳奇懷沙。後賦似蜉蝣,在匪風之下。慷以慨,知音者。(右調【賀新涼】,次清容居士韻)

楚客自題。

(《古本戲曲叢刊七集》影印清乾隆五十八年序正氣樓刻本《離騷影》卷末)

【箋】

〔一〕底本無題名。

離騷影題詞

任　鑒〔一〕

塡詞之學，始於宋，盛於元，濫觴於明，而事非忠孝節義，其詞不足以正人心、厲風俗、端教化者，雖工弗貴。《琵琶》一部，布帛菽粟之文，論其詞采風韻，豈遂駕乎《還魂記》、《會眞記》之上，卽例以元明各種曲，亦相埒焉。而讀是書者，莫不爲之悲感交集，涕泗行下，則又何也？蓋忠臣孝子悌弟之良人所固有，雖愚夫愚婦，亦觀感而興起其惻怛慈愛之懷。此《還魂》、《會眞》之供詞人吟詠，而《琵琶》獨推第一，職是故耳。

武陵古烈婦遭時多難，作《絕命詩》一章，投江以死，其憂愁怨思，與屈平何以異？然屈子能以文章自顯，烈婦雖有詩而不傳其姓氏，則其志其遇，尤可悲也。癸丑夏〔二〕，大庾鈍夫先生掌教朗江，演其事，作《離騷影》雜劇示余，顯微闡幽，功莫鉅焉。史遷云：『非附青雲之士，烏能施於後世？』信乎，忠孝節烈之必有待於記事也！余不敏，於塡詞之學少所講習，然《琵琶》以至孝弁冕諸詞，《離騷影》以節烈步其後塵，傳之奕世，又不知幾千萬人涕泗行下矣。

歌喉一轉一酸辛，借影離騷絃管新。豈必梨園肖千古，悲謌當哭問湘神。

荊溪任鑒。

【箋】

〔一〕任鑒（一七四七—？）：字道微，荊溪（今江蘇宜興）人。國子監生。以四庫全書館謄錄期滿，捐授大理寺評事。乾隆五十五年（一七九〇），授湖南常德府通判。官至永綏同知。傳見道光《續纂宜荊縣志》卷七。

〔二〕癸丑：乾隆五十八年（一七九三）。

離騷影題詞

周大澍 等

絕代風流湯玉茗，天然標格蔣苕生。而今翻出《離騷影》，宗派西江字字清。

狀元才子古猶惜，香草美人今尚存。並與《琵琶》作雙絕，千秋大義此中論。

巴渝解勸使君歌，小拍紅牙喚奈何？懺盡綺言還度曲，宰宮身現說維摩。

壺頭關下桃花水，踏遍花貓唱《竹枝》。無限湘靈怨湘瑟，峯青江上月明時。長沙周大澍〔一〕

烽火焚如逝水侵，銷鎔玉骨洗冰心。無情水火都迴避，冰玉封緘翡翠岑。

不是沉淵避死兵，分明水解赴瑤京。回頭十九年塵夢，醒處全拋世上名。萍村戴世泰〔二〕

紅顏青冢不須憐，一樣波臣與泼湔（一說昭君出塞赴水死）。此地桃花流去水，沿江竹蘸淚涓涓。

梅花形似水仙神，何待招魂別寫眞。幻出《離騷》、《天問》影，步珊珊畫卷中人。鳳亭葉鳴岡〔三〕

淨洗名心不廢詩，人間天上莫遲疑。《柏舟》之死靡他志，三百篇餘是楚詞。

美人香草攄胷懷，澤畔行吟孰與偕？手攬芙蓉搴木末，靈氛畢竟有裙釵。芝巖卞承烈〔四〕

甘心死節全生理，轉眼生天慰死綏。楚國《九歌》垂樂府，湘君一水赴瑤池。

接桃源水莫歌漁，四韻吟成演六如。試按紅牙敲一拍，定猜黃絹起三閭。鷺溪文自奎〔五〕

楔子《離騷》兩壁圖，魚龍戲劇會黃姑。當時鼓枻滄浪曲，打諢申申詈女嬃。

武陵城外大堤西，三尺荒墳夕照低。一曲老龍吹笛裂，鷓鴣啼罷子規啼。紫堂張瑛〔六〕

《子夜》歌殘懊惱儂，水仙琴操撥惺忪。空江況鼓湘靈瑟，曲罷遙遙青數峯。

倒影巫山一段雲，飛昇回顧洞庭君。寄聲明月弄珠女，説苑新鐫琬琰文。樂亭胡豐〔七〕

浩氣淩波接太空，星河皎皎逼蟾宫。《霓裳》半部招颭影，誰説靈旗不滿風。

莫愁湖畔莫愁歌，三弄桓伊喚奈何？試向武溪深處聽，斑斑淚點竹枝多。了緣趙九鼎〔八〕

波聲朗朗咽長江，別調明明帶楚腔。三十六灣鴝鵒舞，鴛鴦分散不能雙。

青山漠漠水悠悠，切莫悲吟惹四愁。此曲竟須天上有，鮫人綃亦贈纏頭。荔堂朱怡典〔九〕

懺悔從來綺語能，填詞先貯一甌冰。梨園裝點松筠節，此是菩提最上乘。

洛神空搨十三行，氏署無名翠墨香。小影《離騷》新院本，莫教鮑老漫登場。野雲朱鶴年〔一〇〕

蘭茝片玉刻冰魂，化碧啼鵑有血痕。解得鷇音繙佛曲，蓮花舌本掉田邨。

一髮沅江節節灘，淘淘水樂攬聲酸。生天成佛惟忠烈，長嘯歸來月未闌。蓮筏釋常濟〔一一〕

『二南』無嗣響，楚風已淪萎。惟餘騷只些，江葬魚腹奇。鄉風善幽怨，忠孝節義垂。傳聞朗州墳，有古烈婦碑。沉淵滅姓字，齎志投湘纍。碑隕墳亦頹，三百年於兹。傳聞摹彷彿，蹤迹邈難追。乃獨來椽筆，覽乘據皋比。哦詩傳《騷》影，志逆意得之。二十五篇賦，五十六字詩。精神相往復，上下古今馳。心花空結撰，波濤驅雄辭。水府何深邃，宮殿鬱參差。想見瑤臺座，日月燦璧珪。龍公紅抹首，刀袴排金閨。左右紛黿頭，拜進語嘔吚。侍女帷帳間，魚服閒容儀。紛紛芷與蘭，壇坫芳葳蕤。旋忽騰帝闕，神遊向天墀。上界渺風雲，高朗無敝虧。夷猶引羽仗，清樂張軒羲。奎璧文章府，金薤光淋漓，玉皇香案吏，女史專職司。高軒黜賀譎，乞巧屏柳巵。敕命三閭奏，仙秩進瓊姬。玉骨節珊珊，烈氣扶綱維。當年戒婞直，申詈女嬃爲。漁父常鼓枻，詹尹亦拂龜。搜羅非附會，義例當補遺。應律叫詞翰，餔啜併糟醨。下臨無極地，上達河漢涯。神鬼入肺腸，風雷生噓噫。凜冽存正始，雅頌嚴箴規。豈比吟月露，歌板豔色絲。何嘗競標牓，秉節抗襟期。此後千載下，先生果伊誰。鶴泉張世法〔一二〕

零陵芳草洞庭雲，樂府新篇有妙文。聽唱江巡哀咽處，楚歌騷些不堪聞。
瑤池謫史賦《懷沙》，十九年中怨物華。要認金庭仙館籍，武陵溪畔有桃花。
千載幽情鬼宿星，遺聲腸斷《牡丹亭》。何如廿五《離騷影》，一片九疑雲樹青。
黄絹詩篇絕命詞，逃名惟有列仙知。應須鐵老傳湘瑟，三月子規啼血時。蘅皋孫起楠〔一三〕

鐵崖樂府記仙曹，枉渚悲風起怒濤。名士牢愁無處著，江邊痛飲讀《離騷》。
浮尸不墮蛟龍宅，痛哭曾驚虎豹關。二百餘年詩一首，無名氏女在人間。

鼎州郭外草萋萋，玉冷香消客思迷。二十五絃聲未絶，女蘿山鬼夜深啼。
絶調千秋玉茗堂，琵琶往事淚沾裳。誰知月好風清夜，一曲江巡人斷腸。蘭莊陳珪〔一四〕
今古茫茫委逝波，一波一折護湘娥。洄流不散蒼梧影，水調歌頭起汨羅。
死不沽名生可知，饒他巾幗愧鬚眉。卽無一字腸堪斷，况讀沉淵絶命詞。
瘞玉無須土一堆，冰夷引紼輓風雷。水仙蜕脱形原幻，回向瑶池月下來。
姓字誰教琬琰鐫，爭光日月女嬋娟。人問院本無名氏，勝似湘東玉管傳。曉帆楊泳〔一五〕
（以上均《古本戲曲叢刊七集》影印清乾隆五十八年序正氣樓刻本《離騷影》卷首）

【箋】

〔一〕周大澍，字雨甘，長沙（今屬湖南）人。乾隆三十五年庚寅（一七七〇）恩科舉人。曾任常德府學訓導、寶慶府教諭。官至知縣。此四詩又見鄧顯鶴（一七七七—一八五一）《沅湘耆舊集》卷一〇八（道光二十四年新化鄧氏南村草堂刻本），題爲《題大庾楊鈍夫離騷影傳奇》。

〔二〕戴世泰：號萍村，湖北人。編《隸左句鐫》一卷（湖北圖書館藏清世義堂刻本）。

〔三〕葉鳴岡（一七四三—？）：號鳳亭，乳源（今屬廣東）人。貢生。乾隆五十一年（一七八六），入貲爲湖南澧州直隸州州判。後陞任綏寧知縣。五十七年（一七九二），署湖南靖州知州。傳見同治《綏寧縣志》。

〔四〕卞承烈：號芝巖，籍里、生平均未詳。

〔五〕文自奎：號鷺溪，攸縣（今屬湖南）人。乾隆間舉人。乾隆末，官武陵縣學教諭。著有《涵泊書屋文集》、《鷺溪吟草》等。傳見《武陵縣志》卷二九《職官志·文職》。

〔六〕張瑛： 號紫堂，籍里、生平均未詳。

〔七〕胡豐： 號樂亭，湘潭（今屬湖南）人。乾隆五十四年己酉（一七八九）恩科舉人。

〔八〕趙九鼎： 號蘭癡，又號蘭隱，別署了緣，泰州（今屬江蘇）人。少與楊宗岱入都，曾隨楊入川，赴井研，後居京師。乾隆五十五年（一七九〇）獻畫冊，欽取第一，以畫蘭竹供奉内廷。傳見彭藴燦《歷代畫史彙傳》卷四八、《墨林今話》卷一一、《清代畫史增編》、《清代畫史補録》、咸豐《重修興化縣志》卷八《文苑附録》等。

〔九〕朱怡典： 號荔堂。先世居常熟（今屬江蘇），其父遷湘潭（今屬湖南），遂隱其間，賣藥自給。怡典少從盧樹敏受學，占縣籍爲諸生。屢應鄉試不遇，貢入太學。家貧，授徒爲業。著有《學詩録》。傳見《國朝耆舊類徵初編》卷四三三、曾國荃《湖南通志》卷一七九引縣志等。

〔一〇〕朱鶴年（一七六〇—一八三四）： 字野雲，號野堂，別署野雲山人，室名畫龕，泰州（今屬江蘇）人。自幼鄉居，工書畫。壯年家貧，無以養親，遂北上入都鬻畫，名噪一時。後老死京城。傳見阮元《野雲山人傳》（收入《碑傳集補》卷五六）、《國朝耆舊類徵初編》卷四四〇、《墨林今話》卷九、潘曾瑩《墨緣小録》、王鋆《揚州畫苑録》卷一、《清畫家詩史》戊下、《清朝書畫家筆録》卷二、《清代畫史增編》、民國《續纂泰州志》等。

〔一一〕釋常濟： 號蓮筏，籍里、生平均未詳。

〔一二〕張世法： 字平度，號鶴泉，湘潭（今屬湖南）人。隆平知縣張九鍵次子。乾隆二十八年癸未（一七六三）進士，知房山縣。以病歸，起知寧夏縣。父憂服闋，再補華亭縣。著有《尚書今古文雜辨》、《房山縣志》、《瞻麓堂文集》、《雙樟園詩集》等。傳見《國朝耆獻類徵初編》卷二二三。錢大昕《潛研堂文集》卷二六有《張鶴泉文集序》（《續修四庫全書》第一四三八冊影印清嘉慶十一年刻本，頁六八四）。

〔一三〕孫起楠： 字幼梅，號蘅皋，晚號石溪，新化（今屬湖南）人。乾隆三十九年甲午（一七七四）優貢生，歷任湖南善化訓導、湖北潛江教諭。工詩，詩列『湘中七子』。著有《經訓堂詩集》。鄧顯鶴將其少作與吳檈逸詩合編爲《孫吳遺詩》。傳見《國朝耆獻類徵初編》卷二五六。

〔一四〕陳珪： 一作陳圭，字蘭莊，攸縣（今屬湖南）人。嘉慶九年甲子（一八〇四）鄉試副榜，官華容、零陵、臨湘訓導。後掌教嶽陽、雲陽書院。著有《秋水山房詩草》。傳見《晚晴簃詩匯》卷一三四。

〔一五〕楊泳： 號曉帆，籍里、生平均未詳。

離騷影跋〔一〕

王　澍〔二〕

《楚辭》一書，與屈子同時之人附見於篇者，祇鄭詹尹、漁父、女嬃，餘皆神鬼。試問左徒此時，目中尚有此三人之丰采，耳中尚有此三人之言論，附筆以傳，豈三人者言論、丰采耶？作者分目光注此，故取影於江巡照書壁之月，而現形於天河渚宮之月，迷離恍惚，是何境界？觀者聽者，毋徒覓聲覓影於詩騷中，斯得解矣。

鹿泉老人王澍書後。時癸丑長至〔三〕，水仙將開，載酒探梅，品簫度曲於柳葉湖舟次。

【箋】

〔一〕底本無題名。

〔二〕王澍： 別署鹿泉老人，當爲湖南人。生平未詳。

〔三〕癸丑：　乾隆五十八年（一七九三）。

離騷影跋〔一〕

龍　軒〔二〕

紀載逸事，以補史傳之闕多矣。獨韓、柳《張中丞傳後敍》、《段太尉逸事狀》，膾炙人口，生氣勃勃紙上。非獨美其文也，忠肝義膽之實蹟，隻字片言，俱堪寶惜。矧巾幗舍生取義，灑血之字，絕命之詩，無怪水不能渝，土不能蝕，閱數百年之久，天地鬼神，百端呵護，務使天壤間卽不必知其名，斷不忍並沒其實，遂泯泯無傳也。夫名亦何常之有？詩三百篇，多忠臣孝子之言，能舉其名卒鮮。況流傳於今之詩什，卽古人之樂章。由樂章而樂府，由樂府而傳奇，聲律雖有古今之殊，所以激揚風化，振厲人心。『今之樂由古之樂』也。

予自垂髫，習聞郡西郭烈婦古墓，傳信傳疑，訖無定論。馴至白首，始獲覩其詩而倡修其墓。工竣，其事、其詩已有播之樂府，被諸管絃者。於此可見微顯闡幽，人同此心，亦不可謂非天有顯道，實至而名自歸也。因與同好，亟謀鋟板，以廣其傳。夫可歌可泣之事，雅俗共賞之文，壽梨棗以供鍵戶之披吟，與演優伶而新觀場之耳目，感發善心，懲創佚志，孰尟孰多，孰廣孰狹，必有能辨之者。若事之顯晦顛末，詳本傳、題詞，兹不復贅。

乾隆癸丑黃鐘月，武陵龍軒跋。

【箋】

〔一〕底本無題名。

〔二〕龍軒：　武陵（今屬湖南）人，字號、生平均未詳。

《離騷影》跋

趙孝英〔一〕

愚按《楚辭》《九歌》，當時沅湘間樂神祀鬼之曲耳。屈子諧其聲以紓憂思，哀音苦調，習染成風。數千載後，婦人女子尚能誓死殉節，而不以之殉名，履霜之操，柏舟之音，寫入傳奇，如《離騷影》者，謂之樂府可，即謂《三百篇》之樂章，亦無不可。

夫王豹、綿駒，詎歌之善耳。且自淇而化河西，自高唐而化齊右，杞婦哭其夫耳，且變國俗，豈非仁言不如仁聲之感人深耶？吾又烏知觀演《離騷影》之色目，感奮興起，不更勝讀二十五篇些聲耶？若未亡人，此聲此調，觸耳碎心，字字如竹斑鵑血，開卷即淚眶濡睫，不忍卒讀云。

玉畦女史趙孝英跋。

（以上均《古本戲曲叢刊七集》影印清乾隆五十八年序正氣樓刻本《離騷影》卷末）

【箋】

〔一〕趙孝英：　字彬娥，號玉畦，別署玉畦女史，龍陽（今湖南漢壽）人。清乾隆丁酉（一七七七）拔貢、安仁教諭楊瑞妄。善書法，長於篆隸，有詩名。著有《玉畦詩草》、《春園小草》、《梅花小閣詩草》等。傳見鄧顯鶴《沅湘耆舊集》卷一八二。

附　和烈女詩原韻　陳子承等

赫然生氣朗江春，曾濯沉淵不朽身。精衛塞流枯海眼，曹娥分水植天倫。衹將毅魄還夫壻，豈有名人付世人。五十六珠牢把握，三綱提記報君親。

采芳休踏汨羅春，香草嬋娟今替身。寸寸斷腸牽伉儷，明明張膽死彝倫。從來鼓瑟湘中曲，等是《懷沙》賦裏人。白日都亭莫飲恨，世間寧少寵娥親。鐵山陳子承〔一〕

不夜泉臺萬古春，奪將魚腹未吞身。香埋淨土封三尺，祭慰貞魂備十倫。水解疑仙誣本志，冰操抵死搏完人。揚名卽署無名氏，絕命詩傳更顯親。

風篁淚雨暗傷春，愁絕蒼梧遠隔身。何處空江無杜宇，不堪斷竹有伶倫。弄珠雲夢龍宮女，澡雪湘魂蜃市人。一片洞庭波下上，湖心山髻與波親。雨林周大澍

桃溪李逕武陵春，外史中涓博士身。責實修書期不爽，循名擬古必於倫。圖經凜凜編佳傳，事蹟頻頻訪郡人。力挽迴瀾堤上冢，蕭疏江柳夕陽親。蒔園邱應培〔二〕

引決能回天地春，波臣呵護葬濤身。命輕似葉欺高浪，死重於山顧大倫。題句注明心上事，蓋棺論定冢中人。報恩父母全夫婦，已約來生況六親。虛谷李如筠〔三〕

怪得騷蘭浦漵春，綱常都繫浪中身。浮漚水面原無碍，化石堤邊更絕倫。自碎紅顏灰此劫，誰知青史活斯人。表章烈女傳神傳，親筆傳神語較親。南溟朱騰鵬〔四〕

古墓無名春復春，名將安附自沉身。如江漢濯與其潔，向海若驚殊不倫。之死靡他誠在我，舍生取義存乎人。五湖烟浪一抔土，綠蟻游魚知孰親。小山卞光培〔五〕

了無墳樹接城春，豈有冤禽啼化身。江上牢愁不汝畔，水宮仙子疑卿倫。手鈔逸事入新志，口授遺詩逢老人。勸刻事原詩版石，摩挲愈讀愈神親。丹颺卞炎墀

金谷千年不願春，落花驚顫墜樓身。爲憐葬玉拒孫秀，轉恨投珠許季倫。請看淩波尸解女，沐光奔月魄生人。精魂朗照江湖影，魚膢鄰鄰日夜親。曉帆楊泳

（以上均《古本戲曲叢刊七集》影印清乾隆五十八年序正氣樓刻本《離騷影》卷末）

【箋】

〔一〕陳子承（一七二八—？）：名文蹟，字鐵山，號仰齋，揭陽（今屬廣東）人。陳元才仲子。乾隆十八年癸酉（一七五三）拔貢，北上國子監肄業。二十五年庚辰（一七六〇）舉人，補授覺羅宮掌教。調永年知縣，署南宮開州知州，仕至湖南衡州通判，病逝於任所。能詩善文，工書法。傳見《揭陽縣志》、《潮汕人物辭典》等。

〔二〕邱應培：號蒔園，籍里、生平均未詳。

〔三〕李如筠（一七六五—一七九六）：字介夫，號虛谷，大庾（今江西大餘）人。乾隆四十八年癸卯（一七八三）舉人，五十二年丁未（一七八七）進士，選庶吉士，散館授編修。著有《蛾術齋詩集》、《蛾術齋試帖》等。五十九年

（一七九四），典試湖南，未幾卒。工詩，善書法。傳見法式善《清祕述聞》卷八、《詞林輯略》卷四、《國朝詩人徵略初編》卷四八、《晚晴簃詩匯》卷一〇五、民國《大庾縣志》卷八、《南安府志》等。

〔四〕朱騰鵰：與以下卞光培、卞炎墀，籍里、生平均未詳。

五虎記（永恩）

永恩（一七二七—一八〇五），愛新覺羅氏，字惠周，號蘭亭主人，室名漪園、誠正堂。清宗室，康修親王崇安（？—一七三三）子，昭槤（一七七六—一八三三）父。乾隆十七年（一七五二），襲封康親王。四十三年，復其祖禮烈親王爵號，改稱禮親王。死後謚恭。著有《誠正堂稿》、《律吕母音》，輯録《風雅遺蹤》、《金錯膽鮮》等。撰雜劇《度藍關》，傳奇《五虎記》、《四友記》、《三世記》、《雙兔記》（合稱《漪園四種》），均存。傳見姚鼐《惜抱軒文集後集》卷五《禮恭親王永恩家傳》。

《五虎記》，《古典戲曲存目彙考》著録，現存乾隆間家刻本《漪園四種》本。

五虎記引

程蔭棟〔一〕

思夫聲音莫變，昉在昔之淵源；詞曲多門，有遞更之製作。齊梁樂府，羣稱俊逸之才；唐宋倚歌，共美綺羅之什。然而烟雲滿紙，悉烏有之鋪張；青紫盈篇，半卮言之藴蓄。清狂豔曲，考之盡屬子虚；輕薄新聲，按去都非實語。未有討論前史，班班之引據非夸；采摭遺文，奕奕之聲情並茂，如《五虎記》者也。

惟我主人，體高世之才華，賦殊人之資稟。文成珠玉，筆奮嵩華。韓潮既汩汩而來，蘇海亦滔滔並注。溢茲餘墨，姑作譜於梨園；證厥曩時，實仿情於正史。事則當五德之年，紀則括興唐之代。嗟呼！耳聞絲竹，豈必在妖豔新聲；目窺氍毹，快然覩英雄舊態。雲書高綰，經綸八斗之長才；野服竊臨，慷慨一時之壯志。太原遺事，憑健筆以填來；縠洛奇蹤，命鸞笙而譜出。源源泳泳，悉噌吰鞺鞳之聲；正正堂堂，鮮歷落嶔崎之語。詞非寄託，原有所本而然；義比興觀，豈是無因而作？是則掃人間之麗句，不同清淡閑談；訂流俗之訛傳，非比《夢華》軼事。所以紅牙初按，捧來讀愧於王筠；檀板輕敲，吟去文高於宋玉。

惟是聊爲爾爾，假暇日以舒懷；我亦云云，借餘情而游戲。譬綵雲之麗，碧落卷舒，本出於無心；若銀海之生，紫瀾浩蕩，仍歸於何有。良非末學，得仰高深；愧是褊才，難窺大雅。敬弁鄙語，殊非記室之文華；請綴俚言，用識新編之風雅云爾。

乾隆四十一年歲次丙申六月中浣，門下士程蔭棟拜手敬撰並書。

（清乾隆間家刻本《漪園四種》所收《五虎記》卷首）

【箋】

〔一〕程蔭棟：吴縣（今江蘇蘇州）人。四川大竹知縣程蔭桂弟。精繪事。傳見《中國美術家大辭典》。

五虎記題辭

姚　鼐[一]

虯鬚武帳挂雕弓，擐甲環來虎將雄。髣髴淩烟生面出，秦箏花底按東風。

三千殿脚昔人曾，玉貌雖多看不勝。若使秦王宫女在，只添垂涕望昭陵。桐城姚鼐夢穀

（清乾隆間家刻本《漪園四種》所收《五虎記》卷首）

【箋】

［一］姚鼐（一七三一—一八一五）：字姬傳，一字夢穀，室名惜抱軒，世稱抱軒先生，桐城（今屬安徽）人。乾隆十五年庚午（一七五〇）舉人，二十八年癸未（一七六三）進士，選庶吉士，散館授禮部主事，遷刑部郎中。三十八年充四庫全書館纂修官。後辭官南歸，主講揚州梅花書院、安慶敬敷書院、江南紫陽書院、南京鍾山書院等。編纂《古文辭類纂》。著有《惜抱軒全集》等。傳見《清史稿》卷四八五、《清史列傳》卷七二、《碑傳集》卷一三四、《國朝耆獻類徵初編》卷一四六等。參見鄭福照撰《姚惜抱先生年譜》（同治七年姚濬昌刻本）、孟醒仁《桐城派三祖年譜·姚鼐》（安徽大學出版社，二〇〇二）。

海岳圓（宫鼎基）

宫鼎基（一七二七—一八〇二），字象九，號敬軒，泰州（今屬江蘇）人。雲南嵩明州知州宫柳

晟子（一七〇七—一七九一）。附監生，改名堣。乾隆三十九年（一七七四）游雲南，與永恩（一七二七—一八〇五）定交，因永恩之《海岳圓記》，而撰傳奇《海岳圓》。嘉慶元年（一七九六），恭預千叟宴，以子鑒桂秩，敕封文林郎。傳見光緒《泰州宫氏族譜》。參見錢成《〈海岳圓〉作者宫敬軒家世生平考》（《中華戲曲》第五五輯，二〇一七）。

《海岳圓》，《古典戲曲存目彙考》著録，繫於『永恩』名下，誤；《明清傳奇綜録》著録。現存舊鈔本，中國國家圖書館藏。

（海岳圓）題辭

宫鼎基

客歲游滇南，得與永恕庵訂交[一]，嶔奇磊落，非常人也。一日，手出《海岳圓記》一冊示余，乃志宋室一時之奇遇，或文韜，或武略，或義俠，或忠貞。余雒誦循環，歎賞無已。恕庵慨然起曰：『世有如是人，而不付之梨園，當場演出，以快人心目，殊覺耿耿於中，如韓文公之夢物咽也。』因囑余塡詞。聞命之下，汗顔久之。移時色定，覺不勉應，又非所以報知己，旋袖記回寓。燈前月下，搜索枯腸，兩閲月而草創三十八折。自一翻閲，難免庸惡陋劣，不合時宜之病。今繕呈覽，尚希加以筆削而裁成之，庶幾當代知音之士，不齒冷余之狂瞽，亦不哂恕庵無知人之明矣。

時乾隆四十年歲次乙未秋七月，吴陵宫敬軒書於雲南中甸之安南古廠。

（舊鈔本《海岳圓》卷首）

【箋】

〔一〕永恕庵：卽永恩（一七二七—一八〇五）。

義貞記（吴恒宣）

吴恒宣（一七二七—一七八七後），一作恒憲，字來旬，號郁州山人、卧雲子，海州（今江蘇連雲港）人。屢困名場，援例成均，北遊京闕，鬱鬱不得志。乾隆三十五年（一七七〇），入崔應階（一六九九—一七八〇）漕督府，編纂《雲臺山志》十卷。著有《郁州山人集》。撰傳奇《義貞記》、《火牛陣》、《玉燕釵》（後二種佚），與崔應階合撰傳奇《雙仙記》。參見鄧長風《九位明清江蘇上海戲曲家生平考略·吴恒宣》（《明清戲曲家考略》）、《十三位清代戲曲家的生平材料》（《明清戲曲家考略三編》），孟憲華《清代戲曲家吴恒宣家世新考》（《淮海工學院學報》社會科學版二〇〇八年第二期）等。

《義貞記》，《古典戲曲存目彙考》著録，現存乾隆四十三年（一七七八）鋤月山房刻本（《傅惜華藏古典戲曲珍本叢刊》第三九册據以影印）、光緒五年己卯（一八七九）春文奎堂刻本。

（義貞記）序

傅　巖〔一〕

嘗慨倫常貞義之事，載在詩歌，傳諸史册，文人學士雖日爲講誦，而顓蒙之啓迪，未能家至而戶諭之也。一經優孟登場，聲情入目，愚夫愚婦輒爲感激涕零，喜談樂道。聲樂之足以動人觀感者，何其捷而易哉！夫若是則秦倡侏儒，笑言合道，未始非風教之一助也。

郡治程生允元，幼聘劉氏，同心守志，越五十餘年之久，終諧伉儷，貞義兩全，洵爲前古所罕見。予既白諸上憲，入奏請旌，建坊樹表，遠近聞風者競爲詩歌，以揚聖世倫常之化。會同郡吳生恆宣，素擅詞餘，復以《義貞記》請序於予。噫！是非風俗之醇，而樂彰人善，固如是哉①！

夫戲者，本虛以證實，借僞以見眞。而近世新本，率以空駕蜃樓，淫詞褻謾，炫耳目以蕩人心志，奚足尚耶？是編以眞實傳奇，允爲千古佳話。雖其中不無敷衍之文，正以天之報施，理所應有。吾知愚夫愚婦之感發，較之三家村搬演蔡中郎者，其欣羨爲何如乎？觀是劇者，毋徒目爲優孟衣冠，而當作倫常之鑒也。是爲序。

時乾隆戊戌季春上澣，傅巖五峯氏書於淮陰官舍。

【校】

①清光緒五年己卯（一八七九）春文奎堂刻本有此序，此句後，接『是爲序。時己卯歲孟夏月上浣日書於繡谷之滸水別墅，蒙泉周文溥書』。後文刪卻。按，己卯，清光緒五年。疑卽割裂傅氏原序而成。

【箋】

〔一〕傅巖：字五峯，海州（今江蘇連雲港）人。生平未詳。

貞義引爲程允元夫婦作

荊如棠〔一〕

猗嗟夫婦人倫首，男義女貞古無有。彼蒼作合終有時，白首依然成妃耦。岑川程氏家山陽，好客人呼小孟嘗。需次京華名籍甚，殷勤爲子擇齊姜。蒲州太守衣冠族，有女深閨掌中玉。一見傾心縞紵投，百年願把絲蘿續。佳兒嬌女甫髫齡，一語才通締結盟。銀河有待雙星度，未屆魚軒百兩迎。從來世事有銷歇，富貴榮華如轉睫。雁羽終成南北阻，燕飛竟作東西別。弱冠乘龍願未諧，相思何處問鸞釵？堂前空有宜男祝，牖下曾無季女齋。矯首浮雲暗於邑，迢迢京洛無消息。夜月時縈寡鵠愁，年年祇抱鰥魚泣。之子伶仃立路隅，浦東歸櫬返鄉閭。家園蕩盡淒涼甚，一僕扶攜到直沽。腸斷同懷諸姊妹，空門寄迹甘顦顇。隻影煢煢繡佛幢，臨粧賸有烏雲在。妾意君心各自留，斷蓬飛絮兩悠悠。任他憐女誇紅袖，望我良人矢白頭。苦志貞操神所佑，分明暗室朝曦逗。偶逐蒲帆直北行，其中自有機緣湊。繫纜沿洄一水濱，征車僕僕擁飛塵。路旁爭說劉貞女，觸撥羈人記憶眞。叩門尋訪深深語，罷織停針聽覼縷。莫認浮游蜂蝶蹤，須知本是鸞鳳侶。風流令尹畫堂開，五色花封手自裁。豆蔻梢頭春已去，合歡枝上月方來。同心結綰無差異，上如青天下如地。蘋藻思將婦職修，結褵不負先人意。裙布相莊食案邊，一經追憶轉淒然。赤繩繫足三千里，皦日盟心五十年。輕裝結束回南鷁，魚水新歡豔行路。卜築枚皋舊宅邊，親操井臼相依住。

唱隨琴瑟有和聲，一日賢名遍楚城。好共青燈酬絡緯，羨伊黄髮警雞鳴。肩輿迎到黄堂側，舉止幽閒大家則。貞義長貽彤管輝，作歌示我邦人式。

（以上均清乾隆四十三年鋤月山房刻本《義貞記》卷首）

【箋】

〔一〕荊如棠（一七一八—一七八〇）：字蔭南，一作陰南，號五峯，平陸（今屬山西）人。乾隆六年辛酉（一七四一）舉人，十三年戊辰（一七四八）進士，選庶吉士，授鎮洋知縣，調沛縣。歷任懷慶府同知，淮安、鳳陽知府，南通州知州，官至江南淮陽兵備道。傳見阮葵生《七録齋文鈔》卷七《墓志銘》、《詞林輯略》卷四、光緒《山西通志》卷一五一、光緒《平陸縣續志》卷下、民國《鎮洋縣志》卷八等。

識義貞記後例

闕　名〔一〕

一、此劇係本朝時事，宜從時制服色。但古云『優孟衣冠』，既入戲場，似可仍從戲服，以動愚人耳目。

一、是劇皆紀實事，不敢附會，蓋從輿論之公，以備輶軒之采也。其間少有穿鑿者，必列於後，使觀者得辨其眞僞。

一、當事多爲程生事周旋，然恐出場嫌褻，故但於賓白中表其義舉。惟大河劉千戎，實仗義以襄其事；天津金明府，更勸嫁以成其美，不得不借光於劇内耳。

一、趙侯、錢相、孫百萬求婚，均屬假借，以表劉女之貞。李尚書招壻，亦屬子虛，以表程生之義。曰趙、曰錢、曰孫、曰李者，冠以《百家姓》首之氏族，以見其人之烏有也。

一、搶親之事，本屬荒談，因卷中無武戲，藉槍棒鑼鼓，作上本收煞耳。

一、貞女廬墓，亦未有之事，特以爲程生入京，尋訪不遇之地步也。

一、劉千戎蒲州亦未相遇，但旅店必須人解紛，此等義事，不便另讓他人。諺云『一客不煩二主』，是〔後闕〕

（清乾隆四十三年鋤月山房刻本《義貞記》卷末）

【箋】

〔一〕此文當爲吴恆宣撰。

義貞記序〔一〕

李起翀〔二〕

〔前闕〕冠帶，而陰騭行於鄉邑矣。獨建孟口橋一座，而陰騭達於行路；獨修福田寺東廊，而陰騭逐於方外。此皆君之率其性，而自與《感應》諸書若合符節也。

近得《玉曆》一編，言陽世爲惡，神明暗紀，陰司受罪，亦若廣信、敬信之勸人爲善，其言之愷而切也。試觀其所列地獄，細大不遺，若者宜入某獄，若者宜入某罪，讀之使人毛骨悚然，有不敢爲惡之意，而其要則，以悔過爲主。諸書勸人爲善，此編勉人悔過，悔過則所以遷善，其道原自不悖。

而君獨愛之，既付之剞劂，且裝刷千部以贈人。人之受書而讀者，咸稱君之能行陰騭也。天既富之貴之，且俾以昌熾焉，則知感應之不爽，爲善之必昌，皆將奉此書爲蓍蔡也夫。

時道光六年歲次丙戌四月中浣之吉，禮部進士揀選知縣原任、借補饒州府餘干縣以教諭銜管訓導事、年姻愚弟李起翀拜撰。〔三〕

（清光緒五年己卯春文奎堂刻本《義貞記》卷首）

【箋】

〔一〕底本無題名。清光緒五年己卯文奎堂刻本卷首有此文一頁，從『行陰騭也』起，前闕。此前文字，據《中國古典戲曲序跋彙編》卷一三補錄（頁一八七八）。然細讀此文，似非爲《義貞記》所撰，且版心止題『序』，未題書名，與其前後諸頁不同，疑係他書竄入者。待考。

〔二〕李起翀：字奮霄，號立雲，籍里未詳。清道光間進士，揀選知縣原任、借補饒州府餘干縣以教諭銜管訓導事。

〔三〕題署之後有印章二枚：陰文方章『李起翀印』，陽文方章『字奮霄號立雲』。

迎鑾新曲（王文治）

王文治（一七三〇—一八〇二），字禹卿，號夢樓，別署無餘、西湖長，室名柿葉山房，丹徒（今屬江蘇）人。乾隆十八年癸酉（一七五三）拔貢。二十一年，隨翰林院侍講全魁（？—一七九一）

等，出使琉球。二十五年庚辰（一七六〇）進士，授翰林院編修，擢侍讀。二十九年，除雲南臨安知府，三十二年罷歸。三十六年，主講杭州崇文書院。乾隆三十六年（一七七一）秋，爲迎接乾隆皇帝第五次南巡，撰『承應戲』九種，總稱《迎鑾新曲》。著有《夢樓詩集》、《賞雨軒題跋》、《海天遊集》、《快雪時晴帖》等。傳見《清史稿》卷五〇三、《清史列傳》卷七二等。

《迎鑾新曲》，一名《迎鑾樂府》，《今樂考證》著錄，現存道光間刻《藤花亭十五種》本（《傅惜華藏古典戲曲珍本叢刊》第六三冊據以影印）。

迎鑾新曲雜劇跋〔一〕

梁　森〔二〕

森副鹺兩浙，恭際南巡盛典，總局檄辦戲差。適王君夢樓（文治）罷歸，邀致署中，撰曲九齣，純用浙中故事。送鑾後，屬幕友錄付之梓，俾溥海臣庶共知聖天子省方觀民之盛，有以洽人心而形之歌頌，爲近古以來所未有也。

梁森謹志。

（《傅惜華藏古典戲曲珍本叢刊》第六三冊影印清道光間刻《藤花亭十五種》本《迎鑾新曲雜劇》卷末）

【箋】

〔一〕底本無題名。

〔二〕梁森： 字掞庭，順德（今屬廣東佛山）人。乾隆間，曾副鹺兩浙。

（迎鑾樂府）跋

梁廷枏〔一〕

族父掞庭先生〔二〕，副鹺兩浙，恭遇南巡盛典，承辦戲差。時丹徒王夢樓太守（文治）自臨安罷歸，延入幕中，撰新曲九齣，皆用浙中故實，音節和平，頌揚有體。太守少精音律，其友葉君懷庭，作《納書楹曲譜》，多資商榷。顧或者病葉氏所收曲文，不分出正襯，謂貽誤後人不少。蓋率爾操觚之士，拘守譜内字數，葫蘆依樣。於是按之《宫譜》，有一曲而驟多數語，一語而驟多數字，且平仄乖謬者。襯字不清，則句讀不明，襲陋沿訛，殊堪噴飯。曾不知葉譜止爲伶人歌唱而設，重腔拍，不重格式，可無正襯，與《宫譜》各明一義。此自門外漢不諳曲律所爲，於葉氏無與，於太守更無與也。

此本當時署中錄存，亦不能明分襯字，疑鈔胥混寫，非太守底本如此。觀其序葉書，必以《九宫大成譜》爲宗，可以知之矣。今姑仍之，而具論如右。

道光五年展重陽，順德梁廷枏謹校書後。

（清道光間刻《浙江迎鑾樂府》卷末）

【箋】

〔一〕梁廷枏： 生平詳見本書卷八《江梅夢》條解題。

〔二〕掞庭先生：卽梁森。

浙西迎鑾樂府跋〔一〕

梁廷柟

先太守掞庭伯父，副鹾兩浙，恭遇南巡盛典，大吏檄辦梨園雅樂。時丹徒王夢樓先生文治，自臨安守罷歸輦，重幣延至幕中，撰新曲九齣，皆浙中故實，音節和平，頌揚有體。先生少精樂律，其友葉君懷庭作《納書楹曲譜》，多資商榷。顧或者病葉氏所收曲文，未能分出正儭，不免貽誤後來。蓋近時有率爾操觚之士，拘守葉譜字數，模山範水。於是按之宮譜，有一曲而驟多數語，一語而驟多數字，且陰陽平仄，兩形乖謬者。儭字不清，則句讀不明，襲陋沿訛，實資笑柄。曾不知葉譜止爲伶人歌唱而設，重腔拍，不重格式，可無正儭，與《宮譜》各明一義。如誤拘葉譜以撰曲，徒爲此道門外漢，葉氏不任受過，先生更不任受過也。

此本當時署中錄存，亦不能明分儭字，底本未必如此，當緣鈔胥傳寫之誤。觀先生之序葉書，必兢兢奉《九宮大成譜》爲宗，可以知之矣。今姑仍之，而具論如右。因以見不諳曲例者之以妄作貽人口實，爲可慨也。

（清刻本《藤花亭散體文初集》卷三）

【箋】

〔一〕此文與前文相較，文字頗有出入，故全文迻錄，以資考校。

碧玉釧樂府（任蕃）

任蕃（一七三〇—？），字牧生，號春帆，別署鯽漁湖長，興化（今屬江蘇）人。乾隆五十七年（一七九二）貢生，以課徒自給。著有《牧生詩稿》、《牧生詩餘》。改編《碧玉釧樂府》，一名《鴛鴦新譜》，凡四折，現存民國間鈔本，南京圖書館藏，正文卷端署「鯽漁湖長撰」。

碧玉釧自序〔一〕

任蕃

余疏於聲律，樂府一道，闕如也。頃緣觀演《碧玉釧》劇，小伶福郎爲劉女，聲情並妙，一座傾靡。但俗腔鄙俚，不合雅馴，且無勸懲之旨。爰走筆爲四折，按譜製曲，授令點板而正之。至事出稗說，差無故實，故結構名目，多隨手竄易。若執舊本而訂其異同，豈非士師於夢中分鹿耶？

鯽魚湖長記。

【箋】

〔一〕底本無題名。

碧玉釧樂府題辭

段 琦等

偶然花下譜新詞，竟許同人一咏斯。燕子多情紅豆豔，鯽魚湖上最相思。
謾將歌曲等閒論，寄托纏綿逸興存。爲訪風流名士履，杏花紅雨綠楊村。
玉釧情深事豈曾，女郎花映狀元燈。才人到底心如錦，點活鴛鴦筆最能。
可石段琦妄識〔一〕。

紅豆拈來字字香，風流占盡是孫郎。鴛鴦譜舊翻新處，當得《關雎》第一章。
推篷悶對秦淮雨，策馬愁吟蜀棧雲。一卷三年相伴處，征衫萬里染奇芬。
鯽魚湖長製有《鴛鴦新譜》，余索之三年，始得披閱。祕之枕函，忽忽又三易寒暑。而浩蕩入關，遲回度隴，樓頭細讀，馬首狂吟，未嘗一日相舍。秦晉間士大夫，借鈔紙貴。寧羌莫刺史巨川，於余壬子夏日入棧時〔二〕，見而悅之，即付梨園。秋初出棧，酒綠燈紅，玉簫檀板，孫郎、劉女已自宛轉登場，一時之感恨，不與湖長共之。今以其索之急，漫題二斷句歸之，以志久假不歸，實緣愛莫能助，割非敢偷，一一鶴聲也。三年相伴，惆悵珠還，把卷流連，誰能遣此？
時癸丑仲春十日〔三〕，小孫郎題〔四〕。

（以上均南京圖書館藏民國間鈔本《碧玉釧樂府》卷首）

【箋】

〔一〕段琦（約一七三一—約一八二二）：字魏肇，一字魏北，號可石，河陽（今雲南澄江）人。乾隆三十年乙酉（一七六五）副貢，四十五年庚子（一七八〇）進士，授荊溪知縣，調金壇，以疾歸。掌教東川、路南、彌勒、宜良等書院。年九十一，以壽終。工詩善書。著有《可石學文訣要》、《家塾課卷》、《可石小草》等。傳見民國《新纂雲南通志》卷七四、卷二三三，《雲南通志》卷一七三。

〔二〕壬子：乾隆五十七年（一七九二）。

〔三〕癸丑：乾隆五十八年（一七九三）。

〔四〕小孫郎：姓名、籍里、生平均未詳。

附　碧玉釧跋〔一〕

闕名

丙辰春二月〔二〕，任君瑤阜談及乃祖（牧生）〔三〕，有《碧玉釧》新樂府四折，事本小説家《今古奇觀》中一段佳話。任先生因語意多不雅馴，重爲稍變其説，大同小異，閲之者咸許壁壘一新。偶照録一通，以便茶餘酒後，驅睡魔之一助爾。

（南京圖書館藏民國間鈔本《碧玉釧樂府》卷末）

【箋】

〔一〕底本無題名。

〔二〕丙辰：當爲民國五年（一九一六）。

〔三〕任君瑤阜：東臺（今屬江蘇）人。民國間江蘇省商會聯合會委員，並從事教育。

珊瑚鞭（胡業宏）

胡業宏（一七三〇—一七八六），字屺堂，號芑塘（一作芑堂，又作芑唐），别署芑堂居士、小新豐山人，桐城（今屬安徽）人。乾隆三十三年戊子（一七六八）舉人，充咸安宫教習。四十六年，授山西趙城（今洪洞）知縣。旋以病歸。山西洪洞縣現存乾隆四十九年刻《胡業宏功德碑》（汪學文主編《三晉石刻大全·臨汾市洪洞縣卷》，二〇〇九）。著有《芑唐文集》、《詩鈔》。撰傳奇《珊瑚鞭》。傳見道光《桐城續修縣志》卷二三、道光《趙城縣志》卷二一、《桐城川門胡氏宗譜》卷二等。

《珊瑚鞭》，《古典戲曲存目彙考》著録，現存乾隆四十三年戊戌穿柳亭刻本。

（珊瑚鞭）自序

胡業宏

人生直以爲才，非才也；人謂我才，則才矣。人謂我才，亦非才也；才人謂我才，則眞才矣。然吾嘗上下數千百年，往返幾千萬里，求一才子而不得見。今欲得一才子，而又得一知才子之才子以並生，接踵於其間，豈可得哉？此明珠泣暗投之所以爲多事也。

小説傳奇，類爲才子佳人而作，雖其事半屬子虚烏有之論，而愛才則津津不置。使人生際遇，得盡如是，不亦才子之厚幸耶？ 然其愛才也，往往出於深閨繡戶。以不可一世之偉人，僅受知於無能爲役之女子，知何濟乎？ 雖知，猶弗知也，直浮雲視之可耳。

甲午冬日〔一〕，徇友人請，改《玉嬌梨》小說，作《珊瑚鞭傳奇》。因有感於才子之生與知才子之人，爰書數語，以揭其旨。

小新豐山人胡業宏芑塘氏書於天津燕幕小巢〔二〕。

【箋】

〔一〕甲午： 乾隆三十九年（一七七四）。

〔二〕題署之後有陰文方章『芑塘』。

珊瑚鞭例言

胡業宏

一、原書名《玉嬌梨》，字出杜撰。因思是書之妙，惟賽神仙令失妻人向蘇友白借珊瑚鞭一事，涉想詭譎，此其奇之可傳者也，故易今名。

一、書既改名曰《珊瑚鞭》，則鞭猶珠也，紅玉、夢梨皆龍也，婉轉盤旋，缺一不可。原書中因借鞭而訪仙，因訪仙而和柳，於紅玉一邊，可謂探驪得珠矣，夢梨則渺不相涉。作《當鞭》一齣，以聯絡其事，頗見匠心。

一、原書滲漏極多，如盧夫人爲白公胞妹，蘇友白爲御史親姪，前半部並無一語提及，直至十數卷之後，突然説出，一則攜弱女而南來，一則爲音書而北發，如沙就握，豈非笑話？甚至友白爲李中翰題畫送蘇巡按，竟不知巡按是其嫡叔，現在咫尺，而尚橐筆窮途，蕭條賣賦，何疎漏乃爾耶？至於有德向係藺友，亦僅於征途中，汎然適值，忽直告以不可告人之心事，尤非情理。其餘背謬處，不一而足。今皆一一斡補，實費心力，不敢謂傳奇之完璧，差自許原書之功臣也。

一、後園贈金，是夢梨豪俠處。然友白之所以見知於夢梨，在原書係隔牆見其題咏，鑽隙相窺，有妨閫範。今因質鞭一事，先耳其名，並知有中翰延請一説，然後物色，説來差覺近理。

一、塡詞與立傳不同。立傳則直敍其事，儘可就一人而反覆言之。傳奇須按腳色，出入進退，先須計其能轉身與否，且亦斷無一人登場，致使精憊神疲之理，錯綜參伍，其勢然也。

一、曲調以音節爲上，五音之諧，與詩餘迥異。一句内，或有平仄可以通用者，或有平上去入，斷乎不可假借者。今皆按之南北《九宫》，字櫛句沐，而又參之元曲中各名家，以盡其變，不敢少有舛錯。

一、傳奇爲雅俗共見之伎，詞語科白，均須盡善。是書並無過人處，不過一言一動，皆設身處地，就當日之情形，細心體貼而出，以求不悖。

一、通部原詩俱不甚佳，並無一字改易，非惜墨也，聊欲爲廬山存眞面耳。

一、是書中迎請、復辟等事，皆《明史》所有。今除太常一人，仍襲其妄，餘則皆宗正史，庶幾我輩立言，不盡爲烏有子虛之論。

一、是書多有雷同處，如楊御史倩人説媒，吳太史又倩人説媒； 蘇友白先辭吳太史之婚，後又辭楊御史之婚。 且如楊芳求白小姐而出醜，張軌如、蘇友德皆求白小姐而出醜，豈能一一演出？ 傳中皆權其輕重，或虚敍，或實寫，以還其宜詳宜略之道，然究無絲毫遺漏。

一、詞家最忌堆垛，昔人謂《琵琶》爲化工，《西廂》爲畫功，彼又何嘗獺祭耶？ 予嘗謂《琵琶》尤在《西廂》之上。 是集有一二處頗以瓣香屬東嘉，觀者不哂其腹笥之儉，則楊子雲知己，即不必須之五百年後。

一、美人芳草，立言類皆有寄托。 集中雖不免借酒杯以澆塊壘處，然尚無灌夫罵座之習。

一、北曲例用一套，任意增減不得。 南曲多不然，然其移宫换羽，亦自有恰好處。 今皆博采諸名家，務求和協，不致如玉茗主人之但取其詞之工，絶不問伶倫死活也。

一、古人著書，皆欲啓人之善心而懲人之逸志，傳奇雖小技，意亦猶是。 近來則不明此義者多矣。 故可傳者惟《琵琶》一書，談忠孝耳。 是集雖無忠孝之可談，但較之《金雀》、《玉簪》文，於誨淫一事，庶乎能免。

一、原書前半寫得熱鬧，後半多草率遷就處。 茲於《訪舊》、《鞭圓》等齣，作迴光返照，非賈餘勇，不欲有頭重脚輕之病耳。

一、曲中襯字不能恰當，即不能被之絃管，往往爲潦倒伶工所改削，可慨也。 茲皆斟酌出之。

一、上下場詩爲一齣關鍵①，往見塡詞家多引用成語，於本文全無干涉，亦瑜中之瑕也。 今則融會正意，一如四子書之有章旨、節旨，使觀者聞其詞即曉其意。至下場詩用集唐，尤爲濫觴。是集本之《桃花扇》，詩皆自作，其詩韻即用本齣詞韻，似亦避熟之一道也。

一、是書成於乾隆甲午客津門時，因友人有梨園小部，欲構新腔，慫恿作此。始其事於十月初三，碌碌奔馳，日無寧晷，每於燈下濡毫伸紙，或日作一齣，或日作一二齣，或兩三日、三四日作一齣，至十二月十八日書竣〔一〕。明知急就章無當大雅，亦姑存之，以俟知我者。

苣塘業宏自識。

【校】

①鍵，底本作『健』，據文義改。

【箋】

〔一〕十二月十八日：乾隆三十九年甲午十二月十八日，公元已入一七七五年。

（珊瑚鞭）序〔一〕

蔣士銓

原夫詩編樂府，事同古史之特書；曲變詞家，聲繼遺音於協律。字存褒貶，凜直筆於《陽秋》；意屬勸懲，等《法言》於象魏。矧文兼各體，綜箴銘志傳，互見剪裁；態合衆情，極怒罵笑嬉，皆含美刺。羌抑鬱兮誰語，載笑載言；不得志者所爲，或歌或哭。必待文章大手，乃能寫萬物之生；苟無仙佛靈光，難與拭千秋之鑒。第金元院本，陋習既多；而風月良家，名篇絕少。

僅使參軍蒼鶻，冒庸鄙之衣冠；艷豹孤猱，演淫邪之男女。遂令腐儒掉舌，斥文體爲俳優；俗子效顰，扮戾家之把戲。豈但受詞章之辱，寔足傷楮墨之心已。

我友芑堂居士，宿飲香茗，夢分彩筆。江東年少，頻登大將之壇；雒下書生，屢奪經師之席。慨才高而遇蹇，悵親老以家貧。詠衮衮之諸公，嘆棲棲其獨往。腳下行萬里路，天邊或可寄愁；眼中看一輩人，夢裏如聞痛哭。誦法律於蓮花幕底，活者千人；貯經猷於古錦囊中，傳之衆口。茂才異等，久呼賓客於諸侯；國子先生，暫館孝廉於太學。偶取稗官之舊事，衍成游戲之妙文，此《珊瑚鞭傳奇》所由作也。

蓋蘇卿玉女，本文字乃結因緣；而新柳紅梨，並鴻燕皆成媒妁。淑女則芳蘭竞體，才人斯國士無雙。苟歷劫而不磨，信兩美之終合。花偎月笑，一往情深；鳳泊鸞飄，三生分定。逗我生香不斷，沁骨皆甜；留君春水綠波，銷魂倍苦。聽如來妙諦，參慧業於無言；讀宋玉微詞，索解人眞難得。噫嘻！水流雲在，無非出於自然；石破天驚，岂足當其神勇？至於摹傳義俠，本爲烈性丈夫；表著忠貞，故是剛腸男子。或繪小人不善，如見肺肝；借描俗骨難砭，奚殊鬼魅。現地獄變相，吳道子啞爾寫生；照水怪形容，溫太眞悽然閉目。洵得江山之助，儘讓發揮；寔因貧賤之功，良深閱歷也。

若夫芟夷補綴，直疑鬼斧神工；變化彌縫，總屬智珠天巧。點竄唐詩宋句，墨暈全銷；裁縫蜀錦吳綾，針痕盡滅。誇說事增文減，宋子京別成一手新書；改移列傳編年，歐永叔不襲十家前史。蓋納須彌於芥子，隱露三長；澆磊塊於酒杯，久空四大矣。嗚呼！五花爨事，浮生原是戲場；《七發》醫人，何處能蘇病骨？當傳畫壁，莫悲身後楊雲；倘覓知音，我是江南賀鑄。

乾隆戊戌十月望夕，鉛山同學弟蔣士銓拜題於京邸之離垢方丈中〔一〕。

【箋】

〔一〕題署之後有印章二枚：陰文方章『蔣士銓印』，陽文方章『清容』。

跋珊瑚鞭傳奇卷後

富森布〔一〕

披遺文於太史，不少質疑；訂殘簡於芸臺，儘多補什。惟善讀求其間，斯懿美臻乎醇。余讀芑塘先生《珊瑚鞭傳奇》，闋終三致意焉。是編也，題標新旨，事仍舊聞。胷具爐錘，非詡腳翻鸚鵡；氣吞滄海，咸推手探驪龍。《下里》調一變《陽春》，聲聲遏響；灞上軍忽移細柳，處處旗搴。且也吐骯髒杯中，雅擅風人諧謔；寄牢騷腕底，何嫌優孟衣冠。描來忠佞賢姦，若涇若渭；譜出悲歡離合，如火如荼。完無當之玉巵，功侔鐵點；挽易衰之强弩，巧致楊穿。奚翅技賢同工，眞羡筆開生面。錦腸繡口，怵目劌心。嗟嗟！流水高山，牙琴未遇；朱絃疏越，高瑟空投。撫唱嘆之遺音，亙古今而同調。覽玆編也，見乎詞矣。此日旗亭畫壁，爭吟『黄河遠上』之章；他時東觀校書，請更聆大呂黄鐘之韻。

長白富森布拜手〔二〕。

【箋】

〔一〕富森布（一七三七—？）：滿洲鑲黃旗人。以舉人記名，乾隆三十五年（一七七〇）授廣東英德知縣。三十九年，陞瓊府府同知。四十一年，擢刑部員外郎。四十九年，任奉天錦州府知府。參見《清代官員履歷檔案全編》（乾隆朝）。

〔二〕題署之後有印章二枚：陰文方章『長白』，陽文方章『富森布印』。

珊瑚鞭序

多陶武〔一〕

詩之餘曰詞，詞之餘曰曲。元時曾以取士，傳者不下數千種，求其可以播之管絃，演諸梨園者，不過數十種。何則？九宮之譜，其理甚細。文人才士，或偶得奇句，不能與音律和諧，聽其失調而不肯改易；或音律諧矣，而賓白科介，未能雅俗咸宜，便非完璧。

吾友桐城胡子，學問淵深，才情煥熳。於汲古之暇，寄情音律，在津門書舍，以兩旬之功，撰成《珊瑚鞭》一部。戊戌春〔二〕，攜以示予。開卷披讀，蓋用《玉嬌梨》情事譜成。詢其易名之繇，胡子告予曰：『傳奇，非奇不傳。《玉嬌梨》，取三人之名雜湊，毫無奇趣。而此書之關鍵，全在一鞭，舍此不名，奇者轉失其奇矣。』予深然其說，重披其帙，見其布格遺聲，不減玉茗堂、白雪樓風致，較芥子園數種，駕而上之。試之歌童笛師，無不合拍，眞得高東嘉《琵琶》精髓，非若王實甫《西廂記》，爲伶人改易失眞也。

著雍閹茂之中秋，精汎園主人多陶武漫題〔三〕。

【箋】

〔一〕多陶武：別署精汎園主人，籍里、生平均未詳。

〔二〕戊戌：乾隆四十三年（一七七八）。

〔三〕題署之後有陰文方章『多陶武印』。

珊瑚鞭序〔一〕

吴人驤〔二〕

今年春，友人以《玉嬌梨》命余作傳奇，積懶未捉筆。既而胡子芑塘，慨然任之。未兩月而稿成，出以質余，曰：『予不善歌，曷爲我一顧其誤？』

余受而讀焉，不禁憮然曰：夫聲音之道微矣！自劉昺宴樂，新書失傳，雖歌師板師，總不識八十四調之圖譜。近世所守，不惟其序既紊，其調不全，卽所謂曰引、曰序、曰令、曰慢、曰近、曰犯、曰賺、曰歌頭、曰促拍、曰攤破、曰大小遍、曰轉踏、曰轉調、曰偷聲、曰增減，大抵皆傳其名而未悉其義，又安能綴其文而盡譜其聲哉？然而舊譜具在，疾徐高下，可以吾意揣度分寸而得之。約其旨趣，不過律由調變，音由字轉而已。

向見塡詞家，平側失宜，增減任意。排之以硬語，動與調乖；竄之以新腔，復與譜隔。是不爲拗俑，卽病聱牙耳。其取韻也，或陰陽不分，開閉不辨，以致爲一二潦倒樂工，斟酌吾輩，不亦大可慨耶！

今芑塘以曉風殘月之才，協黄鐘大吕之奏。製曲必按舊譜，下字必準舊曲。余嘗取其詞，擊節歌之，字櫛句比。吁，至矣！技至此，又何間然？然而歌以永言，詩以言志，作者之意，固又在秦箏趙瑟之外。吾猶願讀是書者之即其詞，以善求其志也夫。

乾隆乙未嘉平月，念湖愚弟吴人驥拜題於銅研山房〔三〕。

【箋】

〔一〕底本無題名。

〔二〕吴人驥（一七四二—？）：字念湖，號銅研，室名銅研山房，天津人。乾隆三十年乙酉（一七六五）舉人，次年丙戌（一七六六）進士，候選知縣。四十三年授山東蓬萊知縣，調知歷城，陞東昌府同知，擢萊州知府。工畫竹，詩詞曲皆精，人號『風流太守』。致仕家居，文酒之宴無虚日。校刻閻若璩《古文尚書疏證》、惠棟《後漢書訓纂定本》等。爲《珊瑚鞭傳奇》定譜。傳見《清畫家詩史》丁下、同治《畿輔通志》、同治《續天津縣志》卷一三、光緒《重修天津府志》卷四三、民國《天津縣新志》卷二一、《大清畿輔先哲傳》等。

〔三〕題署之後有陽文方章『吴人驥印』。

珊瑚鞭序〔一〕

王嵩齡〔二〕

吾友胡君芑塘，以文章鳴於世，著作等身，間亦寄情音韻。客津門時，製《珊瑚鞭傳奇》一種，一時爭相傳寫，各有弁言。余亦嘉其命意之精，已反覆評隲之矣，茲不具論。第以是書之作，芑塘蓋應張君靜安之請，而余寔慫恿之。

芑塘與余爲文字交，自其壬辰寄居天津〔三〕，傾蓋如故。嗣是，昕夕與共，閱七年之久，無寒暑間。余宅後有隙地畝許。先君子性喜貯書，與唐宋以來諸名人書畫，尤好客。故拓其地而新之，堆石瀹泉，雜植竹木，建老屋數椽，爲書室名『穿柳亭』，旁有軒曰『朗眺』。曩者，吴蓮洋、萬太鴻、鄭板橋、楊已軍諸前輩，皆觴詠其中。芑塘之成是書也，亦於此間置筆研焉。

猶記甲午冬〔四〕，張君靜安於吴門集老伶十餘人，來沽水，欲製新曲。因以是題，屬芑塘塡詞，芑塘難之。時則積雪盈堦，朔風凜冽，余乃下帷拂榻，以壯其興。芑塘不飲酒，室置一鑪，燒松木炭，短童汲活水，迭互煮茶。芑塘搦管微吟，咿咿唔唔，與簾外折竹聲相酬答。夜則一燈如豆，霜柝銅街，歷四五度而不知倦。每一齣成，必與予謳歌再四，而稿始脱。芑塘讀書專一，雖游戲之筆，其不肯苟於卒業，類如此。

丙申秋〔五〕，芑塘挈家累返江左。丁酉〔六〕，復入都。今春，與余同應春官試。方謂日常聚處，猶得如向者穿柳亭中奇疑賞析時也，而予旋有出宰永安之役。不獨離緒如蠶叢蝟集，手把是書，且情不能割。又以長安索觀是書者甚夥，爰付梓人，以公同好，並綴數言，以志其緣起，庶以知余與芑塘之交親，固又在趙瑟秦筝外也。

時乾隆四十三年歲次戊戌小陽上浣，津門王嵩齡仲山氏序並書〔七〕。

【箋】

〔一〕底本無題名。

〔二〕王嵩齡：字西園，號仲山、仲子，天津人。乾隆四十三年戊戌（一七七八）進士，授山西趙城知縣。官至九江道。工漢隸。

〔三〕壬辰：乾隆三十七年（一七七二）。

〔四〕甲午：乾隆三十九年（一七七四）。

〔五〕丙申：乾隆四十一年（一七七六）。

〔六〕丁酉：乾隆四十二年（一七七七）。

〔七〕題署之後有印章三枚：陽文楷圓章『穿柳亭』，陽文方章『仲山』，陰文方章『王嵩齡印』。

（珊瑚鞭）題詞

張鴻恩 等

填詞作傳百千家，流傳寰海供紛披。爭纖鬬巧摭事實，縱極穿鑿終未奇。就中《西廂》極才豔，優伶南北多異宜。《琵琶》大帙冠詞壇，『行路』一齣人猶疑。《還魂》設想自奇幻，餘情弩末嫌支離。芑塘先生知名士，文宗屈、宋超儔夷。昨歲杏園空看花，溷迹津門下董帷。讀書餘暇覽稗史，寄情聲調沁心脾。偶拈《玉嬌梨》一編，絕無奇處尋端倪。手擎吟鞭兆驪珠，神龍變化蟠蛟螭。二十八日雕鏤成，一時紙貴鈔恐遲。題籤即名《珊瑚鞭》，意新詞麗猶纖微。曲盡人情戲是眞，嬉笑怒罵皆箴規。楚相衣冠付優孟，語言口吻如相遺。嗜奇才子王明府，評論再四酬棗梨。和聲鳴盛不多有，前得云亭與昉斯。今君此編入鼓吹，詞林風雅相鼎支。未園張鴻恩題〔一〕

銀潢左界注滄溟，才子乘槎應客星（兄作此曲時正客天津）。高坐紅裀催拍板，墨華灑上紫雲屏。

珊瑚不羨季倫家，三尺鞭絲繫影斜。爲引玉驄芳草路，春風處處惹桃花。

一枝柔柳綰芳年，七字香詞引和箋。飛絮天涯吹恨去，梨雲驚夢壓春眠。

岐路蒼茫眺夕暉，十年塵土素心違。感君畫出窮途影，吹縐西風上葛衣。（《質鞭》齣中奇句也）

笑他草質楦麒麟，晛見冰消莫認眞。盡把形容付優孟，當場可有汗顏人？

心無眞賞何勞愛，情果憐才怒亦公。多謝延陵賢太史，肯將霜雪易春風。

文鴛雙引座吹笙，休訝詞人太過情。祇有溫柔鄉裏福，世間端合讓書生。

我來燕地怯春寒，手把烏絲忍凍看。多少歡愁消不得，雪花如掌撲朱闌。花龕姚興㶷題〔二〕

燕吳千里幻姻緣，馬策珊瑚仗一鞭。嘗盡辛鹹諳世味，曲師今在孝廉船。

紫陌楊枝又柳枝，香閨旖旎鬭腰支。何當紅豆生南國，蹴起相思爲和詩。

憐才誰識爨餘琴，女俠能揮纏臂金。轉恨禮防因藉口，不援嫂溺到於今。

綬帶紅銜鳳一雙，曲終秋月墮寒窗。老來倦倚旗亭壁，聽唱春詞遍曲江。筑澗張裕舉題〔三〕

（以上均清乾隆四十三年戊戌穿柳亭刻本《珊瑚鞭傳奇》卷首）

【箋】

〔一〕張鴻恩：號未園，桐城（今屬安徽）人。張若瀛次子（姚鼐《惜抱軒文集》卷一〇《張逸園傳》）。授兵部郎中。乾隆五十年（一七八五），任延平知府。

〔二〕姚興衆（一七四〇—一七八九）：字渭川，號花龕，桐城（今屬安徽）人。乾隆三十九年甲子（一七七四），順天府舉人，官平定州州判。屢應進士不第，年五十，沒於京師僧舍。師事姚鼐（一七三一—一八一五），姚鼐爲撰《香巖詩稿序》（《惜抱軒文集》卷四）。撰《晚香堂遺詩》。傳見劉聲木《桐城文學淵源考》卷四。

〔三〕張裕犖（一七〇八—一七八八）：字幼穆，一作又牧，號樊川，一作樊村，又號筑澗，桐城（今屬安徽）人。附監生。乾隆九年甲子（一七四四）舉人，十三年戊辰（一七四八）進士，選庶吉士，散館授編修。官至國子監祭酒，曾充《續文獻通考》纂修官。四十五年（一七八〇），以年老致仕。曾爲邵玘《花韻館詞》撰序。著有《野繭園詩古文集》。傳見《詞林輯略》卷四、道光《桐城續修縣志》卷一六等。

雷峯塔（方成培）

方成培（一七三一—一七八九），字仰松，號岫雲，別署岫雲詞逸，橫山（今屬安徽歙縣）人。幼多病，閉門習醫，不能以舉業自奮，乃博覽羣書，尤精於聲樂。嘗彙諸家詞曲，考訂格律，著《詞榘》。晚年客遊漢口，卒於其地。著有《味經堂詞稿》六卷（乾隆五十六年周皚刻《布衣詞合稿》本）、《香研居詞麈》，另有《聽弈軒小稿》、《香研居隨筆》、《飛鴻堂隨筆》、《疊嶂樓詩鈔》、《漢皋小草》、《岫雲詩草》、《黃山新咏》等。撰傳奇《雷峯塔》、《雙泉記》二種。傳見道光《徽州府志》卷一一、民國《歙縣志》卷七、《皖志稿·集部考》等。

《雷峯塔》，《今樂考證》著録無名氏一本，注：『此本有岫雲詞逸改本。』現存乾隆三十七年（一七七二）水竹居刻本、乾隆五十五年庚戌（一七九〇）多文堂刻本（《傅惜華藏古典戲曲珍本叢刊》第五一册據以影印）。

《雷峯塔》自敍

方成培

《雷峯塔》傳奇從來已久，不知何人所撰。其事散見吳從先《小窗自紀》、《西湖志》等書，好事者從而摭拾之，下里巴人，無足道者。歲辛卯〔一〕，朝廷逢璇闈之慶，普天同忭，淮商得以恭襄盛典。大學士大中丞高公語銀臺李公〔二〕，令商人於祝嘏新劇外，開演斯劇，祗候承應。余於觀察徐環谷先生家〔三〕，屢經寓目，惜其按節氍毹之上，非不洋洋盈耳，而在知音翻閱，不免攢眉，辭鄙調譌，未暇更僕數也。因重爲更定，遺詞命意，頗極經營，務使有裨世道，以歸於雅正。較原本，曲改其十之九，賓白改十之七。《求草》、《煉塔》、《祭塔》等折，皆點竄終篇，僅存其目。中間芟去八齣。《夜話》及首尾兩折，與集唐下場詩，悉余所增入者。時就商酌，則徐子有山將伯之力居多〔四〕。

既成，同人繆相許可，欲付開雕。余笑曰：『不能獨出機杼，徒爾拾人牙慧，世有周郎，必不顧之矣。』吳子鳳山曰〔五〕：『吾家粲花撰《畫中人》，本於范駕部之《夢花酣》，《療妒羹》取諸《風流院》，實擅出藍之譽。夫臭腐可化神奇，黄金點於瓦礫，而何蹈襲之嫌？且原本所在多有，識者自能辨也。』遂爲點校行之。是塔，實吴越王妃所建，又名黄妃塔，旁有白蓮寺，嘉靖時燬於火。宋禪師鎮壓白蛇事，其有無，蓋不足論云。

乾隆辛卯冬月，新安方成培仰松甫識。

【箋】

〔一〕辛卯：乾隆三十六年（一七七一）。

〔二〕大學士大中丞高公：即高晉（一七〇七—一七七九），高佳氏，字昭德，滿洲鑲黄旗人。雍正十三年（一七三五），由監生授山東泗水知縣。二十六年，遷江南河道總督。三十年，遷兩江總督。三十六年，晉文華殿大學士兼禮部尚書，仍署兩江總督。卒謚文端。傳見《清史稿》卷三一〇、《清史列傳》卷二三、《國史列傳》卷九、《國朝耆獻類徵初編》卷二五、《清代河臣傳》卷二等。銀臺李公：或即李清時（一七〇六—一七六八），字授侯，號蕙圃，安溪（今屬福建）人。乾隆七年壬戌（一七四二）進士，選庶吉士，授編修。十四年，授浙江嘉興知府。轉山東兖州知府，擢運河道。官至山東巡撫。傳見《清史稿》卷三二五、《碑傳集》卷七一、《山東通志》卷七四等。

〔三〕觀察徐環谷：待考。

〔四〕徐子有山：即徐德達，字有山，籍里、生平均未詳。

〔五〕吴子鳳山：即吴士岐，字樂畊，一作樂耕，號鳳山，别署海棠巢客，歙縣（今屬安徽）人。工詩。傳見李斗《揚州畫舫録》卷一四。

（雷峯塔）題辭

汪宗淝　等

回峯陳迹付斜陽，情緒遊絲百尺長。但使曲終能奏雅，卮言何害近荒唐。紛紛樂部沸淫哇，舊譜聊將筆削加。壁壘一新精采異，知君握内有靈蛇。隱莽汪宗淝題〔一〕

不與①金元鬬色絲，偶然拈出亦成奇。未知誰是知音者？竿木逢場老古椎。曾向西泠幾度過，蓮披岳聳剩嵯峨。今宵自把紅牙按，莫向樽前喚奈何。有山徐德達題

紅豆傳來，近記取烏絲幾疊？權放下孤山鶴夢，斷橋殘雪。幻迹有如湯問棘，妍詞應比雲穿月。認斜陽無語晚峯前，疎鐘歇。情與怨，旃檀塔；迷和悟，優曇鉢。便夸堅志怪，不妨重説。舞袖乍低新節族，筆鋒斬盡陳藤葛。喜筵前一曲起梁塵，幽悰豁。右調【滿江紅】。鳳山吴士岐題

【校】

①與，底本作『其』，據文義改。

【箋】

〔一〕汪宗淝：號隱莽，籍里、生平均未詳。

（雷峯塔）跋

洪箪泰〔一〕

龍梭織字，曾喧《白雪》之傳；鸞筒徵歌，新授紅牙以度。裴秀才溫經臘月，原非注意雕蟲；陳思王作賦洛用，共識雄才繡虎。風吹側帽，酒惡拈花。宿推儒雅之宗，偶有緣情之作。五音其奏，雜彩相宣；合併宫商，自成機杼。小山製譜，聲齊摶起霄鵬；雲石揮毫，勢若脱羈天馬。家在鳳凰山下，湖光登覽古之思；學窮鹿苑編中，塔影弔斜陽之暮。漆園傲吏，固多微有於《齊諧》；紅豆詞人，奚礙翻新乎舊曲。鏤瓊裁雪，聊歌對酒之懷；香草幽蘭，無失寓言之意。湮醉後之風雲月露，從教看盡舞衣；唱悟中之牛鬼蛇神，都可付諸禪板。綠楊城郭，新聲不數竹西；黄葉邨莊，天籟爭誇硯北。我愛金波瀲灧，弓彎踏處同看；人恢玉燭調和，方響攜來共譜。

茹亭弟洪箪泰。

（以上均清乾隆三十七年水竹居刻本《雷峯塔傳奇》卷首）

【箋】

〔一〕洪箪泰：號茹亭，籍里、生平均未詳。

雷峯塔跋〔一〕

吴梅

《雷峯塔》，不知何人所作。此是歙人方仰松改筆，觀其自序，煞費苦心。然劇中篇幅過狹，套數失次，亦非盡美之作。國朝自昉思後，曲學日衰。乾隆時，僅心餘《夢》、《樓》，可稱驂靳，惺齋、倚姓，殊難鼎足，餘子無譏矣。仰松有《香研居詞麈》，論音呂頗精，所作小詞，間亦有致，而曲則不甚當行也。此書傳唱，今所存者，止《水鬭》、《斷橋》二支，而一仿《長生》，一仿《浣紗》，且並旁譜亦效之，殊可哂也。因刻本不多見，遂潢治云。

宣統庚戌嘉平月，長洲吴梅跋〔二〕。

（清乾隆三十七年水竹居刻本《雷峯塔傳奇》卷末）

【箋】

〔一〕底本無題名。

〔二〕上海中華書局民國二十九年（一九四〇）鉛印本《新曲苑》所收《霜厓曲跋》有此文，無題署。

青衿俠（紀聖宣）

紀聖宣（一七三一—一八二五後），一名聖選，字青子，别署羽陵外史，膠州（今屬山東）人。

工詩，兼精詞曲。撰傳奇《青衿俠》。傳見民國《增修膠志》卷四二。

《青衿俠》，一名《儒俠記》，《明清傳奇綜錄》著錄，現存民國二十九年（一九四〇）陳曳雲轉錄道光五年（一八二五）聖徵氏鈔本，卷端題『膠州羽陵外史塡詞』，卷末題『道光五年歲次乙酉仲夏之月聖徵氏錄於臨溪草舍』，方章二枚：陰文『錫麟之印』，陽文『聖徵』，山東省博物館藏（《山東文獻集成》第四八册據以影印，二〇〇七年上海古籍出版社出版《山左戲曲集成》據以排印）。參見劉心明《未刊鈔本〈青衿俠傳奇〉考述》（《文獻》二〇〇七年第二期）。

青衿俠跋〔一〕

李之雍〔二〕

《青衿俠傳奇》，爲吾膠紀青子先生（名聖宣，《州志》作『選』）所作也。先生博聞强記，於書無所不讀。尤深於詩，兼工詞曲。夫王、劉之交，義凜千秋，播諸管絃，益足不朽。而此曲慷慨悲歌，動人魂魄，其心思筆力，固有績學中來也。朋友誼重，五倫乃備，古今人每忽視於此。先生以一曲，迴狂瀾於既倒，挽世風之頹靡，厥功偉矣，豈可以尋常傳奇目之哉！爰題以七言絶句四首。

一生一死證交游，痛哭公門得報讎。朋友君臣倫紀在，包胥、子羽共千秋。

舊劇多言兒女情，惟將《鳴鳳》表忠貞〔三〕。（《鳴鳳記傳奇》，言楊椒山先生事。）琅琊俠士無傳曲，恐忘倫常有友生。

《中州愍烈》亦堪哀〔四〕，（《中州愍烈傳奇》，言吾膠高楓宸先生令延津事。）膠水爭傳折獄才。更把青衿歌一曲，高風共仰古秦臺。（劉子羽居琅琊臺下）《太古園詩》鋟板傳〔五〕，沛蒼司馬表前賢。（《太古園詩集》，宋沛蒼先生爲刻板行世。）王、劉義氣難描寫，更製新詞入管絃。

道光二十九年歲次己酉嘉平月，同里後學李之雍謹識。同里後學陳曳雲補録〔六〕。民國廿九年冬月。

（民國二十九年陳曳雲轉録清道光五年聖徵氏鈔本《青衿俠傳奇》卷末）

【箋】

〔一〕底本無題名。

〔二〕李之雍：字硯泉，號蓮舟，膠州（今屬山東）人。李鳴謙次子。咸豐二年壬子（一八五二）恩貢。享年近八旬。善詩，工書法。道光二十六年（一八四六），參與纂修《重修膠州志》。編《山東先哲遺著録》。著有《硯泉詩草》、《硯泉文草》、《膠迹紀近吟》、《隸鈔》、《膠諺徵字》、《硯泉雜著》等。傳見民國《膠志》卷四二。

〔三〕《鳴鳳》：明闕名撰《鳴鳳記》傳奇，詳見本書卷三該條解題。

〔四〕《中州愍烈》：清周壎（一七一四—一七八三）撰《中州愍烈記》傳奇（一作《忠憫記》），《明清傳奇綜録》著録，現存清乾隆間鈔本，中國國家圖書館藏。

〔五〕《太古園詩》：王僴撰。王僴（一五九八—一六三五），初字無競，改字無竟，膠州人。明諸生。不樂仕進，以詩自娱。崇禎八年（一六三五），爲仇家徐登第殺害，其友劉翼明破家爲之申冤。生平詳見民國鈔本《青衿俠傳奇》卷首附張謙宜《詩人王無竟傳》。

〔六〕陳曳雲：膠州人，字號、生平均未詳。

鏡光緣（徐爔）

徐爔（一七三二—一八〇七），字鼎和，號榆村，別署鏡緣子、鏡緣主人、種緣子等，室名蝶夢庵，震澤（今屬江蘇蘇州）人。徐釚（一六三六—一七〇八）曾孫，徐大椿（一六九三—一七七一）次子。幼承家學，精於岐黃，業醫，著《藥性詩解》。乾隆間，周旋於王公貴戚間。以太學生候選布政司理問，授儒林郎。著有《夢生草堂詩文集》、《曲池花影詩鈔》、《藥性詩解》等。通音律，工詞曲。撰傳奇《鏡光緣》，雜劇十九種（總稱《寫心劇》，又稱《寫心雜劇》），均存。另有傳奇《雙環記》、《聯芳樓》，已佚。傳見費振勳《榆邨徐君墓志銘》（同治十三年刻本淩淦輯《松陵文錄》卷一六）等。參見鄧長風《徐大椿和徐爔：父子醫家兼曲家》（《明清戲曲家考略續編》）、杜桂萍《戲曲家徐爔生平及創作新考》（《蘇州大學學報》二〇〇七年第三期）。

《鏡光緣》，《今樂考證》著錄，現存乾隆四十四年（一七七九）夢生堂刻本（《傅惜華藏古典戲曲珍本叢刊》第五二冊據以影印）、嘉慶間《蝶夢龕詞曲》本、舊鈔本（《綏中吳氏藏鈔本稿本戲曲叢刊》第一五冊據以影印）。

（鏡光緣）自敍〔一〕

徐爔

蓋千百年來，古人所作歌行詞曲，或抒忿鬱，或達衷情，或伸悲怨，或寄壯懷，此歌行詞曲之所由作也。余幼時，質鈍多疾。至弱冠，知與功名遠矣，遂涉獵羣書。而獨於詞曲最爲心喜，寓目者不下數百家，自塡者亦有數種，如《雙環記》、《聯芳樓》，皆以自己筆端，代古人口吻，摹寫成劇，非有寄托。茲之所謂《鏡光緣》者，乃余達衷情、伸悲怨之曲也。事寔情眞，不加粉飾，兩人情義都宣泄於鏤聲繪句之間，留於天下後世，或有同心者能默鑒其情否？嗟乎！太史公謂屈大夫作《離騷》，皆從怨生。余之作《鏡光緣》，雖人異而文殊，而其怨則同也。此詞生於怨，怨生於情，情生於鏡中畫裏。鏡中畫裏，我亦不知其有何物，能使我若是之情深哉？呈諸知己，能示我以情中三昧，幸矣。

時乾隆四十有三年歲在戊戌杏月，鏡緣子徐爔自書於楓江之夢生草堂〔二〕。

【箋】

〔一〕底本無題名，據版心補題。

〔二〕題署之後有印章二枚：陰文方章『徐爔之印』，陽文方章『鼎和』。

鏡光緣敘

顧詒燕〔一〕

情與情之相遇，豈偶然哉？ 在吾儒謂之『因』，在釋氏謂之『緣』。因緣投契，萬變不喻，而精神所結，竟成不朽之異聞。 第天之生人，賦性各殊，用情亦異。 一入於情，能使古來未有之幻境、未有之奇逢，莫不隨遇而生，應念而起，愈久愈深，愈深愈透。 上而爲聖爲賢、爲仙爲佛，下而爲魔爲鬼、爲夢爲癡。 祇此一情之貫注，而影逐形來，旛隨風動，亦可恍然於情之所起必有因，情之所繫必有緣，如水生波，割之不斷，如花吐香，揮之不去，一注纏綿，有莫能自主者耳。

楓江徐①鏡緣，情種也。 一遇李秋蓉，則情與情相感焉。 燈光相引，情之因也；鏡光相照，情之緣也。 更有錢凝香原情於閨中，沈世雄寄情於塞外。 由是文生於情，而傳奇可作；情歸於道，而仙籍可登。 雖屢遭磨折，終始不移，異地流離，死生無貳，其欲歌欲泣之神，有筆墨所不能達者。 迨乎天樂一鳴，情關自闢，正如秋空月落，萬籟寂然，而天下言情之士，幾欲擊碎唾壺矣。 余讀《鏡光緣》，不敢以詞曲視之，直舉人生變幻百出之情，彙而成帙，與三教因緣之旨相契合，又能操之縱之，抑之揚之，咀而味之，超而脱之，其殆情之如意珠也夫？ 是爲序。

乾隆戊戌仲秋三日，菡亭顧詒燕拜撰。

【校】

①徐，底本作『余』，據人名改。

【箋】

〔一〕顧詒燕：號菡亭，籍里、生平均未詳。

附　秋蓉傳〔一〕

余　集〔二〕

秋蓉，吳人也，姓李氏。幼孤貧，棲尼庵中。性聰慧，通詩書，解畫。及笄，有殊色。尼利之，鬻狹斜間，抑鬱恆不自得，著《浣塵草》以見志。吳江徐生者訪之，時秋蓉方攬鏡理髮，徐顧謂：『此鏡中花也！』秋蓉笑曰：『或是鏡中緣耳。』流連竟日，出所爲詩共讀之，悽怨殊不自勝，且言失身事甚悉。徐沈思曰：『當爲若謀之。』事遽泄，攖狂且怒，匿使不復與徐通。於時扃鑰泥緘，棲禽驚客，如洴國夫人故事。而秋蓉矢志頗堅，繪《玉釵銀燭小影》，題三斷句以緘徐。徐爲白其狀於有司，有司密教邏卒偵焉，猝無所獲。秋蓉意必出，徐生倉皇擲詩草授偵者，曰：『此慘淡數行，可定厥辜矣。』獄遂定，落秋蓉籍。而狺狺者怒未息，昌言於邑曰：『秋蓉若歸徐，必將甘心焉。』會有浙人潘某者，高姬志，贖之北游以俟徐。徐至自京，姬已沒。遂收骨，瘞五湖之旁，從其志也。徐塡《鏡光緣傳奇》，並製小喻麋，縮刻其所繪《玉釵銀燭照》於上，而徵詩焉。戊戌冬，徐生至京，爲余譚姬事，索余傳。余因撮其崖略如此。徐生名爔，字鼎和，以姬故，自號鏡緣子云。

乾隆己亥春日，史官余集撰〔三〕。

【箋】

〔一〕底本無題名。版心題『傳』。

〔二〕余集（一七三九—一八二三）：字蓉裳，號秋室、秋石，錢塘（今浙江杭州）人。乾隆三十一年丙戌（一七六六）進士，候選知縣。三十八年薦修《四庫全書》，授翰林院編修。累遷至侍講學士。嘉慶九年（一八〇四），乞歸。曾主大梁書院。工詩古文詞，善書畫。著有《憶漫庵剩稿》、《秋室學古錄》等。傳見《清史稿》卷五〇四、《清史列傳》卷七二、《國朝書人輯略》卷六、《歷代兩浙詞人小傳》卷八、《詞林輯略》卷四等。

〔三〕題署之後有印章二枚：陰文方章『余集之印』，陽文方章『秋室』。

（鏡光緣）凡例

闕　名〔一〕

一、傳奇十六齣，比諸小傳一篇，紀其始末，故字字寔情寔事，不加裝飾，若其登場就演，另填三十二齣，已付梨園矣。

一、此十六齣，俱止生、旦、貼三腳色所演，其餘或一偶見，則不成戲矣。此本原係案頭劇，非登場劇也。只視其事之磨折，情之悲楚，乃余高歌當哭之旨也。

一、宮調平仄，從《九宮譜》，或依舊院本所填。其中稍有變格，亦考諸《嘯餘》、《曲律》等書。

一、此劇初成，蒙各大人先生所賜題詞，不下數十首，將欲另刊一册行世，茲不具錄。

（以上均《傅惜華藏古典戲曲珍本叢刊》第五二册影印清乾隆四十四年夢生堂刻本《鏡光緣傳奇》卷首）

【箋】

〔一〕此文當爲徐燨撰。

拂塵十二絶並序

徐　燨

己亥桂月〔一〕，予南北奔馳，倦遊而返，姬妾輩置宴於夢生堂，爲予拂塵。咏歌之餘，予示以令：『每占我《鏡光緣》曲一句，合我意者免飲，否則酌以巨觴。』一姬曰：『把兩人心打合濃香一片。』一姬曰：『待把那醋漿兒掩沒你巫山岫。』一姬曰：『多情幻夢誰先覺？』其餘或有飲酒者。予至半酣，見有慧心者，因取《楞嚴》、《道德》諸經，與之翻覆講參，彼亦頗多心得。余遂口占十二絶以示之，倘有以爲當者，與我共參可耳。

天空海闊水悠悠，大覺須從幻夢求。轉眼浮生同泡影，故將紅粉作勾留。

煉性何須更煉形，金釵業裏一函經。李翱入道無多喝，雲在青天水在瓶。

端爲靈虚煉未眞，恆河沙劫到紅塵。菩提莫笑予貪色，花境禪心一樣因。

曲罷樽空奈老何？清虚一點鏡新磨。傷心卅載花間事，好付蒲團當睡魔。

溫香軟玉戀無窮，迷處偏能究色空。試問庭前花萬朵，芳英還得幾時紅？
何用勞勞羨佛仙，空嗟蝶夢誤青年。一從參破《楞嚴》後，始信仙緣即愛緣。
行是春風心似灰，拈花一笑任含開。圓機豈是無情種？孽海波從愛海來。
莫論多情與薄情，巫雲一片任縱橫。玄心已向春風悟，異草奇葩到處生。
曉粧爭喚畫蛾眉，愛極生憐憐極悲。悲到無如雙鬢雪，鏡中語影是心知。
繡閣含酸細入微，生憎顰笑盡禪機。鶺鴒棲託無多日，我涅槃時各自飛。
自憐素性愛癡頑，敲斷雙扉月下環。一逐孤飛雲外鶴，肯教重認故鄉山？
幻境崎嶇總不平，玄門有道勸同行。玉人慢把無情咎，正爲多情極處生。鏡緣主人〔二〕

（《傅惜華藏古典戲曲珍本叢刊》第五二冊影印
乾隆四十四年夢生堂刻本《鏡光緣傳奇》卷末）

【箋】

〔一〕己亥：乾隆四十四年（一七七九）。

〔二〕題署之後有印章二枚：陰文方章『徐爔』，陽文方章『鼎和』。

（鏡光緣）題詞

沈德潛 等

戊子孟秋〔一〕，徐子鏡緣，訪我維摩社。忽開緘、示我玉臺詞，訴當年、紅樓佳話。癸未春〔二〕，探花吳門之下。李姬小字秋蓉者。正鏡裏花深，鬢邊玉冷，全身欲委司馬。奈崔護、重來訪天涯，盼不見、門前小桃花。有限簾衣，遮斷當年歌臺舞榭。噫！如畫崔徽，而今眞寄崔徽畫。畫裏眞眞喚，有心人，非是假。道燭不妨寒，釵休任折，羅生莫認雲英嫁。果花遠終香，月高仍照，相視已而相訝。念求凰、調絕冷窗紗，重飽看、文君髩雲斜。這情懷眞堪描寫，予乃囅然笑也。佛火蒲團上，且須留此，聽儂說法，勘破脂嬌粉姹。髩絲不是舊樊州，懶賦佗秋娘聲價。（調寄【哨遍】，用蘇髯體。）沈德潛

人生不幸無過此，才子美人爲最。在孝女者般狼狽，眞不解個中意。柳絮霑泥，楊花落溷，竟作蘇臺妓。抱《浣塵》一卷新詩，小小銀鉤，泣寫秋蓉名字。恰①待得掃眉人至，翠竹碧梧相對。鏡裏紅粧，月中素影，笑問非耶是？料三生石上，因緣豈但今世？險做出香銷玉碎。自題小照憔悴。釵腳頻敲，燭灰將燼，總是傷心淚。把斷腸花葉，教郎一一私記。（調寄【十二時】）

怨海茫茫，將此情塡作《鏡光緣》。本無可如何，淚濕青衫紅粉。更製元壁徵詩，乞海內恨人憐憫。斷腸詞何補摧殘，但屬有情都肯。風流自古無憑準。是前因許多傷損。脈脈思量當懺悔，莫怨老天殘忍。試想今世今生，卽便今年今日，似卿卿兩箇一般，多少悲忿！（調寄【玲瓏四犯】）蔣士銓心餘

柔情別恨最難描，譜出新聲寄阿嬌。畫棟歌塵閒燕子，湘簾舞影冷鮫綃。江南紅豆相思苦，塞北飛鴻泣路遙。一字一珠還一淚，憐余魂小不禁銷。蘊皋柏謙常熟（三）

寂寂重關畫掩紅，名花一瓣鑄青銅。澄奩底事塵應浣，腸斷清秋泣塞鴻。

露草青青宿草乾，新詞歌罷月闌干。殘香剩粉知何處？零落霜風一鏡寒。寅谷蔣泰來海鹽〔四〕

石帆竹嶼舊經過，廿載重逢奈老何？鏡裏秋蓉殘墨漬，夢中春塢落花多。客囊不少丹砂訣，旅館頻添《白苧歌》。畢竟輸君先挂席，金堤成後渺關河。星石馮應榴嘉興〔五〕

誤佔花叢第一籌，可憐風雨掩空樓。玉環有約簫聲斷，淒絕韋郎欲白頭。

塞北江南恩未涯，紅顔薄命等蟬紗。尋思一語先徵讖，色色空空是鏡花。

無限思君望遠愁，吳關不見雪浮浮。紅銷句訴琵琶恨，爲感騷人吊一抔。薇軒沈步垣嘉善〔六〕

鏡影匆匆悵別離，玉釵銀燭寄相思。芙蓉憔悴秋江冷，付與徐郎腸斷詞。

多少情緣是孽緣，不教破鏡得重圓。特留一段傷心事，譜作千秋佳話傳。芍坡王曾翼吳江〔七〕

半卷新詞結念長，鍾情千古說徐郎。劇憐兒女溫柔事，軟盡英雄鐵石腸。

鏡破釵分鴛夢殘，胥江嗚咽水聲寒。怎知無限傷心話，空博人間墮淚看。稻香錢與點震澤〔八〕

繡裙斜立向東風，楚閏相看總未工。可惜初逢成惡讖，鏡中花相自來空。

幽恨當筵苦未伸，淚沿紅粉濕羅巾。斷腸詞好無人續，一卷新詩有《浣塵》。秋室余集仁和

碧柳深藏小玉家，桃花塢畔夕陽斜。傷心鸚鵡空傳語，那得當年古押衙？

一曲琵琶聽未終，天荒地老恨無窮。征車迢遞關山遠，尺素驚傳塞北鴻。

殘編遺墨裏重重，想見妝臺手自封。他日《搜神》餘韻在，不知誰復吊昭容。

樂昌安得鏡重圓？聽罷新聲淚泫然。香土一抔秋草滿，至今風雨怨啼鵑。榕皋潘奕雋長洲〔九〕

繡戶風來逗冷烟，空題荳蔻擘蠻箋。蓬萊難覓青禽使，寥落芳心又一年。

宵分凝怨坐江樓，卷盡蝦鬚玩玉鈎。料得嫦娥同此恨，青天碧海兩悠悠。訒庵汪啓淑休寧〔一〇〕

（清嘉慶間夢生堂藏板本《蝶夢龕詞曲》卷末）

【校】

①恰，底本作『洽』，據文義改。

【箋】

〔一〕戊子：乾隆三十三年（一七六八）。是年《鏡光緣》或已脱稿。

〔二〕癸未：乾隆二十八年（一七六三）。

〔三〕柏謙（一六九七—一七六五）：字藴皋，一作藴高，號東皋，一號撝庵，崇明（今屬上海）人。雍正二年甲辰（一七二四）舉人，八年庚戌（一七三〇）進士，選庶吉士，授編修。乾隆元年丙辰（一七三六）、三年戊午（一七三八），連典福建試。十一年以母老乞歸，迁居常熟，主講游文書院。傳見邵齊燾《玉芝堂文集》卷五《行狀》（收入《國朝耆獻類徵初編》卷一二六）、《詞林輯略》卷四、《國朝書人輯略》卷四、《皇清書史》卷三一、民國《崇明縣志》卷一二、光緒《常昭合志稿》卷四〇、民國《重修常昭合志》卷二〇等。

〔四〕蔣泰來：字天麟，號寅谷，海鹽（今屬浙江）人。乾隆三十六年辛卯（一七七一）恩科進士，授事部考功司主事。著有《寅谷遺稿》、《寅谷詩鈔》。傳見光緒《海鹽縣志》卷一六、《嘉興府志》卷五七等。

〔五〕馮應榴（一七四〇—一八〇〇）：字星石，一字詒曾，别署踵息居士，桐鄉（今屬浙江）人。監察御史馮浩（一七一三—一八〇一）長子。乾隆二十五年庚辰（一七六〇）舉人，二十六年辛巳（一七六一）進士。三十年，高宗南巡，召試行在，授内閣中書。歷官至江西布政使、鴻臚寺卿。五十八年，乞歸養親。夙承家學，肆力於詩注，撰成《蘇文忠詩合注》。另著有《學語稿》。傳見秦瀛《小峴山人文集》卷五《墓表》(《碑傳集補》卷七)、《清史列傳》卷七一、《國朝耆獻類徵初編》卷九六、《國朝詩人徵略初編》卷三八、《碑傳集三編》卷三七等。

〔六〕沈步垣(一七三六—一八〇九):字在中,號薇軒,别署東田、退庵,婁縣(今上海)人。乾隆三十六年辛卯(一七七一)順天舉人,授内閣中書。四十六年辛丑(一七八一)進士,選庶吉士,散館改刑部主事,遷禮科給事中。官至京畿道監察御史。服官十四年,請終養,歷主大梁、鍾山、敬敷、雲間書院。工篆隸。纂修《楓涇沈氏支譜》。著有《牛笛草》等。傳見嘉慶《松江府志》卷六〇、光緒《婁縣續志》卷一六、《皇清書史》卷二六、《詞林輯略》卷四、《重輯楓涇小志》等。

〔七〕王曾翼(一七三三—一七九五):字敬之,號芍坡,吴江(今屬江蘇)人。乾隆二十五年庚辰(一七六〇)進士,授户部主事,累遷郎中。進陝西道監察御史,擢甘涼兵備道,卒於任。著有《居易堂詩集》、《回疆雜詠》等。傳見趙蘭佩輯《江震人物續志》卷一、光緒《吴江縣續志》卷一七、《湖海詩人小傳》卷二二。

〔八〕錢與點:號稻香,震澤(今江蘇吴江)人。生平未詳。一説即錢金禾,字芸儔,震澤人,以例授平魯典史。工書,能文,尤長於詩,兼通岐黄家言。著有《秦豫游草》。傳見趙蘭佩輯《江震人物續志》卷一、光緒《吴江縣續志》卷一八。

〔九〕潘奕雋(一七四〇—一八三〇):字守愚,號榕皋,别署水雲漫士、三松居士、三松老人,室名三松堂,休寧(今屬安徽歙縣)人,占籍長洲(今江蘇蘇州)。乾隆三十四年己丑(一七六九)進士,授内閣中書。官户部主事。乾隆五十一年丙午(一七八六),典試黔中,五十三年陞貴州司主事,旋即歸田。優遊林下,逾四十年。工詩文,善書畫。著有《説文蠡箋》、《居易金箴》、《三松堂集》、《水雲詞》。傳見潘遵祁《西圃文集》卷三《行述》、《國朝耆獻類徵初編》卷一三七、《湖海詩人小傳》卷三一、《墨香居事識》卷六、《清畫家詩史》丁下、《國朝書人輯略》卷六、民國《吳縣志》卷六六等。參見潘奕雋《三松老人自訂年譜》（道光十年家刻本）。

〔一〇〕汪啓淑（一七二八—一七九九）：原名華國，字慎儀，號秀峯，又號訒庵，一作忍庵，別署印癖先生，室名開萬樓，休寧（今安徽歙縣）人，寓居錢塘（今浙江杭州）。以貲入仕，官至兵部職方司郎中。乾隆三十七年（一七七二），應詔獻書五百餘種。性癖金石，蓄圖章數萬。著有《水曹清暇錄》、《焠掌錄》、《小粉場雜識》、《訒庵輯古印存》、《秋室印萃》、《飛鴻堂印譜》、《時賢印譜》、《續印人傳》、《訒庵詩存》、《酒簾唱和詩》等。傳見《碑傳集補》、《武林人物新志》卷五、《皖志列傳稿》卷四、道光《徽州府志》卷一一、光緒《婁縣續志》卷二〇、民國《歙縣志》卷七、民國《安徽通志稿》等。

寫心雜劇（徐爔）

《寫心雜劇》，又名《寫心劇》，包括十九種雜劇，約始於乾隆四十五年（一七八〇）之《青樓濟困》，終於嘉慶十年（一八〇五）之《覆墓》。《今樂考證》著錄，現存乾隆五十四年（一七八九）夢生堂刻本（八折本），約乾隆五十八年夢生堂刻本（十二折本），嘉慶元年至六年（一七九六—一八〇一）夢生堂刻本（十六折本），嘉慶十年（一八〇五）或稍後夢生堂藏板本《蝶夢龕詞曲》本（十八折本）等。參見杜桂萍《徐爔〈寫心雜劇〉版本新考》（《文獻》二〇〇七年第四期）。

寫心雜劇自序〔一〕

徐爔

或有笑而問予曰：『元明詞曲演劇，皆托於古人以發己懷。而子昔填《鏡光緣》尚隱射姓氏，今竟直呼自名，登場歌泣，豈非自褻耶？』

余應之曰：『寫心劇者，原以寫我心也。心有所觸則有所感，有所感則必有所言，言之不足則手之舞之、足之蹈之而不能自已者，此予劇之所由作也。且子以爲是眞耶？是劇耶？是劇者皆眞耶？是眞者皆劇耶？卽余一身觀之，椿萱茂而荊樹榮者，少時之劇也；琴瑟和而瓜瓞緜者，壯歲之劇也；精力衰而鬚髮蒼者，目前之劇也。而今而後，亦不自知其更演何劇已也。蓋予日處乎劇中，而未嘗片刻超乎劇之外，則何妨更登場而演之？世君子以爲僻乎前人者可也，以爲不襲前人而獨開生面者亦可也。嗟乎！我豈樂此劇而故爲劇中之劇耶？然欲逃之而必不可得者，恐子亦未必能也，請三參之。』問者深悟而退，予卽爲斯序。

時乾隆五十四年歲次己酉六月二日，種緣子徐爔書於楓江之夢生草堂〔二〕。

（清乾隆五十四年序夢生堂刻本《寫心雜劇》卷首）

【箋】

〔一〕底本無題名。此文亦見清嘉慶間夢生堂藏板本《蝶夢龕詞曲》卷首。

〔二〕題署之後有印章二枚：陰文方章『徐爔之印』，陽文方章『鼎和』。

寫心雜劇自記[一]

徐爔

獨處荒山，隨心所觸，自寫鄙懷，非敢鐫之梨棗，以貽識者笑。而四方名士，索無虛日，是以刻成十六齣，以補填詞之一體云。

（清乾隆五十四年序夢生堂刻本《寫心雜劇》卷首《寫心劇目錄》後）

【箋】

〔一〕底本無題名。

（寫心雜劇）題詞凡題詞隨到隨刻，不拘齒爵

袁枚等

昨奉致一函，係早寫就，想托李世兄奉致者，竟得面投。此中便有鬼神，非偶然也。晚間讀世兄自製樂府，一片靈機，蟠天際地，使衰朽之人蹲蹲欲舞。詞曲感人，乃至是哉！送上《詩話》一部，尊公詞句散見於其中者，凡兩處，世兄翻閱自知。老人戴眼鏡二十餘年，今春在西湖燈下偶然去之，轉覺清朗。因之好寫蠅頭，學馬伏波據鞍故態。然而老健春寒，無非騙局。趁此受騙之時，老阿婆依舊東塗西抹，亦復何妨？故端書一箋，以申欣服之忱。簡齋袁枚（時年七十有九）〔一〕

一寸靈心絕妙才，家貽舊業出新裁。超然遍采名山藥，不避紅塵不染埃。

城北徐公美且都，後房窈窕選名①姝。而今老去情緣淡，卻借酣歌自寫圖。

《本事詩》編播藝林（令曾祖虹亭先生纂《本事詩》行世）〔二〕，聲傳樂府費研尋（尊甫洄溪先生有《樂府傳聲》）〔三〕。江城檀板敲清夜，代有周郎善賞音。

塊壘消餘耐逞狂，閒中儀態樂無方。良醫功足儕良相，況復名場亦戲場。孟亭馮浩〔四〕

雲鬟玉鏡日横陳，聽唱名姝一曲新。千載風流追白傅，湖山管領屬詞人。

琪花瑤草枕中方，謫向紅塵度世忙。喚醒溫柔鄉裏夢，回頭便是白雲鄉。

幼同嬉戲長同吟，殁後遺文抵笥金。揮盡鶺鴒原上淚，未聞終闋已傷心。（予弟竹塢亦能文，早殀。）

誤嬰世網負平生，一笑聲華片羽輕。放眼楞伽舊風月，幾人堪訂白鷗盟？

多少珠樓夜宴酣，幽閨無復駐華驂。偶因風雪來相訪，不害禪心學魯男。二雅金學詩〔五〕

門第才名望若仙，『黃河遠上』句爭傳。清詞解脱機何猛，綠鬢朱顔尚壯年。

曾經滄海與巫山，莫怪觀空只等閒。笑我情癡今尚在，未甘七十守窮鰥。

呪雨俄遭妓破之，燒庵婆子事尤奇。倘容法喜同參證，願拜維摩作道師。西莊王鳴盛

種緣徐君，吴江懷才高士也。風雅多情，亦復澄心味道。常作《鏡光緣》傳奇，固已文詞婉媚，一往情深。今讀《寫心劇》，寓意超妙，音節高遠，殆將夢幻泡影中，指點斯世迷津，益以徵其夙慧。然則磨頂授記，證無上果者，無用求諸經典，讀斯詞可悟矣。復作斷句政之。

情魔方寸起靈臺，那使靈樞化作灰。纓璐牛車都付與，待將空色問如來。

難陀自昔號多情，緣底繁華一洗清。可是近從天上見，八千宮麗珮環輕。　鑒泉胡世銓〔六〕

海茫茫，山渺渺，聽說尋仙仙路杳。縱有仙機孰與談？蘧廬之外瀛寰少。種緣先生仙緣通，心清萬慮塵埃空。游戲玩世亦濟世，直同水火敷元功。攜童采靈藥，直上高峯東。是時寒梅爛熳空山雪，朱門繡戶垂簾暖酒春融融。此山岑寂少人迹，何意拊髀雀躍來洪濛。爛翻舌底辨不息，遊心合氣將焉窮。若隱若見不可及，似遠似近吾誰從？神消蔽光不知處，嘯風曳履歸吟笻。歸來外人不足道，心知他日終相逢。譜之絲竹同變幻，寓言追躡南華蹤。我來乞瑤草，恰遇花開早。清詞歌出神仙好，舉頭何處蓬萊島？藕如船，瓜是棗，逍遙遊衍人難老。粗服殘軀世所嗤，看來豈是形枯槁！一曲新歌縹緲中，教我服食還精與補腦。酒將闌，光正皎，滿堂滿室仙音繞。鳴鶴九天聞一聲，拂袖烟雲猶裊裊。

湖山到處醉顔酡，簫鼓聲聲遠近多。紅袖金尊渾常事，輸君自譜《竹枝》歌。

歌聲圓轉舞風香，收得山光並水光。豈必壺蘆載清翠，已分佳勝入《霓裳》。

山花如繡水如烟，最好風光二月天。何事畫船歸去早，要將新曲上家筵。

落花風雨損荊枝，哭罷殘燈嘆數奇。棠鄂賞時餘獨木，人琴亡後只單絲。長離有恨還能寫，短夢無憑未可期。我亦同情今卅載，至今音斷謝家池。

昔讀石湖詩，卽知石湖好。今來石湖遊，思向石湖老。君家近石湖，開門接行潦。胡復想結鄰，笙歌寄懷抱。要知思入神，明於月出皎。一旦見古人，千秋共搜討。許我並衡茅，招予望滄瀨。田園紀四時，家室依三島。蕩舶來雲霞，攖心去煩惱。攜手入山林，並肩挹鳧藻。既欲結同心，猶恐移中道。昂昂冬嶺松，馥馥春坡草。寓意苟浮沈，即境胥顛倒。雅奏時一聞，斯懷信長保。桐城張曾太〔七〕

隨身竿木儘登場，短夢前塵雜色裝。不寫昔人剛自寫，果然樂府妙康、王。悼花述夢更酬魂，歸向談禪意趣存。我亦曾經金屋裏，被渠牽率到梨園。（門人沈孝廉同輝撰《書中金屋》傳奇〔八〕，有游戲及余者。）蘭泉王昶（時年七十有二）〔九〕

逢場聊作斯文戲，說法都爲現在身。莫漫等閒看過了，好參筏喻渡迷津。濟人只有一丸藥，傲世應同三朶花。更問玉桃偷幾度，口中餘沫盡流霞。星石馮應榴

曾見滄波三變田，言言入妙句鉤連。當場說法身須現，莫作衣冠優孟傳。由來心地本空明，采藥談經總性情。唱到一聲《河滿子》，抵他漏盡聽鐘鳴。春之方維祺〔一〇〕

知君家世本詞宗，諧俗多方老更工。慣託俠遊欺鬢雪，偶來人海看塵紅。枕中鴻寶丹能轉，坐上春風酒不空。禮佛求仙應適願，長桑書驗足陰功。石庵劉墉〔一一〕

花柳叢中自在身，曇雲優鉢現前因。無情更是多情極，枉說維摩迹已陳。檀板金尊鬧裏催，是眞是幻謾疑猜。而今又踏東華路，一笑逢場作戲來。東甫那彥成〔一二〕

風月娛情六十年，詩人老去欲逃禪。憑將一管徐陵筆，勾卻三生未了緣。空空色色都成悟，燕燕鶯鶯底事忙。閨裏應添《懊惱曲》，風流不似舊時郎。名韁利鎖皆虛幻，轉眼原同如是觀。識得當場醒世意，儘教演與世人看。蘭江王祖武〔一三〕

遠山圍黛水增波，三月春光湖上多。解唱《竹枝》知不少，輸他花影倚青娥。（《遊湖》）

《霓裳》序奏玉輪秋，瓊闕瑤宫逐夢遊。愛捉謫仙閒對簿，閻羅老子也風流。（《述夢》）

漫山香雪白皚皚，騎鶴仙人去不回。我亦前身跛道士，休嫌頻溷乃公來。（《游梅遇仙》）

囫地聲中悔已遲，説醒説夢總成癡。烟花滿眼和塵滾，趁著黄粱未熟時。（《癡祝》）

珊瑚鞭逐白銅鞮，曾到巫陽路不迷。今日黄金非買笑，錯教癡妒滿紅閨。（《青樓濟困》）

蕙折蘭摧最可傷，玉京搔首路茫茫。蘇家詩句那堪讀？風雨年年泣對牀。（《哭弟》）

爲戀幽棲清福多，釣竿裊裊狎烟波。石湖尚友眞成計，爭席還防張志和。（《湖山小隱》）

怪底江郎是恨人，飛英清怨抱芳辰。他生便作木居士，滿樹青錢詎買春？（《悼花》）

苦海紛紛透網鱗，倩誰楚些與重陳。多君辨口懸河似？字字從頭棒喝眞。（《酬魂》）

朝妍暮醜鬢毛催，誤向菱花認本來。勘徹空空眞面目，方知無鏡亦無臺。（《醒鏡》）

脱葉何曾戀故荄，尚存舌本任恢諧。只餘一事他時恨，難摘梅花細嚼來。（《祭牙》）

瀾翻慧舌説根塵，眷屬齊來證淨因。他日維摩方丈室，合教禮遍散花人。（《月夜談禪》）　三山張經邦〔一四〕

太史聲名海外傳，菊莊詞譜意纏綿。留將一管生花筆，付與文孫補舊緣。

從古情多易斷腸，徐郎法祖更清狂。雁行飛去鴛鴦死，都付《清平調》幾章。

自笑袁絲兩鬢星，夢生堂好記曾經。乞將八十年來事，譜入東山絲竹聽。　簡齋袁枚（時年八十有一）

淋漓濡染墨池開，具大心胷絕妙才。現世人身爲說法，當場悟徹幾人來。西崖王和行〔一五〕

清音按拍繞棼梁，玉作齒牙錦作腸。道是塡詞渾未得，狠心辣手著文章。麗川奇豐額〔一六〕

設法何嫌自現身，筆花大放見前因。詞壇獨闢開生面，譜出人心一段眞。

花開鏡裏笑秋娘，情比恆河沙數量。綺語忽除空色相，一輪明月萬重光。

二月金牛景物妍，尋芳稱泛總宜船。西陵松柏欣無恙，好結生前攜手緣。訒庵汪啓叔

也知臧穀等亡羊，隨分追歡愛景光。百歲年華都是幻，何妨竿木且逢場？

休笑珠圍翠繞非，色空已悟久忘機。能於當境心澄定，任墮天花不染衣。

虹亭太史洄溪叟，世有文章濟鳳毛。《白雪》寫心尤和寡，須知此調本來高。簪筤謝鳴篁〔一七〕

畫舫泉好自潺湲，高枕蓬廬靜閉關。他日梅林相問訊，神仙只住在人間。

少年意興未全摧，譜出宮商是雅才。傳語歌姬停奏樂，且看此老上場來。蔚雲顧汝敬〔一八〕

辛苦塡詞意最深，不妨游戲寓規箴。現身說法君休訝，一片婆心是佛心。

詞場風月出新裁，字字心花結撰來。色相都從空際現，如看蜃氣幻樓臺。姪孫喬林〔一九〕

三生悟徹鏡中緣，賭唱旗亭句早傳。自懺情根歸解脫，何妨丈室貯天仙。

過西泠萬條烟柳，晴絲搖漾明鏡。總宜船小柔波闊，緩蕩玻璃千頃。風乍定。裊一縷歌聲，驚起眠鷗醒。鸞釵相並。看一抹遙峯，飛來翠色，鬭取修眉影。浮家好，況是蘇堤絕勝。蒲帆一任斜整。楓江漁父家風在（虹亭先生有《楓江漁父圖》，諸名公俱有題詞），只戀湖光澄景。重記省。笑我

亦年年，春漲浮烟艇。輪君清興。少桃葉桃根，中流打槳，醉唱六朝暝。【摸魚子】（《遊西湖》）

駿鸞又嬾，黃鶴高樓遠。蘿洞口，松陰畔。披襟容笑傲，赤足眞蕭散。君知否？邯鄲道上行人倦。　看過蓬萊淺。細嚼胡麻飯。花插髻，脂勻面。垂虹烟景好，才子清狂慣。非癡也，珊珊仙骨金丹換。【千秋歲】（《癡祝》）

寒山百疊長安遠。欲寄迴文無雁。一翦西風簾卷。此際柔魂斷。　青青子結枝頭滿。隻影自憐誰管？客比黃衫堪羨。佳話爭傳遍。【桃源憶故人】（《青樓濟困》）

翠禽枝上，喚花魂夢醒。鄧尉山頭凍雲冷。看無邊、香雪千樹高低，明月上、第一人間清景。　先生眞達者，鴉嘴鋤雲，收拾清香貯丹鼎。料把玉龍吹，縹緲三山，又惹卻、素鸞飛近。莫便趁、天風到蓬瀛。且看過、梅花想伊還肯。【洞仙歌】（《游梅遇仙》）

昨夜東風吹已遍。客去高樓，樓外飛花片。恰恰流鶯啼不斷。傷心春在誰家院？　顧曲周郎情緒懶。可惜金鈴，不把芳魂綰。一種閒愁難自遣。新聲付與銀箏按。【蝶戀花】（《悼花》）　榕皋潘奕雋

臣叔由來不是癡，慣拈紅豆寫烏絲。近年六十還游戲，笑補吾家《本事詩》。

譜得新詞續《玉臺》，黃金捍撥鬱金盃。等閒休說維摩法，恐有散花天女來。　郎齋嵩〔一〇〕

（清乾隆五十四年序夢生堂刻本《寫心雜劇》卷首）

【校】

①名，底本作『夕』，據文義改。

【箋】

〔一〕袁枚（一七一六—一七九八）： 字子才，號簡齋，別署倉山居士、隨園主人、隨園老人，室名隨園、小倉山房，錢塘（今浙江杭州）人。乾隆四年己未（一七三九）進士，選庶吉士，外授江蘇溧水、江寧等縣知縣。十四年，辭官，居江寧（今江蘇南京）小倉山下，築隨園，吟詠其中。著有《隨園詩話》、《小倉山房集》、《子不語》等。傳見姚鼐《惜抱軒文集》卷一三《墓志銘》、《清史稿》卷四八五、《清史列傳》卷七二、《碑傳集》卷一〇七、《國朝耆獻類徵初編》卷二三四、《國朝先正事略》卷四二、《文獻徵存錄》卷六、《清代七百名人傳》等。參見方濬師《隨園先生年譜》（同治間刻本）、楊鴻烈《隨園先生年譜》（民國十六年上海商務印書館排印本《大思想家袁枚評傳》第二章）、傅毓衡《袁枚年譜》（安徽教育出版社，一九八六）等。

〔二〕令曾祖虹亭先生： 即徐釚（一六三六—一七〇八），字電發，號虹亭，別署鞠莊、拙存、菊莊、楓江漁父，吳江（今屬江蘇蘇州）人。康熙十八年己未（一六七九），召試博學鴻詞，授翰林院檢討，入史館纂修《明史》。因忤權貴，二十五年乞歸，遊歷遍天下。後以原官起用，辭不就。著有《詞苑叢談》、《續本事詩》、《南州草堂稿》、《菊莊詞》等。傳見《清史稿》卷四八四、《清史列傳》卷七一、《國朝耆獻類徵初編》卷一一九、《國朝先正事略》卷三八、《國朝詩人徵略初編》卷一一、《昭代名人尺牘小傳》卷六、《詞林輯略》卷二、《國朝畫識》卷六、《清畫家詩史》戊上、《國朝書畫家小傳》卷三等。

〔三〕尊甫洄溪先生： 即徐大椿（一六九三—一七七一），生平詳見本書卷十二《樂府傳聲》條解題。

〔四〕馮浩（一七一三—一八〇一）： 一名學浩，字養吾，號孟亭，別署孟亭居士，桐鄉（今屬浙江）人。馮應榴（一七四〇—一八〇〇）父。乾隆元年丙辰（一七三六）舉人，十三年戊辰（一七八四）進士，入翰林，充國史館纂修，官至山東道監察御史。以丁憂歸，不復出，以著述自娛。主常州龍城、浙東西崇文、蕺山、鴛源諸書院。著有

《孟亭居士文稿》、《孟亭居士詩稿》等。傳見《碑傳集補》卷一〇、《國朝耆獻類徵初編》卷一三七、《湖海詩人小傳》卷一三、《詞林輯略》卷四、《皇清書史》卷一、光緒《桐鄉縣志》卷一五等。

〔五〕金學詩（一七三六—一七九六後）：字韻言，一作韻弦，號二雅，又號蒓香，別署夢餘道人，室名播琴堂，吴江（今屬江蘇蘇州）人。乾隆二十七年壬午（一七六二）順天舉人，補國子監學正，遷助教。丁内艱歸，不復仕，歷主瀋陽、青州、儀徵、笠澤書院。工詩文。著有《播琴堂集》、《壤賡集》、《牧豬閒話》、《無所用心齋瑣語》等。傳見趙藺佩輯《江震人物續志》卷一、光緒《吴江縣續志》卷二一、《晚晴簃詩匯》卷九〇等。參見《播琴堂集》附《二雅年譜》（乾隆五十三年蘇州刻本）。

〔六〕胡世銓（一七四〇—？）：號鑒泉，室名友鶴山房，夏邑（今屬河南）人。乾隆三十六年辛卯（一七七一）進士。四十四年（一七七九），任刑部安徽司郎中。四十七年，任蘇州知府。五十三年，任福建興泉永道。

〔七〕張曾太：字寧世，桐城（今屬安徽）人。乾隆四十一年丙申（一七七六）恩賞舉人，授福建歸化知縣。四十八年（一七八三），任江蘇無錫知縣。五十二年，任江蘇震澤知縣。嘉慶二年（一七九七），任福建明溪知縣。

〔八〕沈孝廉同輝：王昶門人。籍里、生平均未詳。撰《書中金屋》傳奇，未見著録，已佚。

〔九〕王昶（一七二四—一八〇六）：字德甫，號述庵，一號蘭泉，室名春融堂，青浦（今上海）人。乾隆十八年癸酉（一七五三）進士，二十二年（一七五七）賜内閣中書。官至刑部右侍郎。奉敕纂修《通鑒御覽》、《同文志》、《一統志》等。編纂《金石萃編》、《青浦詩傳》、《湖海詩傳》、《湖海文傳》、《國朝詞綜》、《明詞綜》等。著有《春融堂集》、《履二齋尺牘》等。傳見管同《因寄軒文初集》卷八《行狀》、秦瀛《小峴山人文集》卷五《墓志銘》、阮元《揅經室二集》卷三《神道碑》、《清史稿》卷三一一、《清史列傳》卷二六、《國史列傳》卷六三、《國朝耆獻類徵初編》卷九二、《碑傳集》卷二一、《國朝先正事略》卷二〇、《文獻徵存録》卷九、《國朝詩人徵略初編》卷三六、《清儒學案小傳》卷九、《清代樸學大師列傳》卷一八、光緒《青浦縣志》卷一七等。參見嚴榮《述庵先生年譜》（嘉慶四年刻本《春融堂集》附）。

〔一〇〕方維祺：字介亭，號春之，大興（今北京）人。方維翰弟。舉人。乾隆四十八年（一七八三）任湖南澧陵知縣。五十四年，任澧州知州。嘉慶十三年（一八〇八）任浙江麗水知府。著有《方維祺書信集》。

〔一一〕劉墉（一七二〇—一八〇五）：字崇如，號石庵，又號穆庵，別署勖齋，諸城（今屬山東）人。乾隆十六年辛未（一七五一）進士，選庶吉士，散館授編修。歷任工部、吏部尚書，體仁閣大學士。謚文清。著有《劉清公遺集》、《劉清公家書》等。傳見《清史稿》卷三〇二、《清史列傳》卷二六、《國朝耆獻類徵初編》卷三〇、《國朝先正事略》卷一六、《國朝詩人徵略初編》卷三二、《湖海詩人小傳》卷一四、《國朝書人輯略》卷五、《詞林輯略》卷四、《清代七百名人傳》等。

〔一二〕那彥成（一七六四—一八三三）：章佳氏，字韶九，號繹堂，別署更生、東甫，滿洲正白旗人。文成公阿桂（一七一七—一七九七）孫。乾隆五十三年戊申（一七八八）舉人，五十四年己酉（一七八九）進士，選庶吉士。五十六年，授翰林院侍講。五十九年，晉內閣學士兼禮部侍郎。歷官吏部、刑部尚書，多次任陝甘、直隸總督。謚文毅。著有《那文毅公遺稿》。傳見《清史稿》卷三六七、《清史列傳》卷三二、《續碑傳集》卷九、《國朝耆獻類徵初編》卷一〇七、《國朝先正事略》卷二三、《湖海詩人小傳》卷四〇、《清代河臣傳》卷三、《詞林輯略》卷四、《皇清書史》卷二九、《國朝書人輯略》卷六等。參見那容安《那文毅公事系官階》（清鈔本《那文毅公奏議》附）。

〔一三〕王祖武（一七五八—一八〇二）：字繩其，號蘭江，吳江（今屬江蘇蘇州）人。王曾翼（一七三三—一七九五）子。乾隆四十八年癸卯（一七八三）舉人，五十二年丁未（一七八七）進士，選庶吉士。五十四年己酉散館，改工部虞衡司主事。官至江西道監察御史，卒於官。著有《居易堂後集》等。傳見《詞林輯略》卷四、王鯤《松陵見聞錄》卷三、嘉慶《同里志》卷二一等。

〔一四〕張經邦：字佑賢，號燮軒，閩縣（今福建閩侯）人。張甄陶子。乾隆四十四年己亥（一七七九）舉人，五十四年己酉（一七八九）進士，官江蘇溧陽知縣。詩才宏富，梁章鉅錄入《全閩詩傳》。著有《咫聞書室詩鈔》、《楚漢樂府》等。傳見民國《閩侯縣志》卷七一、光緒《溧陽縣志·職官志》。參見陳世鎔編《福州西湖宛在堂詩龕徵錄》卷一六（福建人民出版社，二〇〇七）。

〔一五〕王和行：字履安，號西崖，吳江（今屬江蘇蘇州）人。乾隆六十年乙卯（一七九五）恩科舉人，見王鯤《松陵見聞錄》卷三「科貢備采」。

〔一六〕奇豐額（？—一八〇六）：字麗川，室名容雅堂，內務府正白旗人，祖出朝鮮黃氏。乾隆三十四年己丑（一七六九）進士，以主事用。五十二年至五十七年任江蘇布政使，五十七年至六十年任江蘇巡撫。傳見《滿漢大臣傳》卷三五、《國史列傳》卷三五、《國朝耆獻類徵初編》卷一八八等。

〔一七〕謝鳴篁：字筠初，號簷篔，南豐（今屬江西）人。太學生。遊幕四方，大吏咸賓禮之。晚年至吳江，家焉。工詩，著有《簷篔存稿》、《川船記》、《錢穀視成》。傳見趙蘭佩輯《江震人物續志》卷九。

〔一八〕顧汝敬（一七三〇—一八〇六）：原名汝龍，字配京，號蔚雲，吳江（今屬江蘇蘇州）人。工詩古文詞，博通經史諸子，教授後進。嘉慶九年甲子（一八〇四）恩貢，欽賜舉人。著有《研漁莊詩文集》。傳見朱春生《鐵簫庵文集》卷四《墓志銘》、《國朝耆獻類徵初編》卷四四一、趙蘭佩輯《江震人物續志》卷四、光緒《吳江縣續志》等。

〔一九〕徐喬林：字蔭長，號值庵，別署練川外史，吳江（今屬江蘇蘇州）人。徐淳子。廩貢生，官嘉定教諭。著有《望雲樓詩集》（附《西濠漁笛譜》、《望雲樓漱芳集》）、《雲臺金石新志》。傳見《皇清書史》卷三、趙蘭佩輯《江震人物續志》卷一〇等。

〔二〇〕郎齋嵩：即徐嵩（一七五八—一八〇二），號郎齋，一作閬齋，金匱（今江蘇無錫）人。乾隆五十一年乙巳（一七八五）舉人，官湖北黃梅知縣等，加知州銜。五十七年，參纂《紹興府志》。著有《玉山閣稿》（畢沅輯《吳會英才集》）。

玉環緣（周昂）

周昂（一七三二—一八〇一），字千若，號少霞，別署鷗夢，室名此宜閣、據梧軒、鷗夢館，昭文（今江蘇常熟）人。乾隆三十年乙酉（一七六五）選貢，廷試，授安徽寧國府訓導。三十五年庚寅（一七七〇）舉人。三十七年，以病辭歸，後屢上春官不第。長於韻學，著有《古韻通叶略例》、《通韻叶音》、《韻學集成摘要》、《通叶略例》等，增輯《中州全韻》（一名《此宜閣天籟》），爲沈乘麐《韻學驪珠》作序。又著有《此宜閣說經剩稿》、《小學巵言》、《十國春秋拾遺》、《元季伏莽志》、《此宜閣詩鈔》、《鷗夢館消夏小鈔》等。撰傳奇四種：《玉環緣》、《西江瑞》，今存；《兕觥記》、《兩孝記》，已佚。傳見徐校《同調編·周昂傳》、單學傅《海虞詩話》卷七、乾隆《支溪小志》卷三、光緒《常昭合志稿》卷四四等。參見鄧長風《周昂的生平及其〈兕觥記〉傳奇的本事——美國國會圖書館讀書札記之九》（《明清戲曲家考略》）、孟憲華《清代常熟作家周昂的戲曲作品考辨》（《蘭臺世界》二〇一三年第一一期）。

《玉環緣》，全名《據梧軒玉環緣》，《古典戲曲存目彙考》著錄，現存乾隆五十三年戊申（一七八八）此宜閣刻本。

玉環緣小引

周　昂

人於天地間寓形也，其言寓言也，寓言莫深於情。聖經賢傳，每言理而略情。而删詩録鄭衛淫奔諸什，以其言情也，不必有是事而確乎有是情，則其言可以寓矣。傳奇，言情者之所寓也。語有之：『情生文，文生情。』蓋自古文人學士，不能外情以立言。言情之作，男女媟嫚居其半，其事爲迂愚所不道，而自《風詩》删定以後，《左》、《史》記事之書皆及之。左氏之傳夏姬也，述其一生淫行，而並載其君臣相戲之詞；史公之傳長卿、文君也，始則挑以琴心，既則雞壚貰酒。古之人其然邪，抑否邪？吾以爲皆寓言也。援此起例，而傳奇家所作《西廂》、《牡丹亭》諸名本，以理言則迂愚者引爲詬病，以情言則無非《左》、《史》之遺風也。

唐人小説記韋南康、玉簫逸事，頗近荒誕。即其與婦翁不合，以及易名代鎮，亦不見於正史，豈亦當時深於情者之寓言歟？昔有此寓言，而吾更以言寓之，使人知情之所寓，不可以方。不可以方，此其所以爲寓而已。

乙未重陽日〔一〕，少霞氏自題緣起於據梧軒。

【箋】

〔一〕乙未：乾隆四十年（一七七五）。

調倚金縷曲奉題少霞周三兄先生玉環緣傳奇後即請拍正

陳士林〔一〕

最是情難歇。黯銷魂、紅牙按遍，曉風殘月。豈有嬌姿能再世，所望離蹤復合。且借證、三生牧箋。措大居然膺重鎮，引笛聲卻喜妻連妾。佯妒處，願尋覓。　氤氳使仗生花筆。數重完、無雙藥裹，杜孃墳劫。洛浦靈妃趨命駕，幾與東阿作匹。更巫峽、荒唐衾席。姑妄言之奇且幻，向攕攕認取聯環結。塡不盡，《柘枝》闋。同學弟陳士林具稿〔二〕

【箋】

〔一〕陳士林：　字令望，號杏村，昭文（今屬江蘇常熟）人。乾隆二十二年丁丑（一七五七）進士，任貴州甕安、永從、施秉知縣。以病乞歸，優游林壑。卒年七十七。傳見光緒《常昭合志稿》二七、民國《重修常昭合志》卷二〇、單學傅《海虞詩話》卷七等。

〔二〕題署之後有印章二枚：　陰文方章「陳士林印」，陽文方章「杏邨」。

玉環緣跋〔一〕

陸景鎬〔二〕

古之論文者，最貴翻空而見奇。奇固多生於空也，緣空見奇，而班之香、范之豔，乃如五色雲之麗天，變化莫測，此《西廂》、《牡丹亭》諸名本所以成絕唱也。

少霞舅氏，才識超曠，而又淹通於經史百家，故其生平著述，脱盡恆蹊。偶因齋居寥寂，拾韋皋、玉簫遺事，譜爲詞曲，名之曰《玉環緣》。其意蓋謂未能免俗，聊復爾爾，以是爲寓言云爾。

世傳皋之別玉簫也，約以七年來取，後愆期，玉簫卽賚志而殞。而乃幻出再世重圓一段，此事之至奇者。舅氏感奇事，傳①奇情，春華秋實，觸緒紛披。其幽思則《離騷》也，其盛藻則《風》詩也，其裝演如畫，絕妙傀儡，則又《左氏》也。噫！一幻境也，而寫生若是，不幾執幻以爲眞歟？

然余謂寓言之妙，於是乎在玉簫事爲空幻，自序已經道破，而達人隨感言情，因其空也，卽托諸空以窮其變。觀書中《魂悟》幾段，絕處逢生，萬怪惶惑，乍覽之則惟妙惟肖，細求之仍半假半眞，是《風》、《騷》也，《左氏》也，又參以蒙莊矣，豈非奇文哉？余展玩其書，竊歎空中構奇，雖諸名本不是過也。爰綴數行於簡末。

陸景鎬澗亭氏謹識〔三〕。

（以上均清乾隆五十三年戊申此宜閣刻本《玉環緣》卷首）

【校】

①『傳』字，底本殘，據文義補。

【箋】

〔一〕底本無題名。

〔二〕陸景鎬：字甄甸，號澗亭，籍里、生平均未詳。

〔三〕題署之後有印章二枚： 陰文方章『陸景鎬印』，陽文方章『字曰甄甸』。

玉環緣跋

朱　麐〔一〕

同里周君少霞《玉環緣》傳奇成，將付梨園演唱。中間《簫怨》、《獻策》二齣，遍召老曲工，俱斂手謝不敏。少霞邀余寓齋頭，爲譜其全本，遂依律點定宫商，無不按拍上口。

少霞學問淹博，不以詞曲名，然偶一拈弄，輒能領異標新。《簫怨》曲情淒切纏綿，大似玉茗。《獻策》不受出入破範圍，語語敷陳經論，脱去詞曲套子，更非作家不辨。

庚子二月〔二〕，愛閒老人朱麐跋。

【箋】

〔一〕朱麐： 字周庭，號豹亭，別署愛閒老人，昭文（今屬江蘇常熟）人。雅好倚聲，又善顧曲，手訂宫商，以正其誤，雖老梨園亦莫及。傳見光緒《常昭合志稿》三二、民國《重修常昭合志》卷二〇等。

〔二〕庚子： 乾隆四十五年（一七八〇）。

玉環緣題詞〔一〕

姚齊宋〔二〕

么鳳清聲按拍工，新詞《白紵》唱江東。周郎顧曲風流甚，可否花前喚小紅？

三年秉鐸住宣城，拂袖歸來百感生。賦罷悼亡填樂府，三生於此證多情。

玉茗遺蹤不可尋，此宜閣又擅知音。休將花月新聞比，辜負詞人一片心。

絲雞蠟燕度新年，中酒情懷聽雨眠。擬取中郎黃絹句，與君寫入《玉環緣》。古愚姚齊宋草〔三〕

（以上均清乾隆五十三年戊申此宜閣刻本《據梧軒玉環緣》卷末）

【箋】

〔一〕底本無題名。此題詞又見姚齊宋《狎鷗軒集》卷三（道光十四年姚玉林刻本）。

〔二〕姚齊宋（一七三七—一八〇三）：字再元，一字贊元，號古愚，別署狎鷗野客，室名狎鷗軒，昭文（今屬江蘇常熟）人。諸生，工古文詞，晚爲考據之學。著有《四書章句金鍼》、《讀史彙編》、《淞南筆語》、《綱鑒彙編詳節》、《狎鷗軒剩稿》、《狎鷗軒集》（附《甑塵紀略》，道光十四年姚玉林刻本，卷首有小傳）等。傳見光緒《常昭合志稿》三〇、民國《重修常昭合志》卷二〇、民國《崑新兩縣續補合志》卷一五等。

〔三〕題署之後刻「吳門湯士超刻」。

（玉環緣）代序

周　昂

【南呂】【滿江紅】（末）牢落名場，幾時脫金枷玉杻。徒守著芸編蠹簡，青袍依舊。少日諸生文譽起，壯年學博天恩覆。赴南宮鹿鹿已三番，將成叟。　痛萱背，摧鸞友；旋喪朋，再失耦。撫嬌兒穉女，令人搔首。春雨無情蝶夢短，秋堦不履苔文厚。悼亡詩一再恨悠悠，眉愁瘦。

【中呂】【沁園春】唐室藩屏，韋臯西蜀，武功莫衡。想霓旌虎節，威名共震；龍門鴈塔，貢舉無成。舊史流傳，孤懷忳悶，借作傳奇譜我情。緣消夏，北窗醒夢，下筆縱横。空閨珠網疏櫺，念再世姻緣那可憑？記連環一串，昔曾留別；玉簫十四，後乃重生。逐壻平章，拯冤僕射，代鎮韓翶實事明。詞添幻，張家兒女，全是虛名。

張相國空號知人，韋南康不慚名將。

鳳簫氏賢德可風，玉簫女貞魂須奬。少霞氏未定稿

（清乾隆五十三年戊申此宜閣刻本《據梧軒玉環緣》卷首）

西江瑞（周昂）

《西江瑞》傳奇，《古典戲曲存目彙考》著録，現存乾隆間此宜閣刻本。

西江瑞傳奇（序）

周昂

『天吴鬬浪如山壓，踏翻貝闕魚龍泣。颶母呼風駕怒濤，樓船疾捲輕於葉。焚香籲天天如醉，一聲淚下珊瑚碎。老婦戀此未死身，只爲趙家肉一塊。』此少時所作《匡山行》也，其全首已不復記

憶。因思王炎午生祭、謝枋得哭樹，皆千古不可磨滅者。丁未冬〔一〕，杜門養痾，錯舉其事，譜爲傳奇。雖其中稍有附會，然激昂慷慨，亦正氣之餘也，豈特比淫詞豔曲，爲此善於彼哉！

嘉平五日〔二〕，少霞氏病筆。

（清乾隆間此宜閣刻本《西江瑞》卷首）

【箋】

〔一〕丁未：乾隆五十二年（一七八七）。

〔二〕嘉平：十二月。乾隆五十二年十二月五日，爲公元一七八八年一月一二日。

紅牙小譜（戴全德）

戴全德（一七三三—一八〇二），原名全德，滿族戴佳氏，故亦稱戴全德，號惕莊，別署惕莊主人，瀋陽（今屬遼寧）人。乾隆四十八年（一七八三），任兩淮鹽政使。五十一年，内遷熱河總管。繼任浙江鹽政兼杭州織造，轉九江榷運使。嘉慶三年（一七九八），繼任蘇州織造兼滸墅關監督。著有《潯陽詩詞稿》。撰雜劇《輞川樂事》、《新調思春》二種，合稱《紅牙小譜》。傳見《八旗文經作者考》卷五八。參見鄧長風《二十九位清代戲曲家的生平材料·戴全德》（《明清戲曲家考略三編》）、趙興勤《曲家戴全德小考》（《藝術百家》二〇〇一年第四期）。

《紅牙小譜》，《西諦善本戲曲目錄》、《古典戲曲存目彙考》著録，現存嘉慶三年序刻本（《傳惜華藏古典戲曲珍本叢刊》第五三册據以影印)。

紅牙小譜敍〔一〕

戴全德

余莅潯陽者三載,視榷之暇,日坐愛山樓,以筆墨自娱。詩詞而外,旁及傳奇、雜曲。花晨月夕,授雛伶歌之,聊以適性而已。戊午夏〔二〕,移官江蘇,檢視行篋,得新劇二齣,付諸剞劂。外《西調》、《小曲》,另分兩帙。雖雕蟲小技,大雅弗尚,而世態人情,頗有談言微中者,比諸白傅吟詩,老嫗都解可也。爰書數語,以弁其首。

嘉慶三年季秋下浣,惕莊主人自敍於尚衣官舍〔三〕。

(《傅惜華藏古典戲曲珍本叢刊》第五三册影印清嘉慶三年序刻本《紅牙小譜》卷首)

【箋】

〔一〕底本無題名。

〔二〕戊午:嘉慶三年(一七九八)。

〔三〕題署之後有印章二枚:陰文方章『全德之印』,陽文方章『瀋陽戴氏』。

一江風（和邦額）

和邦額（一七三六——一七八七後、一八〇一前），字闇齋，一字睦州，又字蓄之，號愉齋，别署蛾術齋主人、霽園主人，室名霽園，滿洲鑲黄旗人。乾隆三十九年甲午（一七七四）舉人，曾任山西樂平知縣。著《夜譚隨録》。撰傳奇《湘山月》、《一江風》。傳見鐵保《熙朝雅頌集》卷九八。參見王文華《和邦額及其〈夜譚隨録〉研究》（内蒙古大學碩士學位論文，二〇〇五）、吉朋輝《和邦額及其〈夜譚隨録〉考論》（蘇州大學碩士學位論文，二〇〇七）。

《一江風》，《北平圖書館善本書目乙編續目》、《古典戲曲存目彙考》著録，現存乾隆間稿本（殘存下卷）、乾隆間霽園精鈔待刻本（首封題『和愉齋塡詞』、『一江風』、『霽園藏板』，黄仕忠《明清孤本稀見戲曲叢刊》據以校録）。

一江風傳奇序

郭　焌〔一〕

塡詞自洪、孔以來，如李笠翁輩，濫觴所及，未免太過。敍事則暗啞咄叱，言情則猥瑣鄙穢，而塡詞幾於亡矣。夫自元明以迄洪、孔，皆極正變之妙，如必取法於笠翁輩，眞舍羊而掘鼠也。洪、孔出，而推尊若士，頡頏籜庵，於是扇底月中之曲，人競傳之，笠翁之習一洗。顧文章之道，其興廢如時序之消長，晚春之花，暮秋之葉，人之心目既黯，而造化之力且窮。百餘年來，聲銷響絶，酒場茶榻，絶口不講塡詞矣，而塡詞幾底於亡。

夫風雲月露、綺羅香澤之語，文章之末緒，而或亡於謬戾靡曼，或亡於歇絶銷沉，何作者之不復也？且塡詞亦烏可亡？自古詩有長短句，見於琴操雅頌，以至郊祀樂章、短簫鐃吹之歌，卽爲塡詞之原，被之伶官樂部，迄今廟社宴會，無不用之，則塡詞固近代之樂也。勞人思婦，觸物抒懷，長短遞更，曲折相引，出之不迫，而感之有緒。詩詞所不能達者，若或達之，俾愚夫愚婦皆知興起，塡詞烏可亡也！

甲戌客京師〔二〕，於友人處見《一江風》曲，閲之，知爲和子睦州之作。見其敍事則明暢典核，言情則莊雅纏綿，方之元人，彌覺詞旨兩盡，而塡詞之能事畢矣。睦州初不以塡詞傳，而塡詞之可傳乃爾。予因述百餘年來塡詞之存亡如彼，後之知音者，讀和睦州之《一江風》，塡詞於是乎不亡矣。

乾隆十九年歲次甲戌秋八月四日，長沙郭焌昆甫氏題於成均學署。

【箋】

〔一〕郭焌（一七一四—一七五五）：字昆甫，號壺莊，别署羅洋山人，善化（今湖南長沙）人。雍正十三年（一七三五）拔貢，乾隆九年甲子（一七四四）舉人，授國子監學錄，遷助教。以貧病卒於京師。著有《羅洋文集》、《羅洋詩草》。傳見余廷燦《存吾文稿》卷三《傳》、《國朝耆獻類徵初編》卷一四五、《國朝先正事略》卷四〇等。

〔二〕甲戌：乾隆十九年（一七四四）。

《一江風》序

陳鵬程〔一〕

往歲家居，留連觴咏，好爲塡詞。取晉公子重耳故事，穿而合之，始於蒲城，終於踐土，幾數十齣，而未成帙。今且蓿盤潦倒，少年意興，概付烟雲矣。然而賸思餘響，未嘗不往來胷中。和子蓄之，多才博學，每與縱談文藝，由詩而詞而曲，酒酣耳熱，感慨及之。丙子冬〔二〕，和子裘馬過予，快談終日，欣然曰：『世兄公車至都，幸將《晉文傳奇》攜來，一新耳目也。』予笑而諾之。食頃，出所著《湘山月》、《一江風》示予。予驚覽之下，心爲之折。和子冰雪聰明，逸才曠世，其於古今名人書畫，心追手橅，識者莫辨。是編也，直進玉茗，稗畦而伯仲之。百子山樵，品掩其才；近代笠翁，淺而近市。老贊禮雖刻意雕鏤，恐未若此之淳雅而精當也。和子其欲萃文章之能事而畢之一手乎？何文心之奇而肆、肆而貪也若此。此而遭際賞音，俾之頌揚朝廟，歌咏昇平，直易易事，豈如摩詰之《鬱輪袍》，徒爲王門伶人而已。然而《晉文傳奇》幸未成帙也，卽成矣，亦將沉之於石頭城邊，爲魏公藏拙也夫。

時乾隆丙子冬十一月，京江友人陳鵬程扶青氏題。

【箋】

〔一〕陳鵬程：字扶青，京江（今屬江蘇鎮江）人。生平未詳。曾擬撰《晉文傳奇》，未成稿。

〔二〕丙子：乾隆二十一年（一七五六）。

一江風序〔一〕

宋　弼〔二〕

凡物之精氣光怪，不容泯滅者，晦於暫，必顯於久。況傳奇之作，必讀萬卷書，行萬里路，自諸子百家以迄街談巷語，無所不備，詎止無久而不顯之理，亦且不可晦於暫也。

和子霽園，多材多藝，偶以所著《一江風》，問序於余。余思文筆之事，非作之難而知之難，知之而能傳之爲尤難。《一江風》之作，自非孔、洪以後諸家所可擬。顧霽園以弱冠之年爲之，不知者方以爲學邯鄲之步，即有一二閲者，亦不能深悉詞曲中三昧，矧文人相嫉，異乎尋常，《一江風》必暫晦矣！後有知音，久而必顯，然而未可卜也。可勝慨哉！可勝慨哉！

乾隆壬午夏五月望日，蒙泉宋弼題。

【箋】

〔一〕底本無題名。

〔二〕宋弼（一七〇三—一七六八）：字仲良，號蒙泉，德州（今屬山東）人。乾隆十年乙丑（一七四五）進士，選庶吉士，授編修。官至甘肅按察使。纂集《山左詩》、《廣詩鈔》等。著有《州乘餘聞》、《蒙泉學詩草》、《思永堂文稿》。傳見錢大昕《潛研堂文集》卷四一《神道碑》（收入《國朝耆獻類徵初編》卷一八〇）、《湖海詩人小傳》卷一一、《詞林輯略》卷四、道光《濟南府志》卷五六、宣統《山東通志》卷一七〇、光緒《德州志略》、民國《德縣志》卷一〇等。

（一江風）凡例

闕　名〔一〕

一、元曲如《西廂》、《琵琶》等記，固已登峯造極，無以復加，但俱團圓，不佳，只可采作雜劇。其全本關目，似於歌筵舞席，不便敷陳，後人往往效之以爲高，非理也。此特從同。

一、塡詞家稍寓勸懲之旨，爲已足矣。每見前人多誣正史以出之，殊犯顛倒是非之戒。此作取事於烏有之鄉，人非眞有其人，事非果有其事，而稍涉正史，必不以假亂眞，一一宗之。

一、生、旦爲一篇正色。往往見南曲寫生、旦處，多涉輕佻，甚不合理，此曲可無此病。

一、近日塡詞中，多昧於地理，紊於天時。此病不特詞家犯之，成書中亦不能盡免。總之，文士閉門，未行十里路，但憑輿記所載，毫無確據，往往舛錯以欺人，甚可恥也。其關乎學問，正復不小。聖人欲人闕文，亦是此意。曲中地理，無一訛謬，識者鑒之。

一、諢語諢言，曲中必不可少。但苟無見景生情之梨園，隨機應變而出之，究不能新一時之耳目。如梨園無機變之巧，徒恃腳本内一二所載之語，以博捧腹，三兩次後，便成厭套，求發人笑，豈可得哉？譬如絶妙好詞，越熟越見其妙，說笑話者一再復之，便如嚼蠟矣。曲中諢語極少，全賴優人自爲增減，逢場作戲，庶令觀者不厭也。

（以上均清乾隆間霽園精鈔待刻本《一江風傳奇》卷首）

【箋】

〔一〕此文當爲和邦額撰。

（一江風）後序

恩 普〔一〕

嘗見金鐘初振，擘北調於元人；檀板輕敲，啓南音於勝國。梨園絲竹，度人間哀樂之歌；文士珠璣，寫往古興亡之恨。同具雅人之深致，各申寄託之微詞。於是記祖《會眞》，實甫展化工之筆；言譏王四，則成作珍錯之文。『四夢』開玉茗之堂，臨川壽世；《十錯》認東林之罪，圓老虧心。大抵才愧仙才，未許箋分翡翠；力非神力，勿輕筆架珊瑚。其或片語稱工，新機偶觸，祇足驚小臣之座，敢云登大雅之堂？

若乃有語都超，無思不曲。字爭奇豔，體尚溫柔。能獨擅夫專家，必兼綜夫眾美。有如吾友和愉齋者，其人似玉，應事如珠。昔也垂髫，學已深於馬帳；今茲弱冠，名遂噪乎雞林。和雅溫恭，精明渾厚。書超孟頫，得正法於鍾、王；畫擬元章，接眞傳於董、巨。振家聲於韜略，沒心志於詩書。時而《水調》低翻，譜《金筌》於柳七；或者『江東』高唱，按鐵板於蘇髯。

偶因絃誦餘閒，戲及塡詞韻事。纏綿婉麗，托柔情於鐵撥銀箏；頓挫淋漓，發勁響於金笳玉笛。綺語則寓言不少，終非桑濮之音；謔言而讜語偏多，大得江山之助。知其興至，定屬神來。幾多『滴粉搓酥』，譜入《梅花引》裏；一闋『曉風殘月』，吟成豆葉黃時。有皮裏之《陽秋》，別胷中之涇渭。豈直籜庵《錯夢》，播聲譽於輿臺；赤水《驚鴻》，汙衣冠於優孟也哉？是知響敲金石，唾落珠璣。調極郢中《白雪》之高，句盡『江上青峯』之警。既倚聲而協律，洵軼後而超前。技至此哉，觀眞止矣。

普對奇文而首肯，潘鬢將殘；吟好句而惶慚，《陽春》難和。聊申數語，用屬諸公。敢矜綺語之多，致作白圭之玷。

乾隆二十三年歲次戊寅春三月望日，葉河恩普書於槐蔭堂〔二〕。

（清乾隆間霽園精鈔待刻本《一江風傳奇》卷末）

【箋】

〔一〕恩普：葉河人，字號、生平均未詳。

〔二〕題署之後有印章二枚：陽文方章『恩普』，陰文方章『和神當春』。

後四聲猿（桂馥）

桂馥（一七三六—一八〇五），字未谷，又字冬卉，號雩門，晚號老菭，别署瀆井復民、蕭然山外史、忍醜陋生等，室名紫雲仙館、十二篆師精舍，曲阜（今屬山東）人。乾隆三十三年戊子（一七六八），以優貢入國子監。教習期滿，補長山縣訓導。五十四年己酉（一七八九）舉人，五十五年庚戌（一七九〇）進士。嘉慶元年（一七九六）任雲南永平知縣，十年遷太和知縣，卒於任。精於金石六書之學，書畫亦負盛名。著有《說文解字義證》、《說文諧聲譜考證》、《說文統系圖》、《札樸》、《歷代石經略》、《繆篆分韻》、《未谷詩集》、《晚學集》、《續三十五舉》等。撰雜劇四種：《放楊枝》、《題園壁》、《謁府帥》、《投圂中》，總題《後四聲猿》，今存。傳見蔣祥墀《桂君未谷傳》（乾隆五十九年刻本《晚學集》附）、孔憲彝《韓齋文稿》卷四《墓表》、《清代官員履歷檔案全編》卷二三、《清史稿》卷四八一、《清史列傳》卷六九、《碑傳集》卷一〇九、《國朝耆獻類徵初編》卷二四四、《國朝先正事略》卷三六、《文獻徵存錄》卷九、阮元《儒林傳稿》卷三、《國朝漢學師承記》卷七、《清儒學案小傳》卷一〇、《清代樸學大師列傳》卷一二、《湖海詩人小傳》卷四〇、《國朝詩人徵略》卷五一、《昭代名人尺牘小傳》卷二四、《皇清書史》卷二八、《國朝書畫家筆錄》卷二等。參見孫雅芬《桂馥研究》（山東大學博士學位論文，二〇〇九，人民出版社，二〇一〇，附錄《桂馥年譜》）、張穀巍《桂馥年譜》（黑龍江大學碩士學位論文，二〇一一）。

《後四聲猿》，《今樂考證》著錄，現存嘉慶九年（一八〇四）原刻本，道光二十九年（一八四九）味塵軒木活字印本（傅惜華據以過錄，《傅惜華藏古典戲曲珍本叢刊》第五三冊、《清人雜劇初集》據以影印），道光二十九年（一八四九）鈔本，民國三年（一九〇四）吴梅過錄李嘉福手鈔本，怡蘭堂鈔本（《綏中吴氏藏鈔本稿本戲曲叢刊》第一冊據以影印）等。參見杜桂萍《桂馥及其〈後四聲猿〉》（《求是學刊》一九八九年第二期）、《詩性人格與桂馥〈後四聲猿〉雜劇》（《齊魯學刊》二〇一一年第一期）。

後四聲猿序

王定柱〔一〕

徐青藤以不世才，侘際不偶，作《四聲猿》雜劇，寓哀聲也。禰正平三撾，沈痛不待言，其紅蓮、木蘭及女狀元，皆以猿名，何哉？論者謂：青藤佐胡梅林平徐海，功由海妾王翠翹，海平，翠翹失志死。又青藤以憤使梅林戮寺僧，後頗爲厲。青藤繼室張，美而才，以狂疾，手殺之。既寤，痛悔，爲作《羅鞋四鉤》詞。故紅蓮，懺僧冤也；木蘭，弔翹也；女狀元，悼張也。此皆以猿名，固宜。

同年桂未谷先生，以不世才擢甲科，名震天下，與青藤殊矣。然而遠官天末，簿書薶項背，又文法束縛，無由徜徉自快意。山城如斗，蒲蕤雜庭牖間。先生才如長吉，望如東坡，齒髮衰白如香山，意落落不自得，乃取三君軼事，引宫按節，吐臆抒感，與青藤爭霸風雅。獨《題園壁》一折，意於戚串交游間，當有所感，而先生曰：『無之。要其爲猿聲一也。』

噫！世固少不世才，即有之，率多不遇；即遇矣，又不使鼓吹黼黻，徒令於紅牙鐵板間，淩轢風景，耗裂壯心，亦可惜也已。『巫山三峽巫峽長，猿啼三聲淚沾裳。』況四聲耶？況又後四聲耶？

正定王定柱。

【箋】

〔一〕王定柱（一七六一—一八三〇）：字于一，號椒園，别署椒園居士，正定（今屬河北）人。乾隆四十二年丁酉（一七七七）舉人，五十五年庚戌（一七九〇）進士，授雲南師宗知縣。官至浙江按察使，卒於官。著有《學庸古義》、《老子注》、《鴻泥日錄》、《鴻泥續錄》、《鴻泥續吟》、《椒園居士集》、《滇語備忘錄》、《恆陽王氏家乘》等。傳見王耕心《正定王氏家傳》卷四、《大清畿輔先哲傳》卷一二、同治《畿輔通志》、光緒《正定縣志》卷三六等。

後四聲猿跋

憐芳居士〔一〕

己酉春晝〔二〕，讀法華山人所著《偶憶編》，知桂未谷先生有《後四聲猿》鈔本，山人藏而待梓，題有『翠翹已死青藤老，恨海茫茫又四聲』之句，心竊異之。異乎！青藤以大才不偶，借古衣冠發抒塊磊，作《四聲猿》雜劇，詞則激昂慷慨，痛快淋漓，各盡其妙，而其事其人，如《漁陽三弄》而外，花、黄、柳翠三君，則未盡若猿聲之令人腸斷也。未谷復作《後四聲猿》，得毋賈長沙續《騷》之意耶？

因請於山人，受而讀之。詞曲之妙，一如王序之嘉許，毋庸贅矣。事則白香山之遣姬賣駱，蘇髯公之卑官受屈，陸放翁之抱恨沈園，李長吉之見毒圂中。在四君物感之遭，莫可如何，久已付之天空海闊。而稽軼事者，爲之引商刻羽，倅色揣聲，寫萬不得已之情，淒然紙上，令讀者如過巴東三峽，聽啼雲嘯月之聲，無往而不見其哀也。是宜於青藤之後，增以四聲，抑宜於青藤之上，置此四聲？惜乎！未谷生青藤後，不能親較四聲之高下。余又生未谷後，不識未谷之四聲，抑有感於青藤之不偶，而故爲此先後之同聲一哭焉否耶？余不敏，不敢定。商之山人，亟付諸梓，以公同好，俟知音者之賞鑒焉。是爲跋。

道光己酉孟夏，憐芳居士。

【箋】

〔一〕憐芳居士：姓名、籍里、生平均未詳。

〔二〕己酉：道光二十九年（一八四九）。

後四聲猿題詞

李元滬　等

一自青藤翻院本，直令三峽罷猿鳴。古今賸有沾衣淚①，爭忍重聞《後四聲》。密縣李元滬〔一〕

恨事才人配廝養，升庵爲雪淚痕斑。流傳樂府南中遍，更見新詞小出山。

飛絮隨春仍戀主，驚鴻照影劇傷情。美人遲暮天涯感，付與旗亭玉笛聲。

蛾眉妒極見猶憐，投圂端知後必傳。轉勝高衙空坐大，漫將屬禮待名賢。

未谷作宰人盡嗤，天驎俯受黃金羈。昆明池水照顏色，兩鬢日夕添銀絲。未谷聲名早入手，八分小篆嘲何有？詩成清氣滿乾坤，二者不憂人覆瓿。近來放筆仿大癡，好水名山驚戶牖。忽然壘塊胷中作，北羽南宫展新謔。風流老去足天憐，卑賤自傷忍姑惡。愁詩恨賦不可刪，淚痕恰共青藤落。憶君葉榆花滿封，繞池更植秋芙蓉。牀頭洱海三千里，屋角蒼山十九峯。我時金碧堆萬里（嘉慶己未，未谷爲太和令，余值銅差），君爲潑墨走籜龍。勖哉盤根怨勿庸（未谷《題畫竹》曰：『有翁有孫，錯節盤根。』），哀絲豪竹情何攻？白、李、蘇、陸吾誰從？文章巨擘愁無悰，不如酩酊倒載傾千鍾。桐城吳詒澧〔二〕

別淚宜從戀主生，香山未必老無情。當年素素無多語，演出離歌千百聲。

長吉奇冤地府伸，詩成牛鬼與蛇神。才名自古原遭妒，欲殺青蓮更有人。

放浪江湖懣憤消，須臾雖忍轉無聊。晚年詩②和陶彭澤，此事寧甘忘折腰！

天隨子亦偶情癡，樂府新添去婦詞。忍聽采茶山下曲，苔泥涴盡壁間詩。日照蔡振③中〔三〕

萬里忽相識，憐君心鬱陶。老惟傾白墮，貧慣典青袍。柳絮旗亭晚，猿聲夜峽高。女蘿山鬼怨，一半是牢騷。仁和錢杜〔四〕

老去天涯淡宦情，羞將名譽動公卿。古今多少傷心事，聽碎檀槽綽板聲。

駱馬楊枝伴一生，如何撒手不留行？琵琶江上應同感，濕盡青衫調始成。

自古奇才遭鬼妒，何論市井斗筲兒。九幽眞有泥犁獄，赴愬紛紛無盡時。

居然大纛與高牙，際會遭時漫自誇。誰識銜官埋屈、宋，從來名位半相差。

忽見驚鴻照影來，沈園往事劇堪哀。鳥名姑惡何人喚，曲折愁腸日幾回。

譜將新曲上歌筵，意氣公然壓世賢。太白佯狂人欲殺，四明仙客見應憐。裕州賈杰〔五〕

（以上均《傳惜華藏古典戲曲珍本叢刊》第五三冊影印）

清道光二十九年味塵軒木活字印本《後四聲猿》卷首）

【校】

①淚，《綏中吳氏藏鈔本稿本戲曲叢刊》第一册影印怡蘭堂鈔本作『潤』。
②詩，怡蘭堂鈔本作『思』。
③振，怡蘭堂鈔本作『正』。

【箋】

〔一〕李元滬（？—一八一二後）：字書源，號舒園，又號鶴坪，密縣（今山東高密）人。乾隆三十三年戊子（一七六八）舉人，官河南汲縣訓導，擢湖南清泉知縣。嘉慶七年（一八〇二），奉使采銅雲南，羈三載。十四年，遷靖州知州。後因病謝官。著有《鶴坪詩集》（附《楚南草》、《衡湘和草》、《香雪亭詠史稿》）、《鶴坪文稿》等。傳見《中州先哲傳》卷二七。按，清嘉慶間刻本《商山鸞影》有其序及題詞。

〔二〕吳詒澧：字澤在，號華川，桐城（今屬安徽）人。乾隆三十五年庚寅（一七七〇）舉人，三十七年壬辰（一七七二）進士。歷任江西靖安、安福、永寧、贛縣知縣。嘉慶初陞雲南大關同知，署景東廳。九年，因故罷官歸。十五年，主講廣東端溪書院。工詩古文辭。著有《華川詩》、《古文三集》。傳見道光《桐城續修縣志》卷六三。嘗爲劉永安《冰心册》雜劇撰序。

〔三〕蔡振中（一七四九—？）：日照（今屬山東）人。乾隆五十二年丁未（一七八七）進士，次年授四川東鄉知縣。五十九年（一七九四），任湖北雲夢知縣。嘉慶九年（一八〇四），任湖北鍾祥知縣。著有《秋舫詩鈔》。傳見光緒《日照縣志》。清嘉慶間刻《昆海聯吟》有其序，與范鶴年、劉永安、李元滬等聯吟。

〔四〕錢杜（一七六四—一八四五）：初名榆，字叔美，號松壺，別署松公、壺公、松壺小隱，仁和（今浙江杭州）

人。錢琦子，錢樹弟。官候選主事。能詩工畫。著有《松壺畫贅》、《松壺先生集》。傳見《清史稿》卷五〇四、《昭代名人尺牘續集小傳》卷一〇、《墨香居畫識》卷九、《墨林今話》卷一一、《清畫家詩史》己下、《清代畫史增編》卷一一、《國朝書畫家筆錄》卷二、《國朝書人輯略》卷八、《練川名人畫像》附卷下等。

〔五〕賈杰：字菊巖，號薌泉，裕州（今河南方城）人。乾隆間拔貢，官鄖縣知縣。嘉慶間曾入滇采銅。傳見楊淮《中州詩鈔》。

後四聲猿題詞〔一〕

吴桓等

是何聲最爲淒楚？哀猿巫峽喚侶。聽來寔下三聲淚，何況四聲重譜！君且住，君豈有青藤侘傺傷心處？無端離緒。説長物難留，文章遭侮，耐性趨衙鼓。　大都嘆，壯志消磨誰付？飢驅還戀尺組。天涯寂寞空山冷，翠袖佳人日暮。君試數，君不見玉環飛燕皆塵土？多情最苦。且收拾閒愁，折腰束帶，手版應官去。（右調【摸魚兒】）　無爲吴桓〔二〕

挂壁寒芒吐。問青萍，有誰讎怨，有誰慢侮？爲讀君家南北曲，夜静猿聲太苦，遂惹出劍花恣怒。運去時乖騅不逝，嘆黄金費盡教歌舞。只此意，已淒楚。　忌才況有呼豨豎。任錦囊心肝嘔出，歸於糞土。皮相衣冠何赫奕，不過嚇人腐鼠，偏做就爪牙似虎。剩有牛衣堪對泣，又無端斷送紅塵路。多少淚，傷心譜。（右調【金縷曲】）　泰州沈謙〔三〕

（中國國家圖書館藏清嘉慶九年刻本《後四聲猿散套》卷首）

【箋】

〔一〕《傅惜華藏古典戲曲珍本叢刊》第五三冊影印清道光二十九年味塵軒木活字印本《後四聲猿》、《綏中吴氏藏鈔本稿本戲曲叢刊》第一冊影印怡蘭堂鈔本《後四聲猿》卷首，均無此組詩。

〔二〕吴桓：字紀嚴，無爲（今屬安徽）人。舉人。嘉慶八年（一八〇三），任武進知縣。十一年至二十年，任嘉定知縣，見沈宇《邑令吴桓施賑記》（嘉慶《嘉定縣志》卷九《古迹考二·碑碣》）。主持重修《嘉定縣志》（現存嘉慶十六年刻本）。

〔三〕沈謙（一七五三—？）：字君撝，號雲谿，泰州（今屬江蘇）人。附監生。乾隆四十八年癸卯（一七八三）順天舉人。參與范鶴年等滇南聯吟，詩見《昆海聯吟》。著有《紅樓夢賦》（道光二年留香書塾刻本，收入一九三六年上海仿古書店鉛印《紅樓夢附集十二種》）。

後四聲猿題詞〔一〕

王承垚〔二〕

孰與青藤繼後身，老落詞筆更超倫。四聲猿後聲逾苦，鐵石心腸淚滿巾。
坡老奇才長官傲，折腰低首事堪嗟。而今大府憐才甚，前有漁陽後法華。
鳳去釵頭兩斷腸，沈園柳老影蒼涼。詩人曲意歡承母，不僅詞壇拜陸郎。
楊枝一曲有遺音，老去香山思不禁。離緒纏綿吟宛轉，綠陰如夢又春深。
愧我才輸長爪生，盜詩投圂恨難平。消磨心血飄零膽，愁聽哀猿到五聲。誠齋王承垚

（《綏中吴氏藏鈔本稿本戲曲叢刊》第一册影印怡蘭堂鈔本《後四聲猿》卷首）

【箋】

〔一〕原刻本及《傅惜華藏古典戲曲珍本叢刊》第五三册影印道光二十九年味塵軒木活字印本《後四聲猿》卷首，無此組詩。

〔二〕王承垚：號誠齋，籍里、生平均未詳。

附 後四聲猿跋〔一〕

吴梅

未谷先生以樸學著稱，詞曲則罕有知之者。甲寅新正〔二〕，外伯舅鄒芸巢先生（福保）〔三〕，招飲懶雲草堂，以此册見示，爲一山氏手鈔。一山者，石門李笙漁（嘉福）也〔四〕。笙漁收藏頗富，歿後遺書，盡歸鄒氏。此册固不甚愛惜者，因假歸録之。簡末有字一行，云：『年老手顫，篝燈寫録，詰旦視之，可發一哂。一山氏記』二十字。又附無名氏挽未谷聯云：『萬里孰招魂，幸有孤兒能死孝；一官窮徹骨，獨留斷墨作傳人。』則未谷晚年，殊可悲也。繼又得刻本一册，爲仁和錢叔美（杜）手鈔上版者〔五〕，校此鈔爲簡陋。如《投溷中》之【錦纏道】，《題園壁》之【駐雲飛】及【三學士】諸曲，皆此鈔爲優焉。

未谷此劇，直與天池生相頡頏。窮年冷宧，張弛由人，其胷中不平之氣，誠有不可抑制者。劇中《放楊枝》詞所謂『未免有情，誰能遣此』也。《謁府帥》一折，實道下僚苦況。惟《沈園釵鳳》，不知何所寄慨，而詞之謹嚴峭拔，則固可傳也。至【翠裙腰】一套，蓋用關漢卿『曉來雨過』舊格，此爲世所未盡知者。而【上京馬】、【後庭花煞】，遂與正格不同。余故識別之，俾知先生之詞，非無所本焉。

甲寅正月十八日，長洲吴梅跋。

（民國三年吴梅過錄李嘉福鈔本《後四聲猿》卷末）

【箋】

（一）底本無題名。

（二）甲寅：民國三年（一九〇四）。

（三）鄒芸巢：即鄒福保（一八五二或一八五五—一九一五）：字永偁，又字詠春，號芸巢，晚號巢隱老人，元和（今屬江蘇蘇州）人。光緒五年己卯（一八七九）舉人，十二年丙戌（一八八六）進士，授翰林院編修。官至侍講，充順天鄉試同考官。三十三年，引疾歸，任江蘇師範學堂監督。後曾執教於蘇州紫陽書院、存古學堂。以藏書著名。著有《徽香堂經史論》、《紳範》、《褒孝文編》、《墨林羣玉》、《文鑰》、《讀書燈》、《芸巢書目》、《徽香堂詩集》等。傳見曹允源《復庵續稿》卷四《家傳》、《詞林輯略》卷九、《清代硃卷集成·光緒丙戌科》履歷等。

（四）李笙漁：即李嘉福（一八二九—一八九四），字笙漁，一作笙魚，號一山，别署北溪、麓蘋、語溪老民、碏尊者、石佛庵主、石佛侍者、延秋舫主等，石門（今屬浙江桐鄉）人。官江蘇候補知府。罷官後，僑寓吴縣（今江蘇蘇州）。嗜金石，富收藏，善書畫，工篆刻。著有《李笙魚日記》。傳見《廣清碑傳集》卷一五魯賓清《傳》、《寒松閣談藝瑣錄》卷三、《再續印人傳》、《清代畫史增編》卷二六等。

〔五〕錢叔美：即錢杜（一七六四—一八四五），初名榆，字叔美，號松壺，别署松公、壺公等，仁和（今屬浙江杭州）人。例選主事。著有《松壺先生集》、《松壺先生畫贊》等。傳見《松壺畫贊》卷首《小傳》（嘉慶十七年刻本）、《清史稿》卷五〇八、《昭代名人尺牘續集小傳》卷一〇、《墨香居畫識》卷七、《墨林今話》卷一一、《清代畫史增編》卷一一、《國朝書畫家筆録》卷二、《國朝書人輯略》卷八、光緒《嘉定縣志》卷二〇等。

附　後四聲猿散套跋〔一〕

吴　梅

未谷此作，遠遜山陰〔二〕。不獨才氣相去天淵，且於劇情排場，曾未明晰。方知經生、才士，不可兼也。余作《楊枝伎》、《釵頭鳳》二劇〔三〕，即改桂作，自謂過之矣。

霜厓。

此爲錢叔美手書付刻，頗不多見。

（中國國家圖書館藏清嘉慶九年刻本《後四聲猿》卷首墨筆書）

通套止四曲。而【光光乍】爲仙吕，【亭前柳】爲越調，【駐雲飛】爲中吕，【三學士】爲南吕，亂次以濟，成何套數。

往見外伯舅鄒芸巢藏本，此處【三學士】無缺奪語。或未谷原詞未脱，而叔美手書時誤耶？鄒藏本今不知在許，令人慨想。

戊寅五月〔四〕，霜厓重讀一過。時避寇湘潭。

（中國國家圖書館藏清嘉慶九年刻本《後四聲猿》卷末黑筆書）

【箋】

〔一〕底本無題名。

〔二〕山陰：指徐渭（一五二一—一五九三），生平詳見本書卷三《四聲猿》條箋證。

〔三〕《楊枝伎》、《釵頭鳳》：即雜劇《香山老出放楊枝妓》、《陸務觀寄怨釵鳳詞》，爲組劇《惆悵爨》之二種，吴梅撰，現存民國間刻《霜厓三劇》本及《霜厓三劇曲譜》本。

〔四〕戊寅：民國二十七年（一九三八）。

放楊枝（桂馥）

《放楊枝》雜劇，著錄、版本均參見《後四聲猿》解題。

放楊枝散套小引

桂　馥

余年及七十，孤宦天末，日夕顧影，滿引獨醉。友人有勸余納姬者，余撫掌大笑曰：『白傅遣素之年，吾乃爲卻扇之日耶？』吾非不及情者，抑其情情所以長有餘也。白傅《楊柳枝》詞云：『永豐西角荒園裏，盡日無人屬阿誰？』此爲樊素作也。其不能忘情吟，蓋欲遣素而未能。又有

《别柳枝》絕句，是素終去矣。又《春盡日》詩云：『春隨樊素一時歸。』又云：『思逐楊花觸處飛。』此素初去而猶繫念也。又有《答夢得》詩云：『柳老春深日又斜，任他飛向別人家。誰能更學兒童戲？尋逐春風捉柳花。』又《咏懷》詩云：『院靜留僧宿，樓空放妓歸。衰殘强歡宴，此事久知非。』此素去後，不得已之決絕也。想白傅此時，亦深悔當年多此一素，惹出一番淒涼景色，攪亂老懷也。余既裁詩以報友人，又成《放楊枝》一套。嗟乎！余豈不及情者哉？

老落書於永平縣齋。

（《傅惜華藏古典戲曲珍本叢刊》第五三册影印清道光二十九年味塵軒木活字印本《後四聲猿》第一種《放楊枝》卷首）

題園壁（桂馥）

《題園壁》雜劇，著録、版本均參見《後四聲猿》解題。

題園壁散套小引

桂　馥

古今倫常之際，遇有難處事，此家庭之大不幸也。陸放翁妻不得於其母，能不出之？然阿婆喜怒何常，兒女輩或有吞聲不能自白者耶？後乃相遇沈園，愍嘿題壁而已。余感其事，爲成散套，所以弔出婦而傷倫常之變也。

老洛記。

放翁有《姑惡》詩云：『君聽姑惡聲，無乃遺婦魂。』或謂其爲唐氏作。果爾，則難辭失言之責矣。又記。

（同上《後四聲猿》第二種《題園壁》卷首）

謁府帥（桂馥）

《謁府帥》雜劇，著録、版本均參見《後四聲猿》解題。

謁府帥散套小引

桂馥

蘇子瞻爲鳳翔判官，陳希亮爲府帥，以屬禮待之。入謁，或不得見。子瞻《客位假寐》詩云：『同僚不解事，愠色見髯鬚。雖無性命憂，且復忍須臾。』又有《東湖詩》，皆爲希亮作。其屈沈下僚，抑鬱不平之氣，微露於游覽觴咏之際。今讀其詩，覺胷中塊磊，竟日不消，只可付之鐵綽板耳。

老落記。

（同上《後四聲猿》第三種《謁府帥》卷首）

投圂中（桂馥）

《投圂中》雜劇，著録、版本均參見《後四聲猿》解題。

投圂中散套小引

桂馥

有才人，每爲無才者忌。其忌之也，或誣之，或譖之，或擠排之，或欲陷而殺之，未有毒於李長吉之中表者，竟嫌其詩，於圂中投之，錦囊心血，一滴無存。此輩忌才人，若免神譴，成何世界？投之鬼窟，烈於圂中。

老落記。

（同上《後四聲猿》第三種《投圂中》卷首）

齊人記（熊超）

熊超（一七三六？—一七八八後），字禹書，號豁堂，修水（今屬江西）人。乾隆三十四年（一七六九）諸生。五十二年，嘗館於新邑吳祠。撰雜劇《齊人記》，《清代雜劇全目》著録，現存清鈔本。

齊人記凡例〔一〕

熊　超

一、詞曲仿《西廂》北調，每齣止用一人唱，不用雜唱。

一、曲調頂格書下，科白低一字，節次低二字。

一、曲牌名用□標識，襯字用標×識。

一、曲句大讀用○，小讀用、。

一、科介用△，白介用△用、。

一、扮演生旦淨丑末，各處以小字兩行載明。

一、注解就大字書之，批用○以間之。

一、辨題解，定章法，於齣後書之。

乾隆五十二年丁未歲秋月，撰於新邑吳祠，超自識。

（清鈔本《齊人記》卷一目錄後）

【箋】

〔一〕底本無題名。

齊人記序

熊　華〔一〕

蓋聞寰中一大戲場也，生人一大傀儡也，天地一大提線者也。人生數十年，則又演出一局大戲也。余嘗與豁堂叔名超者，讀孟氏《齊人篇》，而嘆求富貴者可羞且泣也。求之必欲得之，而求切；得之欲固有之，而求益切。以至恥心喪，天理亡，宜乎切孟氏之嘆也。豈知將捐館時，回首生平，若某某事，若某某人，皆我身親閱歷。數十年來，直若插科打諢，扮演其中，而今而後，正下場終局時也。繞室妻孥，霎時間難成伴侶；滿堂金玉，冥寂候那帶分文？嗟乎！戲場不壞，傀儡難憑，又安知提線者又將提我爲何如也？又安知提線者提我不提我也？此眞可以悟造化小兒，而求富貴者又奚爲也？

丁未春〔二〕，豁堂授徒新邑吳祠，以知慧劍，破煩惱城。因作《豁堂記》、《館中問答》諸篇，非佛非儒，亦莊亦老，名韁利鎖，兩手撒開，夢境塵關，一拳打破。復作《齊人記》以示余。余觀插科打諢，摘句塡詞，能釋孟書正旨。分爲四齣：曰『處室』，曰『瞯夫』，曰『泣庭』，曰『驕妻』，無不倍極工巧，不下傳奇手。嗟乎！曩所嘆齊人求富若貴可羞且泣者，乃果演出一局大戲矣。余因細分節次，稍爲批釋，仍質諸豁堂。豁堂曰：『可。』

乾隆五十三年菊月，姪月軒熊華識。（清鈔本《齊人記》卷一）

【箋】

〔一〕熊華：字采亭，號月軒，修水（今屬江西）人。熊超姪。生平未詳。

〔二〕丁未：乾隆五十二年（一七八七）。

（齊人記）總論

熊　華

或疑《齊人篇》本孟氏寓言，今作《齊人記》，則屬子虛烏有也明甚，於是置而不看，余竊以爲過焉。夫文詞莫過《莊》、《騷》，《莊》寓言也，《騷》亦寓言也，果有其事乎？今人愛之讀之者，愛其事乎？愛其文耳。其爲他人所無，一人所有之妙文，則其事又不妨爲昔日所無，今日所有之奇事矣。古來傳奇者，不下數百家，類多才子佳人、神仙怪誕之事，抒一己之才以諧俗。故評《西廂》則疑誨淫，評《水滸》則疑誨盜，蓋題不甚正大，無怪乎疑之也。今《齊人記》爲醒世之書，其有裨於孟氏不小。從來富貴關頭，最難打破，營營逐逐者，莫不徼幸一得以爲受用。然而古來讓國者尚矣。

故春秋中，子文逃富，叔向賀貧，晏子辭邶殿，若子產、若季札、若伯玉，賢士大夫，莫不辭邑辭卿，班班可考，一入俗眼中，則趨之若鶩焉。美惡戰於中，去取交於外，紛紛者卒無已時，於是喪其恥心，而不知有人焉從旁羞且泣也。戰國中，儀、衍、秦、代之輩，皆富貴利達之徒。而孟氏一人，不勝刺目，因大聲疾呼，寓言一齊人，惕之以乞，激之以羞，恥之以驕，庶幾喚醒迷途，令其左袒。卒之乞者仍乞，驕者仍驕，有不暇顧妻妾之羞且泣也，孟氏其奈之何哉？今觀記中，無一風情怪誕之事，悉本至情至理，寫出慕富貴心腸。卒之齊人乞不足羞，顯者之乞爲可羞，盡歸於正旨，以優孟衣冠，插科打諢，庶幾世之人觸目可以警心，入耳可以動念，而恥心頓發。是不啻讀孟氏書矣，是又不必讀孟氏書矣；是不啻使天下之人盡讀孟氏書矣，是又不啻孟氏家傳戶曉而告之矣。吾故謂《齊人記》爲醒世之書，其有功於孟氏不小也。

記中有大主腦，孟書末節是也；有大關鍵，墦間乞祭是也。夫既有大主腦，有大關鍵，則不得不有線索，有襯托，有埋伏，有照應，有正描旁描，或倒插在前，或順補在後，記中皆可覆而被也。以主腦言之，『君子云者』，孟子自謂，孟子不敢寫，寫陳仲子，仲子非眞廉而不要富貴，則爲此記所取焉。妻妾羞乞，寫仲子，不得不寫仲子之妻相爲倡和，此正描也。若淳于髡，若王驩，若田氏族，若匡章，若儲子、公行子，此對襯也；北宮黝，若舍，此旁襯也。開首齊人引子，則虛籠主腦；尾聲，則結主腦也。科白中逆點仲子不哀求，則爲暗伏；齊婦嘆月，人世豪華如糞土，則爲暗映；齊妾掩雲關，討清閒，則爲正襯。於是『驕妻』篇中，從齊人眼中，描出於陵幽景，別是一天；從齊人耳中，聽出仲子歌吟，無非至樂。面晤其儀容，身親其清誨，乃若人間富若貴，十分扯淡，齊人亦幾幾乎置身洞天，故後齊人愧死無地，則以仲子之言作結焉。

大關鍵在『乞祭』。開首齊人口中明點『乞』字。『空囊倚戶』句，則爲暗伏；到華堂，到醉鄉，則爲反照。『瞯夫』篇，齊人口中再點『乞』字，謁顯宦衙，則對襯也；將近墦間，先以店中乞酒以引之。對照者何？『良人高會笑嬉嬉』節是也。旁照者何？持囊挈槖是也。於是以『梧桐影』節倒插在前，以『釵頭鳳』節順補在後，而全篇關鍵，無不燦如指掌。不但已也，齊婦瞯歸，正可以乞祭告妾矣，必用數番曲折乃出；齊人不解兩人之泣，妻正可以乞祭說破矣，必用無數猜①測，至大怒而乃說出焉，然後從正旨，寫顯者之乞爲可羞。嗟乎！大主腦、大關鍵，而必用如此鄭重，如此層折，如此襯托，如此照應，如此埋伏，如此線索，如此正描旁描者，正如獅子滾毬、貓兒捕鼠，不遽爾抓住嚼住，必用無數往來撲跌，然後獅子意滿，貓兒意滿，而觀者無不意滿。

一個『命』字，無論富貴貧賤，未有出此牢籠。孔子曰：『得之不得曰有命。』孟曰：『莫非命也。』韓子曰：『吾非惡此而逃之，是有命焉。』今記中以『命』字爲宗，齊妾曰：『良人你耗星人炒運多愆，姐姐你天喜休閃身兒賤。』齊人曰：『我也命兒惡，你也命兒薄。』齊婦曰：『都是命該如此，待怨誰來？』可知齊人、齊婦、齊妾，未嘗不知命也。然則世之營逐而不悟者，不反出齊人、齊婦、齊妾下哉！

記中才長學博，宜其縱横跅弛，機杼自如。自全篇以至一字，無一點錯亂，無一點挂漏，無一點板滯平庸，無一點偏枯穉俗，其曲折變幻，眞有令人不可捉摸者。如齊人自嘆衣冠，必憶從前豪富；方欲出門去乞，忽有鄰人捉賊，多一委折。正欲去瞷，卻有嘆月自在一段感傷；本欲急瞷，卻因妾言而止，幾乎瞷不成。柳橋方欲躲避，險被良人撞見；到臨淄，正好瞷矣，忽有店中垂死，幾乎撞見；望見富貴家，正好瞷矣，卻見良人乞酒，方欲轉去，幾乎又瞷不成。吟詩本望姐姐，卻惹髡一段疑團；髡欲和詩，反和不成；髡欲戲妾，忽被鄰婆驚散。倚門切望，反被乞人取辱；望姐姐歸來歡笑，反被大哭一場。醉歸本欲驕妻，忽然遇著仲子，無數閒雅；入門欲妻歡迎，忽見兩人大哭；裝腔本欲嚇妻，反被説破乞祭；愧死無地，無可解釋之時，忽懷仲子之言，令妻妾反哭爲笑。此皆象外出奇，令人不可捉摸者。

又有隨手生來，隨手抹倒者。正寫破帽，卻云『伴我醉倒』。正寫乞酒，卻云『不哀求』。正嘆嫦娥自在，卻云『我偏要苦』。正寫良人快走，卻云『果誰來請』。正寫施從之苦，卻云『休怨』。正答作詩之人，卻云『何須問誰執筆』。正寫望之切，卻云『掩雲關』。正寫自乞，卻云『你命兒薄』。此皆隨手生來，隨手抹倒者。

又有注意在此，而著筆在彼者。譬之畫家，花可畫，而花之香不可畫，於是著意畫花旁之蝶，非畫蝶也，乃所以畫香也。月可畫，而月之光不可畫，於是著意畫月下看書之人，非畫書也，乃所以畫光也。雪可畫，而雪之寒不可畫，於是畫雪中擁爐之人，非畫爐，乃所以畫寒也。如寫自己早起，卻嘆嫦娥自在，此非嘆嫦娥也。寫自己施從之苦，卻嘆田舍美人猶睡，此非嘆田舍美人也。寫良人坐橋回顧，卻云是釣翁鶯柳，此非寫釣翁鶯柳也。寫自己倚門切望，卻寫姐姐同良人高會笑嬉嬉，此非寫姐姐、良人也。寫埋怨良人，卻埋怨姐姐不應去瞷，此亦非埋怨姐姐也。此等文境，眞覺令人意遠，是鏡中花，是水中月，匣中劍，帷中燈，必有能辨之者。

又有追神攝魄之文。如寫妻之睡，則從他心中想出『你道友既貴，夫也尊，一室榮光都有分』是也。如坐柳橋，則追想良人到富貴家兩節是也。寫施從，則從心中體會出來，如『爲並頭蓮，相隨不憚遠』是也。姐姐不回，則從他想出『知我望穿秋水，顣損春山』是也。姐姐大哭，則想『他知後來牛衣對泣，面受嗟來』是也。或設身處地而想，或透進一步而推。嗟乎！文章之道，通乎化工，追神攝魄之文，正鏤心刻骨而出也。

姪華采亭謹識。

（清鈔本《齊人記》卷一）

【校】

①猜，底本作『精』，據文義改。

館中問答

闕　名〔一〕

熊子已破名利關，則塵綱不受羈紲。而殘生渺然不絕如縷，遂怦怦願從赤松子遊，隱几而臥，心遊太虛，雍雍涼涼，恍乎入遊仙之夢。適客過訪，呼而覺焉，嗒然若喪，神無所歸，浩然長嘆，有不任其聲者。

客曰：『子何嘆也？』熊子曰：『嘻！余天地之戮民也。神驅於命，而不得定以全也。形爲神鎖，而不得少逸焉以相肖也。尸行於地，待罪無時，而不能贖也。余之嘆，嘆賒死也。』

客愕然大駭，久之而憫焉，曰：『子有荊釵之變，掌珠之慮，宜乎言之過激也。』熊子曰：『否。非是之謂也。彼固有一大父母也，喪心病狂而不吾坫也，癮痼沉屙而不吾慮也。譬之臧，亦愛婦若子，而或受難於主人，臧雖泣無益也。』

客曰：『然則子奚若？』熊子曰：『名韁利鎖，拘束者久，吾將盡付東流。』

客曰：『方今聖世，擢用非常，一時紆青拖紫者，赫赫照人耳目。子承家學淵源，數奇而境厄，托館爲業久矣。然而座無完氈，案無走蠹，硯無宿塵。以子之志，以子之才，一衿不足以相辱，庚、癸兩薦，五色迷人，吾猶以大器期之，奈何灰心若是？』熊子唯唯否否：『不然。子局東村之見，期我以電光石火之輝，而不知造化小兒我也。子不見乎雲臺烟閣乎？以爲若此者，可垂不朽，然而碎瓦頹垣，無一存者，曾不若富春之釣石，後人猶得指其地以相吊焉。今卽具黄絹才，獲青錢選，貴五陵，富金谷，消受數十年，回首直揚冰山之一瞬耳，而況不逮者耶？世之神昏如醉，意縱如狂，而行則卑於丐，聾走盲趨，不知停足息肩之地，動中搖精，自速其老，而究不能徼幸於萬一，至死不悟者，吾誠哀之。達哉南華之言：「不能懸解者，物有以結之也。」』

客曰：『若之何而解之？』熊子曰：『子知人與物同在化鈞不息中乎？誰惠誰魚？誰莊

誰蝶？而必曰吾得爲人一樂也。芝菌不知晦朔，蟪蛄不識春秋，而人則笑之。豈知笑者固可笑而笑之，而笑之者不知自笑其笑，以笑者之可笑也。卽笑笑之者，亦在可笑中也。何也？十二萬九千六百餘年，不依然一晦朔，一春秋哉？夫氣至不母而生蛸螃，氣反不斧而灰草木。無論生也我不得爲政，限至我不能少延，卽當場傀儡，而提線者果誰耶？此漆園老仙所以安時處順，哀樂不入以解之也。』

客乃昧目良久，爽乎其若失，慝乎其若思，懵懵乎而終不能自得，而問：『先生將奚適從？』熊子乃言曰：『吾將掃六欲，清五濁，祈智慧劍，破煩惱城，遊鹿苑以企瞿曇矣乎。』

客聞之而色變，曰：『異哉！何子之言誕且怪也？聖賢貴名教，莊老明自然，子將無同乎？何其釋似儒也，翹翹自命，甘與草木俱灰；咄咄書空，竟以神仙退步？且輪臺何仙，天竺何佛，子不聞乎？』拂衣而起，哂而出。熊子復挽之坐，以相告焉：『子以爲無仙乎？王喬何以控鶴，梅福何以乘鸞？子以儒必不可佛乎？留侯何以從赤松子，淵明何以來白蓮社？』

客曰：『不然。梁武臺城，佛不之救；道君沙漠，仙不之憐。且永寧不異緱城，莊嚴亦如同泰。起佛寺輒縻萬金，崇道場動經數月。建百丈之臺，結千年之果，自謂功德無量，然而一朝捐館，未聞諸佛來迎，相傳仙去，而況吾輩耶？』熊子曰：『梁武道君，胡后陳主，目靡色，耳曼聲，宮府内外，惟意是適，彼崇道者迹耳。夫性根未定者，禪機終不可得而參也；八垢未除，六根未拔，佛心終不得而見也。壁外聞釵聲，比丘卽爲破戒；書中遇穢行，羅什爲成眞。子何遽靈運我也？旃檀出門而迎佛，聚石解法而點頭，而況人非木石耶？』

客曰：『旨哉斯言，類道林之清言，似神秀之眞偈。夫無憶曰戒，無念曰定，無忘曰慧。吾性卽佛也，而不在乎香果之宏富；吾心卽仙也，而不在乎檀越之戒嚴。故人特患乎無所得焉已耳，而果有所得也，烏知乎朱門高第之卽勝於茅廬乎？又烏知乎藥廚丹竈不視珍饈如嚼蠟乎？又烏知乎衲衣不安於畫錦，蒲團不安於重裀乎？又烏知乎寒山之石不爲章於天乎？又烏知乎晨鐘暮鼓不較笙簫之樂而更韻乎？路上紅塵，江中白浪，饒他南面百城；梅梢明月，松下清風，輸我北窗一臥。忘人世之月旦，任皮裏之春秋，吾惟全吾眞焉而已。』熊子怡然大悅，以爲個中得一解人，乃詳記其說。

【箋】

〔一〕此文當爲熊超撰。

豁堂自記

熊　超

豁堂者，余之別號也。余號豁堂，何也？余庠名超，故自號曰豁堂也。然余有愧乎號久矣。曷愧乎爾？辛未年就傅受書〔一〕，雖點金不遺餘力，而究未豁如也。及後家益窘，乃改業爲生計者三年。然而壯志未灰，戊子始托館以自奮焉〔二〕。愧與悔激，聱牙者夜不能寐，文成三百，詩如之。越明年，補弟子員，始覺吾學中恍乎有自信之一境。然遂自以爲豁然乎？猶未也。余嘗謂：采亭姪，吾習友也，弈棚詩席中，兩不能下，然而脫略放曠，不以家事自累，吾不如也。故嘗覬覦場中，卒之兩薦無一售利，亦毫無所得，而心常鬱鬱焉而不能豁然矣。嗟乎！吾乃今而豁然悟矣，吾乃今更超然遠矣。福澤者，魚之香餌也；營逐者，鳥之自入於樊籠也。求而得之，貓之嗞腐鼠也；不得而妄求之，盲犬之逐狡兔也。破煩惱之城，而帝懸解矣；入逍遙之境，而吾眞全矣。而特惜乎豁然者之甚晚也。雖然，而猶幸其尚早也。岫幌雲關，可以終吾年；安排去化，可以全吾天。夫而後名與號幾幾乎可以無愧矣。卽有問豁堂主人能超者，雲山蒼蒼，烟水茫茫，中有人焉，呼之而出矣。

乾隆五十二年秋月，記於新邑吳祠。

（以上均清鈔本《齊人記》卷四）

【箋】

〔一〕辛未：乾隆十六年（一七五一）。

〔二〕戊子：乾隆三十三年（一七六八）。

黃鶴樓（周皚）

周皚（一七三八—一七九六後），字用昭，別署梅花詞客，歙縣（今屬安徽）人。曾久客漢陽（今屬湖北武漢）。工詩，善書畫。與方成培（一七三一—一七八九）爲友，時稱『黃山二布衣』。

乾隆五十六年（一七九一）刻本《布衣詞合稿》十三卷，收方成培《味經堂詞稿》六卷（含《横枝詞》、《芳影詞》、《後巖篇雅》、《寒山樂府》、《寒山樂府續稿》）及周皚《蔭槐樓詞稿》七卷（含《瀟湘聽雨詞》、《芳草詞》、《香草題詞》）。傳見道光《徽州府志》卷一二。

撰傳奇《黄鶴樓》、《滕王閣》，今存。《黄鶴樓》傳奇，《古典戲曲存目彙考》著錄，現存乾隆六十年（一七九五）蔭槐堂刻本。

黄鶴樓自序〔一〕

周　皚

暢離情於玉笛，一川殘月曉風；尋古調於焦桐，四壁高山流水。喜漁歌之響答，夢回欸乃聲中；逐帆影之飄飖，老入琵琶隊裏。時則虛堂晝靜，小苑春深。飛絮銜簷，落英敲砌。領略清閒幽趣，伴紙窗燈火一枝；商量澹泊生涯，供棐几瓶花數種。幸際雍熙聖代，人懷如意之珠；欣逢壽考皇朝，戶蔭無憂之樹。綠葵赤米，隨宜正有餘歡；白石清泉，行處還多至樂。然而征鴻求侶，不逾峋嶁峯尖；社燕營巢，只在洞庭沙尾。卷裏之千巖萬壑，惟事臥遊；毫端之三島十洲，猶存妙悟。是以羨仙源之路近，火棗能栽；誇盛世之圖寬，蟠桃易植。黄童白叟，都爲地上神仙；僻壤遐陬，盡是天邊雨露。願借華封之頌，歌詠太平；思賡《擊壤》之音，鼓吹幽雅。時優慧了尊前，任彼傳神；名士風流座上，還憑顧誤云耳。

乾隆五十九年聖天子八十四旬萬壽之歲，古歙梅花詞客周皚①自書。

【校】

①豈，底本作『豈』，據人名改。

【箋】

〔一〕底本無題名。

（黄鶴樓）敍

曹浩勖〔一〕

予性疎闊，知己若晨星。客漢皋年最久，與周子用昭居最近，聲相應，氣相求也。周子固雋才，其學問一本於經術，不苟爲炳炳烺烺，詩古文詞而外，兼精乎律吕。間以其暇，時爲詞曲，摭拾往事，譜入笙歌，《黄鶴》其一也。

書成示予，三復者久之。既愛其調宫刻羽，摘豔熏香，直軼元人而上，而究其宗旨，又歎其不徒矜藻麗，專恃宏通，淹雅之中，寓箴規之意。殆以古今之勳名事業，皆未可以倖成，而幹濟經猷，不外乎綱常名教，情深一往，借微言以發之耳。世之覽是編者，其以三百十一篇目之，庶不負周子之用心乎？若第謂如蘇髯之以嬉笑怒駡爲文章，猶未窺其深也。既卒讀，爰揭其意於篇首，用以附知己之末云。

乾隆六十年歲次乙卯仲春之月，偶溪弟曹浩勖拜書〔一〕。

【箋】

〔一〕曹浩勛：字號、籍里、生平均未詳。

〔二〕題署之後有陽文方章二枚：『梅妝閣』，『爲南山壽』。

（黃鶴樓）凡例

闕　名〔一〕

一、事蹟：黃鶴樓，在黃鵠山上，下臨大江。仙棗亭，在黃鵠山，黃鶴樓後。鐵池，在黃鵠山，仙棗亭後。飛來船，在衡山，祝融峯前。四川閣學周公，乃祖，樵也，九十九歲，因樵采於山岰得金，方娶婦。百四十四歲，壽終。其居名百四十村，事見袁子才《子不語》。

一、樓因黃鵠山而名，明矣。至費禕騎鶴，呂岩吹笛，二事不妨爲靈區點染，毋須置辯。

一、是劇借眼前一二事蹟搬演，不即不離，如鏡花水月，形影俱有。

一、是劇意在歌詠太平而兼於勸世，別無托意。

一、是劇以隔世爲合離，以上卷十二齣生腳上場，下卷十二齣旦腳上場爲章法，續二齣爲餘韻。

一、是劇初意只塡四齣，興之所至，遂不覺其多，竟成一部傳奇。然疵繆甚多，不足當大雅一顧，幸希諒之。

一、是劇總皆無心而作，如《訪侶》一齣，適市人送桃花，卽寫桃花；《闍識》一齣，適見月，卽寫月，諸如此類。

一、劇中無武事。昔方朔從西那國得風聲之木，風吹枝如玉聲，有武事則爲金革之響，有文事則如琴瑟之音。此劇歌詠太平，乃琴瑟之音也。

一、塡詞雖小道，要不失《三百篇》遺意方可。詞學自唐宋至於國朝以來，濫觴已極，其間登臨、弔古、親朋贈答，或如古詩，或如近體，或如歌行、樂府、律詩、截句，詩家體裁，種種俱備。謂爲《子夜吳歌》者，未窺唐人門逕也；爲《香奩》綺語者，未窺宋人門逕也。僕常謂：作詩餘如作古詩，方許入室。綺語犁舌者，門外語，非深於文者也。

一、僕素不事歌吹，此劇是塡詞，不是演劇，風雅名家，自能辯之。

一、使用典故，字音韻腳，俱隨手拈來，不肯堆砌重壓。如《婢悼》一齣，步《占花魁》【十二紅】全韻，可悟用韻之法。知音君子，當有賞識。

（以上均清乾隆六十年蔭槐堂刻本《黄鶴樓》卷首）

【箋】

〔一〕此文當爲周皚撰。

黄鶴樓題辭〔一〕

熊文富　等

清詞雅調，觸手生新。讀《控鶴》、《諧隱》等齣，則令人飄然有淩雲之思。讀《婢悼》、《上壽》、

《進香》等齣，便令人油油生仁孝之慕。讀《財神》、《里談》等齣，更令人有閲世具眼，離垢深心。此所謂《三百篇》可以興觀羣怨也。繪水繪風，形聲各肖，以此鼓吹休明，詢屬一代雅奏。岳陽熊文富拜書〔二〕

春風十度武昌城，豔説江樓玉笛横。不道周郎聞顧曲，《落梅》吹出一聲聲。不將虚妄説神仙，游戲中推大雅篇。悟得微言通妙理，都教善果種心田。阿堵眞能富善人，聰明端不愧錢神。藏金窖粟都前事，須信天旌孝有因。桓伊情緒本來多，每聽鵝笙唤奈何。看到玉簫緣再締，綿綿長恨暗中歌。芙蓉山樵程瀚脱稿〔三〕

鄂公城上矗危樓。枕江流，幾經秋。鶴去雲歸，千古任悠悠。費、吕仙蹤何處覓？空俯檻，使人愁。　騷人摛藻筆花浮。借清謳，勵前修。棗大如瓜，祇向一心求。究竟蓬萊誰到得？方寸内，即瀛洲。調寄【江城子】。芳原夏之勳倚聲〔四〕

漢沔雙流滚滚來，仙人樓上獨徘徊。陽和别譜烟霄曲，領取新聲萬慮開。芝有靈根玉有芽，掉頭方綻合歡花。神仙富貴誰兼得？爭羨峨嵋孝子家。謫落塵寰五十年，盤根錯節志彌堅。箇中只有情難盡，留待他生了夙緣。黄夢因居士〔五〕

火棗育靈根，千年枝葉沃。飄飄方外緣，傳作江樓曲。隔世締良姻，情絲斷復續。青鸞若有心，回首招黄鵠。鮑亦純〔六〕

春風得得眺江樓，漂泊心同不繫舟。鶴去向餘千古韻，情牽應種再生由。塵中富貴烟雲幻，天上神仙忠孝儔。誰煉金丹成彩筆，周郎顧曲擅風流。鳩兹黄太虚〔七〕

仙棗靈根，峨嵋皓月，迢迢兩地春秋。周郎偏老，湘管愛雕搜。比似盈盈波面，淩空見、玉宇層樓。教人悟，今生再世，來去證因由。　夷猶。眞箇是，門前弱水，檻外瀛洲。甚仙凡阻隔，幻渺難求。暢好奇人妙事，憑多少、金粉齊休。凝神聽，鵾笙象管，調唱太平謳。調寄【滿庭芳】。康㝗散人熊文富

交梨火棗，試向人間何處討。火棗交梨，心地栽培善作泥。　鍾期壽速，流水高山誰再續？（方岫雲與君有《黄山二布衣合稟》，岫雲没數年矣。）月朗風清，樓上飛仙夜倚聲。調寄【減字木蘭花】。巖溪吴兩峯

（清乾隆六十年蔭槐堂刻本《黄鶴樓》卷首）

【箋】

〔一〕底本無題名，據版心題。

〔二〕熊文富：別署康㝗散人，岳陽（今屬湖南）人。生平未詳。

〔三〕程瀚：別署芙蓉山樵，籍里、生平均未詳。

〔四〕夏之勳（？—一八一九後）：字銘旃，號芳原，南昌（今屬江西）人。客居漢陽（今屬湖北武漢），家有烟鬟閣，與四方往來諸名士酬唱其間。工書畫，嗜藏金石文獻。嘉慶二十四年（一八一九），翻刻賀裳《載酒園詩話》。傳見范鍇《漢口叢談》卷三、《清畫家詩史》庚上、《墨林今話》卷九、《清代畫史增編》卷三二、《清代畫史補錄》等。

〔五〕黄夢因居士：姓名、籍里、生平均未詳。按翁方綱《復初齋集外文》卷二有《夢因居士硯銘》。又夢因居

士《謁呂仙祠二首》，存邯鄲呂仙祠西碑廊西牆上，原跋云：『嘉慶甲子（一八〇四）二月十日，攜子恩銘法名天和謁帝宮，並獻《無極寶懺》版片一匣。』

〔六〕鮑亦純：字號、籍里、生平均未詳。

〔七〕鳩茲黄太虛：與以下巖溪吳兩峯，生平均未詳。

滕王閣（周皚）

《滕王閣》傳奇，《古典戲曲存目彙考》著錄，現存嘉慶元年丙辰（一七九六）序蔭槐堂刻本。

滕王閣塡詞敍

程　瀚

四始以降，代嬗風謠；六義而還，家沿雅頌。洎乎兩漢，盛傳樂府之章；亦越六朝，競著歌行之體。音流白下，依依《子夜》、《莫愁》；目列吳聲，歷歷《前溪》、《上柱》。李供奉《清平》幾闋，早啓倚歌；孟才人《河滿》一聲，漸倡協律。搓酥滴粉，低吹『今夜酒醒』；鐵板銅喉，高唱『大江東去』。偷聲減字，長短句既《萬選》成編；八拍六么，南北調復《九宮》製譜。若窮厥始，四篇《企喻》，實開麴部之金科；爲溯其源，三疊《霓裳》，爰定教坊之玉律。奇聞作傳，權輿於『待月西廂』；優孟登場，濫觴於『送君南浦』。然而文成綺麗，類多柔曼之思；旨託清新，難免淫靡之習。徒取野史稗官之陋，空貽踰牆窺穴之羞。要皆有玷世風，疇是無忝名教。迺有汝南華胄，濂水名家。學富典墳，胷羅今古。篋滿丘遲之錦，箱盈潘岳之花。性耽小宋風流，才比屯田綺麗。嗣美成之遺響，集有《清眞》；接必大之芳蹤，閒多吟詠。遐稽往蹟，愛四傑之高名；慨慕前徽，羨五王之偉績。『落霞孤鶩』，留連上客之篇；抔土尺孤，太息驚人之句。情傷精衛，無從塡東海之冤；心悼朱虛，未得遂左袒之願。爰加攟拾，用被宮弦。迹雖半類子虛，人非全同亡是。快乘風於宗慤，實其事則借證小姑；痛汨羅於屈平，傳其說則乞靈龍女。翻上陽之案，申大義於《春秋》；迴常潤之師，成長驅於京洛。誅戮狐媚，慰他醉骨甕中；抉剔禍苗，除彼殘肉機上。

臚唱吐才人之氣，下妥幽泉；傾城餍名士之心，筆補造化。摛詞麗則，洵推大雅之遺；寄意遙深，不戾風人之旨。甫經脫藁，旋教紙貴洛陽；才得傳觀，爭欲雕付剞劂。佇看香山錦句，購去雞林；定同聖俞新詩，織來蠻布。詠歌康阜，諧爲盛世之音；潤色熙雍，寫出太平之象。不必杯傾綠蟻，我已飲醇；如令拍按紅牙，君還顧曲。

嘉慶元年歲在丙辰春至王月上浣，芙蓉山樵程瀚拜撰〔一〕。

（清嘉慶元年丙辰序蔭槐堂刻本《滕王閣塡詞》卷首）

【箋】

〔一〕題署之後有印章二枚：陰文方章『香雪鑄身』，陽文方章『無塵』。

雨花臺（徐昆）

徐昆（一七三七—一八〇四後）（生年據《順天鄉試同年齒録》、《乾隆四十六年辛丑科會試同年齒録》），字后山，一作厚山，號柳崖，别署柳崖子、柳崖居士，室名貯書樓、淳復草堂，平陽（今山西臨汾）人，生於濟南（今屬山東）。乾隆三十年乙酉（一七六五）拔貢，候補八旗教習。三十五年庚寅（一七七〇）恩科順天舉人。四十一年，授山西陽城教諭。四十六年辛丑（一七八一）進士，官至禮部祠祭司員外郎。選編《偕園日課制藝》。著有《易説》、《毛詩鄭朱合參》、《書經考》、《春秋三傳闡微》、《説文解字長箋》、《詩韻辨聲》、《詩學雜記》、《柳崖外編》等。撰傳奇《雨花臺》、《碧天霞》、《合歡竹》，末一種佚。傳見同治《陽城縣志》卷七、民國《臨汾縣志》卷三。參見趙景深文（《曲苑》二輯，江蘇古籍出版社，一九八六）、占驍勇《〈柳崖外編〉作者徐昆生平考》（《明清小説研究》二〇〇一年第二期）、康建鑫《清傳奇作家徐昆生平行事考略》（山西大學碩士學位論文，二〇一二）、許雋超《新發現的徐昆生平家世資料》（《江海學刊》二〇一三年第五期）、王文君《徐昆戲曲創作研究》（山西師範大學碩士學位論文，二〇一五）等。按當時另有一徐昆（一七一五—一七九五），亦字后山，號柳崖，臨汾（今屬山西）人，著有《春花秋月詞》，見江慶柏《清代人物生卒年表》（頁六三八），非劇作家。

《雨花臺》，《古典戲曲存目彙考》著録，現存乾隆間貯書樓刻本（《傅惜華藏古典戲曲珍本叢刊》第六〇冊據以影印）。

（雨花臺）敍

楊維棟〔一〕

才貫催人死，情每令人生。死而才名蓋代，則死猶未死；生而情可通幽，則生如眞生。清班仙職，增紀重胎。生死者起滅之小劫，才情者亦造化之微權也。嗟哉！盧生才而竟夭其天年，徐子情無可愬，作《雨花臺》傳奇以當《大招》。異香押蒲，彩箋蓉鏡，擬諸倩女之生而離魂，名士之死而賜第，是耶？非耶？楚相衣冠，玉步珊珊其來前，將邯鄲一夢，定當屬之君家者，乃爾爾耶。

近康熙年間，臨汾張蒿陸太史悼其才子方杲之早死〔二〕，親演《哭西河》一劇〔三〕，老伶人及今尚有能歌之者。第不解雪翁太史，才高蒿陸，情甚方杲，亦嘗自椎心狂走，終噤口不能作一語。而他人者代爲之一哭再哭，假斑管紅牙以寄怨也何居？憶余年十七八，見雪翁駢語一聯，亦豈其淹留片石，特爲索笑於三生，抑以痛哭青山，終當爲情而一死？時余心氣舒暢，絕無絲毫可悲可嘆之處，不知何以涕淚酸辛，若點刺余心者，迄今四十餘年矣。今以翻著韈法讀之，用題斯冊，志雪翁今次之感，兼發余亡兒之痛也。豈其痛哭青山，終當爲情而一死，抑以淹留片石，特爲索笑於三生！

乾隆二十八年冬至後五日，山夫楊維棟撰。

【箋】

〔一〕楊維棟：字山夫，襄陵（今屬山西）人。清諸生，棄舉子業。能詩善書，以詩酒自娛。傳見光緒《山西通志》卷一五七、光緒《襄陵縣志》卷一二等。

〔二〕張蒿陸：字號未詳，臨汾（今屬山西）人。或爲康熙四十二年癸未（一七〇三）進士。曾任詞館，改松溪知縣，乞休。參見查慎行《敬業堂詩集》卷三八《題同年張蒿陸落葉詩卷後》、《張蒿陸有賢子三十而夭屬作挽詞》，詩作於康熙四十九年（一七一〇）；卷四四《支鄉建寧遇同年張蒿陸張由詞館改知松溪縣今將移疾乞休詩以慰之》，詩作於康熙五十四年（一七一五）。

〔三〕《哭西河》一劇：作者未詳，諸戲曲目錄均未載錄。按《禮記・檀弓上》載子夏『退而老於西河之上』，又載子夏『喪其子而喪其明』，並哭云：『天乎，吾之無罪也！』然則此劇當寫子夏慟喪其子之事。

（雨花臺）序

崔桂林〔一〕

人生有密友焉，愛其才，重其品，並欲綿延其福澤，寵益其祿位，能之乎？曰：不能。然使空山雲鶴，瀟灑物外，得若陶淵明、慧遠，永爲塵外交，有情者亦復何恨？奈何緋衣召矣，其人如枯蘭萎木，不可復生矣。返魂香渺，生芻徒吊，縱泣灑黃公之壚，韻歌伯牙之琴，亦祇付之無可如何而已。此時更作一轉語曰：『吾愛之、重之，並欲從而福祿之，能之乎？』曰：『益不能。』不能，情何忍？不能而必欲其能，術何居？識此而《雨花臺》不可不作矣。

徐君后山，至情人也。其胷中有包納萬有之才，筆底有牢籠萬物之態。與余朝夕居，時道盧子清宜之爲人。無何，清宜嘔血歿。徐君哭盡，哀情未盡，復借優孟衣冠，補清宜素志，按宫協調，作爲是劇。每一折出，先示余。余把玩數四，有時泣數行下，有時笑不自持。蓋惟從至情流出，故感人如此其深耳。於戲！清宜從此復生矣。清宜之福澤禄位，亦復綿延寵益矣。孔公緒噓枯吹生，非謬譽也。至其詞調之精工，章法之細密，神情之宛肖，科白之攸宜，如景星卿雲，千人皆見，又如橄欖佳味，細咀方出。願與有情者把酒潛心而觀之。

乾隆二十七年歲次壬午仲冬下浣一日，蒲坂世弟崔桂林燕山拜撰。

【箋】

〔一〕崔桂林：字燕山，號蒲坂散人，永濟（今屬山西）人。生平未詳。

（雨花臺）題詞

安清翰　等

春風一曲《雨花臺》，賦就《招魂》宋玉材。我亦人琴常抱痛，無情涑水自潆洄（感懷亡友梁希孟）。人間那得返魂香，九月桃源惹恨長（亡室沒於桃源舟次）。早是珊瑚君有筆，幾時爲續九迴腸？尾坡安清翰題〔一〕

清映不讓《桃花扇》，幽豔全分玉茗堂。檀板牙籤腸斷處，千秋彩筆屬徐郎。

盧子丰儀迥絶倫，雨花臺畔認前身。寫來法曲淒涼甚，緑酒紅鐙涕淚新。

鴛冢但栽連理樹，雀巢誰識返魂香？　生生死死須臾事，莫謂人天境渺茫。

讀罷新詞萬感侵，幾回掩卷幾沈吟？　分明一枕遊仙夢，贏得情鍾我輩深。　雁門馮郢題〔二〕

襄陵多名士，我識一盧生。夙抱不羈才，盛世卜玄英。所恨命不修，應詔上玉京。知心惟后山，生死見交情。曲度《雨花臺》，纏綿莫能名。高山共流水，千聲復萬聲。胡爲鵑之啼，不爲鳳之鳴？　胡爲鵬之飛，不爲魚之烹？　空庭吟夜月，誰同露三更。焉得雨天花，返魂賦蓬瀛？　神山張允中題〔三〕

高山流水詎成灰？　無可如何賦《七哀》。起死術從江筆得，返魂香自雨花來。但祈王國多佳士，不願人間有軼才。果使盧生能悟卻，黃粱醒未漫相猜。　古揚張錦龍題〔四〕

（以上均《傅惜華藏古典戲曲珍本叢刊》第六〇冊影印清乾隆間貯書樓刻本《雨花臺》卷首）

【箋】

〔一〕安清翰（一七二八—一七九一）：　字儀甫，號雪湖，垣曲（今屬山西）人。乾隆三十一年丙戌（一七六六）進士，任安徽潛山知縣。著有《尚書錄》、《毛詩譜聲》、《論語緒餘》、《服制纂義》、《瓠丘筆記》、《諸葛亮遺文疏》、《雪湖先生文集》、《有竹草堂詩稿》。傳見《雪湖先生文集》卷首《事略》（民國十一年石印《垣曲安氏三先生剩稿》本）、光緒《垣曲縣志》卷八。

〔二〕馮郢：　字合三，代州（今山西代縣）人。性純孝。以選拔貢生，舉乾隆三十九年甲午（一七七四）順天鄉試，卒於北京。傳見光緒《山西通志》卷一五六。

〔三〕張允中（？——一七九二後）：字受一，神山（今屬山西浮山）人。長於詩賦。晚年隱居南河，徜徉詩酒，歲貢終身。年七十餘尚健。傳見《柳崖外編》卷一四《曲狀元》。

〔四〕張錦龍：古揚人，字號、生平均未詳。

（雨花臺）跋

崔桂林

羡君胷際括乾坤，聊借毫端破淚痕。風流未結潘安債，水逝難招宋玉魂。拍到繁時悲月冷，宫從换處喜春溫。氍毹莫道非眞境，須體深情細啓樽。蒲坂世弟崔桂林拜跋

（同上《雨花臺》卷末）

碧天霞（徐昆）

《碧天霞》傳奇，《古典戲曲存目彙考》著録，現存乾隆間貯書樓刻本，民國二十一年（一九三二）臨汾晉文齋印本（《傅惜華藏古典戲曲珍本叢刊》第六〇册據以影印）。

碧天霞序

王棚鰲〔一〕

徐君后山，向作《雨花臺》傳奇，未付剞劂時，已爭相傳誦，優人求之，幾如唐教坊之購太白、昌齡詩。丙戌夏〔二〕，《碧天霞》又續出。余吟哦數過，其波摺之奇，關目之巧，科白曲調之高雅，靡不各臻其善，又俱新裁別出，不拾曲家唾餘。

往見論傳奇者謂，金元後，音律腔調，寖失其舊，且宮調亦不備，惟就十一調中填湊。余謂：調之缺也，固無從爲補亡，至音律之因時異，宜不足以區優劣。如迎世玉茗等製，雖破舊體，何嘗不妙絕一時？徐君此譜，肴紋頰彩，生面獨開，以之嗣響金元，《廣陵散》故自在人間耳。亟當與《雨花臺》舊作，並付樂府，爲歌筵舞席添幾段佳話也。

瓠丘弟王棚鰲伯英甫拜題。

【箋】

〔一〕王棚鰲：字伯英，垣曲（今屬山西）人。乾隆三十年乙酉（一七六五）進士，任江蘇震澤知縣。傳見《教苑舊聞》（《垣曲文史資料》總第十輯）。

〔二〕丙戌：乾隆三十一年（一七六六）。

（碧天霞）序

常庚辛〔一〕

章蔀紀元，皇極經世，吾不知事有幾千萬變也；鳳麟名洲，河嶽區地，吾不知人有幾千萬狀也。然得兩言以括之，曰：經之以義，緯之以情而已。情之所發，義以閑之；義之所迫，情以助之。此古先聖王所以義爲種而情爲田也。

竊嘗讀《唐史》，覽睢陽之陷，不覺爲之哀；安史之肆，不覺爲之怒。浸假而禄山將去，撓借一人，睢陽未亡，救先三日，則必爲之喜極而樂生。吾之情如是，揆之當世之情，以及千百世之情，無不如是。而天寶之遺迹，竟不如是，安能不悵望千秋，空喚奈何耶？

丙戌夏，徐子后山僑寓歷下，因《錦香亭》小説，作《碧天霞》傳奇。其詞藻如春雪，其脈絡如貫珠。其義例之森嚴，如縷金而刻玉；其波瀾之宏闊，如懸河而倒海。托諸咏吟，可歌可泣；被諸絃管，諧律同音。且斟酌盡善，損益得宜。如鍾、葛之遇也，碧霞之散也，雷、郭之聯絡其間也，此全依粉本者也；如紅于之刺緒也，汾陽之救睢也，鍾生之不染於虢也，此全變粉本者也。於戲盛矣！

余於杪冬圍爐時，始獲按譜而吟之。猶恐觀者貪看鴛鴦，忘其金針之度，加以瑣語，梳其眉目，益覺五花團簇，肖物堪同造物；六義觀興，感人不減風人。然則吾烏乎贊之？亦括之以兩言，曰：情至義盡之作，經經緯史之文而已。

乾隆丙戌嘉平月中浣七日，蒲阪世弟常庚辛位西氏拜題。

【箋】

〔一〕常庚辛：字位西，永濟（今屬山西）人。生平未詳。

（碧天霞）題詞

吴克成 等

城北徐公意不羣，錦心織就色絲文。仙娥態遠傳秋水，豪士才高見暮雲。裂齒老臣生弗憾，伯牙知己沒還聞。牡丹亭畔香仍在，玉茗前身恐是君。姑射山樵吴克成〔一〕

碧天一縷繞紅霞，果趁幽人意興賒。異想宏開文起浪，奇情疊出筆生花。中興猶是唐皇運，佳偶別傳越士家。更補睢陽千載恨，填胷浩氣撰心華。半醒園夫拜題〔二〕

客歲見君《雨花臺》，剪燭長歌每終夜。今歲譜君《碧天霞》，吟板又敲北窗下。忠孝節烈作波瀾，詞源滚滚驚倒瀉。刻羽引宫度新聲，絶是稗畦之流亞。天寶遺事重尚論，《錦香》樵本亦可惜。令公援兵移三日，聊爲睢陽心魂謝。風虎雲龍須臾事，長安北平皆客舍。碧天紅霞色色空，漫説世味甘如蔗。問彼跋扈赫赫者，大夢醒後怕不怕？婢耶伶耶奪其魄，謾曰身後由人罵。（用坡老《定惠院月夜》韻）神山張允中題

到底忠姦另結胎，當年何故錯安排？讓人有恨銷不得，故借紅牙演錦裁。

玉骨冰魂舌似泉，靈心撰結藐飛仙。六朝金粉全無色，獨抒明霞上碧天。古翼杜元勛拜題〔三〕

疎嬾性成恆閉戶，把君法曲欲銷魂。從今霞際塵寰外，夢繞高天碧落園。

常言點鐵卽成金，錦繡文章出妙心。千古才人同一轍，直教後世遇知音。飯鶴人樊墉題〔四〕

誰兼秋實與春華，往事更新琢舊瑕。抽祕冷凝梁苑雪，傳奇影落碧天霞。癡人那解緣情死，狂態從知爲恨加。可惜於中今少我（《雨花臺》以予入演，故云），江頭何處問琵琶？時塘白澍醉題〔五〕

（以上均清乾隆間貯書樓刻本《碧天霞》卷首）

【箋】

〔一〕吴克成：字衣柳，號省圃，别署姑射山樵，襄陵（今屬山西）人。由拔貢任武鄉教諭，勤於其職。傳見光緒《襄陵縣志》卷一五、光緒《山西通志》卷一五三。

〔二〕半醒園夫：姓名、籍里、生平均未詳。

〔三〕杜元勛：字古翼，籍里、生平均未詳。

〔四〕樊墉：號飯鶴人，籍里、生平均未詳。

〔五〕白澍（？—一七九二前）：字霖川，號時塘，臨汾（今屬山西）人。曾任北京鑲藍教習。以優貢選馬平令，未之任卒。傳見徐昆《柳崖外編》卷一四《曲狀元》。

小滄桑（潘照）

潘照（約一七三八—一八一五後），字鶯坡，别署鶯坡主人、鑾坡居士、桃源漁者、笠澤小滄道人，室名小百尺樓，吴江（今屬江蘇）人。嘉慶間，官給事中。工吟詠，解音律。好遊，足迹遍天下，幾三十載。著有詩、賦、曲等合集《釣渭間雜膾》（包括《鸞坡居士紅樓夢詞》、《小百尺樓小品六種》等，一名《雜膾羹》），彙刻《小百尺樓叢刊》。撰傳奇《烏闌誓》，雜劇《小滄桑》、《夢花影》。參見吴克岐《懺玉樓叢書提要·紅樓夢傳奇題詞》（北京圖書館出版社，二〇〇二）、張雲《重讀〈鸞坡居士紅樓夢詞〉》（《明清小説研究》二〇一三年第四期）。

《小滄桑》雜劇，未見著録，現存嘉慶間刻《小百尺樓叢刊》本（《傅惜華藏古典戲曲珍本叢刊》第八〇册據以影印）。

小滄桑序〔一〕

潘　照

竿木隨身，逢場作戲，士君子之餘藝也。夫戲，非眞之辭，戲而眞，罕矣。吾觀小滄君躬行實踐，而寓之於戲，心亦良苦。然毛毛蟲蟲，原屬異吾，不足同年而語，直可置之塞外，俾胡笳胡阮撥弄其間，曷爲而竟寄夫冰絃玉笛耶？觀是，令人髮豎，豈特白水翁爲拍驚案哉！然於此可醒熱腸者之惡夢，亦一棒喝。千古鏡中，如是觀而吾聞耳，非嚻俗一助云？

鑾坡居士題。

（《傅惜華藏古典戲曲珍本叢刊》第八〇册影印清嘉慶間刻《小百尺樓叢刊》所收《小滄桑》卷首）

【箋】

〔一〕底本無題名，據版心補題。

小滄桑題辭〔一〕

潘　照

雅頌音難嗣，宫商曲且移。偶於細君諸，初不郢人期。感憤填科白，哀矜繪别離。誤來偏有顧，痂嗜未爲奇。竟付昆刀削，花如瀋墨烘。賞超塵以外，癡絶夢之中。窮苦吹溫管，回峯叫斷鴻。遙遙千古意，爨下卻攜桐。簡鶴舟大尹太史謝削〔二〕。鷺坡照識〔三〕。

（同上《小滄桑》卷末）

【箋】

〔一〕底本無題名。

〔二〕鶴舟大尹太史：即秦基，生平詳見本卷《烏闌誓序》條箋證。

〔三〕題署之後有印章二枚：陽文長章「知音者共心自同」，陰文方章「家在江南明月灣」。

夢花影（潘照）

《夢花影》雜劇，原署「桃源漁者」撰，齊如山《百舍齋戲曲存書目》、莊一拂《古典戲曲存目彙考》著録，現存嘉慶五年庚申（一八〇〇）序刻本。

夢花影題詞

潘照

天壤王郎，弄二十四橋明月。喜蘭譜、湖光花影，瘦吟方得。阿寶阿金如意嵌，阿明阿愛文芳織。卻玉花玉鳳玉仙來，珊珊骨。　憐張繡，簫如咽；憐王繡，箏如泣。看小梅小玉，又憐雙雪。玉珍浣水素蘭披，玉娥研露文蓮滴。任蓉兒戲撲馬頭孃，雙雙蝶。（右調【滿江紅】　漁者自題）

（清嘉慶五年庚申序刻本《夢花影傳奇》卷末）

夢花影傳奇序

孫藹春〔一〕

予自幼籍縱金粉，凡宋玉《招魂》，揚雄《反騷》，及漢魏六朝之有聲調色澤者，莫不畢覽。迨長，南登祝融，行吟弔屈；中尋少室，舒嘯嵩顛。西涉太行，服車致慨；北經燕趙，擊筑悲歌。嗣復東歷岱宗，洋洋觀止，足迹幾遍天下。於此登臨，無以自遣，則以樂府、詩餘、傳奇，雜作叢語，探討涉獵，以當窮愁著書，未敢作一家言也。嘗愛李賀歌行諸詩，古豔削冷，可飫調飢。又喜李清照、秦少游詞，所謂《國風》、《小雅》，惟《騷》可兼，藉解焦渴。曲則元稹《西廂記》、湯若士《牡丹亭》，華贍典麗，足賞心目，不計諧絲竹，譬淺近必老婢知也。至院本之變爲南調，崑山始之。予產崑崗，而素不之眩然，其歸宿，總《三百篇》之源而已。惟傳奇咸以色目爲宰，悲歡離合爲佐，即《邯鄲》、《南柯》，亦皆如是。欲洗盡前人壘壁，而悉脱窠臼者無之。

兹予來自青海，曬網明湖，飢思煮字，閒擬眠雲。適金陀生有校書諸序[二]，珊珊其姝，或爲掩泣。庚申春[三]，見所著《明湖花影》，乃撰次湖壖諸妓，綴以詩詞，讀之字含香豔，而淒楚溢楮墨外。夫嘯岩棲歷下五六年[四]，嘗見其挾諸妓飲，雖大醉，不及亂，率一二年不近女色，是豈眞好色者。夫亦困於不得已，聊假諸麗人，以洩其激昂慷慨之氣。而和光混俗，又自托於優孟衣冠，幾與彈絃跕躧、游媚富貴者，比其曠達爲何如哉。設以嘯岩之奔放跅弛，範之羈縶，千里可立致耳。其所著述，安知不更有光華典重，足被金石以傳不朽者乎？乃僅以《花影》游戲之筆，略見一班。余讀其文而悲其志，而又嘆嘯岩才氣若此，終不肯稍露其鋒鋩，學足以養之也。然抑才斂氣，徒肆志於風流放曠之餘，又不肯寂寞烟霞以自老，吾又不能不爲嘯岩惜也。是爲序。

嘉慶庚申中和月，杏林孫藹春書。

（清嘉慶五年庚申序刻本《夢花影傳奇》卷首）

【箋】

[一]孫藹春：杏林人，字號、生平均未詳。

[二]金陀生：字號、籍里、生平均未詳。

[三]庚申：嘉慶五年（一八〇〇）。

〔四〕嘯岩：即王訢（一七五六—一八一五）：號嘯岩，生平詳見本書卷八《寬大詔》條解題。此劇正文卷端署『松陵桃源漁者塡詞』、『涂陽嘯岩居士訂譜』，知王訢爲此劇訂譜。

烏闌誓（潘照）

《烏闌誓》傳奇，《古典戲曲存目彙考》著錄，現存嘉慶間刻《小百尺樓叢刊》本（《傅惜華藏古典戲曲珍本叢刊》第七九冊據以影印）。

烏闌誓自序〔一〕

潘照

丙午七夕〔二〕，余客上黨，與李月槎郡伯話乞巧事〔三〕。秦人風俗，張錦繡，樹瓜果，宫掖尤尚。是以驪山當夜，感而密誓，爲《長恨歌》傳情張本。然霍小玉之恨，有甚於驚鴻者。因出唐人蔣防《傳》，共觀而嘆焉。月槎慫繫以詩，爰仿《長恨歌》，即白香山韻。甫脱稿，月槎擊節稱賞，爲付削刀，遂傳其事，夫亦緣耶？

越歲〔四〕，爲余初度。自廣陵歸，止寄廬者旬日。回思自髫至耄，百愍一佳，暇惟漓灕風雨，倏忽千言以自況，嘗謬爲當塗貴游、四方名碩所許可。奈挾策泰、華、衡、嵩間，幾三十載，止賣賦長門，不事五斗，一爲世用。嗟夫！今後所往，亦惟竿木隨身，聽之逢場而已。誕之日，寥寂杜門，於小百尺自酌以壽。酒酣耳熱，偶於粘壁處誦前箋，頷之。山妻問何謂？具以告，與釋所吟，亦爲之悲嘆良久。因曰：『君素善詞曲，曷爲傳奇以豔其事？』余笑謂曰：『不觀夫《陽關折柳》劇耶？』又曰：『此管中一斑，未窺其竟。若詩云者，大不快人意，必挽回而善全之，如馬嵬之始忍而終不忍是矣。』余因括胷中凡曲之唾餘，調御驅畫，不數日而成，題曰《烏闌誓》，蓋風世烏用闌人矢誓也。其間工拙，不暇自計，姑遊戲筆墨，以諾細君，俾粲然自解，若果有是曲全者。顧曲全難以雅奏，聊借織女機絲，少縫其闕，如《長生》者然，初未及玉茗《紫釵》，爲觀止卻步誚耳。然死情者生，薄倖者厚，女媧之補，精衛之填，亦良自婆心。知我者一笑云爾。

乾隆甲寅小除〔五〕，楓江鸞坡照自序於陽城之小百尺樓〔六〕。

【箋】

〔一〕底本無題名，據版心補題。

〔二〕丙午：乾隆五十一年（一七八六）。

〔三〕李月槎：字號、籍里、生平均未詳。

〔四〕越歲：乾隆五十二年（一七八七）。

〔五〕乾隆甲寅：乾隆五十九年（一七九四）。『小除』即除夕前一日，公元已入一七九五年。

〔六〕題署之後有印章二枚：陰文方章『潘照之印』，陽文方章『鸞坡氏』。

烏闌誓序〔一〕

秦　基〔二〕

嘗思珠無匿采，豈遺世以爲高；璧不輕連，亦乘時而間出。然彩雲易散，未知何以飛來；落葉頻敲，那識因之吹去。花零鴛冢，維埋舊日臙脂；月浸蟾奩，莫反當年環珮。青衫有淚，安問卿卿；黄絹無辭，聊稱爾爾。

原夫造化可回，紅顔偏薄；逝流縱轉，青鬢徒凋。約誓者未免他生，鍾情者不妨我輩。紫釵澤髮，難醒長夢之眠；粉本傳神，易熱返魂之炷。梨花雨葬，錦褥重飛；蕙草風梳，烟鬟復現。是皆聰明才子，慧業文人之所致也。

乃若冉冉仙雲，招來紙上；翩翩佳客，躍出毫端。生絕情而死牽情，技直回生起死；後注意而前決意，筆眞勁後無前。然則安仁之鼓吹俠腸，堪稱曲史；騎省之彌縫闕失，合號詞宗。足令天下離魂，回頭一笑；頓使人間薄倖，轉念千呼。

以勸以懲，是亦頽風所挽；或歌或泣，非於名教無功。玉茗堂前，早見歌停舊譜；旗亭壁上，行看畫滿新聲。既惠瓊瑤，私爲枕祕；盍鋟梨棗，公諸巾箱。

嘉慶乙亥清和月朔，鶴舟愚弟秦基拜題〔三〕。

深宵乞誓展冰紈，搖筆成章矢合歡。花隔一天嫌阿母，應原初意不燒蘭。

鷺坡先生是曲，余既序而付之削刀，偶有所觸，復綴二十八字。基再識。

【箋】

〔一〕底本無題名，據版心補題。

〔二〕秦基：字君實，號鶴舟，靈川（今屬廣西）人。嘉慶十年乙丑（一八〇五）進士，選庶吉士，散館改知縣。官至山西絳州知州。傳見《詞林輯略》卷五。

〔三〕題署之後有印章二枚：陰文方章「臣基私印」，陽文方章「雀舟」。

烏闌誓序〔一〕

王　訢

庚申夏〔二〕，吳江潘子鷺坡，自古晉來歷下，見余所撰《明湖花影》，悅之，遂訂交成莫逆。雨譚月步，醉曲愁吟，自夏徂秋無虛日。間出所著詩古文若干卷質余，大抵皆瑰奇浩瀚之什。中有《歌霍王女小玉事》一章，用白香山《長恨歌》韻，娓娓千餘言，博奧淒婉，濆瀁疏越，使人神栗而舌撟，詩之史也。是年冬，鷺坡將旋武安，乃取《明湖花影》意，爲塡《夢花影》一劇，貽余而去。壬戌十月〔三〕，再晤於泲南，云自都中來。談次，出所塡《烏闌誓傳奇》一種，囑余序。讀之，乃知卽前之詩而曲之也。

嘗考小玉事，見於唐人說部中。夫昔人寓托，安知非當年不必果有其事其人也？而臨川既已獺精摛藻於《紫釵》，蔚爲古今鉅製，尚矣！今潘子復捃摭貫穿以爲文，分刌節度以叶律，不且贅肬哉？然余深觀潘子之所以爲人，而竊有以得其用心也。夫潘子沉静端慤如處子，風流感慨如俠少年。塵柄在手，則懸河倒峽，如戰國游士，搦三寸管，掉鞅詞壇；汗顔血指，指顧風雲，則又如幽燕老將，鞭辟隱括。以所學游歷江左右幾數十年，又嘗適楚，適秦，適梁，適晉，適齊、魯、燕、趙，與名大夫游。目之所見，耳之所聞，身世之所接，其間含芳履潔，以貞一而受人之魌闇者，不知其幾霍氏矣；心險色莊，以欺詒而孤人之恩渥者，不知其幾李十郎矣！夫黨其同而擊其非類，情也。潘子貞一者，類也；黨貞一而擊其欺詒，理也。潘子又不忍於所聞、所見、所接之其事其人，顯示其意於秋霜春煦之褒誅，而惟取古人之已然者長言之，長言之不足而咏歎之。秦鏡一懸，將天下之匹夫匹婦，皆知涕淚灑乎小玉，而唾駡加之十郎也，不亦快哉！而又於游魚出淵之始，托閨房以泯其蹟，終且善爲十郎補過，或令唾駡者轉之涕淚以恕十郎。潘子可謂深心矣。

然則一事也，《烏闌誓》則潘子之霍氏、李十郎也，臨川《紫釵》不得而有也，唐人說部亦不得而有也。綱曰『誓』，書法也，誅其寒也；尾曰『圓圓』，曰『仙』，微詞也，使人鑒烏有以徵實錄也。匆匆書此，鸞坡不以余爲饒舌否？

時嘉慶壬戌十月，涂陽嘯岩愚弟王訢拜序於泲南百花洲上〔四〕。

【箋】

〔一〕底本無題名，據版心補題。

〔二〕庚申：嘉慶五年（一八〇〇）。

〔三〕壬戌：嘉慶七年（一八〇二）。

〔四〕題署之後有印章二枚：陰文方章『王訢之印』，陽文方章『嘯岩』。

烏闌誓題詞〔一〕

袁　枚等

彩毫夫擅作非難，紅豆妻拈課且寬。料得曲終雙叫絕，烏絲闌下並肩看。

醉月騷人能慕色，簪花美女會憐才。若非割愛成長夢，那得傳情到刼灰？　嘉慶丙辰夏五，隨園老人袁枚於廣陵鹺署，借讀一過並題，爲詩友鷟坡主人翻曲弁首也〔二〕。

誰補烟霞不滿天，詞能鍊石鑄金仙。言情未免空華障，一掃三生幻夢緣。　北平翁方綱〔三〕

琳琅著作等身奇，江左風流素所知。名士河陽傳奕葉（稼堂先生從孫〔四〕），長安又見柳枝詞。

靈槎那便渡銀河，彩筆輕翻五色波。料欲正聲驚玉茗，不教人豔雪兒歌。（鷟坡先生，吳下名士，其仲爲余襟倩，文章學業，迥越尋恆，所素稔也。今出塡詞下問，乃有感寓言非眞，倚曲者知音然不？）　石君姻弟珪拜手〔五〕

粲然啓玉齒，殘絲遂成綺。瓙然一名士，多情乃若此。水樂自宮徵，雅奏恰所委。斷腸花孰取，爲摹兒女爾。　石韞玉拜手〔六〕

千古傷心賦卷施，愛君豔筆補情癡。從今檀板開新調，不唱臨川舊日詞。

『三影』、『三中』負盛名，崛嵋山色入吟聲。燕臺重聽何戡曲，根觸當年過客情。　紫霞仙吏葉紹本題〔七〕

孽海情天補就難，《紫釵》唱罷又《烏欄》。爭將世上癡兒女，並作團圓院本看。

千古風流若士詞，獄淪阿鼻實堪嗤。臨川舊案誰翻得？更乞先生一譜之。霞浦蔡本俊題〔八〕

玉碎重圓了誓文，彌縫墨浪遶烟雲。情絲不斷如抽繭，笑拍紅牙諸細君。

霍家韻事廣流傳，費卻婆心補恨天。寄語才人休薄倖，春風一曲柳屯田。抱谷□□①張斐然拜題〔九〕

摩人摩墨一《烏闌》，千古傷心語亦寒。慕色十郎癡未已，憐才小玉夢方殘。矢懷自許臺能望，息意誰知井不瀾。多謝情絲閒組織，青天碧海重回還。（鷺坡老人學薰班、馬，賦豔齊梁。既體骨之徵仙，亦宮商而託夢。玉茗應妒，楚蘭不騷矣。）甲子仲春〔一〇〕，弟世恩題〔一一〕

水到吳江平望橋，曾聽翻曲幾吹簫？不堪卒讀人間誓，自許重傳天上謠。夢逐花飛於我殯，魂隨香返阿誰招？從今可告郎無罪，爲謝先生筆下超。（鷺坡先生，一代著作手，此其遊戲耳。）如皋女史熊璉讀竟偶題〔一二〕

夢裏烟嵐幾愴神，歌餘摹寫墨痕新。要知千古傷心處，任是添毫繪不真。琅嬛仙客題畫〔一三〕

三絶易裁歌曲影，雙毫難寫病愁癡。倘知千古茫茫意，人在疏簾短檻時。愚弟顧玉書拜題於巽城官舍〔一四〕

紫玉釵圓墜影偏，如生人倚小樓前。借問誰能圖畫得，李龍眠。落葉敲來愁不掃，飛花逐去句還填。試看《烏闌》香墨蹟，忒新鮮。（右調【攤破浣溪沙】）吳江女史葉又紈題〔一五〕

鷺坡師丈，吾吳老名士也。偶翻此曲，感慨繫之。然枯者榮，薄者厚，具見婆心。浴鬣曰，紈又讀最惜花宮春晚，牡丹拂檻香濃。黃衫揖客人都醉，嬌墮朶雲中。幔捲芳魂馥郁，手翻豔曲玲瓏。幾生修到江郎筆，飛葉重題紅。（【錦堂春】）女史陳雲貞題〔一六〕

【校】

①此二字底本草書，未能辨識。

【箋】

〔一〕底本無題名，據版心補題。

〔二〕題署之後有印章二枚：陰文方章『袁枚』，陽文方章『簡齋』。

〔三〕翁方綱（一七三三—一八一八）：字正三，一字忠敘，號覃溪，晚號蘇齋，直隸大興（今北京）人。乾隆十七年壬申（一七五二）進士，授編修。歷督廣東、江西、山東三省學政，官至內閣學士。精通金石、譜錄、書畫、詞章之學。著有《粵東金石略》、《復初齋詩文集》、《蘇齋集錄》、《蘇齋書簡》、《小石帆亭著錄》等。傳見《清史稿》卷四八五、《清史列傳》卷六八、《碑傳集三編》卷三六、《國朝耆獻類徵初編》卷九一、《大清畿輔先哲傳》卷二三、《清代樸學大師列傳》卷一八、《清代七百名人傳》等。參見翁方綱自編、英和校訂《翁氏家事略記》（道光間刻本）。題署之後有陰文方章二枚：『翁方綱』、『覃溪』。

〔四〕稼堂先生：即潘耒（一六四六—一七〇八），原名棟吳，字次耕，號稼堂、南村，晚號止止居士，藏書室名遂初堂、大雅堂，吳江（今屬江蘇蘇州）人。康熙十八年己未（一六七九），舉博學鴻詞，授翰林院檢討，參與纂修《明史》。著有《遂初堂詩文集》等。傳見沈彤《果堂集》卷一〇《傳》及卷一一《行狀》、《清史稿》卷四八九、《清史列傳》卷七一、《碑傳集》卷四五及卷一三二、《國朝耆獻類徵初編》卷一一八、《國朝先正事略》卷一二、《文獻徵存錄》卷九、《清代七百名人傳》等。

〔五〕題署之後有陽文方章二枚：『朱珪私印』、『石君』。朱珪（一七三一—一八〇七），字石君，號南厓，別署盤陀老人，直隸大興（今北京）人。朱筠（一七二九—一七八一）弟。乾隆十七年壬申（一七五二）進士，官至體仁閣大學士，謚文正。著有《知足齋詩文集》。傳見阮元《揅經室二集》卷三《神道碑》、陳壽祺《左海文集》卷九《神道碑》、吳鼒《吳學士文集》卷四《墓志銘》、《清史稿》卷三四六、《清史列傳》卷二八、《國史列傳》卷六〇、《碑傳集》卷三八、《國朝耆獻類徵初編》卷二九、《國朝先正事略》卷一九、《大清畿輔先哲傳》卷五、《清代七百名人傳》等。參見朱錫經編《朱文正公年譜》（嘉慶十年刻本《知足齋詩文集》附）。

〔六〕石韞玉（一七五六—一八三七）：生平詳見本書卷八石韞玉《紅樓夢》條解題。

〔七〕葉紹本（一七六八—一八四一）：字立人，一字仁甫，號亦史，又號筠潭，別署紫霞仙吏，歸安（今屬浙江湖州）人。嘉慶六年辛酉（一八〇一）進士，選庶吉士，授編修。歷官福建學政、山西布政使，降鴻臚寺卿。著有《白鶴山房詩鈔》。傳見《湖海詩人小傳》卷四二、《詞林輯略》卷五、《晚晴簃詩匯》卷一一六、袁行雲《清人詩集敍錄》卷五二等。題署之後有印章二枚：陽文方章『紹本之印』，陰文方章『亦史氏』。

〔八〕蔡本俊（一七五八—一八一五後）：字千之，霞浦（今屬福建）人。文華殿大學士、吏部尚書蔡新（一七〇七—一七九九）六子。乾隆五十二年丁未（一七八七），由監生充《四庫全書》總校，議敍舉人。嘉慶元年（一七九九），授內閣中書。四年己未（一七九九）進士，授刑部主事，擢員外郎、郎中。二十年任廣西南寧府知府。著有《古研齋詩集》、《延禧堂壽言》等。傳見《清代官員履歷檔案全編》第二冊（嘉慶朝，頁五一八）。題署之後有印章二枚：陰文方章『蔡本俊』，陽文方章『千之』。

〔九〕張斐然：字抱谷，四川人。嘉慶十六年（一八一一）西巡恩科舉人。題署之後有印章二枚：陰文方章『張斐然印』，陽文方章『抱谷』。

〔一〇〕甲子：嘉慶九年（一八〇四）。

〔一一〕世恩：即潘世恩（一七七〇—一八五四），初名世輔，字槐堂，號芝軒，別署思補老人，吴縣（今屬江蘇）人。乾隆五十八年癸丑（一七九三）狀元，嘉慶二年（一七九七）大考一等，擢侍讀，偕紀昀經理《四庫全書》事宜。官至太子太保、太傅，武英殿大學士。謚文恭。著有《思補齋詩集》、《思補齋文鈔》、《有眞意齋詩集》、《有眞意齋文集》等。傳見馮桂芬《顯志堂稿》卷七《墓志銘》、《清史稿》卷三六九、《清史列傳》卷四〇、《續碑傳集》卷三、《國朝先正事略》卷二三、《清代七百名人傳》等。參見潘世恩《思補老人自訂年譜》（咸豐五年潘氏家刻本）。題署之後有印章二枚：陰文方章『世恩之印』，陽文方章『芷軒』。

〔一二〕熊璉（一七五八—？）：字商珍，號澹仙，別署茹雪山人，如皋（今屬江蘇）人。幼許陳遵，陳遵得廢疾，父欲毀婚，不從。夫歿，歸依母弟而居，以詩賦自遣。晚年爲塾師。著有《茹雪山房詩鈔》（秋聲館鈔《國朝女史詩合鈔》本）、《澹仙詩鈔》、《澹仙詞鈔》、《澹仙文鈔》、《澹仙賦鈔》、《澹仙詩話》等。傳見《清代閨閣詩人徵略》卷六。題署之後有印章二枚：陰文方章『名璉』，陽文方章『雉皋女史』。

〔一三〕琅嬛仙客：題署之後有方章『瀹舟』。姓名、籍里、生平均未詳。

〔一四〕顧玉書（？—一八一三後）：字蘭汀，長葛（今屬河南）人。乾隆五十五年庚戌（一七九〇）恩科進士。嘉慶八年（一八〇三），由翼城調任太平縣知縣，撰《重建修龍門書院碑記》。十七年調欒城知縣。傳見道光《太平縣志》卷八、光緒《山西通志》卷一一一、同治《欒城縣志》卷九。題署之後有印章二枚：陰文方章『玉書之印』，陽文方章『虎頭氏』。

〔一五〕葉又紈：吴江（今屬江蘇）人。字號、生平均未詳。題署之後有圓章『又紈』。

〔一六〕陳雲貞（約一七四七—？）：淮安范秋塘妻。丁晏《山陽詩徵》卷二六《淑媛》録其《寄外詩》六首，並附《寄外書》。參見白堅《陳雲貞及其〈寄外書〉》（《江蘇文史資料》第七二輯《淮安文史資料》第一一輯《淮安古今人物》第一集，淮安市政協文史資料委員會，一九九三）。郭沫若認爲即陳端生（一七五一—？）。陳端生即陳雲貞之說，最早見於譚正璧《中國文學家大辭典》六二七三「陳端生」條。陳寅恪否定此說，見《論再生緣》。

烏闌題詞

鐵　保　等

咫尺天涯起寤思，黃衫客俠豈參差。花魂誰識輕輕墮，《懊惱歌》成不自持。鐵保〔一〕

鈞天樂豈伶人奏，午夢新回玉茗堂。只道曲中來顧誤，那知曲外有宮商。（吳江午夢堂葉）曾燠〔二〕

陽關柳色近如何，記折臨岐歲屢過。不是青青當日眼，春風羌笛怨空多。吳鼒〔三〕

比翼分飛已失粘，哀音中夜只襟沾。憑君遊戲通三昧，又集鶼鶼兩不嫌。張問陶〔四〕

前輩風流又在茲，楚襄一夢記髫時（先生在先大夫襄陽幕中，僕尚束髮）。不堪重聽《烏闌》曲，鏡裏蕭騷鬢已絲。言朝標〔五〕

漫漫關隴未容關，人似遊絲去不還。孰寫粧臺當日恨，一重秋雨一重山。李仲昭〔六〕

曾落新題英會圖（君有《耆英下會圖照》屬題），又翻舊曲唱烏烏。人生大抵無非夢，瓊島何妨信手鋪。林紹龍〔七〕

《白苧》歌成夢已殘，紫釵敲徹燭難乾。玉門關在生猶度，鰈比何愁作兩般（十郎復至，近在勝業）。

白鎔〔八〕

無端驚夢道歸休，躍起更衣訝疾瘳。舊日鸚哥偏解事，一聲聲喚促梳頭。　李宗昉〔九〕

深閨賫恨竟何之，渺渺芳魂一縷絲。縱使罡風能解意，靈槎吹聚豈勝悲。　周兆基〔一〇〕

綠帔慘澹紫釵死，哀哉鄭卿鄙哉李。黄衫匕首惜不飛，葛溪利鐵翻如水。臨川舊曲誰嗣之？百尺樓頭更製詞。毫端欲滴楊枝水，活盡人間連理枝。（翻案文必大快心。不意天壤有此李郎、玉孃，所謂一瞑而不顧也。《仙員》一齣翻之，豈先生具大慈悲，不使人間有紅顔薄命與？ 則願引愛河，補恨天，取古今傷心女子，一一活之、員之，斯造物無權筆有權耶！）　葉新豐識〔一一〕

等閒敲句聽，按出紅牙久矣。更打疊宫商終始。欲把《紫釵》重洗，記錦屏人賤韶光，雲中翡翠翩翩聚。待楊柳烟消，芙蓉露冷，方悔傷心別去。　自去了，關山後，都只是月明千里。幾番煩魚雁，天涯薄倖，玉錢卜斷重歡處，孰尋郎至？正無端一夢魂消，暈入金波底匆匆喚起，壓倒臨川一記。（右調【薄倖】）　宜軒愚弟李覲龍拜題〔一二〕

（以上均《傅惜華藏古典戲曲珍本叢刊》第七九册影印清嘉慶間刻《小百尺樓叢刊》所收《烏闌誓傳奇》卷一）

【箋】

〔一〕鐵保（一七五二—一八二四）：字冶亭，號鐵卿，原姓覺羅氏，後改董鄂氏，滿洲正黄旗人。吏部左侍郎玉保（一七五九—一七九八）兄。乾隆三十七年壬辰（一七七二）進士，官吏部主事、侍講學士、内閣學士兼禮部侍郎、吏部侍郎、廣東巡撫、兩江總督、喀什噶爾參贊大臣、浙江巡撫等。著有《玉門詩鈔》、《梅庵詩鈔》、《梅庵文鈔》、《梅庵全集》、《惟清齋全集》等。傳見汪廷珍《實事求是齋遺稿》卷二《墓志銘》、《清史稿》卷三五九、《清史列傳》卷三二等。參見《梅庵自編年譜》（道光二年石經堂刻本《惟清齋全集》附）。

〔二〕曾燠（一七五九—一八三〇）：字庶蕃，號賓谷，别署西溪漁隱，南城（今屬江西）人。乾隆四十五年庚子（一七八〇）舉人，四十六年辛丑（一七八一）進士，選庶吉士，散館改戶部主事。歷官戶部員外郎、兩淮鹽運使、湖南按察使、廣東布政使、貴州巡撫等。乾隆五十八年（一七九三）至嘉慶十一年（一八〇六），任兩淮鹽運使期間，在江蘇揚州辟題襟館，同賓客賦詩爲樂，編成《邗上題襟集》。輯纂《國朝駢體正宗》、《朋舊遺詩合鈔》、《江西詩徵》、《國朝江左八家詩選》等。著有《痘疹會通》、《賞雨茅屋詩集》、《西溪漁隱外集》。傳見包世臣《藝舟雙楫》卷七下《别傳》、《清史列傳》卷三三、《續碑傳集》卷二一、《番禺縣續志·宦績傳》（收入《碑傳集三編》卷一三）、《國朝耆獻類徵初編》卷一九二、《國朝先正事略》卷四二、《清代七百名人傳》、同治《續纂揚州府志》卷八等。

〔三〕吴鼒（一七五六或一七五五—一八二一）：字山尊，號抑庵，一號及之，别署南禺山樵、達園鋤菜叟，全椒（今屬安徽）人。嘉慶四年己未（一七九九）進士，選庶吉士，授翰林院編修，官至侍講學士。晚年以母老告歸，主講揚州書院。出朱筠門下，淹通經史。善駢文，工書畫。編纂《八家四六文鈔》。著有《抑庵遺詩》、《百萼紅詞》、《吴學士集》。傳見夏寶晉《冬生草堂文錄》卷四《墓志銘》、諸洛《類谷居近稿·傳》、《清史稿》卷四九〇、《清史列傳》卷七二、《國朝耆獻類徵初編》卷三二補錄、《國朝先正事略》卷四二、《清儒學案小傳》卷一三、《桐城文學淵源考》卷六等。

〔四〕張問陶（一七六四—一八一四）：字仲冶，一字柳門，又字樂祖，號船山，别署老船、蜀山老猿、豸冠仙史、寶蓮亭主、羣仙之不欲升天者、藥庵退守等，遂寧（今屬四川）人，生於館陶（今屬河北）。乾隆五十五年庚戌（一七九〇）進士，選庶吉士，散館授翰林院檢討。歷任江南道監察御史、吏部郎中。嘉慶十五年（一八一〇），任山東萊州知府，因忤上官，稱病辭官，寓居蘇州。著有《船山詩草》等。傳見《清史稿》卷四八五、《清史列傳》卷七二、《國朝耆獻類徵初編》卷二四四、《國朝先正事略》卷四四。參見蔡珅撰、蔡璐參校《張問陶年譜》（稿本），王世芬撰《張船山先生年譜》（民國十二年三臺王氏寫刻本），何國定撰《張問陶年譜》（《重慶師範學院學報》一九八一年第二期），胡傳淮《張問陶年譜》（二〇〇五年巴蜀書社修訂版）等。

〔五〕言朝標（一七五五—一八三七）：字起霞，號皋雲，昭文（今江蘇常熟）人。言如泗（一七一六—一八〇六）次子，言朝楫弟。乾隆間，以諸生召試，賜舉人，授内閣中書。五十四年己酉（一七八九）進士，改刑部主事，陞員外郎、郎中。出任四川夔州知府，調保寧，以艱歸。再出，補廣西柳州知府，調鎮安，攝右江道。歸，主講游文書院。著有《孟晉齋詩集》、《祭文叢鈔》等。傳見光緒《常昭合志》卷二六、《晚晴簃詩匯》卷一〇六。按，乾隆二十九年（一七六四），言如泗任襄陽知府，潘照當於是年之後入言氏幕。

〔六〕李仲昭（一七七一—？）：字守謹，一字次卿，號克齋，又號衡門，嘉應（今廣東梅縣）人。嘉慶五年庚申（一八〇〇）舉人，七年壬戌（一八〇二）進士，選庶吉士，授編修，遷江南道監察御史。因上書嚴懲長蘆鹽商，罷歸。主講廣東惠州豐湖書院，凡六年。著有《河漕利弊書》等。傳見《清史稿》卷三五六、《嘯亭雜錄續錄》卷二、《清代科舉人物家傳資料彙編》『壬戌齒錄』下卷。

〔七〕林紹龍（一七六七—？）：字儒京，號訒斯，嘉應（今廣東梅縣）人。乾隆六十年乙卯（一七九五）舉人，嘉慶七年壬戌（一八〇二）進士，授戶部主事，陞郎中。後簡放雲南鹽法道，署雲南按察使。道光間，主講惠州豐湖書院。傳見《清代科舉人物家傳資料彙編》『壬戌齒錄』下卷。

〔八〕白鎔（一七六九—一八四二）（《清代人物生卒年表》作一七六六—一八三九，誤）：字小山，通州（今屬北京）人。乾隆五十四年己酉（一七八九）監生，入翰林院庶常館任教習。嘉慶四年己未（一七九九）進士，選庶吉士，授編修。十八年，擢贊善，進中允，任洗馬。尋調侍讀，入内閣。道光初，陞詹事府少詹事，兼内閣學士。官至都察院左都御史、工部尚書、翰林院掌院學士。傳見《清史稿》卷三七五、《大清畿輔先哲傳》卷六、《續碑傳集》卷一〇等。

〔九〕李宗昉（一七七九—一八四六）：字靜遠，號芝齡，山陽（今江蘇淮安）人。嘉慶七年壬戌（一八〇二）進士，選庶吉士，散館授編修。擢贊善，歷官侍講、侍讀、祭酒、翰林學士，少詹事、詹事、内閣學士，禮部、戶部、工部、吏部侍郎，左都御史，禮部尚書兼署兵部尚書。道光二十四年（一八四四），以疾乞休。擅詩文。著有《聞妙香室集》、《黔記》、《唐律賦程》、《致用叢書》等。傳見梅曾亮《柏梘山房文續集·禮部尚書李公墓碑》、徐士芬《墓志銘》、《清史稿》卷三七五、《續碑傳集》卷一〇、《清代科舉人物家傳資料彙編》『壬戌齒錄』下卷、同治《重修山陽志》卷一四等。

〔一〇〕周兆基（？—一八一七）：字廉堂，號蓮塘，江夏（今湖北武昌）人。乾隆四十九年甲辰（一七八四）進士，選庶吉士，散館授編修。擢侍讀、侍讀學士、詹事府詹事，調禮部、工部、刑部、吏部侍郎，官至禮部尚書。輯《佩文詩韻釋要》五卷，編《關中校士錄》。傳見《清史稿》卷一八六、《滿漢大臣列傳》卷七八、《國朝耆獻類徵初編》卷一〇五、《江震人物續志》卷一〇等。

〔一一〕葉新豐：字稷卿，梅縣（今屬廣東）人。清嘉慶五年庚申（一八〇〇）恩科副榜。二十一年，任廣東新安縣教諭。傳見《廣州府志》卷六五、《廣東通志》卷一〇三等。

〔一二〕李覲龍：字欽雲，號宜軒，籍里、生平均未詳。題署之後有印章二枚：陰文方章『覲龍』，陽文方章『宜軒』。

烏闌誓跋〔一〕

袁枚等

七才子外多才子，子本多才勝子才。少已衡量非斗石，老其狡獪奈何哉？（昔次後七子已定，而君適至，因戲謂『多才子』云。）子才又跋

袁子才先生，昔在錢塘，爲余畏友。丙辰春，復晤①於廣陵，公已八十有一，言越二歲可再赴瓊林。因爲《烏闌誓》弁首，並及同學少年舊話有『多才子』之稱，戲跋此也。照識〔二〕。

《鈞天》廣樂豈伶謳？翻案才驚百尺樓。記得前人好詩句，『是眞名士自風流』。（鶯坡先生賦工，又手書讀等身，故有觸聲成雅頌之音也。）　棣華弟吳廷琛讀並跋一絕於殿〔三〕

安仁不作折腰人，竿木逢場戲一新。畢竟少游能賞識，鐫來樣本已皆珍。七橋居士〔四〕

（同上《烏闌誓傳奇》卷三）

【校】

①晤，底本作『悟』，據文義改。

【箋】

〔一〕底本無題名，據版心補題。

〔二〕題署之後有印章二枚：陰文方章『潘炤之印』，陽文方章『鶯坡氏』。

〔三〕吳廷琛（一七七三—一八四四）：字震南，號棣華，別署池上老人，元和（今屬江蘇蘇州）人。乾隆五十

七年壬子(一七九二)舉人,嘉慶七年壬戌(一八〇二)狀元,授翰林院編修。出任湖南學政,浙江金華、杭州知府。道光初,任直隸清河道員,署按察使,擢雲南按察使,署布政使。道光七年(一八二七),告病歸鄉。晚年主講正誼書院。著有《歸田詩稿》、《池上老人遺稿》等。傳見朱琦《小萬卷齋文稿》卷二二《墓志銘》(收入《續碑傳集》卷三四)、《清代科舉人物家傳資料彙編》『壬戌齒錄』下卷等。題署之後有印章二枚:陽文方章『廷琛私印』,陽文方章『棣華』。

〔四〕七橋居士:生平未詳。題署之後有陽文圓章『七橋』。按,杜信孚、蔡鴻源《著者別名書錄考》記載:《宜南鴻雪集輯注》四卷,題清七橋居士注,清同治十二年(一八七三)刻本。未詳是否一人。

烏闌誓傳奇跋〔一〕

潘照

若夫脂零剩水,嗟無益壽之枝;黛滴空巖,恨匙忘憂之種。長縈怨魄,難棲冢上鴛鴦;莫訴幽情,易夢枕邊蝴蝶。遺膏墜粉,已成地下文章;皓齒青蛾,忽作人間鼓吹。事蹟徵於列傳,紫玉釵垂;歌聲繼夫繁絃,烏絲闌繞。而且追其小影,起於行間;拈厥修毫,添之頰際。省識如生之面,畫圖昔喚眞眞;招呼久逝之魂,環珮新歸倩倩。漫歌漫泣,長生之月地能圓;正義正名,薄倖之花天莫遯。堅貞傳諸世代,褒貶寓自《春秋》。翻鱸曲於梨園,本非絕調;題清詞於杏苑,卻是無雙。有色皆空,詎問情多情少;以文爲戲,休論才短才長。

鸞坡主人自跋。

【箋】

〔一〕底本無題名。此文見於中國國家圖書館藏清嘉慶間刻《小百尺樓叢刊》所收《烏闌誓傳奇》卷三，《傅惜華藏古典戲曲珍本叢刊》第八〇冊影印於《小滄桑》雜劇卷末，當誤。

烏闌誓傳奇跋〔一〕

吴 藕

余嘗登泰山，崇高峻極，雲霞蒸蔚，獨立千尋，他如培塿。又曾瞻滄海，滂湃洶涌，一瀉萬頃，餘若溝渠。於戲！山水巨觀，止於是矣。及泛西湖，層巒滴翠，碧澗凝烟，恍身在畫間，尤足賞心娱目。於是知泰山之高，滄海之廣，猶六經子史，醇正博雅，藜藿味也；西湖山水，猶六朝綵筆，倩麗瀏亮，膏粱味也。

吾友鸞坡先生，五嶽其屐，四海其家，六經子史其心胸，眾妙青蓮其喉舌。遊覽遍天下，著作等身，若味乎藜藿者也。乃協律作鈞天，如鏡西子湖，其又以膏粱爲美耶！原夫磊落之氣，牢騷之思，形之篇什，限於章句，不足展其長言咏歌。因之遊戲翰墨，翻古樂府，錯綜稽覈，正其名教，欲鍊石之補，爰有《烏闌誓》之作也。蘭閨抱恨，仙術能援，鴛冢興悲，天緣可挽，直令玉茗舌蹻矣。

余素食古，亦厭膏粱而酷嗜藜藿者。但觀先生是樂，又轉藜藿而嗜膏粱。噫，異矣！蓋岱宗孤青，滄海空碧，不若明聖一勺、南北雙峯之更移我情也。淋漓潑墨，熨貼泥金，化工畫工，此詞兼有。視之諸曲，培塿溝渠，不神乎其技哉！讀竟書此，以質先生是也夫？

嘉慶丙寅首春，愚弟山尊吴鼒拜跋於京華之凝碧軒雨窗〔二〕。

（以上均《傳惜華藏古典戲曲珍本叢刊》第八〇册影印清嘉慶間刻《小百尺樓叢刊》所收《小滄桑》卷末）

【箋】

〔一〕底本無題名。此文見於中國國家圖書館藏清嘉慶間刻《小百尺樓叢刊》所收《烏闌誓傳奇》卷三，《傳惜華藏古典戲曲珍本叢刊》第八〇册影印於《小滄桑》雜劇卷末，當誤。

〔二〕題署之後有印章二枚：陰文圓章「吴」，陽文方章「山尊」。

續琵琶記（高宗元）

高宗元（一七三九—一八一一），字伯揚，一作伯陽，號愚亭，别署求誨居士，山陰（今浙江紹興）人，遷居仁和（今浙江杭州）。業賈，常居蘇州。捐貲爲貢生，候選同知。生平工詞曲，著有詞集《靈石樵歌》、《愚亭詞》、《辟火珠》等。撰傳奇《增改玉簪記》、《新增南西廂》、《續琵琶記》、《江天雪》等。傳見沈赤然《五硯齋詩文鈔》卷一一《候選州同知高君愚亭傳》（《續修四庫全書》第一四六五册影印本）。參見鄧長風《二十九位清代戲曲家的生平材料·高宗元》（《明清戲曲家考略三編》）、汪超宏《〈續琵琶〉作者高宗元》（《明清浙籍曲家考》）。

《續琵琶記》，《今樂考證》著録，現存嘉慶五年（一八〇〇）絳雪廬重刻本，北京大學圖書館藏。

續琵琶記序

闕　名〔一〕

憶予幼時，讀《琵琶記》，而深不滿於張公之爲人。張與蔡，一鄰比也，誼本疏遠，而强處人骨肉之事，使其父子夫婦不相保，離别死亡，慘不忍覩，皆由張公之選事而起。既已見其死亡離别矣，而煦煦焉周恤之、憐憫之，何異置人於死地，而哭之盡哀，欲其不見怨而見德也，有是理乎？故《琵琶記》原本，以旌獎一語，了結張公，處置最當。

蓋嘗舉此説以問於吾友高君伯揚，伯揚曰：『不然。戲者，戲也。以理而論，因有張公之選事，幾使《琵琶記》不得團圓；以戲而論，若無選事之張公，則又使《琵琶記》不能開場矣。且與其以刻薄之説待張公，而苛其責備，致賢者無自全之路，孰若以忠厚之意待張公，而大其福報，使觀者動爲善之心。』

因出其所著《續琵琶記》示余。余悉然自慚，且悟且悔，乃知仁厚長者之用心，固與淺俗者相去遠矣。況其兢兢於賞善罰惡之本旨，反覆詳明，委婉曲折，協天理，順人情，可歌可勸，即以是書作《感應篇》讀也無不可。至其文章詞曲之妙，有目者當共賞之，何待予贅其説。

（清嘉慶五年絳雪盧重刻本《續琵琶記》卷首）

【箋】

〔一〕此文或爲沈赤然撰。沈赤然（一七四五—一八一七），初名玉輝，字韞山，號梅村，别署梅村居士，室名五硯齋，德清（今屬浙江）籍，仁和（今浙江杭州）人。乾隆三十三年戊子（一七六八）舉人。四十六年大挑知縣，歷署平鄉、南樂、南宮、豐潤、大城等縣。歸鄉後，閉戶著書，與吳錫麒、章學誠相切磋。工詩古文。著有《公羊穀梁異同合評》、《寒夜坐談》、《寄傲軒隨筆》、《五硯齋詩鈔》、《五硯齋文鈔》等，合刻爲《五硯齋全集》。傳見《清史列傳》卷七二、施朝幹《武林人物新志》卷四、民國《德清縣新志》等。參見《梅村居士自訂年譜》（一名《沈韞山自訂年譜》，清嘉慶間刻本《五硯齋詩鈔》附）、《中國歷代人物年譜考錄》正編卷九。

高伯陽續琵琶記樂府序〔一〕

吳錫麒〔二〕

墮瓊泣於歡區，動酒悲於綺席者，其惟高則誠《琵琶記》院本乎？或新婚而賦别，或垂老而歌離。艱難巧婦之炊，宛轉麻衣之淚。翳桑之宦，有愧乎三年；風樹之悲，難償於五鼎。酸從心起，哀逐絃生。游子天涯，難爲懷抱矣。然以中郎論之，生而篤孝，召廬墓之祥；殁感名流，畫陳留之像。家門清白，三世同居；王廷對揚，七事交警。史所稱『善人，國之紀』也。徒以心存慷慨，世際屯邅，莫試經綸，已丁禍亂。殉一身於焦爨，辱愛女於穹廬。聞者唏嘘，言之咽塞。而乃因緣丑相，附會子虛。復高堂罹殍殣之災，弱婦有仳離之嘆。天無此酷，彼獨何辜？在作者得毋以愁苦之音易工，歡娛之詞難好，故增淒異，以聳聽聞乎？是何誣古人之甚也！

吾友伯陽，借一家之衣鉢，拓千古之心胸。姱飾勝緣，掞張盛事。如織女之酬郭令，如青洪之贈歐明。遂使銀鹿坐兒，金龜得壻，科名草長，旌節花開。但爭春夢之長，不厭夏雲之幻。至於黿淫賈禍，狙詐蒙誅，又所謂『作善，降之百祥；作不善，降之百殃』者，足以垂鑒於後來，豈徒取快於今日而已哉？

夫福極之應，《洪範》特詳；懲勸之嚴，《風》詩備著。然而經生緒論，不如里巷之常談也；學士謳吟，不及優俳之唱演也。人生行樂，君子達觀。等竿木之隨身，並風花而過眼。讀是編者，賞其奇致，悟彼寓言。亦如孔融座中，虎賁對面；趙家莊上，夕照開場。匪改絃而更張，聊破涕而爲笑也已。

（《續修四庫全書》第一四六八冊影印清嘉慶十三年精刻本吳錫麒《有正味齋駢體文》卷八）

【箋】

〔一〕梁廷枏《曲話》卷四（《中國古典戲曲論著集成》第八冊），節引此文。

〔二〕吳錫麒（一七四六—一八一八）：生平詳見本書卷八《漁家傲》條解題。

續琵琶記總評

沈赤然

高伯揚《續琶琶》、《迷局》以下六折，奇詭百出，科諢媟嫚，誠難免喧賓奪主之譏。然狙詐如拐兒輩，亦不可以無報，作者特稔其惡，而行其誅於鬼神，使姦邪知懼，以補前記所未及。

增改玉簪記（高宗元）

《增改玉簪記》，《今樂考證》著錄，已佚。

增改玉簪自序

高宗元

《玉簪記》，元末人編也。其精華在《琴挑》、《問病》、《偷詩》、《秋江》等齣，然詞雖秀逸，譚嫌短少。茲每齣增發其科，又加《眕病》、《藥譚》二齣，足其詼諧。且《秋江》後段越調【小桃紅】等齣，曲詞佳而聲音急重，今改爲【十二紅】，聽之稍似悠婉也。

（以上均姚燮《今樂考證》『著錄十』引，《中國古典戲曲論著集成》第一〇冊）

碧落緣（錢維喬）

錢維喬（一七四〇—一八〇六），字樹參，一字季木，小字阿逾，號竹初、曙川，別署半園、澍川、竹初園士、林棲居士、半竺道人、半園逸叟等，晚號半園逸叟，室名小林棲、分綠山房，武進（今江蘇常州）人。乾隆二十七年壬午（一七六二）舉人，六赴禮闈不第，坐館爲生。後以例入貲爲知縣，官浙江遂昌、鄞縣等。五十三年引疾解組。爲文博贍，工書畫。著有《竹初未定稿》、《竹初文鈔》、《竹初詩鈔》、《錢竹初山水精品》等。撰傳奇《碧落緣》、《鸚鵡媒》、《乞食圖》，合稱《竹初樂府》。參見陸萼庭《錢維喬年譜》（《清代戲曲家叢考》，學林出版社，一九九五）、朱達藝《遂昌知縣錢維喬評傳》（中國文學藝術出版社，二〇〇二）。

《碧落緣》，爲《竹初樂府》第一種，《古典戲曲存目彙考》著錄，已佚。

碧落緣傳奇序

錢維喬

《碧落緣》奚爲作也？曰：吾烏知其奚爲而作哉？無已，其求之古人聖人之論詩也，曰『哀而不傷』，曰『可以怨』；史遷之傳三閭也，曰『怨誹而不亂』。嗚呼！其在怨與哀之間乎？天地之大也，春夏生長，秋冬肅殺，無可憾也。然而有非時之寒，燠霜之隕也，草之殺也，孤臣孽子、勞人思婦，觸之而生憂，遭之而隕涕者，有矣。惟曰『怨咨』，是天可以怨也。人情有所鬱結，憂憤於其中，而又幽汶隱曲，無可告訴，不得已從而嗟嘆之，嗟嘆之不足而長言之，長言之不足而反覆三致意焉。故《離騷》者，離憂也，離則未有不憂者也，皆本於怨而發者也，本於怨而善言其怨者也。怨之甚而哀生，哀之鬱而怨甚。古之人亦問之於天而已，烏知夫辭之奚從哉？是故其人子虛亡是，則蘭茝荃蕙，昭其潔也；其辭齎咨涕洟，則雷雨猿狖，助其悲也；其事幽誕幻渺，則閬風白水，寄其憂思而惝怳也。其情則不平而得其平也，其旨則聖賢『可以怨』而不失之亂之義也。其知者以爲是有所不得已也，其不知者則曰『姑妄言之而妄聽之』而已矣。

（《續修四庫全書》第一四六〇册集部影印清嘉慶間刻本錢維喬《竹初文鈔》卷一）

鸚鵡媒（錢維喬）

《鸚鵡媒》傳奇，爲《竹初樂府》第二種，《今樂考證》著錄，現存乾隆五十三年（一七八八）序小林棲刻《竹初樂府》本。

（鸚鵡媒）序〔一〕

錢維喬

竹初居士既成《碧落緣傳奇》之逾月，愀然而悲，喟然而嘆，曰：『嗟乎！情之不可以已也，如是夫！』天地，吾不知其於何闢也；人類，吾不知其於何生也；飛走鳴逐、跂行喙息之屬，吾不知其於何延延而不絕也。夫有運動即有知覺，知覺者，其情之端乎？情之大在忠義孝烈，可以格天地，泣鬼神，回風雨，薄日月，而小之在閨房燕昵、離合欣戚之間。用不同，而其專於情一也。

武昌之石，何以凝然而化？華山之棺，何以欻然而開？韓朋之冢上，何以木連枝而鳥並棲？是故情之至也，可以生而死之，可以死而生之；可以人而物之，可以物而人之。此《鸚鵡媒》一劇所以捉管而續吟也。

《鸚鵡媒》者，其事本諸般陽生《聊齋志異》，而益以渲染成之。或有疑其幻者，則夫蜀魄楚魂，至今不絕，又況千年化鶴，七日爲虎，漆園蝶栩，槐安蟻封，天下境之屬於幻者多矣，何不可作如是觀耶？臨川曰：『第云理之所必無，安知情之所必有？』信已！

時戊子十一月〔二〕，竹初居士識於如皋之露香草堂①。

【箋】

〔一〕此文又見錢維喬《竹初文鈔》卷一，題爲《鸚鵡媒傳奇序》，見《續修四庫全書》第一四六〇冊影印清嘉慶間刻本。

〔二〕戊子：乾隆三十三年（一七六八）。

（鸚鵡媒）序〔一〕

楊芳燦〔二〕

粵自①翠翎紅咮，《六么》傳瑞鳥之聲；珠佩雲璈，《三疊》奏②素娥之譜。由來法曲，半出仙靈；從此塵寰，盡嫺音律。一闋鸞吟，唱安公子；數聲魚沫，聽念家山。麗華巧囀，瓊枝璧月之前；靜婉嬌歌，銀燭金花之下。莫不拊紅絃而彈雅調，翻《白紵》以擅佳名。洎乎院本爭傳，新聲代變；宮分南北，事雜悲歡。含商嚼③徵，才士填④詞；傅粉塗丹，伶官借面。笑陳王之細碎，只校妃豨；薄江令之妖浮，空歌宛轉。

則有紅豆齋主人者，青琴妙譽，湘瑟家風。高琳出而玉磬浮波，任昉生而金鈴墮地。宜乎⑤髫齡顧曲，綺歲按⑥歌。僧孺論樂，早知檀拍之名；摩詰按圖，便識《霓裳》之製。出畫羽繡鞶之餘技，爲哀絲流管之新音⑦。雲箋細擘，墨浮蚌研以成烟；鈿笛孤吹，塵繞虹梁而若⑧夢。洵足令雙鬟垂手，合坐傾心矣。

重以奉倩傷神⑨，安仁嘆逝。香桃骨瘦，玉豆心寒。鬻檀參佛，光⑩凝七寶之龕；刻石招魂，燭閃千花之帳。每當篆銷臥⑪獸，月上明螺，銀蒜簾垂，冰荷燈灺。影竛竮而無主，思結縎以誰知。翠管頻抽，紅牙小搯，一聲初下，萬縷爭迴。眞珠密字，和淚點以俱圓；疊雪輕綃，寫愁絲而不斷。人之情也，能無嘆乎！

所⑫以辭緣苦而彌工，言因悲而轉幻。非因非想，疑佛疑仙。鸞膠再續，嫦⑬女魂飛⑭；蝶夢新翻⑮，書生羽化。黃姑助聘，完信⑯誓於三生；綵翼爲媒，傳好音於一水。寫鳳靡鸞吪之恨，寄天青海碧之愁。慧業難忘，情根永懺。風輪劫轉，大眾離欲界三千；綺語障空，隨地設寓言十九。豈僅歌院雛伶，爭敲紫玉，旗亭妙伎，競寫烏絲，鬪一時之口耳已耶⑰？

嗟乎！有懷難語，蹔寄託於俳歌；獨處含⑱愁，唯留連於短翰。擊節而珠跳玉裂，發唱而紙醉金迷⑲。偶墮青琳宇下，未換仙心；曾參金粟臺前，兼通禪悟⑳。試看江管，應放西天稱意之花；倘問蕭齋，好尋南國相思之樹。

梁溪楊芳燦蓉裳氏撰㉑。

【校】

①粵自，《芙蓉山館文鈔》卷四《紅豆齋樂府序》作『蓋聞』。

②奏，《紅豆齋樂府序》作『按』。

③嚼，《紅豆齋樂府序》作『咀』。

④塡，《紅豆齋樂府序》作『摛』。

⑤『宜乎』二字，《紅豆齋樂府序》無。

⑥按，底本作『安』，據文義改。

⑦音，《紅豆齋樂府序》作『聲』。

⑧若，《紅豆齋樂府序》作『入』。

⑨傷神，《紅豆齋樂府序》作『神傷』。

⑩光，《紅豆齋樂府序》作『塵』。

⑪臥，《紅豆齋樂府序》作『寒』。

⑫所，《紅豆齋樂府序》作『是』。

⑬嬌，《紅豆齋樂府序》作『倩』。

⑭飛，《紅豆齋樂府序》作『遊』。

⑮新翻，《紅豆齋樂府序》作『翻新』。

⑯信，《紅豆齋樂府序》作『舊』。

⑰『豈僅歌院雛伶』五句，《紅豆齋樂府序》無。

⑱含，《紅豆齋樂府序》作『工』。

⑲紙醉金迷，《紅豆齋樂府序》作『肉奮絲飛』。

⑳悟，《紅豆齋樂府序》作『悦』。

㉑《紅豆齋樂府序》文末無題署。

【箋】

〔一〕此文又見楊芳燦《芙蓉山館文鈔》卷四（《續修四庫全書》第一四七七册影印清光緒十七年活字印本），題《紅豆齋樂府序》。

〔二〕楊芳燦（一七五四—一八一六）：字才叔，一字香叔，號蓉裳，金匱（今江蘇無錫）人。楊潮觀（一七一二—一七九一）姪。乾隆四十二年丁酉（一七七七）拔貢，廷試得知縣，發分甘肅，任伏羌知縣。擢知靈州，入貲爲戶部員外郎。嘗主講衢杭、關中、錦江三書院，復入蜀修《四川通志》。著有《眞率齋初稿》、《眞率齋詞稿》、《芙蓉山館詩鈔》、《芙蓉山館詞鈔》、《芙蓉山館文鈔》、《芙蓉山館全集》等。撰傳奇《羅襦記》，《古典戲曲存目彙考》著錄，已佚。傳見趙懷玉《亦有生齋文集》卷八《墓志銘》、陳文述《頤道堂文鈔》卷三《傳》、陳用光《太乙舟文集》卷八《墓志銘》、《清史稿》卷四八五、《清史列傳》卷七二、《碑傳集》卷一〇八、《國朝耆獻類徵初編》卷一四七、《國朝先正事略》卷四四等。參見楊芳燦《蓉裳自訂年譜》（道光二十三年刻本）、余一鼇編《楊蓉裳先生年譜》（光緒五年刻本）。

（鸜鵒媒）序

童　梁〔一〕

禽貪共命，總爲情深；果戀合歡，多緣愛篤。爭慧花於古本，物亦人言；結恨種於心苗，人還物化。一枝瓊豔，杏花竊擬作媒；半幅春酣，芍藥果誰爲壻？愛美人如月，實蓮心，不嫁東風；笑公子之雲癡柳思，只婚夜雨。生香活色，那禁紫燕傳將？餓態飢情，早被彩鸞惱著。故已置星郎於雪地，付月老於冰天矣。詎知入骨相思，斷足之高風繼將割指；離魂覓信，結襪之韻事續以啣鞵。翡翠屏前，飛來嫩鵒；芙蓉帳畔，攫去輕鳧。妾今似子聰明，甘陪翠袖；郎已被儂束縛，願作錦絇。嗟嗟！緣合百年，寧辭骨碎；感深一氣，那不心疼！任教死去都雙，蛺蝶幾曾單化？縱或再來必對，鴛鴦亦復偕棲。僕本恨人，此日已歸禪界；君眞慧業，他年同入靈山。

乾隆戊申端一日，古杭童梁拜題。

【箋】

〔一〕童梁：錢塘（今浙江杭州）人。字號、生平均未詳。

（鸚鵡媒）序〔一〕

錢維城〔二〕

神仙之術，儒者勿道。然其精者，曰『存心』，曰『靜』，與吾道有相合者焉。夫心不存則放，不靜則動，動與放則失其心。其有學焉而至，求焉而得者，吾未之聞也。凝神於若存若忘之間，久之而無所有，此靜之極也，神仙以之成眞①；凝神於若存若忘之間，久之而無所不有，此靜之極也。吾儒②以之成③物。其爲用不同，而致功則同，一而已矣。

一者，純而不雜，久而無間之謂也。《易》曰④：『夫乾，其靜也專。』不專不成其爲靜也。專則一，不一不成其爲乾也。用志不紛，乃疑於神。乾道變化，皆由於此，在⑤人何獨不然？凡物始於一，終⑥於萬。非一無以生萬，非萬無以成一。故極之於一，所以占⑦變化也；極之於變化，所以占一也。一而不變化，其所謂一者，非也；變化而不一，其所謂變化者，非也。

三弟學於儒，而好言神仙，餘⑧事復長於音律。茲以計偕來，出所著《碧落緣》、《鸚鵡媒》傳奇⑨二種示予。其有所感而云然耶？吾不知其何以生而死，死而生，人而物，物而人也。將⑩生死、人物，皆心之專一者爲之，其合儒與神仙而言之耶？其將去儒⑪而歸於神仙者耶？神仙吾不知，誠如是，其專且一⑫，其學焉而至、求焉而得者，斷可必也。於其歸，書以勖⑬之。

時己丑初秋〔三〕，兄維城識⑪。

【校】

①成眞，《茶山文鈔》卷四《樹參弟新樂府題辭》作『守己』。
②吾儒，《樹參弟新樂府題辭》作『儒者』。
③成，《樹參弟新樂府題辭》作『應』。
④『易曰』二字，《樹參弟新樂府題辭》無。
⑤在，《樹參弟新樂府題辭》作『於』。
⑥終，《樹參弟新樂府題辭》作『盈』。
⑦占，《樹參弟新樂府題辭》作『徵』。下句同。
⑧《樹參弟新樂府題辭》『餘』字前有『其』字。
⑨傳奇，《樹參弟新樂府題辭》作『樂府』。
⑩『將』字後，《樹參弟新樂府題辭》有『所謂』二字。
⑪儒，《樹參弟新樂府題辭》作『吾儒』。
⑫其專且一，《樹參弟新樂府題辭》作『也』。
⑬勖，《樹參弟新樂府題辭》作『勉』。
⑭《樹參弟新樂府題辭》文末無題署。

【箋】

〔一〕此文又見錢維城《茶山文鈔》卷四，題爲《樹參弟新樂府題辭》，見《四庫未收書輯刊》一〇輯一四冊影印乾隆四十一年刻本（頁六八三—六八四）。據《題辭》所云，此文當爲錢維喬《碧落緣》、《鸚鵡媒》兩種傳奇而撰。

〔二〕錢維城（一七二〇—一七七二）：字宗磐，號稼軒、茶山，室名綠雲書屋，武進（今江蘇常州）人。錢維喬兄。乾隆三年戊午（一七三八）舉順天鄉試。七年，試爲内閣中書。十年，成進士，授翰林院編修。官至刑部右侍郎、學海古州兵備道。謚文敏。著有《錢文敏詩集》、《錢文敏公全集》（包括《鳴春小草》、《茶山詩鈔》、《茶山文鈔》）。傳見錢維喬《竹初文鈔》卷五《先兄文敏公家傳》、卷六《墓志銘》，王昶《春融堂集》卷五二《神道碑》，《清史稿》卷三〇五、卷三〇六，《清史列傳》卷二三，《碑傳集》卷三三，《國朝耆獻類徵初編》卷八八，《國朝先正事略》卷一五，《漢名臣傳》卷二五，《清代七百名人傳》等。

〔三〕己丑：乾隆三十四年（一七六九）。

（鸚鵡媒）題詞

趙彬等

碧海青天路渺茫，宓妃原不炫明粧。衹緣錯寫淩波影，斷盡陳思宛轉腸。

精誠只願感蒼穹，几上淋漓血指紅。博得男兒心肯死，底須南八説英雄。

十五盈盈掌上嬌，秦臺多是可憐宵。韓憑拚作雙蝴蝶，容易香魂一樣銷。

靈犀一點印模糊，對影聞聲泣小姑。我有盤龍雙慧劍，直須先斬越神巫。

奮飛眞個學鉤輈，身逐仙禽不自由。始信魂嘑精衛鳥，一生啣恨海東頭。

抽盡春蠶一縷絲，蘭閨香口證心期。本來除卻雙飛翼，説與人間定莫知。

鏡裏春人蕚綠華，桃源生世住仙家。如何一夜瀟瀟雨，又向天台葬落花？

返魂香裏夢初恬，合注長生到筆尖。鳩鳥不來鸚鵡去，春風何處覓鶼鶼？　趙彬〔一〕

身化雙飛翼，心縈一縷絲。畫中眞有個人兒。笑煞卿箋燕子欲依誰？　慧業文人事，靈山古佛期。算來都是負情癡。只合倩他鸚鵡證相思。【南柯子】　陳蘭策〔二〕

無端添卻閒心緒。碧落仙人貽好句。鮮妍秋水出芙蕖，縹緲春風吹柳絮。　燈殘酒醒香初炷。一縷柔情無著處。瀟瀟細雨打芭蕉，清夢已隨鸚鵡去。【玉樓春】　許寶善〔三〕

雞談初罷，正鵝經墨潤，鴨爐香積。袖裏藏來青鳥字，五色鸞箋新劈。冢疊鴛鴦，橋通烏鵲，血淚啼鵑魄。求凰有路，恨無丹鳳雙翼。　聞道大歷才人，峯青江上，原是文章伯。一種風流攄不盡，寫出柔情千尺。鶯舌全調，鴉鬟半嚲，聽徹紅牙拍。笑他能賦正平，空號狂客。【念奴嬌】　章煦〔四〕

爲多情，青衫血淚，生生判向愁老。冰絃誰把傷心譜，又早別懷縈擾。幽期巧。君不見茫茫碧落相思鳥。芳心寸拗。待密約重圓，愁盟暗續，一一淚珠繳。　銷魂處，我亦青鸞信杳。年來暗損懷抱。江南江北傷春恨，付與斷腸衰草。辜負了。是舊日、金釵鈿盒情多少。閑愁待掃。又一兩三聲，無端逗起，清夢隔簾悄。【買坡塘】　洪亮吉〔五〕

絕大慈悲，一『情』字認眞做起。休錯比、色界空花，拋卻菩提種子。血性從來堪證道，情根揑定輕生死。有辛官說法，振筆因而塡此。　金管湘東，玉臺江左，文采都餘技。逗機關、一片婆心，不是尋常宮徵。灑人間、無限清涼，須借他、楊枝春水。更開成並蒂芙蕖，小青知己。　西湖狂客，曾向慈雲稽首，繞靈峯隨喜。疎磬落、曇花紅日，依然白雲如洗。畫裏前游，詞中舊夢，三生有石應常在，奈萍梗天涯空自擬。虎頭癡絶，爭似柳七消魂，酒乍醒，人千里。　無端新製，挑燈重讀，字字通禪理。任爾青天欲老，一往情深，牡丹亭畔，桃花扇底。横空結撰，風流活見，情生情滅無今古，但認取本來而已。何須遠覓知音，説與珍禽，點頭能解。【鶯啼序】　顧澍〔六〕

（以上均《傅惜華藏古典戲曲珍本叢刊》第五四冊影印清乾隆間錢氏小林棲刻《竹初樂府》所收《鸚鵡媒》卷首）

【箋】

〔一〕趙彬：　字號、籍里、生平均未詳。

〔二〕陳蘭策：　臨桂（今廣西桂州）人。南汝光道陳鍾琛（一七三九—一八〇九）子。嘉慶元年丙辰（一七九六）制科，欽取孝廉方正。五年庚申（一八〇〇）舉人，十年乙丑（一八〇五）進士，任甘肅洮州署理同知。擅長書法。

〔三〕許寶善（一七三二—一八〇四）：　字斆虞，號穆堂，別署自怡軒主人，青浦（今屬上海松江）人。乾隆二十五年庚辰（一七六〇）進士，授戶部主事。遷員外郎、郎中，擢浙江福建道觀察御史。丁母艱歸里，不復出，以詩文詞曲自娱。晚年主講鯤池、玉峯、敬業書院。曾爲杜綱《娱目醒心編》撰序作評。參訂葉堂（約一七二四—一七九五後）《納書楹西廂記全譜》。著有《五經揭要》、《杜詩注釋》、《穆堂詞曲》、《南北宋塡詞譜》、《自怡軒詩》（又名《許寶善詩集》）、《自怡軒樂府》、《自怡軒詠子詩》、《自怡軒古文選》等。撰戲曲《海上謡》，已佚。傳見許宗彦《鑒止水齋集》卷一八《墓志銘》、光緒《青浦縣志》卷一九、光緒《崑新兩縣續修合志》卷三四等。

〔四〕章煦（一七四五—一八二四）：　字曜青，號桐門，錢塘（今浙江杭州）人。乾隆三十七年壬辰（一七七二）進士，授內閣中書。歷官軍機章京、宗人府主事、刑部員外郎、郎中。嘉慶元年（一七九六），改山西道監察御史，擢太僕寺少卿。官至吏部、禮部、刑部、兵部尚書，文淵閣大學士，晉太子太保。謚文簡。傳見《清史稿》卷三四一、《武林人物新志》卷一、《續碑傳集》卷二龍汝言《墓志銘》、《清代七百名人傳》等。

〔五〕洪亮吉（一七四六—一八〇九）：初名蓮，又名禮吉，字君直，一字稚存，號北江，別署藕莊、夢殊、對巖、華封、天山戍客、更生居士，陽湖（今江蘇常州）人。屢試不第，初以教書爲生。乾隆五十五年庚戌（一七九〇）進士，授編修，官至貴州學政。嘉慶四年（一七九九），以抨擊時政，遣戍伊犁，尋赦歸。居鄉著述以終。著有《春秋左傳詁》、《公羊穀梁古議》、《意言》、《卷施閣集》、《更生齋集》、《洪北江詩文集》等，合刻爲《洪稚存全集》、《洪北江全集》。傳見蔣彤《丹棱文鈔》卷三《傳》、黄金臺《木雞書屋文二集》卷四《傳》、趙懷玉《亦有生齋文集》卷一八《墓志銘》、吴錫麒《有正味齋駢文續集》卷六《墓碑》、秦瀛《小峴山人續文集》卷二《墓志》、《清史稿》卷三五六、《清史列傳》卷六九、《碑傳集》卷五一、《國朝耆獻類徵初編》卷一三二、《國朝先正事略》卷三五、《文獻徵存錄》卷四、《清代七百名人傳》等。參見《洪北江先生年譜》（《四部叢刊》本《洪北江詩文集》附）、林逸撰《清洪北江先生亮吉年譜》（一九八一年台北商務印書館排印本《新編中國名人年譜集成》第一四輯）、李金松《洪亮吉年譜》（人民出版社，二〇一五）等。

〔六〕顧澍：字伴檠，室名隨山書屋、金粟影庵，錢塘（今浙江杭州）人。涑園太守顧乾子。乾隆五十一年丙午（一七八六）舉人，嘉慶六年（一八〇一）詔見，歷任沙陽、四陵、大冶、應城知縣。以功擢蘄春知州，在任十餘年。晚歸養故里。著有《爾雅會編》、《爾雅會編旁音》、《隨山書屋詩存》、《玉山堂詩課》、《金粟影庵存稿》、《金粟影庵續存稿》、《金粟影庵詞稿》等。傳見《皇清書史》卷二七、《杭郡詩三輯》等。

乞食圖（錢維喬）

《乞食圖》，一名《虎阜緣》，又名《後崔張》，《今樂考證》著錄，爲《竹初樂府》第三種，現存乾隆五十一年（一七八六）序錢氏小林棲刻《竹初樂府》本（《傅惜華藏古典戲曲珍本叢刊》第五四冊據以影印）。

（乞食圖）序[一]

錢維喬

曩於都門，見張夢晉美人花鳥各一幀，筆墨秀潤，髣髴六如，題款規橅松雪翁，亦頗與唐類。乃嘆兩人同里友善，才藝頡頏，今販夫牧豎咸知有唐解元，而靈則舉其名字，士林有茫然者。嗟乎！文人之傳亦有幸有不幸歟？

考《明史》，靈之名僅附見於《唐寅傳》。外此，有閻起山二科《狂簡志》，以靈居桑悅之次；又王穉登《丹青志》載之。間又閱黄周星《張靈崔瑩合傳》，則其事尤足悲也。夫靈一狂生耳，於瑩未嘗問名納采，有蹇修片言之訂，揆諸禮，瑩無可死。然語有之：『女爲悅己者容。』瑩以憐才慷慨，一念之誠，至流離挫折，歷存亡而不改其志，亦人所難能者。昔文君心悅長卿，蹈鶉奔之行，史遷特津津述其事；蔡琰①三適之婦，徒以家風淹雅，蔚宗登之《列女傳》中。豈不以女而才，才而失所偶，其殷憂感憤，與士不遇略同？若必繩以婚姻之常，拘拘禮節，則摽梅求吉、尨吠懷春、靜女城隅、狂且溱洧，聖人當早删而不存，何以爲風雅濫觴哉？又況瑩之死，雖非禮而不病於貞也。推案餘閒，偶塡傳奇一種。倘他日播之優孟，則人以知唐者知張，或亦闡幽之一道。至於易死爲生，謬加完合，則筆端幻境，夫亦詞人常技。妄言而妄聽之，識者當不予哂。

時乙巳清和月中澣〔二〕，竹初居士識於堇江官舍之小林棲②。

【校】

①蔡琰，《竹初文鈔》卷一《乞食圖傳奇序》作『文姬』。

②《竹初文鈔》卷一《乞食圖傳奇序》無題署。

【箋】

〔一〕此文又見錢維喬《竹初文鈔》卷一，題爲《乞食圖傳奇序》，見《續修四庫全書》第一四六〇册影印清嘉慶間刻本（頁二〇七—二〇八）。

〔二〕乙巳：乾隆五十年（一七八五）。

〔乞食圖〕序

楊夢符〔一〕

夫騷客傳經，香草志美人之恨；《國風》好色，河洲賦君子之逑。情之所鍾，身或與殉；生非不惜，貧則可傷。與其遭白眼於窮途，曷若託紅顔以終老。故資郎四壁，游倦而有琴心；憤王重圍，泣下而顧姬舞。宋玉傷秋之士，爰擬登牆；曹植才子之尤，獨懷解佩。固皆不得志於時者之所爲歟？此《乞食圖》之所由作也。

則有衡門儒貴，陋巷素身。氣欲空羣，交不諧俗。世無阮籍，自是狂人；生比劉伶，輒思埋骨。吹篪而過吴市，逐祭而乞燔間。夫固贅疣以等厥躬，木石以視儕偶者矣。於時俗眼驚其奇才，人知其戲。留爲佳話，爰補殷犉之圖；似有前因，遂作蹇修之寄。假令江皋之珮甫接，玄霜之杵可求，天台之楫既通，秦樓之簫早引。雖王陽黄金，未能自作；張咏白士，空負不羣。而衡陽可耕，自伴空山之結髮；霸陵偕隱，不隨濁世以低頭。亦何不可永畢烟霞，怡然隨唱。迺淩波半面，方驚映水之鴻；别浦重來，已作遙天之鶴。飄飄乎輕雲流風之無似，緜緜乎長吟永慕以難堪。下上膏肓，二豎無可攻之藥；陰陽離合，一縷延未絕之魂。丹鱗或其來游，碧城故猶可盼。至於慟哭青楓之耗，飄零紅葉之詞。既嘆不辰，復傷知己。宫門萬里，相望惟有目穿；玄塗九重，到此乃眞心死。情至是乎？傷哉命也！若夫令暉爲鮑氏名媛，武軍有盧家博士。未窺玉鏡，何有溫郎？自斂長眉，非關京兆。豈知阿承之識諸葛，早屬意於黄頭；宓靈之感東阿，惟託心於翠羽。憐才之念既至，捐軀之節靡他。始也冀渭涘之定祥，造舟爲禮；繼也痛秦庭之出險，抱璧無歸。宜乎執徐悱之詩，傷心末路；拜仲卿之墓，獨挂南枝也。嗟乎！横笛怨而梅花落，樵柯發而秋草號。三尺之中，魂魄或因依此；百年而後，松楸莫識其鄉。生我何遲，哭君無地。

古之人抑鬱無聊，而湮沒若此者，尚可言哉！尚可言哉！

作者既惜其才，復嗟其志。文如煉石，將補恨於蒼穹；筆可追風，早迴輪於灰劫。訂天上鴛鴦之籍，詎患鳩媒；收人間雞犬之場，不關鼠惡。庶幾望牛眠之地，莫禁樵侵；入蟻垤而觀，猶聞鬼笑乎？夫聲音之道至微，宮商之感不一。必諸諸以語神怪，娓娓而談兒女，則亦徒增讕瑣，何與興觀？夢符少無神解，長具牢愁，讀此一終，心爲百折。聽雍門之瑟，淚且滂沱；起蜀魄而呼，聲何哀怨。誰當借面，公豈恨人？因就所命之者，爰述以爲序焉。

乾隆五十一年歲在丙午閏七月，受業山陰楊夢符拜撰。

【箋】

〔一〕楊夢符（一七五〇—一七九三）：字西臚，一字六士，號與岑，室名心止居，山陰（今屬浙江）人，寓居武進（今江蘇常州）。乾隆五十二年丁未（一七八七），以紹興籍中進士，歷官刑部員外郎。著有《夢符文稿》、《心止居詩集》、《心止居文集》等。傳見洪亮吉《卷施閣文乙集》卷八《墓表》、《湖海詩人小傳》卷四〇、光緒《武進陽湖縣志》卷二七、《清代毗陵名人小傳稿》卷五等。

（乞食圖）題詞

錢大昕　等

雲山舊衲話風流，竿木逢場作戲游。肉眼料應無識者，卻煩紅粉一回頭。

雪中鴻爪偶留痕，妙句新題悟石軒。難得傾城悅名士，偏從乞食識王孫。

叔寶清兼昭略狂，玉山醉後易積唐。青衫一領判拋卻，洗滌從來毷氉腸。游絲一縷太無因，香雪輕埋玉樹春。不是楊枝沾法雨，崔徽爭見卷中人。中山千日只匆匆，唤醒三生泡影同。但願有情總圓滿，不教人怨可憐蟲。騷人骨相自清寒，碧落黄泉欲見難。誰道返魂元有術，春生江令彩毫端。唐祝清才伯仲間，不曾姓氏動江關。青雲附驥從今始，長吉詩名遇義山。金尊顧曲唱黄雞，玉茗新聲信手題。二百年來誰嗣響，風流重數小林棲。嘉定姪大昕〔一〕

儘著豪華誰知，我衣冠乞者？但看取、走食朱門，丐亦無分高下。慣笑餓夫多醜態，長年骨出羞還訝。一般兒，乞憐白日，乞憐昏夜。奴婢干來，食前方丈，所乞原無價。任窮民、終日啼飢，不過分些殘炙。問除將、乞利乞名，可有人、乞風乞雅？怎逃他，冷眼觀場，詞壇一罵。吴中秀士，睥睨王侯將相，趁風流蘊藉。破襖著將來①，暫學齊人，墦間戲耍。爲著紅絲，甘攜青竹，沿街乞配隨嘲笑，這纔是、名流稱脱灑。南昌美女，柔鄉設館嗟來，丐才子生都捨。林棲官舍，乞來彩筆，演出新奇也。有甚②乞寧不屑，死亦何辭，人間未了，泉臺畢罷。一番舊事，綵毫重聚，苦心爲乞團圓好，莫等作、收場閒話天涯。試問宰官③，若個抒情，能關教化？（【鶯啼序】）　錢塘童梁〔二〕。

悵花天，弔酒地，春色去如水。等是消磨，告石石無耳。又教卷裹崔徽，會中張籍，更博箇鴛鴦雙死。百年事，誰念彩筆圓來，回頭作歡喜。何物無情，情緒要難理。怎得大體秦樓，同看

騎鳳，不但說、簫吹吳市。【祝英臺近】 象山倪象占〔三〕

四壁悲風起。莽蕭蕭、天空海闊，男兒浩氣。禮本非爲吾輩設，肝膽相孚而已。判薄命、下酬知己。不過堤邊裁識面，想當年生死都有以。又何待，赤繩繫。　一番舊事重淘洗。小林棲、移宮換羽，鶯花有喜。其奈愁人聽不得，滿眼淋浪鉛水。且莫問、窮途知己。總是飢來驅我去，但黔敖塵世今餘幾？攜玉琯，向吳市。【金縷曲】 同里毛燧傳〔四〕

生公說法原無相，吳市吹簫亦可人。遼海秋風無限恨，拈來斑管竟回春。

誰寫秋心入畫圖，美人名士兩相須。定中彈指三生過，卻笑人間慧眼無。

飢軀何事笑泉明，半世塵勞斗米輕。識得壺天皆幻影，團瓢穩坐送浮生。

人世光陰露電同，眞仙乞食是家風。曲中大有長生訣，響答千秋爨後桐。 永濟崔龍見〔五〕

梧宮蕭蕭秋雨起，城烏夜啼玉簫紫。干將躍入水中死，化爲吳趨一酸子。楊花飛，白日醉向墦間乞。若效服車驥，何殊處褌蝨。春風搖搖住小艇，可憐半露蛾眉影。目成不語波如烟，千里心知訂俄頃。侯閽一人不再見，天邊枉有傳書燕。攜將風鬟畫中面，卻作徐君墓門劍。劍池水深石如鐵，照見青陵臺畔月。月亦不可掇，情亦不可絕。美人鏡中顔，才士心坎血。願將生公廣長舌，說動地下萬萬香魂冷骨熱。 姪孟鈿〔六〕

天遣仙才溷吏庭，放衙常聽按歌聲。一團奇鬱難消受，漫寫人間兒女情。

佛種須從劇苦尋，生公煞費老婆心。閻浮留取鴛央冢，化作西方並命禽。

東吳名士損清狂，狂到張靈亦可傷。贏得六如親點筆，不妨蒙袂過山塘。

白屋公卿爭願識，朱門酒肉幾人嫌。閨中別具孫陽眼，賽過錢塘查孝廉。（查伊璜識吳六奇事）

天上虞羅未可逃，水邊翡翠本無巢。卻從愛色憐才外，別訂三生鐵石交。

按徹《伊》、《涼》史不如，文成勳績故非虛。賢妃詩諫捐軀苦，片石塵埋賴補書。（蔣定甫作《一片石》傳奇後，婁妃嘗降乩致謝。然詩諫等事，故未及也。）

子畏陽狂出幕時，書生名節幸無虧。孤墳零落桃花塢，應感先生異代知。（唐子畏免逆濠之難事，載《明史》。其墓在桃花塢，宋牧仲中丞爲封土立石焉。）

醉舞狂歌了一生，遙天笙鶴應相迎。青陵恨骨難銷處，憑仗心花結撰成。（張夢晉醉舞墮池事，吳人猶能言之。）

蒙塵羅襪慘伶俜，暢好同攜入杳冥。多事返魂重墮夢，虀鹽井臼幾時醒。

投鞅離樽唱《惱公》，聰明絕世恨無窮。從今莫管閒煩惱，就我山齋說苦空。（公已謝病去官，嘗訂過我餘庵。） 山陰平聖臺

便澆來壘塊總難消，何妨酒盃空。甚折桃人去，聽經石在，竟哭西風。誰把詩才畫手，塵外寫狂蹤。一片山塘水，花月匆匆。 剩有暮歸楸野，正乞韓吊柳，都惱芳悰。任書郎冷骨，愁入黛眉峯。問他年、笠簑子夜，賦《大招》、出破可能終？傷心事，江皋羅襪，未返鮫宮。（【八聲甘州】）仁和孫錫〔七〕

說法臺空，玉盌淒涼，往事隨④流水。潦倒青衫，市上吹簫，贏得狂名而已。官閣挑燈，問撚

斷、吟鬢知幾？新製，比北宋南唐，也還清麗。又早卸卻朝衫，想夜月春風，五湖歸計。紫絲帳畔，紅豆尊前，記曲頻呼娘子。畫遍旗亭，聽到處、歌塵初起。同倚，有『山抹微雲』女壻。〔【燕山亭】〕　壻繆紱〔八〕

蘼蕪路當夕照，聽一聲鵑⑤鴂。倩誰繫、肘後《離騷》，裁詩天遣花骨。浪遊處、吹簫過也，烟波渺渺人初別。最淒涼、夢繞吳楓，扁舟去急。縱使佯狂，斗酒自醉，已丁香空結。清光冷、韓重墳邊，黃壚從古曾說。嘆參差、長門深閉，御溝流水傳嗚咽。阻相思，官柳宮桃，珮環遙紲。

百年幽恨，千里相知，滿山種白雪。想曩日、西風彭蠡，夜雨蟂磯，烽火倉皇，魚龍滅沒。霸圖未遂，靈妃先殉，珠沉玉碎兵戈鎛。仗名臣、力挽昆明劫。依然雲樹，祇可洗出江南，難消杜宇啼血。

英雄兒女，金粉重調，托瀾翻筆舌。恁畹晚、佳人難再，國士無雙，半爲才憐，半因恨發。吳剛有斧，姮娥有杵，且將三五蟾蜍影，借神工、補作團圓月。從教唱遍旗亭，觀者如雲，便姍嫳屑。〔【鶯啼序】〕　姪季重〔九〕

（以上均《傳惜華藏古典戲曲珍本叢刊》第五四冊影印清乾隆間錢氏小林棲刻《竹初樂府》所收《乞食圖》卷首）

【校】

①『睥睨』以下三句，不合詞律，疑有闕字、闕句。

②據詞譜，『甚』下疑闕一字。

③據詞譜，此句應爲六字句。

④據詞譜，『隨』上疑闕一字，或爲『都』字。

⑤趨，底本作『題』，據文義改。

【箋】

〔一〕嘉定姪大昕：即錢大昕（一七二八—一八〇四），字曉徵，號辛楣，又號竹汀，別署竹汀居士、潛研老人，嘉定（今屬上海）人。乾隆十九年甲戌（一七五四）進士，歷任編修、侍讀、侍講學士、少詹事，官至廣東學政。五十歲後歸籍著述講學，歷主鍾山、婁東、紫陽等書院。著有《廿二史考異》、《十駕齋養新錄》、《潛研堂詩文集》等。傳見王昶《春融堂集》卷五五《墓志銘》、王引之《王文簡公遺集》卷四《神道碑》、《清史稿》卷四八一、《清史列傳》卷六八、《國史文苑傳稿》卷二、《碑傳集》卷四九、《國朝耆獻類徵初編》卷一二八、《國朝先正事略》卷三四、《文獻徵存錄》卷八、《清代七百名人傳》等。參見錢大昕自撰、錢慶曾校注續編《竹汀居士年譜》（咸豐十年刻本、《十駕齋養新錄》附）。按，《潛研堂詩續集》卷五有《題乞食圖傳奇》詩六首。

〔二〕童梁：錢塘（今浙江杭州）人，字號、生平均未詳。

〔三〕倪象占（？—一八〇二後）：初名承天，字象占，後以字行，更字韭山、九山（一作九三），象山（今屬浙江）人。乾隆二十一年（一七五六）諸生。三十年（一七六五），清高宗南巡，學使錢維城選列迎鑾，召試二等。明年，寓鄞縣盧氏抱經樓，凡八載，校閱藏書，撰《抱經樓藏書記》。四十五年，學使王傑拔充優貢。入都，考補鑲黃旗教習。五十三年，應鄞縣令錢維喬聘，分纂《鄞縣志》。明年（一七八九），補授嘉善訓導。著有《周易索詁》、《蓬山清話》、《鐵如意齋詩稿》、《九山類稿》、《青欞館集詩鈔》、《青欞館集賦鈔》、《青欞館集詞稿初鈔》等。傳見民國《象山縣志》卷二五、《墨香居畫識》卷六、《清代畫史增編》卷七、民國《鄞縣通志·文獻志》等。

〔四〕毛燧傳（一七四七—一八〇一）：字陽明，一字洋溟，號味蓼，陽湖（今江蘇常州）人。諸生，屢試不第，專治古文。武昌守張君瓚聘主勺庭書院。著有《味蓼初稿》（又名《毛洋溟文稿》）、《味蓼文稿》（又名《毛洋溟文集》）等。傳見趙懷玉《亦有生齋文集》卷一三《家傳》、吳士模《澤古齋文鈔》卷下《墓志銘》（收入《國朝耆獻類徵初編》卷四四〇）、《清史列傳》卷七二、《初月樓聞見錄》卷二、光緒《武進陽湖縣志》卷二三、《清代毗陵名人小傳稿》卷五、《清代毗陵書目》卷四、《桐城文學淵源考》卷一等。

〔五〕崔龍見（一七四一—一八一七）：字翹英，號曼亭，别署莡坪、萬迴居士，本籍永濟（今屬山西），隨父僑居陽湖（今江蘇常州）。妻錢維城女孟鈿（一七三九—一八〇六）。乾隆二十五年庚辰（一七六〇）順天舉人，明年辛巳（一七六一）成進士，選授陝西南鄭縣知縣，調三原、富平。累陞乾州知州、四川順慶府知府、湖北荊州府知府、湖北荊宜施道。卒以疾致仕。著有《莡坪詩草》。傳見趙懷玉《亦有生齋文集》卷一九《墓志銘》、光緒《永濟縣志》卷八、光緒《武進陽湖縣志》卷二三、光緒《三原縣新志》卷五、光緒《乾州志稿》卷一二、光緒《富平縣志稿》卷七、《皇清書史》卷七、《清代毗陵名人小傳稿》卷四等。

〔六〕姪孟鈿：即錢孟鈿（一七三九—一八〇六），字冠之，號浣青，又號篠如，武進（今屬江蘇常州）人。錢維城（一七二〇—一七七二）女，崔龍見（一七四一—一八一七）室。爲詩學唐賢，以浣花、青蓮爲歸，故自號浣青。著有《浣青詩草》、《浣青詩餘》、《鳴秋合籟集》等。傳見崔龍見《浣青夫人錢恭人行略》（光緒《永濟縣志》卷八）、趙懷玉《亦有生齋文集》卷一九《崔恭人錢氏權厝志》、《清史稿》卷五〇八、《碑傳集》卷一四九、《清代毗陵名人小傳稿》卷一二、《清代閨閣詩人徵略》卷五等。

〔七〕孫錫（一七五五—一八二二後）：字備衷，號雪帷，仁和（今浙江杭州）人。乾隆四十五年庚子（一七八〇）舉人，五十八年癸丑（一七九三）進士，任湖北光化知縣，調開原、承德、興城。嘉慶十八年（一八一三）（一說二十二年），陞奉天寧遠州知州。道光二年（一八二二），被議落職。工詞，著有《雪帷韻竹詞》、《韻竹山房集》。傳見

《歷代兩浙詞人小傳》卷八、民國《開原縣志》卷三、民國《奉天通志》卷一三六等。

〔八〕繆紱：字號未詳，江陰（今屬江蘇）人。錢維喬壻。乾隆六十年乙卯（一七九五）恩科舉人，道光九年（一八二九），任平泉州州判。官至直隸榮河縣知縣。

〔九〕姪季重：即錢季重（？—一八二一），字黃山，陽湖（今江蘇常州）人。錢泌子。屢舉不第，浪遊四方，貧甚。工詞，見張惠言《詞選》。傳見《碑傳集補》卷四八。

沈蕢漁四種曲（沈起鳳）

沈起鳳（一七四一—一八〇二），字桐威，號蕢漁、薲洲，别署紅心詞客，吴縣（今屬江蘇）人。乾隆三十三年戊子（一七六八）舉人，後五應會試，皆不第。嘗與吴翌鳳、陳學海等結水村詩社。四十五年、四十九年，清高宗南巡，凡揚州鹽政、蘇杭織造所備迎鑾供御大戲，多出其手。四十八年，客蘇州織造惕莊全德（一七三二—一八〇二）署中，奉旨參與查勘詞曲，閱傳奇作品七百餘種。五十三年起，歷任祁縣、全椒教諭。終以選人客死都門。著筆記小説《諧鐸》、《續諧鐸》，散曲集《櫻桃花下銀篇譜》，文集《蕢漁雜著》，詞集《紅心詞》等。生平所著傳奇不下三四十種，風行大江南北。現知存目者十種：《報恩猿》（一名《報恩緣》）、《才人福》、《文星榜》、《伏虎韜》、《雲龍會》五種，今存，前四種合刻爲《沈蕢漁四種曲》（又名《沈氏四種傳奇》、《紅心詞客傳奇四種》）；《千金笑》、《泥金帶》、《桐桂緣》、《無雙豔》、《黄金屋》，已佚。上海圖書館藏《幻奇緣》傳奇，爲梨園改編本，陸萼庭認爲亦沈起鳳所作（《清代戲曲家叢考》，頁三六八）。參見陸萼庭《沈起鳳年表》（《清代戲曲家叢考》，學林出版社，一九九五）。

《沈薲漁四種曲》，現存道光間古香林原刻本（《奢摩他室曲叢一集》、《傅惜華藏古典戲曲珍本叢刊》第五六—五八册、《鄭振鐸藏珍本戲曲文獻叢刊》第三八—三九册據以影印）。

沈氏四種傳奇序〔一〕

石韞玉〔二〕

《紅心詞客傳奇四種》，亡友沈薲漁先生之所作也。先生名起鳳，字桐威，別號薲漁。工於詞，故自號紅心詞客。少以名家子，博學工文章。乾隆戊子，科舉於鄉，年纔二十有八。累赴春官，不第。抑鬱無聊，輒以感憤牢愁之思寄諸詞曲，所製不下三四十種。當其時，風行於大江南北，梨園子弟登其門而求者踵相接。歲在庚子、甲辰〔三〕，高廟南巡，凡揚州鹽政，蘇杭織造所備迎鑾供御大戲，皆出自先生手筆。顧生平著作，不自收拾。晚年以選人客死都門，叢殘遺草，悉化灰燼。予歸田後，追念古歡，訪求數十年，僅得其《紅心詞》一卷，業已壽諸梓人矣。頃復得此《傳奇四種》，歡喜無量。

夫傳奇雖小道，其所由來者遠矣。蓋古詩《三百》，皆可被之管絃，乃一變而爲楚人之騷，再變而爲漢人之樂府，三變而爲唐人之詩，四變而爲宋人之詞，五變而爲金元人之曲，其體屢變而不窮，其實皆古詩之流也。先生博極羣書，若出其胷中所藴蓄，作爲文章，自可成一家之言。既不遇於時，則所有芬芳悱惻之言，一切寓諸樂府，俾世之觀者，可以感發善心，懲創逸志，雖謂其詞有合乎興觀羣怨之旨可也。予故登諸梨棗，與當世好事者共賞之，譬諸管中之豹，窺見一斑而已。

吳門獨學老人序。

【箋】

〔一〕底本無題名，據版心補題。

〔二〕石韞玉（一七五六—一八三七）：生平詳見本書卷八石韞玉《紅樓夢》條解題。

〔三〕歲在庚子、甲辰：乾隆四十五年（一七八〇）、四十九年（一七八四）。

樂府解題四則

石韞玉

《報恩緣》，戒負心也。白猿受謝生無心之庇，卽一心報德，成就其科①名，聯合其婚姻，以視夫世間受恩不報者，眞禽獸之不若哉！此劇可與《中山狼傳》對勘。

《才人福》，慰窮士也。識字如祝希哲，工詩如張幼輿，一沉於卑位，一困於諸生，特著此劇，以爲才人吐氣。若唐時方干等十五人，死後始成進士，奚不可者？

《文星榜》，懲隱慝也。楊生命本大魁，以淫行被黜；王生士行無玷，又因其父居官嚴酷，幾以冤獄喪身。士大夫觀此，皆當自省。

《伏虎韜》，警惡俗也。婦人以順爲正，乃有淩虐其夫者，此陰盛陽衰之象，有關世道人心。此劇寓扶陽抑陰之意，亦以明婦人妒者必淫，淫者必悍，丈夫溺愛，甚無謂也。眞喚醒癡人不少。

花韻庵主人識。

（以上均《傳惜華藏古典戲曲珍本叢刊》第五六册影印清道光間古香林原刻本《沈蕢漁四種曲》卷首）

【校】

①科，底本作『料』，據文義改。

報恩緣（沈起鳳）

《報恩緣》傳奇，一名《報恩猿》，《今樂考證》著錄，現存版本見《沈蕢漁四種曲》條解題。

報恩緣跋〔一〕

吴　梅

此爲獨學老人刊本。老人爲石琢堂（韞玉），著有《獨學廬叢稿》者是也。蕢漁事實，詳見石氏《序》中。生平撰述，以《諧鐸》一種，最播人口，幾婦孺皆知矣。作曲至多，傳者僅此四種。其夫人張氏名靈，字湘人，亦工詞藻，閨中倡和，有趙、管風焉。蕢漁嘗泥其夫人，以金釵作贄，拜爲閨師，爲譜北曲一套。其事絕韻，詳載吴枚庵《東齋脞語》。後湘人早卒，蕢漁遂託迹青樓，或飾巾褶上氍毹，作戾家生活，其抑鬱不平之氣，悉於曲中吐之。又嘗與吴枚庵（翌鳳）、陳文瀾（學海）、周浣初（賓）、陶淨蘅（磐）、徐道畊（春福）、陳復生（元基）、戴壽豈（延年）、余式南（尚德）、林煜奇（蕃鍾），結水村詩社，各有詩數十首，今亦不傳。此二事爲琢堂所未及也。

此記以白猿受謝生之庇，成就其科第，聯合其昏因，當與《中山狼》劇對勘。記中白文多作吴諺，容不入北人之耳。而結構生動，如蟻穿九曲，通本鎔成一片。最妙如王壽兒、李狗兒一段，插科打諢，觀者無不哄堂。而縣丞胡圖，以成衣出身，語語不脱裁縫口吻，尤見匠心周匝，與《才人福》中之聯元，一樣手筆。此等科白，決非腐儒能從事矣。惟石氏此刻，未經讎校，曲中誤謬頗多。余匆匆付印，亦未遑一一校正，幸文字明淺，可以意會耳。或謂通本白多曲少，文情稍遜。余意曲雖不多，而語語烹鍊，且登場搬演，又適得其中，爲觀場者計，正不必浪使才情也。

霜厓。

再讀一過，刻本差誤處，略加是正，顧不能細校也。今疏記之。第八齣【啄木鸝】曲，『那裏是』、『倒弄得』，應用大字。第九齣開首【如夢令】，應用小字；【歸朝歌】，應作【歸朝歡】。第十齣【沈醉東風】曲，『祠字荒涼』，『字』字應作『宇』。十三齣【一江風】兩曲，『丹桂高攀』、『挾瑟齊門』二語，皆應用大字。十六齣【梁州序】，應作【梁州新郎】；次支【前腔】曲，『不時自釀香醪』句，『不時』二字，應用大字；又『守分貧民，怎肯犯法條』句，應在『條』字上斷。二十三齣【僥僥令】曲，應作【小梁州】。二十六齣【二郎神】曲，『教他那裏』句，應用大字。三十二齣【榴花泣】，本是兩曲，自『乍凝眸』起爲第二支，應提行，添『前腔』二字；又【雨紅燈】，應作【兩紅燈】。三十五齣【太師引】第二曲，『本性兒呆守鴛鴦』句，不合【太師引】本格。略記如此，讀者宜詳檢焉。霜厓又記。

（《奢摩他室曲叢第一集》影印清道光間古香林原刻本《沈黄漁四種曲》所收《報恩緣》卷末）

【箋】

〔一〕此文又見民國二十九年（一九四〇）上海中華書局鉛印本《新曲苑》所收《霜厓曲跋》卷三。

才人福（沈起鳳）

《才人福》傳奇，《今樂考證》著録，現存版本見《沈黄漁四種曲》條解題。

才人福跋〔一〕

吴　梅

此記以張敉爲主，而以唐寅、祝允明爲輔。其事雖臆造，而文心如剝蕉抽繭，愈轉愈奇，總不出一平筆。傳奇至此，極才人之能事矣。

幼于初名獻翼，爲伯起之弟，叔貽之兄。嘉靖中，吴中稱才士，輒曰『四皇三張』。『四皇』者，皇甫沖及其弟涍、汸、濂；『三張』者，卽鳳翼、獻翼、燕翼兄弟也。伯起、叔貽，皆舉鄉薦。幼于困國學，早見賞於文徵仲，讀書上方山治平寺。撰《周易約說》、《雜說》、《臆說》及《讀易紀聞》、《讀易韻考》，不失爲儒生。後乃狂易自肆，與所善張孝資，檢點故籍，刺取古人越禮任誕之事，排目分類，仿而行之。兩人爲儔侶，或歌或哭，或紫衣挾伎，或白足行乞。孝資生日自爲尸，幼于率子弟緦麻環哭，上食設奠，孝資坐而饗之。翌日，行卒哭禮，設伎樂，哭罷痛飲，謂之『收淚』。又有劉會卿者，典衣買歌伎，俄而病卒。幼于持絮酒，就其喪所，哭之以詩。復令會卿所狎胡姬爲尸，仍設雙俑夾侍，使伶人奏琵琶，再作長歌酹焉。其放浪有如是者。晚年攜伎居荒圃中，爲盜所殺。記中一切皆未之及，獨記一李靈芸，不知何本。至沈氏夢蘭、秦氏曉霞，皆烏有子虛之列，可不必論。

余所最喜者，《訪詭》折中自譽詩，眞是異想天開，令人百思不到。《宴謔》一折，亦令人絕倒。余嘗謂藚漁之才，既不可及，而用筆之妙，尤非藏園、倚晴所能。笠翁自負科白爲一代能手，平心論之，應讓藚漁。

霜厓。

此記刊誤處亦多，略志於下。《雙奔》齣【泣顏回】曲，『逗的欲可憐』五字，皆應大字。《唱稿》齣【尹令】曲，『那一處』、『這一邊』，亦應大字；又【二犯么令】應改書【么令】。《和箋》齣【二犯掉角兒】，應提行起。《夜閱》齣【六犯清音】曲，『酒旗山廓』句，『廓』應作『郭』。《哄主》齣【太師引】曲，『想是那』、『也只是』、『雖沒箇』、『又何用』諸字，亦應大字。《宴謔》齣【梁州序】應改書

【梁州新郎】。《誘錯》齣【二郎神】曲，『待我揜入待我』六字，應改小字。《浼伐》齣【麻婆子】曲，脫『換頭』二字，又『誰料又有』四字，應作小字。《欽召》齣【江兒水】曲，首句『領著』二字，應大。《行盤》齣白文首句，三『話』字，皆應作『詑』；又【榴花泣】第二曲末二句，『要迷他』、『喬妝成』六字，亦應大字。《交逼》齣【粉孩兒】曲末二句，『那知他』、『閃得我』六字，亦應大字。《詭怒》齣引曲，『昨夜風餐，今朝露宿，纔到長安』三語，亦應大字。《疑坦》齣【下山虎】曲，『怎把』二字，亦應大字。《露機》齣【江頭金桂】曲，『細參詳』句，應作『細詳參』。《福圓》齣【喜廷鶯】，應改書【喜遷鶯】。略記若干條，恐不止此。

霜厓又記。

（同上《沈蕢漁四種曲》所收《才人福》卷末）

【箋】

〔一〕此文又見民國二十九年（一九四〇）上海中華書局鉛印本《新曲苑》所收《霜厓曲跋》卷三。

文星榜（沈起鳳）

《文星榜》傳奇，《今樂考證》著錄，現存版本見《沈蕢漁四種曲》條解題。

文星榜跋（二）

吴　梅

此記情節，頗似《聊齋志異》中臙脂事。卞芳芝酷似臙脂，固不必論。他如楊仲春卽《臙脂傳》中之宿介也，薛鸞姐卽王氏也，王又恭卽鄂秋隼也，王六訌卽毛大也，方魯山卽施愚山也。《迎覲》、《戲洩》、《拒冒》、《失帕》、《誤戕》諸齣，卽《臙脂傳》中事實也。惟甘、向二家事，爲作者增益。得甘碧雲、向采蘋二女子，點綴其間，遂生下卷文章，非如《十五貫》、《梁上眼》之僅以折獄名也。

觀其結構，煞費經營，生、旦、淨、丑、外、末諸色，皆分配勞逸，不使偏頗。而用意之深，如入武夷九曲。《賺姻》、《罵婚》二齣，非慧心人必不能作，通本遂玲瓏剔透矣。

光緒初，有玉泉樵子者，未見此記，偶見蒲《志》，卽據本傳成《胭脂獄傳奇》十六齣，援引僅及本書科白，不發一粲，而自負不淺，識者哂之。此與錢塘張道未見《風流院》、《療妒羹》舊曲，妄慕小青之名，別撰《梅花夢傳奇》三十四齣，其事相類。無知妄作傳奇且不可，遑論其他乎？

霜厓。

此刻誤處卻不多。如《迎覲》折【中呂·通曲】，應作【中呂·過曲】；【花提馬】，應作【花馬回】。《憐才》折【仙呂·通曲】，應作【仙呂·過曲】。《罵婚》折【麽篇】曲，應作【么篇】。其他正襯、大小字，尚少大誤處。

霜厓又記。

（同上《沈莕漁四種曲》所收《文星榜》卷末）

【箋】

〔一〕此文又見民國二十九年（一九四〇）上海中華書局鉛印本《新曲苑》所收《霜厓曲跋》卷三。

伏虎韜（沈起鳳）

《伏虎韜》傳奇，《今樂考證》著録。現存道光間古香林刻《沈莕漁四種曲》本，及舊鈔本、紅格精鈔本、民國間朱墨鈔本。另有稿本《伏虎韜曲譜》十三出，《奢摩他室曲叢》第一集影印奢摩他室鈔本。

伏虎韜跋〔一〕

吴　梅

此即袁簡齋《子不語》中醫妒一事，而加以點綴也。聞故老言，洪、楊亂前，吴中頗有演此記者，往往哄堂大噱。余亦藏有殘譜。今則不獨無人能唱，且並不知此記之名矣。莕漁服膺粲花，《四種》時時效之，卽如此記，亦暗學《療妒羹》，而與汪廷訥《獅吼記》絕不相似，足見莕漁之宗尚矣。《采風》、《奇枷》二折，最足發人嘔噱。顧科白轉折，亦類《情郵》中之樞密乃顏，不獨《選妾》折【解三酲】第二曲，『人前枉說《金縢》誓，戲語難封桐葉侯』二語，直襲《療妒》中《賢風》也。

大抵蕢漁諸作，意境務求其曲，愈曲而愈能見才；詞藻務求其雅，愈雅而愈不失眞。小小科白，亦不使一懈筆。其第一關鍵，在男女易妝，令人撲朔難辨。四記皆用此法，而此記更幻，佳處在此，而落套亦在此。故讀蕢漁諸作，驟見其一，詫爲瓌寶，徐讀全書，反覺嚼蠟矣。又四記首折，皆從生、旦前生著想，亦拾藏園《香祖樓①》、《空谷香》之牙慧。偶一用之，原無大礙，今四記皆如是，未免陳言。此則蕢漁短處也。此記收處，以假託城隍神結案，實亦本諸藏園。惟能令人不覺，所以爲妙耳。

霜厓。

此記刻誤處，亦有數條。如《奇枷》折，【六么令】應作【么令】；又【桂枝香】曲『那裏有消受他』，應大字。《伏吼》折【泣顏回】二曲亦誤，此二曲是犯調，應作【泣紅雲兒】，蓋合【泣顏回】首二句、【紅芍藥】第三句、【駐雲飛】首二句、【耍孩兒】末句也；【千秋歲】曲，少作半闋；【越恁好】曲末三句，不知所犯何曲。《反計》折【尾犯序】第二曲，不合本調格式，必有脫譌。《催試》折【九迴腸】曲，『鴛幃阻隔巫峯』下，脫一『帳』字。《閨謔》折【下山虎】，亦脫二語，『從此清波裏』句，應作五字，『從此』二字應大。《誘醮》折【十二時】，是總牌名，以下【山坡羊】、【園林好】、【江兒水】等，皆分牌名，【十二時】下，應用一括弧。《結案》折【黑麐序】，『麐』應作『蠊』。此外正襯、大小字，誤處尚少。

霜厓又記。

（同上《沈蘘漁四種曲》所收《伏虎韜》卷末）

【校】

①樓，底本作『樓』，據文義改。

【箋】

〔一〕此文又見民國二十九年（一九四〇）上海中華書局鉛印本《新曲苑》所收《霜厓曲跋》卷三。

雲龍會（沈起鳳）

《雲龍會》傳奇，一名《英雄概》，《明清傳奇綜錄》著錄。現存乾隆間稿本，一説舊鈔本，凡二十八齣，中國藝術研究院圖書館藏；同治十年（一八七一）懷寧曹氏處德堂改訂本，存『英雄概』四齣、『伏虎山』六齣。約創作於乾隆五十五年（一七九〇）或稍後。參見戴雲、戴霞《清代戲曲家沈起鳳和他的劇作〈雲龍會〉》（《中華文史論叢》二〇〇九年第三期）。

雲龍會序〔一〕

沈起鳳

《千金記》曲，譜寫西楚霸王英勇，略見一斑。而《烏江》一折，英雄氣盡，觀者惜之。

庚戌仲夏〔二〕，保曹大人以《史記》郵寄〔三〕，命塡此劇。始於殺會稽守殷通，終於鉅鹿之戰。而殺冠軍，弑義帝，困垓下，都未之及。非爲毒龍藏尾，蓋欲存英雄面目也。劇中借義帝作起結，用避人窠臼。帳下美人，僅見於《虞兮》一歌，腐史不詳其實，姑本《西漢演義》而附會之。至黎繡英一事，見於畹香徐氏《蕉窗叢話》〔四〕，不知何所依據？即《西漢演義》中，亦止載博浪沙奮鎚力士，姓黎氏，號滄海公，未載其閨閣英雄爲楚宫中賢淑妃也。畹香好搜軼事，或得之稗官野乘中。妄言妄聽，聊爲歌場生色云爾。

吴門沈起鳳記於祁昌寓舍之閒處住〔五〕。

（清乾隆間稿本《雲龍會》卷首）

【箋】

〔一〕底本無題名。

〔二〕庚戌：乾隆五十五年（一七九〇）。

〔三〕保曹大人：未詳何人，待考。

〔四〕畹香徐氏《蕉窗叢話》：沈起鳳《諧鐸》卷二『筆頭減壽』條提及『畹香徐孝廉』及其著作《蕉窗剩話》，當即此人。

〔五〕乾隆五十三年（一七八八）至嘉慶六年（一八〇一），沈起鳳赴安徽，先後任祁門、全椒教諭。劇當作於此期間。

新西厢（張錦）

張錦（約一七四一—一七九九後），字雲織，號菊知，别署菊知山人，陽城（今山西太原）人。乾隆三十四年戊子（一七六八）舉人，屢試不第。四十六年辛丑（一七八一）大挑，試用直隸，次年署清河縣，調清豐縣。五十四年稍前，以事謫戍新疆伊犁，爲元戎司纂曹。十年後赦歸，詩酒自娱。著有《菊知著述》、《蜃樓集》、《塞外詞》、《回文賦》等。傳見同治《陽城縣志》卷一〇。撰傳奇《新西厢》、《新琵琶》，皆係翻改元人舊作者。另有《桃月源》、《鵲橋仙》劇，已佚。

《新西厢》傳奇，《西諦書目》、《古典戲曲存目彙考》著録，現存乾隆五十九年甲寅（一七九四）貯書山房刻本，日本京都大學文學部藏，中國國家圖書館亦藏（《鄭振鐸藏珍本戲曲文獻叢刊》第四〇册據以影印）。

新西厢自序（一）

張　錦

《西厢記》一書，元人王實甫作也，明代諸公已多好之。自國朝金聖歎目爲『才子第六書』，天下尤莫不共好之矣。然吾讀其書，每憾其寫鶯鶯類蕩婦，寫張生類浪子，淫聲穢態，往往而有。其爲風俗人心之累者，甚非淺也。嘗擬爲《西厢記摘謬》，以正其非，而未暇也。

迨謫伊江，凡友有書，罔不借閲。及閲至高公青疇所評《西廂記》〔二〕，不覺拍案稱快，喜其與鄙見略同。可見直道在人，而好惡之公，不能泯焉。因撰《新西廂》十六齣，全反張生、鶯鶯之妄，而夫人、紅娘，一一歸於大雅。蓋欲存佳人才子之眞，以爲名教救也，豈敢與實甫爭長哉？惜聖歎已往，不能起而一正之也。然而海水汩没，山林杳冥，吾自得琴中之趣，何必問知音於世耶？

乾隆五十四年歲次己酉重陽後二日，識於伊江之聽雪野齋〔三〕，菊知山人自題①。

【校】

①『菊知山人自題』六字，底本無，據中國國家圖書館藏清乾隆五十九年貯書山房刻本補。

【箋】

〔一〕中國國家圖書館藏清乾隆五十九年貯書山房刻本《新西廂》卷首有此序，殘闕。

〔二〕高公青疇：即高秉（一七二一—？），字青疇，號澤公，別署蒙叟，鐵嶺（今屬遼寧）人，屬漢軍鑲黄旗。高其佩（一六六〇—一七三四）從孫。由官學生得恩監。逍遥詩酒，托興書畫，善治印。嘗記述高其佩《指頭畫説》，著有《青疇詩鈔》。傳見《八旗畫録》、《飛鴻堂印人傳》等。沈維材《樗莊文稿》卷二有《賀鐵嶺高公子青疇二十初度文》（清乾隆十四年刻本）高秉所評《西廂記》，未見。

〔三〕伊江：即今新疆北部伊犁河，代指伊犁地區。

新西廂序〔一〕

王大樞〔二〕

錢塘吳寶崖《曠園雜志》云〔三〕：唐鄭太常恆暨崔夫人鶯鶯合祔墓，在淇水之西北五十里，曰舊魏縣，蓋古之淇澳也。明成化間，淇水横溢，土崩石出，秦給事貫爾撰志銘在焉。犂人得之，鬻諸崔氏，爲中亭香案石。久之，尋得其家有胥吏名吉者識之，遂白於縣令邢某，置之邑治志。中盛稱夫人四德咸備，乃一辱於元微之《會眞記》，再辱於王實甫、關漢卿《西廂記》。歷久而志銘顯出，爲崔氏洗冰玉之恥，亦奇矣哉！

《西廂記》敍兒女之情，小說傳奇與《臨川四夢》等書，原無關於深論。自鄙俗子贅以煩批〔四〕，詫爲奇文，謂可配《莊子》、《史記》，則傭鴇之見矣。得讀菊知先生《新西廂》，始嘆巨公翰墨，有關名教，才子風流，不傷大雅。因戲謂：『君家解元，乃宋玉，非登徒也。』

及獲前說云云，更足爲崔氏昭雪之據。異哉！古今才子佳人，固有默相而陰助之者哉！於以見我菊知之翻《西廂》，爲尤不可少也。爰亟手錄奉寄，俾登簡首，令天下後世，知原本《西廂》之誣鶯鶯，咎莫大焉。

同學弟皖湖王大樞識。

【箋】

〔一〕底本無題名。版心題『序』。中國國家圖書館藏清乾隆五十九年貯書山房刻本《新西廂》卷首無此序。

〔二〕王大樞（一七三一—一八一六）：字澹明，號白沙，別署空谷子、天山漁者、天山老人，太湖（今屬安徽）人。乾隆三十六年辛卯（一七七一）舉人，五試春官不第。五十三年，揀選知縣，將赴吏部銓選，以公事獲罪，貶戍伊犂。嘉慶四年（一七九九）赦歸。著有《春秋屬辭》、《詩集輯說》、《古韻通例》、《西征錄》、《古史綜》、《陶詩析疑》、《鴻爪錄》、《天山集》等。傳見王大樞《西征錄》卷六《空谷子小傳》、同治《太湖縣志》卷二二。參見《太湖縣文史資料》第二輯（一九八四），楊鐮《流放的詩人——王大樞》（《楊鐮西域探險考察文集》第一卷《烏魯木齊四季》，新疆人民出版社，二〇一五），吳華峯、周燕玲《『天山漁者』王大樞的遺戍生涯與詩文創作》（《西域研究》二〇一四年第四期）。

〔三〕吳寶崖：　即吳陳琰（約一六六一—一七一八後），一作吳陳炎，字寶崖，錢塘（今浙江杭州）人。

〔四〕鄙俗子贅以煩批：　指金聖歎批評《第七才子書西廂記》。

新西廂序〔一〕

范建杲〔二〕

先儒有言：『執身如璧謂之品，吐詞如雲謂之才。』才與品，相濟①也而不相離。裴晉公亦曰：『士先器識而後文章。』是其視品於才也爲尤重。唐元稹詩名籍甚，而《會眞》一記，大②爲識者所非。元人王實甫見黜於衡文，藉而演爲《西廂》曲本。迨金人瑞標爲『才子書』，而《西廂》之名尤噪。噫嘻！天下才子佳人而有③如崔、張也，則麻丘桑下，何地無才？才筆而有④如《西廂》之書也，則豔史淫書，何人敢議？

說者謂：其詞鋒入妙，情迹風流，有足傳者。初⑤不知於淫處傳神，實爲名教之罪人。如明季阮髯輩，以『曲子相公』自居，白鼓紅牙，搜羅傳奇殆盡，薰風燕子，涼月雞鳴，滚滚江流，穢氣殊難淘盡。唯國初尤西堂、洪西泠，足⑥與前明湯玉茗、徐山陰兩⑦公，共以香詞妙曲，稱爲『四傑』⑧。至若梅村、紅友、云亭，亦掉臂倚聲，可⑨分一幟。洎乎李漁挾聲伎、擁虛名於公卿間，其安得與『四傑』⑩爭衡？而剩炙殘羹，徒供乞兒沾丐。《十種曲》較《春燈》、《十謎》，誰爲高出一籌？所謂著⑪作如林，大抵⑫《西廂》之流亞也⑬。嗟乎⑭！聽鄭聲而忘倦，人之恒情。實甫倡之，人瑞和之，遂至世間人⑮無人而不贊之、羨之，奉之者爲才人，闢之者爲迂論。梨園出手，芸閣增輝，湘簾珠箔中，正不知誤盡多少聰明兒女子。夫如是，而曰世祿之家，鮮克由禮；讀書之士，大率輕佻，嗟乎，冤矣⑯！

余童時誦其書，鄙其品。三十餘年，究無一字摘之者，深以無才爲己恨。菊知孝廉，晉陽才子也。栽花未幾，出塞爲元戎司篆曹，兩袖清風，一腔熱血。趨公外，落落寡交游，而著作日益富。暇時，復趁江管餘香，撰《新西廂》一書，翻崔、張舊事，一一歸之於正，俠義端貞，大家風範。而詞筆之清新奇妙，直逼元人，尤、洪諸前輩應亦低頭，區區笠翁輩望塵不及矣。

余與公文字心交密，不敢辭於評。評竣，復以一詞告公曰：夫《西廂》一書，未經批贊之先，久矣膾炙人口，一經許爲『才子』之後，其耀氍毹而珍卷軸者，無地無之。數百年來，豈無一二正法眼藏者，出而闢此淫邪，而必待公於今日？祇以『才子』兩字，先聲奪人，續之者尚遭詆斥，又誰敢向隨波爲中流砥柱？唯公具菩薩心，操才子筆，放英雄膽，得小山閒⑰，始肯翻之，能翻之，敢翻之⑱，而竟翻之以成帙。此書一出，行見播之管絃，流於里巷。縱難驟停舊曲，盡演新詞，而綺席華堂，不礙屏風之眼，邪不勝正。久而習於自然，使盡人而知必如是而後可以爲才子，必如是而後可以爲佳人，必如是而後可以爲眞正才子、眞正佳人，則是書不目爲眞正才子書也，亦不可得。雖然，公艾矣。許國孤忠，空餘華髮，行將歸去。梓此爲世道人心勸，雖未能上爲聖天子宣化之臣，而功德亦匪淺鮮。是公之欲撰此書者，品也；能撰此書者，才也。莫非根於心而現於詞也。吁！是必傳也已。

後學范建杲秋塘甫拜題。

【校】

①濟，《傳惜華藏古典戲曲珍本叢刊》第九五冊影印清光緒間申報館仿聚珍板排印本《申報館叢書餘集》所收《東廂記》卷首《先輩駁語》作「繼」。

②大，《東廂記》卷首《先輩駁語》作「久」。

③有，《東廂記》卷首《先輩駁語》作「盡」。

④有，《東廂記》卷首《先輩駁語》作「盡」。

⑤初，《東廂記》卷首《先輩駁語》無。

⑥足，《東廂記》卷首《先輩駁語》作「輩直」。

⑦兩，《東廂記》卷首《先輩駁語》作「諸」。

⑧稱爲四傑，《東廂記》卷首《先輩駁語》作「擅名一時」。

⑨「梅村紅友云亭亦掉臂倚聲可」，《東廂記》卷首《先輩駁語》作「西河竹垞藥園亦追摹屯田各」。

⑩其安得與四傑，《東廂記》卷首《先輩駁語》作「縱不敢與名士」。

⑪「徒供」至「所謂著」，《東廂記》卷首《先輩駁語》作「猶足供人歡笑何競名」。

⑫大抵，《東廂記》卷首《先輩駁語》作「終讓」。

⑬流亞也，《東廂記》卷首《先輩駁語》作『獨步耶』。
⑭嗟乎，《東廂記》卷首《先輩駁語》作『總之』。
⑮人，《東廂記》卷首《先輩駁語》無。
⑯『冤矣』後至『夫西廂一書』前，《東廂記》卷首《先輩駁語》删略。
⑰得小山閒，《東廂記》卷首《先輩駁語》無。
⑱『敢翻之』後，《東廂記》卷首《先輩駁語》删略。

【箋】

〔一〕中國國家圖書館藏清乾隆五十九年貯書山房刻本《新西廂》卷首無此序。《傅惜華藏古典戲曲珍本叢刊》第九五册影印清光緒間申報館仿聚珍板排印本《申報館叢書餘集》所收《東廂記》卷首《先輩駁語》，引録此序，有所删略。

〔二〕范建杲（約一七四六—？）：字秋塘，淮南（今屬江蘇）人。《再生緣》彈詞作者陳端生（一七五一—一七九六）夫。諸生。乾隆五十四年（一七八九）稍前，因科場事爲人牽累，謫戍新疆伊犁。嘉慶初，遇赦歸。

新西廂題詞〔一〕

成錫田〔二〕

昔虎丘生公，豎拂説法，相傳頑石點頭。世間懵懂愍生，沉迷色界欲海，雖大法王千棒萬喝，亦不知回頭是岸，眞頑石之不若矣。於是有大智慧者，力①尋方便法門，爲衆生警聾振聵，逢場作戲，現身說法，此傳奇之所由貴②也。然必借大忠大孝、大姦大惡，有關勸懲者，使之③登場獻技。聲音笑貌，盡態極妍，足④令觀者時而怒髮衝冠，時而破涕爲笑，雖婦孺亦鼓掌叫絕，而在知書識字，並非不辨菽麥者⑤，豈有不知迷途未遠者乎？則傳奇之有造於世者⑥，非淺也。

及世俗以梨園爲風流淵藪，强半演男女私情，目挑心招，淋漓盡致，俾乳臭童牙⑦，情竇方開，便作意導之漁色，則⑧是傳奇竟屬誨淫之書矣，將前人醒世婆心，盡情抹卻⑨。登場時不過優孟衣冠，祇圖快意，且無論其他。卽如元人《西廂記》，海內膾炙久矣。今遽欲變其面目，一洗而廓清之，口衆而我寡，反脣相譏者，竊恐不免。縱有一二具隻眼者，亦不敢大聲疾呼，倡言排之。

孰意我菊知，翻案作《西廂》，直拔前人之幟，另樹赤幟，可以獨當一面矣。昧者第謂謫戍邊疆，借此消遣耳。而詎知菊知此作，蓋以憫世婆心，不得已而爲之者也。迹其寓流麗於端莊，含猗娜於剛健，展卷長吟，儼然如對天竺古先生，令人不敢褻視。若授梓刊行，洵狂瀾之砥柱，欲海之慈航也。聲調雖與前人異曲同工，以視舊《西廂》誨淫之作，眞不啻小巫之見大巫矣。

宋法秀道人嘗呵涪翁好作樂府塡詞，恐犯綺語戒，於我法中當拔舌之獄。若見此十六齣，方合掌贊歎之不遑，而又何訾謷之有哉？至於曲中之雅奏合拍，他日當場顧曲者，自有周郎。僕門外漢，樂句尚且不諳，又何敢學豐干饒舌？

同學弟成錫田拜撰。

（以上均日本京都大學文學部藏清乾隆

五十九年貯書山房刻本《新西廂》卷首）

【校】

①力，《傅惜華藏古典戲曲珍本叢刊》第九五冊影印清光緒間申報館仿聚珍板排印本《申報館叢書餘集》所收《東廂記》卷首《引訓》作『另』

②貴，《東廂記》卷首《引訓》作『來』。

③使之，《東廂記》卷首《引訓》作『方許』。

④足，《東廂記》卷首《引訓》作『眞』。

⑤在知書識字并非不辨菽麥者，《東廂記》卷首《引訓》作『況略識之無』。

⑥者，《東廂記》卷首《引訓》無。

⑦童牙，《東廂記》卷首《引訓》作『兒童』。

⑧則，《東廂記》卷首《引訓》無。

⑨『盡情抹卻』後，《東廂記》卷首《引訓》刪略。

【箋】

〔一〕中國國家圖書館藏清乾隆五十九年貯書山房刻本《新西廂》，卷首無此文。《傅惜華藏古典戲曲珍本叢刊》第九五冊影印清光緒間申報館仿聚珍板排印本《申報館叢書餘集》所收《東廂記》卷首《引訓》，节錄此文。

〔二〕成錫田：號采卿，陽城（今山西太原）人。生平未詳。

新西廂跋〔一〕

范建杲

余齠齔喜觀劇，一見輒了了，再演便不寓目。先大人曰：『是兒之意不在戲。』因廣購傳奇，俾館師講授之。彼姑言，我姑聽，亦不過離合悲歡，愛其熱鬧而已，究不知何者爲詞，何者爲曲。年十三，文思苦澀，滯禹門。金夫子命讀《西廂記》，筆意超脱，情事風流，心以爲眞才子書，眞才子事，誦之羨之，如獲奇寶。次年，即入泮，省先大人於比曹，趨庭時欣欣然。問余讀《西廂》之妙，乃婉言曰：『是書筆誠才子，而事豈才子之所爲？此王實甫見黜於衡文，故作此以洩忿，與高則誠《琵琶》爲王四作者同。若輩居心鄙刻，何以云才？汝故嗜詞章，《長生殿》、《牡丹亭》、《鈞天樂》、《四聲猿》四種，其風韻殆不減此，盍觀諸？』余聆訓細思，恍然如失。

自此知《西廂》非才子事，而書亦不足云才子書。然妙筆奇文，終不能忘於心目，退而誦四傑所撰，畢竟不如。間或商之同人，又率以爲迂見，因心非之，而不復道者，於今垂三十年。塞上風光，消磨大半，雪盧雨轡，南北分馳，少年情懷，百無一二。不但塡詞一道，久矣不談，即童時爛熟《西廂》，亦都懵然忘卻。

己酉秋〔二〕，訪菊知舊尹於埜齋。會八景初成，留余小飲。飲次，同閱高青疇所評《西廂記》，見其指摘崔、張淫蕩之行，與公與余有同意。與快心人，對快心景，遇快心事，一時玉山雙倒。

公倚醉而言曰：『青疇固能評，評之猶未盡。吾行將翻之，爲世道人心救。』余頷之，殊不深信。蓋知公筦曹事冗，雖熟於九宮，長於詞調，弗暇耳。乃未匝月，而《新西廂》脱藁矣。急諧讀之，則椿椿仍舊，色色翻新，相國家風，才人經濟，端莊大雅，奇妙絶倫。吁，何公之才之捷如是耶！飽讀狂呼，甕醅已涸，覺快心快事，十倍於前。

無何，余臥病山莊，心緒惡劣，半年未親筆硯。今夏，公馳車視余，索之再讀，則中間色香滋味，如剝蕉心，如餤諫果，方悟去秋之讀此書，猶爲囫圇吞咽，不曾細細嚼得汁漿也。荒墅晝長，雲峯縹緲，泉聲樹影，空翠撲人。手此一編，讀而評，評而序，序之不已，而又爲之跋。嗟乎，心乎愛矣，何日忘之！

秋塘范建杲謹識於伊江之白雲深處。

曲文之幾闋成套，猶製藝之幾比成篇，或兩扇、或四、或六、或八，亦有短比散行，總有一定不移之法。李笠翁曲本，概多排比中雜入散行體，而媚之者引昌黎散體用韻，曲爲之解，殊不知此詞家大病。不就準繩，何以合度？雖移宫換吕，間亦可爲，一經法眼，周郎恐顧之不免。余輕易不敢作，亦不能作，然細讀《長生殿》、《鈞天樂》，兩公之於此道，講之熟矣。其齣齣合拍，調調中矩，一套有一套起結，從不輕換一闋。西堂本吳儂，西泠亦六橋名手。公晉人也，音律一長，非其所擅，何十六齣套套自然，無一可疵，如文字中千篇一律，精粹無瑕，竟如一串牟尼珠，圓整可愛。

秋塘建杲再識。

【箋】

〔一〕底本無題名。

〔二〕己酉：乾隆五十四年（一七八九）。

駁元稹會眞記

闕　名〔一〕

甚矣，元稹之妄也！以張生、崔鶯之事，而必爲之記也。凡記兒女之事也，必於世道人心有關焉，而後可以傳之久遠也。即不然，或其情之眞摯，死生以之，苟於其初，正於其終，如文君之歸相如，紅拂之歸李靖，抑亦可爲鴛鴦譜中一段佳話也。若夫張生之見崔而惑，因紅而求，非禮矣。而崔竟酬之以詞，曰：『待月西廂下，迎風戶半開。拂牆花影動，疑是玉人來。』則直青樓之婦，聞佳客而欣欣者矣，是尚得謂之閨秀也哉？至其斂衾攜枕，托紅而至，雲雨荒唐，殊乖倫理。而張生賦《會眞詩》後，更爲之朝隱而出，暮隱而入，爲時之久，幾及一月，夫何廉恥盡喪，忌憚全無之一至於斯也！迨後張居長安，崔寄以書，並贈玉環、茶碾諸物，而張發其書於所知，使人咸知之，張實負心人矣。而張反曰：『天之所命尤物也，不妖其身，必妖於人。』使崔氏子遇合富貴，乘嬌寵，不爲雲爲雨，則爲蛟爲螭，吾不知其變化矣。昔殷之辛，周之幽，據萬乘之國，其勢甚厚，然而一女子敗之，潰其眾，屠其身，至今爲天下僇笑。予之德，不足以勝妖孽，是用忍情。夫即忍情，亦宜婉其詞以謝之，奈何不絕之於隱，而必絕之於著，以彰崔氏之惡也？且既絕矣，崔已委身於人矣，張亦有所娶矣，經其所居，復因其夫言於崔，求以外兄相見，則又何也？方以補過爲高，旋以蹈過爲甘，前後顛倒，初終翻覆，禽獸之心，不堪問矣。而元稹津津道之，斯吾之所不解者也。甚矣，元稹之妄也！

（以上均日本京都大學文學部藏清乾隆五十九年貯書山房刻本《新西廂》卷末）

【箋】

〔一〕此文當爲張錦撰。

新琵琶（張錦）

《新琵琶》，《明清傳奇綜録》著録，現存嘉慶四年己未（一七九九）貯書樓刻本，臺灣大學圖書館藏（原久保文庫本）。

新琵琶傳奇序

成錫田

蔡中郎曠世逸才，事親至孝，而高東嘉誣之以雙親餓死，使負百身莫贖之罪，吾不知其何意也。至謂其妻趙五娘奉養竭力，而又必寫其辱身請賑，降志行丐，更不知其何意也。

吾友菊知先生，高才卓識，筆有化工。忽翻其案，另寫一純孝之中郎，完璧之五娘，以爲爲人子、爲人婦者勸。是能洗數百年不白之冤，而頓使之吐其氣而揚其眉也。中郎與五娘九泉有知，諒必彈焦尾之桐，製一曲以酬我菊知也。是書眞中郎之帳中祕哉！

同學弟成錫田題。

（清嘉慶四年己未貯書樓刻本《新琵琶》卷首）

琵琶記駁

闕　名〔一〕

夫《琵琶記》一書，寫五娘之孝，牛女之賢，眞切懇摯，讀之令人淚下，洵閨閣傳神第一高手，有非《西廂》諸本淫褻者所可比也。然吾深惜其誣蔡邕而貽蔡邕以不白之冤也。考之史傳，邕值母病，不解襟帶，不寢寐者七旬。母卒，廬墓側，有兔馴擾，木生連理。邕豈非能孝者哉？以無愧於養生、無愧於送葬之人，而必謂其生不能養，死不能葬，爲天地之所不容，吾不知其何意也。

或曰：作者之撰《琵琶》，蓋以諷王四也。王四爲元末知名士，以貴顯改操，棄其妻周氏，坦腹於時相不花氏家。高東嘉甚惡之，故假蔡邕以罵之也。然欲罵棄妻負親之王四，而反誣於古所稱能孝之蔡邕，是何異將執市井之無賴，反指縉紳先生以爲夫夫也即其人也，豈不謬哉？且既知棄妻負親者之足罵，則直罵棄妻負親者之爲狗彘不食，宜矣；而又從而斡旋之，謂其廬墓受旌，何身爲人子，致親餓死，負百身莫贖之罪，一廬墓而遂可逭耶？此又恕以處不孝之人，將使天下之終身孺慕，生無歉於養，而死且廬其墓者之無與別也。豈非人心之所不安，而天理之所不然也哉？

至於五娘青年麗質，親爲赴官領賑，甘作乞丐尋夫，廉恥盡喪，他時復何顔對人，猶其疵累之小者耳。九原可作，吾願與中郎先生抵掌而談也。

【箋】

〔一〕此文當爲張錦撰。

新琵琶傳奇凡例

闕　名〔一〕

一、是書特寫眞孝子、眞孝婦，以爲天下之爲人子、爲人婦者勸也，故插科打諢，諸般腳色，概不濫入。

一、是書專寫至性至情，故通本純尚本色語，一切香豔工麗之句，概不濫用。

一、是書寫一孝子、兩孝婦，鼎峙於綱常之地，實欲爲倫紀維持，區區雪古人之冤，猶其後也。

一、是書既寫中郎夫婦爲純孝，則不可不寫中郎父母爲慈親，不可不寫牛丞相爲賢岳，觀者一無遺憾，令世人咸知取法。

一、中郎原無父母飢死之事，高東嘉忽而誣枉，竟成冤獄。歷四百餘年，而予始出而反正之。

可見申雪之難，而知己之未易得也。

一、舊本《琵琶》借中郎以諷王四，而予則借中郎以牖古今，意各有在，不妨並存。

一、是書撰於丙辰之秋〔二〕。予自痛十年塞上，祭葬辜深，每構一齣，不知淚下幾斗。蓋文生於情，而非情生於文也。

一、予篋《衍南北九宮》〔三〕，於甲寅歲燬於回祿〔四〕。方撰是書時，從伊江藏書家遍覓曲譜，了不可得。唯取《鈞天樂》、《長生殿》諸名本之現成曲套，按而譜之，未免苦矣。然當興酣落墨，亦頗有掉臂游行之趣。

一、是書曲套短長次第，予悉不敢以己意行之，唯【尹令】在【品令】前者，與常曲次第不同，而本之艮翁〔五〕。艮翁所謂『亦可唱也』。

一、予少時讀《元人百種》暨《六十種曲》，每遇語意謬悠，乖違義理者，輒蹙額不喜，謂有害於人心。今之爲此，其成吾初志也夫。惜乎詞不雅馴，難語於縉紳先生前也。

（以上均清嘉慶四年己未貯書樓刻本《新琵琶》卷首）

【箋】

〔一〕此文當爲張錦撰。

〔二〕丙辰：　嘉慶元年（一七九六）。

〔三〕《衍南北九宮》：　或即莊親王允祿等輯纂《新定九宮大成南北詞宮譜》，現存乾隆十一年（一七四六）殿刻朱墨套印本。

〔四〕甲寅：乾隆五十九年（一七九四）。

〔五〕艮翁：即尤侗（一六一八—一七〇四），號艮翁。

新琵琶總評〔一〕

成錫田

西江魏叔子曰〔二〕：『天上多一神仙，不如地下多一聖賢。』余最歎服其語。茲讀蔡太翁勵子之言，覺酣暢尤足醒人。然子之於親，只合以仙佛爲願，不得以聖賢爲期；親之於子，只合以聖賢爲勵，不得以仙佛爲勉。作者斟酌而出，寫得一家父子雍熙，仙佛聖賢，各在心頭，各滿其孝慈之量，高東嘉豈有此等識力？豈有此等筆墨？駕而上之，眞無異雲高於山也。桓譚謂子雲《玄經》必傳。吾於作者是書亦云。

成采卿。

【箋】

〔一〕底本無題名。

〔二〕魏叔子：即魏禧（一六二四—一六八一），本名益禧，又名際昌，字冰叔，一字叔子，號裕齋，寧都（今屬江西）人。崇禎七年甲戌（一六三四）庠生。明亡，隱居翠微峯，所居之地名勺庭，人稱『勺庭先生』。年四十，乃出遊江南。康熙十八年己未（一六七九），詔舉博學鴻詞，以疾辭。著有《左傳經世鈔》、《魏叔子文集》、《魏叔子詩集》、《日錄》等。傳見《清史稿》卷四八四、《清史列傳》卷七〇、《碑傳集》卷一三七、《國朝耆獻類徵初編》卷四二

五、《國朝先正事略》卷三七、《文獻徵存録》卷六等。參見溫聚民編《魏叔子年譜》（民國二十五年上海商務印書館排印本）、陸勇强《魏禧年譜》（齊魯書社，二〇一四）。

新琵琶自跋

張錦

曲之以豔語勝者，莫如《西廂》；曲之以眞語勝者，莫如《琵琶》。而吾於《西廂》既反之，於《琵琶》復翻之者，豈敢與王實甫、高東嘉頡頏哉？蓋《西廂》寫崔、張之事，一味淫褻，重傷風化，是以力救之。至於《琵琶》，專寫至性，通卷無一嫚語，妙矣。第人子馳騖功名，拋撇父母，致使餓死，此天地之所不容，而王法之所必誅者矣，豈一廬墓而遂可贖其罪耶？果如舊本，則馳騖功名，拋撇父母者，皆可藉口於異日廬墓，足以酬親也，大誤倫常，蠹蝕根本。此吾必欲翻之，另寫一眞孝子、眞孝婦，以爲天下後世之爲人子、爲人婦者勸也。倘謂余狂妄無知，既抑實甫，復駁東嘉，是不知人世羞恥之事，則余唯付之祝融，以爲藏書之所。嗟哉，嗟哉！

丙辰九月晦日[二]，菊知山人自跋於伊江之掃月草堂[三]。

（以上均清嘉慶四年己未貯書樓刻本《新琵琶》卷末）

【箋】

[一]底本無題名。

[二]丙辰：嘉慶元年（一七九六）。

〔三〕題署之後，另行署『男翰颺校字』。張翰颺，張錦子，生平未詳。

晉春秋（蔡廷弼）

蔡廷弼（一七四二—一八二三後），字調夫，號古香，别署看雲主人，室名太虚齋，德清（今屬浙江）人。弱冠後，遊幕於揚州、江寧等地。乾隆三十九年甲午（一七七四）廪貢，四十一年任海寧州訓導，五十三年任蘭溪訓導，五十七年卸任歸里。後仍以遊幕爲生。著有《太虚齋存稿》（包括詩集、文集、詞集）。撰傳奇《晉春秋》、雜劇《前後赤壁賦》，均存。傳見嘉慶《德清縣續志》卷六、《德清蔡氏宗譜》等。參見鄧長風《十三位清代戲曲家的生平材料·蔡廷弼》（《明清戲曲家考略三編》）、左怡兵《蔡廷弼的生平、交游與〈晉春秋傳奇〉刊刻探考》（《周大榜及其戲曲研究》附錄，中國人民大學碩士學位論文，二〇一七）。

《晉春秋》傳奇，《今樂考證》著錄，現存嘉慶五年庚申（一八〇〇）太虚齋刻本，《傅惜華藏古典戲曲珍本叢刊》第五三册據以影印。據左怡兵考證，該劇係删改周大榜原作，並僞托蔣士銓書，刊刻成書，見其《周大榜及其戲曲研究》第二章《周大榜與〈晉春秋傳奇〉作者公案》。

致蔡廷弼〔一〕

蔣士銓

銓啓：伻來辱賜書，獲讀《晉春秋》院本，字摘屈、宋之豔，句熏班、馬之香，滴露研詞，音節瀏亮。其間虛實反正、離合淺深之法，各極其妙。晉重耳得此寫照，光景常新，即喚起左盲而問之，亦必首肯乎？

是編乃以余爲老馬識道，諈諉訂訛，按拍倚聲，豪髮無憾。余雖有傳奇九種，視此大筆淋漓，不免有積薪之歎。蓋作者固難，而知音者亦復不易。余固知君於此道已三折肱，故能清辭麗句，如驪珠一串，迸落筆端，直欲合東籬、稗畦爲一手，又何李老《十種》之足云？讀既訖，覆加評定，將關目起伏、勾勒、照應之處標出之，以俟他時剞劂焉，庶不負作者之苦心矣。

鉛山世弟心餘蔣士銓拜復。

【箋】

〔一〕底本無題名。

〔二〕按，據左怡兵考證，此文當爲僞托之作，見《周大榜及其戲曲研究》第二章《周大榜與〈晉春秋傳奇〉作者公案》。

晉春秋傳奇凡例〔一〕

闕　名

《春秋》，魯史名。晉不云『乘』乎？乘者，載事之編也。春秋者，紀年月之號也。載事不外乎紀年月也，則以『春秋』名晉亦可也，此看雲主人所以有《晉春秋傳奇》之作也。

列國之名『春秋』者，若趙景之《吳越》、陸賈之《楚漢》、孔衍之《漢魏》、習鑿齒之《漢晉》、孫盛之《晉陽秋》、司馬彪之《九州》、崔鴻之《十六國》、蕭方之《二十國》、武敏之《三十國》，豈獨《繁露》、《竹書》、《虞》八篇、《吕》六論已哉！兹獨以爲傳奇，卽史之例也，豈非賢否得失之林，成敗興亡之鑒，而勸戒之感人尤捷哉？

五霸首稱齊桓，大聖人取之。然桓不過倚仲父爲功，仲父而外，其臣無一能敵狐趙者。且桓晚年衰颯，等諸落葉西風。六夫人爭寵，五公子爭立，有開場，無結局，迨至虫出於尸，不能不廢書三嘆矣。此是編之所以不取齊桓而取晉文也。

獻公蒸夷姜，生伯姬、申生，兹不曰夷姜生者，非爲獻諱，爲伯姬、申生之賢諱也。夷姜既不可以爲母，則非母狐姬而誰？曰『嫡母』，則無論自我所生，與非自我所生，皆可以嫡母母之。狐姬生重耳，其父狐突，兄若弟狐毛、狐偃，皆賢，則姬之徽音淑德，概可知也，故死後特表其爲神。

伯姬，姊也，胡列之爲妹？曰：姊則當領隊而難以位置，妹則肩隨而提挈較順也。考伯姬嫁秦，在滅虞、虢之後，則與三公子年殆相若，雁翼參差，正不必以伯姬『伯』字爲拘也。卽如子糾兄也，桓公弟也，諸書鑿鑿可據，獨程子一翻舊說，謂糾爲桓弟，其意以爲，必如是而後桓之殺糾始當，自注之於《論語》，而老學究、村夫子，莫不以糾爲桓弟矣。糾之爲弟，非桓弟之，程子弟之耳。伯姬之不爲姊而爲妹，亦竊取程子之意云爾。

梨園始自唐代，《戲爨》一齣，緣優施『優』字起見耳。二五之朋比爲姦，卽從此立案。

《左傳》載新城之縊，爲胙肉事，曰『賊由太子』。然使果由胙毒而殺，則殺之甚驟，何以前呼此者，又有夜半之泣也？故特分爲兩案，以撲蜂爲申生之死，以進胙爲兩公子逃，死在逃先，而後《哭墓》、《魂護》等齣，可以隨手生波。此移屋就樹之法也。然則史事可以意爲刪削增造歟？曰：此非史也，而傳奇也。

《魂護》、《焚宫》、《冥鎖》、《女判》、《死妒》、《渡津》等齣，毋乃好言鬼怪乎？曰：此《左氏》家法也。《左》不云乎『新鬼大，故鬼小』，『石言於晉，神降於莘』。果孰聞之而孰覩之？而且形容已臭之官骸，既枯之骨殖，頭可築防，眥可憑軾，身可横九畝。甚矣，《左氏》好言鬼怪也！况是編妖夢是踐，皆實有之鬼怪，顯示以天道禍福之報，默挽夫人心善惡之機，奚待觀雷電、拜閻羅而始森然惕然也哉！則以是爲暮鼓晨鐘之助也可。

輪迴轉世之説，見於書者不一。張平子轉世爲蔡中郎，李家兒轉世爲羊叔子，李青蓮轉世爲郭祥正，玉童轉世爲王慶之。他如胡沙門、赤脚仙轉世爲相爲君，指不勝僂，則又何疑於是編？惠公轉世爲楚平，里克轉世爲子胥，鞭屍報復當矣。若驪姬轉世爲伯嚭，女而忽男，毋乃不倫？然而傳奇家往往有之。《四聲猿》中，月通轉世爲柳翠，是男而女者也。男而可女，則女亦可男矣。《大輪迴》中，項王轉世爲漢壽亭侯，虞姬轉世爲周倉，非女而男者乎？美人可以爲將軍，寵妃亦可以爲佞宰，總不外乎以讒諂見長也。是男女雖有異身，後先總歸一轍，是亦釋氏輪迴之大凡也。

楚距晉遠，子玉何以到晉陽？蓋子玉素有吞晉之志，曰『今日必無晉矣』。此以其志演之也，何必規規焉以道里郵亭計哉？吾故曰：此非史也，而傳奇也。

伯姬打鼓而子玉逃，少姜打鼓而子玉死，是子玉之赳赳桓桓，特爲兩巾幗增氣焰耳。

十九年鞍馬風霜，不可不傳，《園謀》殺婢傳矣，何以不傳觀脅乎？曰：浴與觀脅難演也，非不傳也。少姜賢智有俠氣，今以勤王第一著，屬諸閨閫之謀，而少姜之賢智且俠益見。僖，負羈之婦，賢智次於少姜，不與並傳者，恩未償而戮及全家，此亡人之慚德也，故略之。

《左氏傳》獨詳晉事，或謂是晉史官之書。第於世子妖夢，亡人十九年，過楚，過齊，過曹、宋，過秦，過鄭、衛，亦既瑣瑣言之，而獨於謠豕牝雞，傾覆宗社之妖姬，不言其如何而死，豈天鑒可逃與？且里克手刃幼君，是時姬尚年少，克何以處姬，姬又何以處克？種種疑竇，從此而生。茲憑空撰出追亡、借師，因而有一札之託，因而有一拜之助，始知令尹與亡人爲難，蓋亦有因。且令一妖姬、兩狐女，紅粉英雄，照耀於車馬河山之外，而後以鬼道收拾之，則姬之始終巔末具見矣。此烘雲托月，畫家渲染法也。

削惠、懷，之年而予姬，惡惠、懷也。然則惡惠、——又何以予姬？曰：非予姬也，所以甚姬也。甚姬何也？曰：所以爲鎖姬、判姬地也。驪姬赫奕，無過垂簾，然而寡婦一堂，無非愁苦嗟嘆之聲，天已奪其魄矣。

焚宫亦移之惠、懷，惡惠、懷也。據狐姬之言，大無道者六，不成君者三。其子益發昏騃，是以付之一炬之燼，以當一筆之勾。然則史事可以意爲刪削增造歟？曰：此非史也，而傳奇也。

驪姬狠，伯姬慧，少姜賢而俠，狐氏姊妹順而武，荀氏兩夫人正而和，里夫人剛，皆奇女也。然皆不若之推之妹之癖爲尤奇。

妒女祠與妒婦津有異，婦已嫁而女未嫁也。妒婦津在臨濟，劉伯玉妻段氏事；妒女祠在平定州，則介之推之妹事也。婦之妒者十有八九，妒而死者亦十有二三。若未嫁而妒，妒且死，自古迄今，之推之妹一人而已。其自沈於水爲神，女子渡河者必毁妝，不則風濤大作。介與段事從同。唐武后過平定河，畏介女之神，欲避之。夫以春秋至女主時，幾及千年，而猶烜赫若此，在當日更何如哉？此子玉之矢，所以不及錢王之弩也。添出子玉射濤一節，亦空中樓閣耳，而於前後卻有關鍵。

傳奇者，傳其事之奇者也，實傳其事之奇而正者也。申生死孝，孝也；荀息死忠，忠也；之推死隱，廉也；石姑死妒，貞也。以死隱死妒，配死孝死忠，而是編遂以忠孝廉貞特著，此一書之綱領，非一代之綱常哉！吾故曰：傳奇者，傳其事之奇者也，實傳其事之奇而正者也。

（以上均清嘉慶五年太虛齋刻本《晉春秋傳奇》卷首）

【箋】

〔一〕此文當爲蔡廷弼修改周大榜《晉春秋傳奇凡例》一文而成，參見本卷周大榜《晉春秋傳奇凡例》條箋證。

晉春秋題識〔一〕

半農山人〔二〕

全部結構，亦可無恨。大意以重耳爲經，以申生爲緯，寫申生處即寫重耳。至若二隗、少姜諸女，不過烘托驪姬，寫一個對面照，是文章反正法也。惜乎塡詞未能超脫，說來未免有粘皮帶骨之病。且明用後人典制，總覺不雅；多鈔成本句調，未能免俗。欲求如蔣新畬、李笠翁之筆墨，數終不可得也。

半農山人偶筆。

（《傅惜華藏古典戲曲珍本叢刊》第五三冊影印清嘉慶五年太虛齋刻本《晉春秋傳奇》卷首蔣書後墨筆書）

【箋】

〔一〕底本無題名。

〔二〕半農山人：姓名、籍里、生平均未詳。按，清代號半農山人者，有惠士奇（一六七一—一七四一），吳縣（今江蘇蘇州）人；譚澍青（一八一五—一八八二），湘潭（今屬湖南）人。號半農者，尚有王孝穆、王堃、俞廷颺、高虞文、張惟楙等。

夢裏緣（汪柱）

汪柱（？—一七八三後），字石坡，號鐵林，別署洞圓主人、洞圓山客，室名砥石齋，袁浦（今江蘇淮陰）人。諸生。乾隆三十年乙酉（一七六五），南闈挂誤。後久困衡茅。著有《鐵林存稿》。撰傳奇《夢裏緣》、《詩扇記》二種，總稱《砥石齋二種曲》。雜劇六種：《楚正則采蘭紉佩》、《陶淵明玩菊傾樽》、《江采蘋愛梅錫號》、《蘇子瞻畫竹傳神》四種，總題《賞心幽品》；《破牢愁》、《林和靖夢裹妻梅子鶴》二種，總題《砥石齋韻品雜出》。參見鄧長風《汪柱的里籍及其居地之再探索》（《明清戲曲家考略續編》）。

《夢裹緣》傳奇，《古典戲曲存目彙考》著錄，現存乾隆間松月軒刻《砥石齋二種曲》第一種本。

夢裹緣序〔一〕

王　寬〔二〕

歲次乙酉〔三〕，予同年友江君震蒼〔四〕，館於袁浦汪氏。汪本徽邑人，始祖在唐以保障六州之功，進封越國公，裔孫遷淮，世爲望族。震蒼居停，號芝田先生，以貢生在籍，候補主政，交遊大江南北名下士甚夥，以故震蒼得與西賓之席。汪君課子最嚴，諸郎早蜚聲黌序。其季石坡，一字鐵林，尤有白眉之譽。制舉業外，留心古學，所作詩歌詞賦，累篋盈廚。

予自燕京返舍，艤舟浦上，便候震蒼，留宿碧香齋中，得晤汪氏昆①仲。石坡溫恭爾雅，在子弟之列，口訥訥似不能言者。及讀其《鴻雁賦》，洋洋灑灑，約一千五百餘言，浩氣流行，語句幽奧，不忍釋手。因以《有情芍藥》詩一截況之，題於紙尾而去。嗣後，予成進士，在京數載，音問闊疎。

今春，震蒼寄來手札，慰諭起居，並石坡所作《夢裹緣》傳奇一種，代爲乞序。予雒誦數過，見其取意新奇，敷詞典雅，不覺心曠神怡，爲之拍案叫絕。夫乃知文人之妙筆，固無所不宜也。至於引商刻羽，換調尋腔，若與古名手合符節然，又不待言矣。序成，付震蒼，轉致石坡，其以予爲知音否？

辛卯花朝〔五〕，年家眷弟笠人王寬補序。

（清乾隆間松月軒刻本《砥石齋二種曲》第一種《夢里緣傳奇》卷末）

【校】

①昆，底本作「毗」，據文義改。

【箋】

〔一〕底本無題名。

〔二〕王寬（一七三二—一八〇〇）：字笠人，一作粟人，號西園，金匱（今江蘇無錫）人。王千仞子。乾隆二十七年壬午（一七六二）舉人，三十一年丙戌（一七六六）進士，授兵部主事。擢監察御史，言事左遷。四十六年（一七八一），出知狄道州。後調秦州知州，乞養歸。傳見《清祕述聞》卷七、光緒《無錫金匱縣志》卷二〇、光緒《甘肅新通志》卷五九等。

〔三〕乙酉：乾隆三十年（一七六五）。

〔四〕江震蒼：即江筠（約一七一七—約一七七八），字震滄（一作蒼），室名政在堂，原籍休寧（今屬安徽），僑寓元和（今江蘇蘇州）籍。江聲（一七二一—一七九九）兄。乾隆二十七年壬午（一七六二）舉人。幼依外家於無錫，爲吳鼒高足弟子。長於《三禮》、《三傳》，著有《讀儀禮私記》，其友戴震（一七二三—一七七七）爲之序。晚年失明，以教授自給。著有詩集《餘事作》。傳見《國朝耆獻類徵初編》卷四二二、顧光旭《梁溪詩鈔》卷五六、光緒《無錫金匱縣志》卷二六等。

〔五〕辛卯：乾隆三十六年（一七七一）。

詩扇記（汪柱）

《詩扇記》傳奇，現存乾隆間松月軒刻《砥石齋二種曲》第二種本，《傅惜華藏古典戲曲珍本叢刊》第三九册據以影印。

詩扇記自序〔一〕

汪　柱

歲次戊戌〔二〕，課子洞圓中。長夏炎氣蒸人，不耐靜坐。偶閲《人中畫》小説，見其抒寫司馬君贅華府遊戲故事，筆意生動，頗能脱離合悲歡舊套。因遵譜調，演成是劇。其間稍更名姓，亦多另爲潤飾處，而詩扇題咏，仍存原本，殆不欲没其才也。劇成，臨風一誦，特自怡悦耳，未必人人皆曰可。

洞圓山客自記。

【箋】

〔一〕底本無題名。

〔二〕戊戌：乾隆四十三年（一七七八）。

詩扇記傳奇序

吴　佺〔一〕

石坡汪子，總角從余遊，年十五卽工詩。性癖填詞，所著《夢裹緣》、《賞心幽品》諸種，久矣膾炙人口。兹本《人中畫》小說，演成《詩扇記傳奇》，其詩句仍存原本，不欲没其長也。至於增訂損益處，但覺頑石成金矣。所尤喜者，離合之際，不習尋常窠臼，覺白馬將軍猶未免驚擾蒲東，而牛鬼蛇神、花精猿怪，又何足云？

友生味松吴佺題於養竹齋之舊館。

（以上均《傅惜華藏古典戲曲珍本叢刊》第三九册影印清乾隆間松月軒刻《砥石齋二種曲》第二種《詩扇記傳奇》卷首）

【箋】

〔一〕吴佺：字味松，籍里、生平均未詳。曾爲汪柱老師。

詩扇記跋〔一〕

珠　妄〔二〕

胚緣稗史，妙具别裁；諦轉《法華》，獨開生面。眞假現空中之色，幻成海市蜃樓；悲歡徵平里之奇，不假狼烟豕突。藻思綺合，如穿九曲之珠；繡口花開，儼織七襄之錦。自是君有仙骨，蓮薏爲心；何愁世無解人，薔薇浣手。

斯泉小弟珠妄跋。

（《傳惜華藏古典戲曲珍本叢刊》第三九册影印清乾隆間松月軒刻《砥石齋二種曲》第二種《詩扇記傳奇》卷末）

【箋】

〔一〕底本無題名。

〔二〕珠妄：號斯泉，籍里、生平均未詳。

（詩扇記）阮跋

阮學濬〔一〕

汪子石坡，予親家芝田翁之季子，門壻丹岩之同胞弟也。親家爲袁浦知名士，選有《浣心文集》、《草書習慎》、《養竹齋詩鈔》行世。後因屢躓場屋，在籍納粟，以行人司司副候補主政。不樂仕進，優游林下，多延名師，爲教子讀書計。故丹岩暨石坡，皆以古學授知於諸城劉督學，拔取前茅，補博士弟子員。

石坡天資穎異，從玉盟陳道長制舉業，好作駢體文字。道長嘗顧予曰：『石坡汪氏，千里駒也。』乙酉南闈〔二〕，金匱縣令①龔祥韓公薦爲房首〔三〕，因二場挂誤，深爲惋惜。親家謝世後，石坡十餘年攻苦弗輟，至今仍困諸士。每於春秋嘉月，朋儕往來，作爲詩歌詞賦，累篋盈囊。又按《南北宫商譜》、《中原音韻》，填成雜劇，流傳人口。

今秋，予省墓淮濱，丹岩暨石坡來謁，晤語終日。石坡出新作《詩扇記傳奇》，乞予爲序。予讀罷，不覺感慨繫之。夫以石坡之才，使得早登科第，從事於金馬玉堂中，豈不足和其聲以□②國家之盛？而乃伏處衡茅，偃蹇歲月，不得已而出其無聊之思，以發爲咏歌。卽他日檀板瓊箭，獲奏於紅氍毹上，石坡豈顧而喜哉！

蘁村阮學濬跋。

（《傅惜華藏古典戲曲珍本叢刊》第三九册影印清乾隆間松月軒刻《砥石齋二種曲》第二種《詩扇記傳奇》卷首）

【校】

①令，底本作『名』，據文義改。

②底本闕，疑是『鳴』字。

【箋】

〔一〕阮學濬（一七〇五—一七八〇）：字澂園，號蘁村（一作蘁村），又號茝崖，山陽（今屬江蘇）人。阮學浩（一七〇二—一七六四）弟，汪柱兄岳父。雍正十年壬子（一七三二）舉人，次年癸丑（一七三三）進士，選庶吉士，散館授編修。乾隆十七年己巳（一七四九），罣吏議削官。居吳江，以授徒爲業，達三十餘年。著有《蘁村集》。傳見《詞林輯略》卷四、趙蘭佩《江震人物續志》卷三、《淮安府志》卷二九、道光《蘇州府志》卷一〇八《人物·流寓下》、同治《重修山陽縣志》卷一四。參見王澤强《阮葵生年譜》（《淮陰師範學院學報》二〇〇六年第一期）。

〔二〕乙酉：乾隆三十年（一七六五）。

〔三〕襄祥韓公：即韓錫胙（一七一六—一七七六）。乾隆二十五年（一七六〇）至三十一年（一七六六），韓錫胙任金匱縣令，見光緒《無錫金匱縣志》卷一四《職官》。

御爐香（李漫翁）

李漫翁，别署吴下寄民，名字、籍里、生平均未詳。按，吴翌鳳（一七四二—一八一九）《懷舊集》記載雍正、乾隆間李其永，號漫翁，别署漫翁詩老，盧龍（今屬河北）人。吴縣（今江蘇蘇州吴中區、相城區）籍諸生，充武英殿校書。卒年八十七。擅書法。著有《賀九山房詩鈔》、《漫翁詩話》、《漫翁半稿》等。傳見《皇清書史》卷二三、同治《畿輔通志》、《晚晴簃詩匯》卷五二。未詳是否其人。

撰傳奇《御爐香》，一名《鳳雙飛》，《古典戲曲存目彙考》著録，現存雍正四年丙午（一七二六）序刻傳鈔本（《古本戲曲叢刊五集》據以影印）、稿本（《鄭振鐸藏珍本戲曲文獻叢刊》第三三册據以影印）。

御爐香序〔一〕

張　怡〔二〕

漫翁先生學貫天人，造博雅精深之詣；才兼文武，有沉雄頓挫之姿。談笑使山川生色，不獨文章；歌呼令風雨皆驚，可知氣概。乃南天北塞，年年烏帽黄塵；秋月春風，夜夜青燈白几。悵飄零之無味，夢幻絶不作功名；悲落拓以何從，筆墨尚同①性命。

雖復牀頭金盡，譜來佳句，率多怨響愁聲；孰知筆底花生，塡出新詞，猶屬賞心樂事。以才子爲名臣，知丈夫事業，匪文采風流；至女子而英雄，則人間知己，不在鬚眉男子。詞壇之上將無雙，雅多自負；繡閣之仙才第一，寧欲人憐。至於詼諧破笑，何來絶妙好辭；宛轉傳神，盡出天②然佳趣。比則誠之聲調，戛玉敲金；較實甫之詞華，含香錯彩。誠極盡詞家之能事，壓倒曲子之名工矣。

要知偶然游戲，揮殘架上珊瑚；也因一往情深，漬卻研邊玳瑁。托古人悲歌慷慨之致，寫胷中沉吟倜儻之情。雖云剩技，具見全斑。況丰裁大雅，本是宣麻珥筆之儔；經濟非常，豈少勒石銘鐘之事。然則讀今日之《御爐香》，恩榮寵貴，固虚語耳；而以卜他時之李漫翁，治安勳業，奚可量哉？匪敢諛言，聊爲志實云爾。

時雍正丙午小春月，同學弟海上張怡題於武安郡齋。

（《古本戲曲叢刊五集》據傳鈔本景印《御爐香》卷首）

【校】

①「同」字或前或後，疑闕一字。

②天，底本無，據《鄭振鐸藏珍本戲曲文獻叢刊》第三三冊影印稿本《御爐香》卷首補。

【箋】

〔一〕底本無題名。

〔二〕張怡：上海人，字號、生平均未詳。

梅花詩（李應桂）

李應桂，字叶夢，一字孟芬，號蕊庵，山陰（今浙江紹興）人。生平未詳。撰傳奇三種：《梅花詩》、《小河洲》，今存；《蓋世雄》，已佚。《梅花詩》，《古典戲曲存目彙考》著録，現存清初刻本，《古本戲曲叢刊五集》據以影印。

（梅花詩）序

項度〔一〕

李子叶夢，余別六七年。己酉〔二〕，余訪叶夢於燕邸，讀其詩文外，更出其所作《梅花詩傳奇》示余。余詰之曰：『石生與畢、梅二女，何以足傳耶？』叶夢曰：『文章以明性，詩辭以達情。情之所至，亦若有本於性。「君子好逑」「嗟我懷人」，文王、后妃，自是千古情祖。後此而有德者相慕以德，有才者相慕以才。人孰無情，其誰堪此？苟或遇色即動，旋即置之如遺者，此特登徒子好淫者耳，反不可以言情。今石生之慕梅女，畢女之慕石生，相感以才始，未望見顏色，乃至改易姓名，變換男女，渾忘嫡庶，久而愈堅，變而彌篤，才也，而德見矣，是豈其情足固哉？　蓋亦天性篤摯，終始不渝者也，又何可以不傳？』

余笑而受之，反覆諷詠，稱好不置，數日罔倦。叶夢曰：『子素不諳音律，曷由而知其善否耶？』余曰：『吾觀子之爲傳也，義顯而意微，事曲而旨一。眞名士釋眞爲假，將以避名也，而因以成名；　假才子移假就眞，將以得財也，而究以失財。錢呂直刻民奉己，原一盜也，而劫之以盜；　文不老鬻僮爲妾，本一鬼也，而嚇之以鬼。柏兒始終事主，義僕也，而亦情人也，故男可以女；　畢氏委曲成好，才女也，而亦俠士也，故女可以男。梅有詩而畢無詩，補之而美始全；　石有詩而文亦有詩，存之而醜亦著。鼠璞相形，薰蕕同列，究竟孰假孰眞，孰得孰失，俱可使聞者情動，觀者興感，是亦有好德憐才、斥奸懲惡之意存焉耳。若夫一人之言動，必本於其人之性情，因而成其人之面目，一日如是，終身亦然。記中如石生之瀟雅，畢氏之貞固，梅女之幽閑，伊人之激烈，守兼、呂直之貪婪，文不老之虛假鑽營，鐵不鋒之粗笨勢利，一言一動，無不酷肖，前後相按，毫釐不爽。善寫山水者，圖形而得其影，畫色而有其聲；　善傳人物者，舉其言動而見其面目，並得其性情。此固不必優孟衣冠，而諸人情狀已覩之若生，呼之欲出矣。至於措辭立意，倡於前者必應於後，作於後者必伏於前。或咏詩辭，或寫情旨，屢出而益奇；　或影借姓氏，或掩映梅柳，屢變而愈妙。其辭之來也，若有以相之，而不知其所自來；　其曲之終也，若有以續之，而不知其所由終。亦可謂徜徉恣肆，盡吾之所欲言者矣。而復按之於譜，稽之於韻，不失累黍。遼之於丸，忘其爲丸也；旭之於書，忘其爲書也；公孫之於劍，忘其爲劍也。今子之於譜，智居於其先，而意周於其外，亦神遊於譜，而忘其爲譜者矣。余之所知如此，子曷爲我盡言之乎？』叶夢笑而不答。

余因其付梓，遂述其言而爲之序。

同學弟項度題〔三〕。

（《古本戲曲叢刊五集》影印清初刻本《梅花詩》卷首）

【箋】

〔一〕項度：字學裴，籍里、生平均未詳。

〔二〕己酉：雍正七年（一七二九）。

〔三〕題署之後有方章二枚：陰文『項度』，陽文『學裴』。

錫六環（孫埏）

孫埏，字尚登，一作上登，號碧溪，奉化（今屬浙江）人。乾隆元年丙辰（一七三六）副貢，考授縣丞，敕授徵仕郎。創設湖瀾書塾，延師課讀，族之子弟多賴焉。著有《行文語類》、《碧溪遺稿》等。撰傳奇二種：《錫六環》，今存；《兩重天》，已佚。傳見光緒《奉化縣志》卷七五。

《錫六環》，一名《彌勒記》，《古典戲曲存目彙考》著錄，現存光緒四年（一八七八）孫學蘇鈔本（《古本戲曲叢刊五集》、《綏中吳氏藏鈔本稿本戲曲叢刊》第一五冊據以影印）、民國五年（一九一六）奉化湖瀾書塾刻本。

錫六環序

孫埏

儒、釋、道三教之崇，起自漢、唐，前此未之聞也。然則釋、道之教，當如退之所云：『人其人，火其書』，而不可挂諸齒頰者也。雖然，吾觀古人作傳奇，皆如詩人託物起興一般，非真確有所據也，以無爲有，以虛爲實，如《西遊記》等記，幻出奇形古怪，悉是才人抑鬱不得志，借他人酒杯，消自己胚塊。故大聖人云：『吾少也賤，多能鄙事。』此豈虛語哉？

今余觀彌勒出身，起自奉川鶴林，姓張名契，别號布袋。考縣志，化身鶴林東廊石上，後埋於錦屏山中塔，迹其後時，入龕未化。後適天台二僧到寺，說現見天台，寺僧不信，開龕，幻聲飄然絶影，止有六環錫杖、青瓷淨瓶。至其生平之事，大約俱出奇幻。厥後寄偈言於徒蔣摩訶：『彌勒真彌勒，化身千百億。堪笑世人愚，世人終不識。』後人因尊禮爲彌勒化身，卽布袋也。

余今造此一戲，非以崇佛教也。念人生在世，原如南柯一夢。功名富貴，卽佛家淘洗酒色財氣之鄉也；夫妻子母，卽佛家交接紫竹、如來之友也；田地山園，卽佛家十魔九難之離奇鬼怪也。看明此理，儒、釋何嘗不一道哉？只其脫卻綱常倫理，無父無君，此其所以爲左道而開罪於聖人也。今余借《錫六環》一戲，演出臺中，千般萬狀，而究歸之於烏有，乃知天地間，任卻英雄好漢，大聖大賢，所留者不過一名而已矣。試問辭塵脱身時，有一物攜去否？吾謂悟此大機關，孔聖人之名寔，釋迦氏之名虚；聖人即人中佛也，釋氏即佛中人也。獨恨今和尚，七情不除，六根不斷，人不成人，佛不成佛，眞禽獸之不若也，豈獨見棄於釋氏也哉？《六環》一戲，可消俗子才人，馳逐功名富貴念頭，且令賊禿見之，點頭道好，亦可自悔喫狗肉、偷婦人之非。此一戲也，萬古千秋，兩教胥益。後之憑弔者，呼我謂孔聖人弟子也可，即呼我謂彌勒化身也，亦無不可。

時雍正十年八月既望，四明奉化湖瀾孫埏碧溪氏書於嵩溪書院。

湖瀾樂安碧溪氏上登諱埏序。光緒四年歲次戊寅余月中澣，六世孫學蘇錄〔一〕。

（《古本戲曲叢刊五集》影印清光緒四年孫學蘇鈔本《錫六環》卷首）

【箋】

〔一〕孫學蘇：即孫坡，譜名信坡，字學蘇，奉化（今屬浙江）人。孫埏六世孫。國學生，覃恩貤封奉政大夫。

附 《錫六環》跋

孫鏘〔一〕

右《錫六環》傳奇兩卷，鏘六世祖碧溪公所著也。公諱埏，字尚登，號碧溪。由前清乾隆元年副貢，肄業修道堂，富於著述。所撰《行文語類》三卷，久已風行海内。相傳有《彌勒記》、《兩重天》二種傳奇，初未之見也。

久之，先叔考學蘇府君，諱坡，從友人處假得《彌勒記》上下兩卷，即所謂《錫六環》者，日夕謄鈔，不下四五冊，將以畀之劇界，亦未果行。三十年來，鄉哲遺著，爲鏘所校刊印行者，不下十餘種，而此冊獨否，則以傳鈔近二百年，亥豕魯魚，未易校正，甚有明標『前腔』，而詞句長短互異故也。

邇來購得《歸玄鏡》刻本，蓋以廬山、永明、雲棲三大師事實，合編爲四十二分，其詞雅，其義正，其趨旨務引人信佛，離娑婆而登極樂園也。鏘以《歸玄鏡》成書比《錫六環》爲晚，而行世反早，則刊與不刊故耳。今承乏兩浙節孝祠役，旅寓南屏，因將《錫六環》一書校付手民，俾公諸同好。固將以慰先六世祖撰述之苦心，亦以志先叔考謄鈔之手迹，用敢追敘緣起如此。

原本二十六齣，承同里江五民先生逐條勘正〔二〕，核改爲二十四回云。書中仍不無訛誤，世有見之而貽書指正者，尤區區所厚望也。

時中華民國五年端節前三日，第六世裔孫鏘敬跋於南屏顧莊之自然如意室。

（民國五年奉化湖瀾書塾刻本《錫六環》卷末）

【箋】

〔一〕孫鏘（一八五九—一九一六後）：譜名禮鏘，字高康，一字仲鳴，號玉仙，奉化（今屬浙江）人。光緒二十年甲午（一八九四）拔貢生。傳見《清代硃卷集成》卷八〇、《清代科舉人物家傳資料彙編》等。

〔二〕江五民：奉化（今屬浙江）人，字號、生平均未詳。

附　布袋和尚傳

孫　埏

按布袋，名契，字喜心，形裁腲脮，戲額皤腹，常以六環錫杖，荷一布袋，凡所供身之物，盡貯於袋中，入市見物則乞，號長汀子、布袋師。天將雨，即戴笠著蓑濕草履途中驟行；遇亢旱，即曳高齒木屐市橋上竪膝而眠。種田化身百數，後化沈姓封山錦屏建塔，至福建化木，杉木斫後，可插成林，後梁貞明二年丙子三月，奉化岳林東廊石上，端坐而逝，後偶有二僧至寺云：『從天台見之。』衆謂化矣，初不敢信，遂即起龕視之，乃空龕也。得六環錫杖、青瓷淨缾。縣令盧錫圖象禮之，其先王仁祥遇於江南天興寺中，宛若舊識。後於福州官舍，又復見之，懷中取出一圖封，授王曰：『七日不至，乃開。』及踰期而發之，乃四句偈也：『彌勒眞彌勒，化身千百億。時時示世人，世人俱不識。』後人因謂彌勒化身也。後葬於封山錦屏塔下，其徒蔣摩訶，名宗霸，爲人慈善，見布袋心異之，因拜爲師。逾三年，一日沐長汀，摩訶視其背有雙目，布袋曰：『吾爲汝所窺，吾當去矣，吾以布袋贈汝，俾代爲衣冠。』後越帥成卒。舊遊四明識之，乃曰：『爲吾謝摩訶，相見日近，願自愛。』卒歸至岳林遇之，述其語，摩訶曰：『吾已知之矣。』遂超然以逝。今奉化佛塔亭，號曰彌勒禪院，活佛道場，其布袋種田詩云：『手插青秧種福田，低頭只見水中天。六根清淨方成稻，退後當知是向前。』此詩眞乃佛祖詩也。今俗謂彌勒佛手甲周迴，在下塔殿中，開視年荒，此莫須有事也。事出彌勒佛傳。並考《奉化縣志》，兼佛塔錦屏封山碑文，是傳雖多演義，要亦非無據也。

碧溪又識。

（《古本戲曲叢刊五集》據綏中吳氏藏清光緒孫氏家鈔本《錫六環》景印）

附　摩訶傳

闕　名

蔣磨訶，名宗霸，或謂勤人，或謂桐城縣𠙽人，即𠙽亭侯裔也。明州評事，罷官居奉川，爲人慈善溫敬，口誦摩訶，人稱蔣摩訶。時布袋和尚寓岳林，摩訶心異之，與之處，踰三年。一日同浴長汀，摩訶視布袋背有目，曰：『吾爲汝所窺，當去矣。以布衣袋賜汝，俾代代爲衣冠冢。』布袋逝後，越帥遣卒過蜀，布袋遇之，曰：『爲吾謝摩訶。相見已近，願自愛。』卒歸，至岳林，遇摩訶，述其語，摩訶曰：『吾已知之。』一日設齋，會親友，沐浴趺坐而逝。

鏘案：布袋禪師，顯迹奉化，里俗相傳，其事不一。向疑《縣志》所載，或出邑人傅會，即先六世祖所演《錫六環》傳奇，不過借酒杯以澆塊磊，非事實也。然觀《指月錄》所載，比《縣志》爲詳。考《佛說阿彌陀經》，有阿逸多菩薩。《蓮池大師疏鈔》：阿逸多者，此云無能勝，即彌勒菩薩也。而妙法蓮華經，且首以文殊師利語彌勒菩薩矣。天下佛寺山門，皆塐彌勒菩薩，豈吾奉獨得私之？然前此四百餘年，齊有傅大士，亦稱彌勒降生，世人顧不盡知，而止知布袋，則布袋爲吾奉所私，不亦宜乎？

（民國五年奉化湖瀾書塾刻本《錫六環》卷首）

琵琶重光記（蔡應龍）

蔡應龍，字健亭，號潛莊，别署吟顛、玉麈山人，德清（今屬浙江）人。禮部尚書蔡升元（一六五二—一七二二）長子。貢生。撰傳奇《琵琶重光記》、《紫玉記》，今存。傳見《德清蔡氏宗譜》（中國國家圖書館藏民國九年木活字本）。參見夏心言《蔡應龍家世及戲曲改編心態考論》（《浙江藝術職業學院學報》二〇一七年第三期）。

《琵琶重光記》，全名《新製增補全琵琶重光記》，又名《潛莊補正全琵琶重光記》，葉德均《戲曲小說叢考》卷上《曲目鉤沉録》著録，現存乾隆間刻本，上海圖書館藏，《古本戲曲叢刊五集》據以影印。

潛莊自敍

蔡應龍

讀《聲山先生别集》，曰：『《琵琶記》，爲諷王四而作也。王四棄妻周氏，贅於不花時相家，托名趙五娘，以趙至周，數適五也。且云托名蔡邕者，以王四少賤，爲人傭菜，故卽指菜爲蔡。』此何説也？《敍》中又言胡元瑞曰：『蔡中郎大不幸，困苦一生，被東嘉污衊，誣其再婚牛氏，爲里巷唾罵無已時。恨不浮三大白，亟酹中郎於地下。』載讀聲山《總論》曰：『唐有蔡節度者，微時與牛僧孺之子游。後同登第，牛欲以女弟字蔡，蔡已有婦趙矣，力辭不得。既而牛能將順於趙，趙亦無妨於牛，爲一時美談。東嘉感其事而作此書。』

嗟乎！今之去元，五百餘載，作者命意，余亦無從考較。然揆諸情理，庶幾蔡節度與牛僧孺之說近是。蓋自東漢至元，蔡姓顯貴者，史不絕書，而村夫里媪，未能舉其姓名，若中郎則人所共知，傳奇貴於通俗，故不得已而借以實之。至東漢時相，祇有曹、董等，並無所謂牛相者。東嘉感牛僧孺、蔡節度事，既借指中郎，又不得不捏一牛丞相以紐合之。其意以牛僧孺，官本僕射，故指曰『牛丞相』。至《琵琶》爲王四而作之說，想亦有來歷。《敍》中言王四爲當時知名士，東嘉與王四相友善。王四有負心公案，不忍明言直斥，故借蔡節度、牛僧孺之事以塡詞。大旨總欲感動王四，規諫王四，而實則諱言王四。故通本《琵琶》，祇《寺中遺像》一齣內，略將『琵琶』二字點睛，隱藏王四字義，此外些毫不涉琵琶也。否則王四豈無名諱、字號，可以假借籠罩，而直呼爲王四耶？然亦未知果否，姑置勿論。

但史載蔡邕，性篤孝，母有疾，不解帶者三年，不寢寐者七旬。母卒，廬墓側，至野兔馴擾，木生連理，遠近奇之。然則中郎一大孝子，乃以《琵琶》傳奇，五百年來爲里巷唾罵無已，是亦千載奇冤。此胡元瑞先生忿極恨極，而有『恨不浮三大白，急酹中郎地下』之論也。余本擬仿悔庵先生作《反恨賦》，聲山先生作《補天石》，將史載中郎孝行，作一《翻琵琶記》，以洗中郎之污。第恐傳奇已久，人反不之信，且或有從而疑爲中郎文過者。殊不知此老原未嘗考正中郎事實，只據《琵琶記》中之中郎以詆中郎，不亦冤乎？

今余所製十三齣，大意不過於原本所缺略者補綴之，其後文欠周匝者斡全之，俾觀者不嫌其蛇足，不嫌其誕妄，但信爲理之所必有而亦情之所必至焉已耳。且《琵琶》之妙，止二『眞』字，茲續補十三齣，未嘗形容中郎之孝，而玩其情文，則中郎仍是一大孝子。且《焚黄》後齣，當慶賀宴會時，伯喈口中，忽提從前具慶之時，花下稱觴，惟願歲歲年年，長斟春酒，而填詞止一句云：『想當初具慶堂前把酒巵』，言外有無數感傷。人能於極得意時，想著父母生前光景，豈非純孝性成乎？至於賫詔、致祭等，全用一墜馬之傳臚，並不另生枝節，絕無斧鑿之痕，雖東嘉復起，亦必首肯。不然，從前『墜馬』一齣，竟無著落矣。

要之，東嘉輯《琵琶記》時，初不意五百年後有一斡全《琵琶記》之人，爲之補正而完繕之。茲刻《全琵琶記》，雖不敢言東嘉之功臣，或亦不無小補。第再五百年後，不知亦有能復爲訂正，以成全璧，是又余之所深跂也夫。

雍正癸丑歲孟夏，清溪瀶莊吟顛蔡應龍題於玉麈山房之綠夢軒窗〔一〕。

【箋】

〔一〕題署之後有方章三枚：陰文『蔡應龍印』，陽文『健亭』，陰文『瀶莊』。

（琵琶重光記）載述

闕　名〔一〕

原本《一門旌奬》一齣，甚是突兀。蓋《風木餘恨》，伯喈纔得到墓，突然接下《一門旌奬》，已覺太驟，而詔書乃云：『委職居喪，厥聲尤著。』夫委職居喪，自古通例，何聲可著？又曰：『趙氏允備正潔韋柔之德。』通本《琵琶》，祇爲摹寫五娘賢孝，於『正潔韋柔』，字義甚屬風馬。又曰：『牛氏善勸其父。』閱《諫父》一齣，言詞激裂，面詆其父，甚至云：『爹居相位，怎說著傷風敗俗、非理的言語？』已令人廢書而嘆，乃詔書反云『善勸其父』。即使善勸，何由上聞？豈牛相自陳其狀，極言自己非理，而歸功伊女之善勸乎？此皆情理所必無者。又云：『斯三人者，朕所嘉尚，宜加褒錫。』然則褒錫祇應三人邀寵，乃無端接下父蔡從簡贈十六勳，母秦氏贈天水郡夫人，其父名、母姓又從何自而來？豈牛丞啓奏其姓氏耶？即使牛丞啓奏，豈因三人之克盡孝道，而憑空加贈其父母乎？不寧惟是。以牛丞之尊貴，忽作賫詔使者，實千古未有之事。此作者筆頽墨澀，草草完局。余讀《琵琶》至此，不覺掩卷而笑曰：『江生才盡，一至此耶？』今余所製《趨朝》一齣內，蔡從簡、秦氏從蔡邕口中奏出姓名，且由蔡邕奏出趙氏賢孝，由趙氏奏出張公仗義，由牛丞奏出牛氏謙淑。而傳旨則云：『蔡從簡教子成名，顛連困苦，乏食而死，情實可憫。』因而加贈，庶幾近理。且因其乏食而死，給與諭祭，亦非過情。留心樂府者自能鑒賞。

後人製《續琵琶》數齣，內有『行喪』、『開喪』、『打三不孝』等齣，此係近來伶工杜撰，大失作者本意。閲原本《張公遇使》一齣，張公初不知伯喈隱情，責以不能生養死葬，痛詆其非，故云：『這三不孝逆天大罪，空設醮，枉修齋。』及遇李旺，告以辭官不得，辭婚不從，即翻然改顔，云：『原來他也是出於無奈，好一似鬼使神差。』又云：『當初伯喈在家時，原不肯赴選，爭奈他爹爹不從。他這是三不從，把他廝禁害，三不孝亦非其罪。』又云：『這是他爹娘福薄運乖。』然則張公一聞李旺之言，胷中早已冰釋，安得有『打三不孝』之理耶？且閲《風木餘恨》一齣，張公云：『這想是天助孝子之哀。』又云：『爲孝子者，不必過哀，抑情就禮通今古。』又云：『今日榮歸故里，光耀祖宗。雖是他生前不及享你的禄養，死後亦得沾你的恩榮，也不枉他一片望子之心』等語，分明句句周全迴護，更安得有『打三不孝』之怪誕耶？今人不察，且有許之者，是亦俗人之見也。今《焚黄》齣內，先寫遣官諭祭，祭後有盧傳、牛相、張公等臨祭，直至伯喈、趙氏、牛氏自己哭奠而止。且張公臨祭時，將蔡公逼試時，『改换門閭，三牲五鼎，供我朝夕，一靈兒終是喜』等句，俱羅入張公口中，句句叫醒，句句收拾。不但通體靈動，更見伯喈能慰親心於地下，以成大孝，較之《續琵琶》之『開喪』，用陳留郡本官等致祭，不大相逕庭乎？余隨筆寫來，總欲證伶工所製《續琵琶記》內『開喪』、『打三不孝』等齣之謬妄。

張公高義如許，不得恩卹，亦是缺典。《一門旌奬》齣中，牛丞贈黄金一笏，張公不受，而牛丞口中，但云『當奏請朝廷，降詔褒封』。設果如其言，牛丞啓奏，不過賜其品級，冠帶榮身耳。何如五娘口中奏出，傳旨卽著蔡邕酌量議奏，蔡邕覆旨，卽親灑宸翰，著地方官建坊旌獎之爲得體乎？

《西廂》以北勝，《琵琶》以南勝，由來舊矣。然《北西廂》，所謂案頭之書，不能爲場上之曲。若《琵琶記》，雖嫺於南，而獨絀於北。惟『考試』齣中，有【北江兒水】二曲；『墜馬』齣內，有【北叨叨令】一曲；『辭朝』齣中，有【北混江龍】一曲而已。余亦不解其故。今所製《趨朝》、《焚黃》二齣，純用北曲，不雜一南，庶幾原本《琵琶》所不及者，補綴而斡全之。且使觀聽者，聞其悲壯之聲，亦足以感發其性情也夫。

原本《琵琶》，牛相並無名諱，後爲伶工造作，名曰牛珏，義無所取。今以『僧孺』二字，上下取半，故名曰『牛儒』。其墜馬之傳臚，原本亦無姓名，今亦不敢妄加造作，但將『傳臚』二字，上下其間，故名曰『盧傳』。質諸同志，以爲何如？

新製《圓夢》齣中，及《臨照》齣中，將蔡公、蔡婆，又搬上場來，俾愚夫愚婦，目中見得蔡公、蔡婆，從前兩口雖活活餓死，今得陰受封典，且得遣官賜祭，足徵蔡伯喈，從前雖遠宦京師，不通音問，今父母歿後，仍得沾恩泉壤。庶里巷觀《琵琶記》，唾罵無已者，當亦減半。否則蔡公、蔡婆從前饑荒餓死之後，全無收拾，全無照應矣。

新製《俞請》一齣，緊對『辭朝』之出入破，仍用東嘉原韻。《圓夢》一齣，緊對《掃松》之【步步嬌】、【風入松】、【急三鎗】，亦仍用東嘉原韻。是又余之苦心也。

聲山先生《敍》中又云：『東嘉初作《琵琶記》，以中郎爲不忠不孝。後夢中郎曰：「子能塡我懿行，願陰爲報。」夢覺，乃易爲全忠全孝。』今《增補全琵琶記》，不必塡其懿行，而自見其孝思，固不必急酹中郎地下，而中郎亦當含笑九京矣。一哂。

【箋】

〔一〕此文當爲蔡應龍撰。

（琵琶重光記）小引

闕　名〔一〕

《琵琶記》，向名《交光》。舊傳高東嘉《琵琶記》成，雙瑞樓中，雙燭光交，故名曰《交光記》。今所製《增補全琵琶記》，雖不能如史冊所載，作《翻琵琶記》，爲中郎洗滌污衊，暴白於天下後世，但卽據東嘉所製《琵琶記》，依情傍理，淡淡寫來，未嘗極言中郎之孝，而孝行自見，使天下後世，愚夫愚婦，不以中郎爲不孝子，亦人生大快意事也。第東嘉所製《寺中遺像》一齣內，略將『琵琶』二字點題，或因諷諫王四起見，借以命名，亦未可知。若余續補十三齣，耑欲斡全補綴渠所不及，於『琵琶』二字，無所取義，但又不敢杜撰，自標名目，衹借當日『交光』二字，續名曰『重光』。雖不敢媲美前徽，然設使東嘉復起，決不嗤余爲僭妄也。特記。

【箋】

〔一〕此文當爲蔡應龍撰。

分演全琵琶重光記目次開場說

闕　名〔一〕

新製《重光記》，祇十三齣，自《廬情》至《焚黄》，一綫至底。惟《郵阻》一齣，補在原本《琵琶記》《中秋望月》之後，《瞯詢衷情》之前。而優人唱演，或作一日，或分兩日，或分三日，余併將目次派定。

有梨園部請曰：『江湖十八齣，自《慶壽》至《書館》而止。至所演《續琵琶》、《後琵琶》者，大約從《賞荷》起，至《封贈》止，其中串入「行喪」、「開喪」、「打三不孝」等。』究其所謂『打三不孝』，即在《一門旌獎》一齣中，敷衍播弄，以動愚夫愚婦之耳目，祇有排場科白，並無曲文。及考《行喪》一齣，雖有詞曲，實濫惡不堪。伯喈云：『掩面向前行，家家盡閉門。』牛氏云：『念我深閨嬌眷，麻衣代錦鮮。』是則『行喪』、『開喪』、『打三不孝』，的係優人杜撰，而非名家手筆可知矣。

梨園又進而請曰：『外間唱演《續琵琶》、《後琵琶》，每半本俱用副末開場。』披繹之，亦甚俚鄙。今於分三日唱者，用開場白三首；於分兩日唱者，用開場白四首；於一日唱者，用開場白兩首。仍照上下各半，所謂未能免俗也。其目次、開場白，並録於後。

【箋】

〔一〕此文當爲蔡應龍撰。

潛莊補正全琵琶重光記敍

徐紹楨〔一〕

潛莊先生，爲吾邑大宗伯方麓先生佳公子〔二〕，姿神朗澈，玉立人表，而性適閒曠，不羨榮利。嘗手一編，參悟本眞，能洞燭人之肺腑。時出異方，治人痼疾，輒奇中，全活如干人。客秋自病下，醫者百方以進，悉屏去，命家人鬻蟹數十觔，噉之，疾遂大瘥。聞者駭怪，而終不辨其所以然也。

病既瘥，尚行散一室，未見客。檢書簏，得《琵琶》本，閱之，喟然曰：『惜夫東嘉稱善塡詞，乃自開滲漏，以貽千古口實也。甚至續貂者，謬爲「打三不孝」之劇，而訾議伯喈者，遂牢不可破。縱通史傳者，能爲中郎白，而白之者什二三，詈之者什七八。使仁人孝子，啣千古不白之冤，是非借中郎以諷王四，反借王四以傾中郎也，可乎哉？』因於《對月》齣後，插《郵阻》一齣。後乃據史傳廬墓一節以實之，隨幻出《應召》、《辭墓》、《趨朝》數齣，按節敍次，而後作《焚黃》齣以終之。其於中郎終始孝思，已無可議。又以原本草草完局，少照應收拾也，作《憶女》、《俞請》收拾牛相，《圓夢》收拾蔡公婆，《邂逅》收拾張廣才，《歸寧》收拾牛女，《臨照》收拾趙婦。又數齣中，一絲牽引，彼此關動，而全部無不照應。細至《墜馬》之傳臚、老姥、惜春、院子等，無不隨手收拾，而皆以烘托中郎之孝。情境完繕而逼眞，頭緒清徹而順序。雖皇媧鍊石妙手，何以過是！然後觀者聽者，耳目頓易，油然於伯喈愛親之仁，而憬然於前此妄議者之過也。則謂潛莊此書，卽以是治東嘉之病，及千古妄議者之病也可；且是書成，潛莊病亦良已，謂卽以是自醫也亦可。吁！異哉！抑余有感焉。古人之啣冤者，尚爲白之，其不忍今人之戴盆可知也；古之有純行者，必爲斡之使全，其不忍沒今人之善可知也。傳奇中欠缺未當，必爲補之正之，改之芟之，使成全璧，其於經書之闕漏，傳注之訛繆，諸子百家之誕妄，其必不隨聲附和，而能出特識爲定論可知也。梨園雜劇，詩歌樂府之餘緒耳，而調宮協羽，備南北以合中聲，其必能鼓吹休明，歌詠太平可知也。余故旣卒業，而有以覘潛莊之藴之深也，遂擊節而爲之序。至其用意周匝，詳其自序中，兹不覼及。

雍正癸丑重九前三日，年家眷同學弟徐紹楨拜撰〔三〕。

（《古本戲曲叢刊五集》影印清乾隆間刻本《新製增補全琵琶重光記》卷首）

【箋】

〔一〕徐紹楨：字幹臣，又字築巖，德清（今屬浙江）人。生平未詳。

〔二〕方麓先生：卽蔡升元（一六五二—一七二二），字徵元，號方麓，德清（今屬浙江）人。康熙二十年辛酉（一六八一）舉人，二十一年壬戌（一六八二）狀元，官至禮部尚書。傳見《清史稿》卷一八〇、《國朝耆獻類徵初編》卷六〇、《漢名臣傳》卷九、民國《德清縣新志》卷八等、民國《德清蔡氏宗譜》卷一二。

〔三〕題署之後有方章二枚：陰文「徐紹楨印」，陽文「幹臣氏一字築巖」。

（琵琶重光記）敍

清溪耕還散人〔一〕

古今來傳奇家，當不啻千百種，然其爲說，不過二者而已。一則附會成文，取史策中所著之人、所傳之事，參之臆說，以僞雜眞，或續貂，或蛇足，而其甚者，變亂是非，顛倒邪正，在有識者觀之，或扼腕憤嘆，而愚夫愚婦，則喜談而樂道之，家絃而戶誦之矣。一則憑空撮撰，卽吾意中所有之人、所指之事，借題影射，將無作有，爲蜃樓，爲海市，而其下者，穢亂姦邪，汩人性情，壞人心術，狂且怨女，轉輾沉淪，風頽俗敗。是二者，論其說則各異，列其罪則維均。然余以爲，與其附會成文，無寧憑空撮撰。何則？彼憑空者，其人姓名爵里，宗黨友朋，本屬子虛烏有，則其是非邪正，可以任意粧點，但求聳聽悅目，不必援古證今。蓋宇宙之大，何所不有，彼姑妄言之，我亦姑妄聽之而已。若夫附會者，其人其事，載之史籍，歷歷有據，焉可誣也？

從來傳奇之最著者，莫如《琵琶》、《荊釵》。《荊釵》之王梅溪，宋之正人君子也，晦翁極稱許之。而孫士權，則梅溪之契友，爲端人友，則必端人可知矣。乃《荊釵》之醜詆，不遺餘力，謂之何哉？彼錢玉蓮者，不知果何人，相傳卽士權之妻，無從考證。大抵作者之意，主於污衊，則明譏暗謗，亦任其變亂顛倒而已。至於《琵琶記》之蔡中郎，其變亂顛倒尤甚。按范曄《後漢書》，稱邕事母至孝，母滯病三年，非寒暑節變，不解襟帶，不寢寐者七旬。母卒，廬於冢旁，有馴兔連理木之瑞，遠近異之，皆往觀焉。是中郎固古今來一大孝子，而記中所撰，皆反其事而極誣之，不知是何肺腸，而作此種種惡業。我故曰：與其附會成文，無寧憑空撮撰之猶愈也。

或曰：『若種種者，苟在上爲風化起見，曷不盡燬之，以滅其迹？』曰：『不能也。彼之所著，號爲名家，搬演已遍四方，流傳又數百載，雖邨嫗田翁、樵夫牧豎，心目中莫不有此種種，卽欲燬滅，烏得而燬滅？』『然則奚爲而可？』曰：『是有道焉。古語云：「因病發藥，借矛刺盾」。惟就彼之曲説，救以我之正言，所謂補苴其罅漏，彌縫其闕失，磨白璧之瑕，去青蠅之玷。又如老吏治獄，舉筆略爲改竄，縱有彌天罪案，亦居然爲良善完人矣。如潛莊所補《琵琶記》十三齣是也。以此而搬演，而流傳，將使邨媼田翁、樵夫牧豎，皆拭目改觀，動色稱歎。至今日始知中郎爲大孝子，是中郎於千載之下，大不幸而遇東嘉，乃猶幸而遇潛莊也。然則潛莊不獨爲中郎全名，亦且爲東嘉補過。推此意以引伸觸類，若《荊釵》之誣謗，當亦有起而矯正之者，而潛莊之十三齣，又爲諸傳奇斡旋之嚆矢矣，厥功茂哉！』是爲序。

雍正癸丑孟秋望後，清溪耕還散人題於綠雲精舍〔二〕。

【箋】

〔一〕清溪耕還散人：名軾，字憑父，號怡齋，別署清溪耕還散人。姓、籍里、生平均未詳。

〔二〕題署之後有方章二枚：陽文『軾字憑父』，陰文『怡齋』。

（琵琶重光記）序

蔡星臨〔一〕

傳奇之作，大抵假托故事，翻弄新聲，奪人酒杯，澆己磈壘。於是歌呼調笑，感慨淋漓，令古人之性情盤旋於紙上，宛轉於當場，即閱者亦不自知其悲歡喜怒之何以隨所觸而不能已。然其感人之深，而歸於中正和平者，必以忠孝爲至，否則徒供悦目聳聽而已。

元人詞曲，擅絕千古，而《琵琶記》，其最著者也。特其所傳蔡邕事，與《後漢書》所稱中郎孝行，大相逕庭，致中郎千載後，爲里巷唾駡。嗚呼，冤已！余兄潛莊起而正之，續製十三齣，以沉博絕麗之才，寓顯微闡幽之旨。其中儷白妃青，調宮協羽，不爽尺寸，渾然天成。且聲情跌宕，意象豪邁，則又以北調擅場，補原詞所不逮。遂使鐵板承前，紅牙侍後，柳七郎之『曉風殘月』，蘇長公之『大江東去』，直兼長而備美矣。卽起東嘉於地下，有不撟舌而不下者乎？

昔張伯起改定《紅拂》，梁伯龍重編《吳越春秋》，雖或膾炙騷壇，終無裨於名教。若潛莊新劇，旣爲中郎全名，復爲東嘉補過，尤有深意，不僅在秦箏趙瑟之間也。抑余嘗讀放翁詩，有云：『死後是非誰定得？滿邨聽說蔡中郎。』是中郎在昔時受誣已久，豈東嘉亦襲盲女之彈詞而故爲此歟？今得吾潛莊表白之，而中郎純孝之思，已盤旋於紙上，宛轉於當場。從此旗亭歌肆，遠近流傳，韻士騷人，固咨嗟而欲絕，卽田夫村嫗，亦拭目而改觀。其感人爲甚深，而其有功於名教爲甚大，寧得以施孟衣冠目之，爲俳優小技而已哉？

歲在昭陽赤奮若壯月上澣〔二〕，弟星臨識〔三〕。

【箋】

〔一〕蔡星臨：字槎客，德清（今屬浙江）人。蔡應龍族弟。著有《棠賜堂詩集》四卷、《碎筑詞》四卷。

〔二〕歲在昭陽赤奮若：卽癸丑年，雍正十一年（一七三三）。

〔三〕題署之後有方章二枚：陰文『星臨之印』，陽文『槎客』。

（琵琶重光記）跋

蔡象坤（一）

蓋聞曉風殘月，類多擊鉢挑鐙；岸草汀沙，半係尋芳拾翠。是以黄花比瘦，感江州司馬言情；紅豆相思，藉赤壁周郎顧曲。樂府《琵琶記》，出東嘉之遺製，集自聲山；借漢季之名流，詞填元末。焦桐爨底，知音竊比於《蓼莪》；連理枝頭，静好何慚於《樛木》。但神龍藏尾，殊希嫋嫋遺音；傖父續貂，未見泠泠動聽。

叔父清華貴胄，臺閣英姿。聯步彤廷，本屬金閨之彦；追趨青瑣，原參玉筍之班。惟是心厭繁華，性耽泉石。濁醪喜引，恆困臨於流水苔磯；啼鳥欣聆，每興逐夫落紅飛絮。閑繙舊譜，獨闢新幾。鼎爇蘭膏，静穆似蕉心夜雨；墨研仙露，清靈如鶴羽秋空。含愁綠綺之琴，歌傳流徵；寓意紅牙之板，筆奏清商。鐵笛聲中，蛟龍踴躍；洞簫響裏，鸞鳳翱翔。煉五色以補天，非同穿鑿；按四聲而敘事，有若化工。從此珊瑚架畔，何須北里佳裁；翡翠牀邊，不數南朝妙製。

坤也醉殘永日，常思散髮行吟；望斷冥鴻，恨不揮絃相送。幸清音之洗耳，幽咽泉流；譬仙樂之暫聞，間關鶯語。把酒問天，一曲恍江心月白；舉杯對影，中郎亦秋水伊人矣。

姪象坤百拜謹跋（二）。

（以上均《古本戲曲叢刊五集》影印清乾隆

間刻本《新製增補全琵琶重光記》卷首）

【箋】

〔一〕蔡象坤：字厚舍，德清（今屬浙江）人。蔡應龍姪。乾隆九年甲子（一七四四）舉人。傳見《德清蔡氏宗譜》卷一二。

〔二〕題署之後有方章二枚：陰文「象坤」，陽文「厚舍」。

（琵琶重光記）摘錦弁言

闕　名〔一〕

余性疎略，初不知鐘呂爲何物。緣急欲洗中郎之冤，而救東嘉之失，於是乎尋宮較羽，務令不爽銖黍，因之恍然於節奏之間，而知填詞爲不易易也。第《琵琶記》，雖獨絕千古，爲樂府之冠，然余所心折者，又在臨川先生《四夢》。夫《還魂》與《邯鄲》之膾炙人口，所謂九州之大，六合之廣，雖三尺稚子，無不憬然。所可惜者，《南柯》、《紫釵》，讀者絕少，而演者亦竟寥寥。五中覺鬱鬱不能舒，遂爲之摭拾摘錦，一冀騷壇韻士，時歌咏於山巔水涯之間，清泉白石之下，而不可得也。繼而尋思，詞林十番，皆演舊套，未見有獨出心裁者。用敢譜成新聲《投閒》等十三闋，以供雅人調笑，庶幾月下花前，一覩臨川丰致云爾。

（同上《新製增補全琵琶重光記》卷末）

【箋】

〔一〕此文當爲蔡應龍撰。

紫玉記（蔡應龍）

《紫玉記》傳奇，全名《潛莊刪訂增補紫玉記》，《今樂考證》著録，作『蔡潛莊』撰，現存乾隆二十四年（一七五九）清夢山房刻本，《古本戲曲叢刊五集》據以影印。

（潛莊刪訂增補紫玉記）弁言

蔡應龍

臨川湯義仍先生所製《玉茗堂四種》，余每當花晨月夕，尋繹不忍釋手。第《紫釵記》標目，有【西江月】一闋，云：『點綴紅泉舊本，標題玉茗新詞。』然則《紫釵》本屬舊本，先生特刪潤之耳。載讀《紫釵》原序，云帥維審曰：『此案頭之書，非臺上之曲。』夫《玉茗四夢》，風行海內。今《還魂》、《邯鄲》、《南柯》三種，不惟膾炙人口，且樂府伶工，是處都演，既可以怡情悦目，亦足以觸撥人之性靈。獨《紫釵記》，演者絕少，不能與《還魂》三種並傳於世，徒爲案頭之書，不能爲臺上之曲，豈不惜哉？

余病下三載，坐臥一榻，如槁木死灰，了無生趣。客春，因取高則誠《琵琶記》讀之，所嘆後編未竟，其遍選佳伶，不得其人，故至更名曰《全琵琶重光記》。因力綿未能付梓，並未及發，今尚未開演，殊爲耿耿。

今病小愈，遊覽之興索然，琴歌酒賦，亦復既置高閣。偶檢樂府舊本，得《紫玉簫記》，玩之，仍是李十郎、霍小玉故事，固知義仍先生標目【西江月】引，所謂『點綴紅泉舊本』，良有以也。及反覆咀味，其綴入小玉玩燈華清宮，拾紫玉簫，霍王聽曲遊華山，郭小侯贈馬，花卿贈姬，併添入石子英、尚子毗諸人，於十郎、小玉，微有闗合，縈拂盡致。而終不能爲臺上之曲者，何也？總緣後幅多所缺略。如花卿贈姬，重以豪俠，小侯置諸別館，究不能復還其故主。小侯贈馬之後，花卿又棄名馬於無用之地，負卻從前換姬本懷。至霍王一去華山，杳無蹤迹。且小玉華清拾簫，旋承恩賜，何等鄭重，詎得簫之後，亦棄置不用，從未品調？他如石子英、尚子毗諸人，全無著落，與前幅毫不照應。猶之高則誠所撰《琵琶記》，後編未竟其緒，致中郎負千古奇冤，爲天下後世唾罵無已。毋怪乎《紫簫》不能爲臺上之曲，僅與《紫釵》同爲案頭之書，亦理勢必然也。

余非技癢，實不忍使《紫釵》同《紫簫》沉埋於世。急按紅牙，竭力彌縫補綴，旬日成帙。俾贈姬者復歸其姬，贈馬者復歸其馬，拾簫者得品其簫，製曲者得度其曲，仙去者得再見其仙蹤，而暫返其故園，且石、尚諸人久離別於邊隅者，仍得歡然團聚一堂。又何慮不能爲臺上之曲，終爲案頭之書耶？

敍既成，雨窗挑燈，將全編諷詠一過，撚髭微笑，似亦有致。以《紫簫》、《紫釵》，彙成全璧，更名曰《紫玉記》，庶幾與《還魂》、《邯鄲》、《南柯》三種，聯爲四美。臨川有知，當亦不無知己之感也夫。

時雍正乙卯中秋前五日，清溪潛莊蔡應龍題於玉麈山房之筠窩〔一〕。

【箋】

〔一〕雍正乙卯：雍正十三年（一七三五）。題署之後有方章三枚：陰文「蔡應龍印」，陽文「健亭」，陰文「潛莊」。

（潛莊刪訂增補紫玉記）縷述

闕　名〔一〕

錢江洪昉思先生製《長生殿傳奇》，綴明皇、太眞故事，事事畢眞，獨洗兒一案，竟刪去之。朱竹垞先生爲之敍云：『昉思所作《長生殿傳奇》，其用意一洗太眞之汙耳。』若李十郎斷送霍小玉一案，誠千古恨事，臨川先生直詆其薄倖，繼且委曲彌縫，以明其到底非眞正負心漢，竭力補救，亦大費苦心然，雖不能爲臺上之曲，安得不令見者三歎？鄙意究不若《紫玉簫》原本，始終周全，不見絲毫薄倖形迹，亦女媧補天妙手也。余今新補《紫玉記》，本合《紫簫》、《紫釵》而完繕之，大旨綜《紫簫》之說，儘力斡全，一洗十郎之汙，用意與昉思先生所製《長生殿》大略相同。詩人忠厚待人，大略若此。留心樂府者，當亦知余苦心矣。

【箋】

〔一〕此文當爲蔡應龍撰。

（潛莊刪訂增補紫玉記）序

徐紹楨

明人《六十種曲》中，有《紫玉簫記》三十四齣，構景攄情，敷詞選調，典贍風華，詞場之高唱也。玉茗先生作《紫釵記》，實胎於此。其標目云：『點綴紅泉舊本，標題玉茗新詞。』蓋前輩之不竊人美也如此。顧《玉茗四種》，若《還魂》，若《邯鄲》，若《南柯》，海宇風行，黎園演唱，而《紫釵》何從未登場也？帥維審曰：『此案頭之書，非臺上之曲。』豈非以湯先生雖經點綴，而猶未盡其致歟？迺若《紫簫》，似可演矣，然掩埋蠹帙，不惟肄業無人，亦且觀覽不及，徒使才子錦心，僅見采於玉茗先生，而究與《紫釵》並難表見，惜已！

潛莊先生，修月神工，補天妙手。前此嘈《琵琶記》前後照應之未滿人意也，爲補綴之，作《琵琶重光記》，余曾爲敍之。一時見者色飛，聞者神動，亟欲選集伶工，俾傳盛事。以費既不貲，而良工又猝難得，飢渴之思，至今令人懸望未已。今者繇《紫釵》而溯《紫簫》，又嘆《紫簫》情緒實勝《紫釵》，而其前後照應，亦疎甚也。於是取玉茗之點綴《紫釵》者，而還以點綴《紫簫》，又爲移置其前後，又爲設其中權，又爲作其後勁，片語隻字，弭之縫之，聯之絡之，務使首尾呼應，綿密無罅，直如無縫天衣，又如常山率然，無從攻擊。嘻，神已！

余嘗謂今人讀書，其輕議前人者，罔也；其墨守前人者，愚也。自五經四子書，及千古大儒論定名作外，諸子百家，其可取處，皆不能無滲漏處。要必有待於明者之旋斡，而其理始全。至如敍事之文，如《左傳》、《國策》、《史記》，尚矣。然《國策》敍聶政事，《史記》因之，而於篇首必插入與姊如齊一筆，使與後姊哭之文相呼應。如此類不可枚舉。蓋實紀其事者，尚須後人布置安頓，以彌缺略，況傳奇一事，本係空中結構，其情其事，偶或意造不及，便易舛錯脱略者乎？然而，海市蜃樓，又何其幻而酷似眞也？蓋造物之妙，每類智者所施設，而智者設施之妙，亦即類造化之自然。海市蜃樓，亦天地間智巧之氣所結也。是書也成，《紫簫》千古有全璧，而玉茗《紫釵》，亦可無憾於不登場也，即與《還魂》、《邯鄲》、《南柯》並傳不朽也可。

乾隆元年歲次丙辰四月，同學眷弟徐紹楨頓首拜撰〔一〕。

【箋】

〔一〕題署之後有方章二枚：陰文「徐紹楨印」，陽文「幹臣氏一字築巖」。

（潛莊删訂增補紫玉記）序

蔡星臨

傳奇者，傳其事之奇焉者也。然第譜爲聲歌，而不施諸裝演，終未能使雅俗共賞，則其奇猶不盡傳。夫人生之境，莫不有悲歡離合，相爲乘除。其或有才無命，有貌無緣，千載而下，輒令人咨嗟欲絶，是造物者有時而窮，而人心不可以終窮也。故搜奇采豔，雖多徵實之辭，而踵事增華，不乏憑虚之語。斯操音而合節，亦可按曲而登場已。

明人有《紫簫記》，傳李十郎、霍小玉事。臨川先生復作《紫釵記》，即標目所云『點綴紅泉舊本，標題玉茗新詞』是也。《紫釵》大略本諸《霍小玉傳》，排場甚爲淒冷。惟《夢鞋》之後，藉黄衫而再合，稍屬假借。若《紫簫》之玩燈拾簫，併攙入愛妾换馬、霍王遊仙等事，排場頗覺熱鬧。但後幅略無照應，情景寂寥，亦殊不快人意。二記敷詞選韻，久已樹幟騷壇，而酒旗歌扇間，曾未一經裝演。潛莊大兄惜其湮滅不彰也，因取而合訂之。聯絡其精神，彌縫其罅漏，務使情文交暢，聲色雙美，既擅移宫换羽之巧，復現蜃樓海市之觀。帙成，更名《紫玉記》。斯誠玉茗之功臣，而紅泉之良匠矣。

抑有進焉。自古佳人才子，相須殷而相遇疎。幸而相遇，必相得無間也。乃薄命如小玉，負心如十郎，始合終離，悲多歡少，詎非兩間一大恨事？而潛莊伸五色赫蹏，能補女媧之天；操三寸不律，可填精衛之海，不幾犯造化所忌乎？爲語潛莊，筆精墨妙，真如鬼斧神工，慎毋許潦倒村伶，浪拍紅牙，莽撾銅鼓。竊欲傚楊叔庵，傅粉挽雙丫髻，闌入排場，一消胷中磈壘，正恐當筵鮑老，笑余舞袖郎當。惟有矯手頓足，歎爲觀止云爾。

槎客弟星臨拜撰〔一〕。

【箋】

〔一〕題署之後有方章二枚：陰文『星臨之印』，陽文『槎客』。

（以上均《古本戲曲叢刊五集》影印清乾隆二十四

年清夢山房刻本《滑莊刪訂增補紫玉記》卷首)

歲寒交(吴業溥)

吴業溥，字立三，號且庵，山陰(今浙江紹興)人。雍、乾間爲幕僚。撰雜劇《歲寒交》、《風車慶》，傳奇《鴛鴦俠》。參見倪蛻《蛻翁詩集》卷三《次韻答吴大且庵》、《和韻山陰吴立三洗硯拭劍二律》兩詩。

《歲寒交》雜劇，葉德均《戲曲小説叢考》卷上《曲目鈎沉録》著録，已佚。

吴立三歲寒交劇本序

倪　蛻

天地奈情何，消得盡數聲檀板；古今爾許事，送還他幾局排場。必欲爲毁瓦吊笛碎亭前，塵垢囊書隨車後，則孫叔敖死猶屍視阿堵衣冠，郭子傢生作偷兒寧馨章句。縱使十室之邑，學或有餘，百畝之田，糞而已足。雕龍炙轂之論，了不異人；雲間日下之譚，初無妙理。反不若齊東野語，蔑視唐虞，洛誦瞻明，寓言《莊》、《列》。於是人言道學，要之心統性情：性則分途於儒佛，情乃托體於《風》、《騷》。

故詞曲之由來，在黄、農而已。尚以音比竹，見之下管升歌；用舞合聲，驗夫執籥秉翟。蓋

《雲門》、《咸池》之奏，不可得聞；而梨園樂部之倫，雜然並出。然而下諸伶之拜，悉本《詩》篇；歌柳七之詞，無非雅調。若北音之雄亮，絃索初傳；乃崑調之悠揚，笙簫並合。元人《百種》，玉潤珠圓；明室諸家，金鋪繡錯。莫不家誇拱璧，人握靈蛇。或黼以氍毹，從點綴新奇而著力；倘珍之几案，以摛辭華藻爲務頭。所以岑牟單絞而前，《四聲猿》允推獨步〔一〕；蟻穴花亭而下，《五種曲》也算專門〔二〕。惟是粉肉紅糟，猶存習氣；淘馨角觮，未免吴音。沿至而今，斯文未墜。《桃花扇》底，曾見東塘〔三〕；《長生殿》中，雅憐洪昉〔四〕。竹西生微嫌平淡〔五〕，笠翁子頗涉詼咍〔六〕。自此而還，誰當作者？無前之氣，又見此賢。

我友立三，延陵伯氏，慨彝倫之攸斁，致交道之難言。要以歲寒，譬諸草木：五大夫隆棟之吉，不屑秦封；孤竹君清聖之操，寧甘周粟。一天冰雪，共守堅操；滿地蒿萊，問安直節。歷四時而不變，亙千古以常存。變彼清姿，比於貞媛：仙人萼綠，曾爲張碩之妻；越女采蘋，竟晉梅妃之號。爰分支於庾嶺，遂作配於渭川。已而萬劫羅裙，化爲胡蝶；三春蟲豸，闖出羅浮。苟非龍性不馴，松有攫雲之怒；寧不翠禽竟失，竹生墜粉之悲。凡此托言，俱關理道。是豈僅矜一字於宫商之末，寄閒情於楮墨之間？《折揚》、《皇荂》，哇聲紫色，有足與之絜長較短也哉！

僕少能顧曲，藝亦近夫排優；長好塡詞，學實慚於格律。今則舞裙歌板，懶病支離；因而腰鼓箏琶，塵埋缺齾。俱無興致，不復風流。對此茫茫，依然奕奕。於是情深一往，桓子野聽厥清歌；燭炧三條，周公瑾聞玆新唱。恭承嘉命，敢謝不文。

（上海書店編《叢書集成續編》第一二七册影印《雲南叢書》本倪蛻《蛻翁文集》卷一）

【箋】

〔一〕《四聲猿》：雜劇集，明徐渭（一五二一—一五九三）撰。

〔二〕《五種曲》：傳奇集，明吴炳（一五九五—一六四八）撰。

〔三〕東塘：即孔尚任（一六四八—一七一八），號東塘，撰傳奇《長生殿》。

〔四〕洪昉：即洪昇（一六四五—一七〇四），號昉思，撰傳奇《桃花扇》。

〔五〕竹西生：『竹西』爲揚州别稱，『竹西生』或即吴綺（一六一九—一六九四），撰傳奇《忠愍記》等。

〔六〕笠翁子：即李漁（一六一一—一六八〇），號笠翁，撰傳奇集《笠翁十種曲》。

風車慶（吴業溥）

《風車慶》雜劇，葉德均《戲曲小説叢考》卷上《曲目鈎沉録》著録，已佚。

吴立三風車慶劇本跋

倪　蛻

自列國分爭，井地遂廢，溝洫澮川，蓄洩之道，俱不復講。於是而乾旱水溢，無可爲備，耕九餘三之事，難以見矣。昔賢抱甕灌園，尚鄙桔槔之智，以爲有機事者有機心，置而不用，則車水灌田，古無此法明甚。間嘗閱《農書》，載牛車、人車、輪車之制甚詳，而風車則又以新意出之，天工人力並用者也。又聞本西洋法，名龍尾車，言其取水之捷，如龍尾之捎海濤者然。顧其名亦都雅，而其何時入中國，未之前聞，博物者無所考據。

雲南多山田，待雨栽插，俗呼爲『雷鳴田』。有泉可引者，曰『龍泉田』，特貴重。會城地廣衍，有金汁等六河，皆元咸陽王賽典赤修濬，至今蒙利。近滇海處，亦間用手車。而雨澤或不時，最易枯槁減分數。此豈天之不欲使斯民豐樂也哉？抑池塘陂澤，率多湮廢，戽斗輪車，概置不備，人事或有所未盡焉耳？

吴子立三，有經世之志，而奔走衣食，屈首春廡。見連年旱甚，官民祈禱，不遺餘力，天亦若有叶應焉者。吴子曰：『法施於民則祀之。今八蜡祭郵表畷、坊、水，庸此物也。』乃託風車之説，以爲軌度，庶幾得熟講於水利之道，爲斯民法。嗚呼，豈獨一風車也哉！

（同上倪蜕《蜕翁文集》卷二）

鴛鴦俠（吴業溥）

《鴛鴦俠》傳奇，葉德均《戲曲小説叢考》卷上《曲目鉤沉録》著録，已佚。

鴛鴦俠傳奇序

倪蛻

俠之爲言挾也。所謂相與信，同是非，威行鄉里，力折公卿，以布衣而喑噁叱咤，睚眦殺人，怒則鬼神俱怖，喜則肆骨忽蘇。蓋或挾其富貴、詐力、勇健、智術以馳騁於一世，而或不保其要領而不悔。其人大都激昂慷慨，果敢剛決，不平卽赴，見義卽爲，非煦煦然，孑孑然，拘攣搶攘於徽纆繩索中，而矜不踰於矩矱者也。故儒者常羞言之。班孟堅才不逮於司馬，觀其生平，又非習於章句餖飣之學者，而猶以《游俠》一傳，爲微文刺譏，貶損當世，則凡拘儒小生，軨材諷說之徒，從可知矣。

雖然，孔子有云：『自我得仲由，而惡言不入於耳。』好義尚義之士，卽聖門亦何可少哉？當夫姦邪肆毒之時，天理五章，不可復恃，死生呼吸，環視虛空。而突有遊俠大豪，憤然而起，劍及乎寢門，屨及乎窒皇之外，使死者復生，生者不死，扼姦人之吭而皮其面，保全名節，扶持綱常，此特激於一時之義，而或者猶然非之，是必次且囁嚅，苟且自幸，悉置生人之凶災患難於當前而不問，而後謂之君子乎？嗟乎！此世之所以必無君子也。虎狼，殺人物也。苟當路爲害，見之之人，强者必奮力助鬭以爲救，弱者亦呼聲動天，望助鄉里。乃於獸則憤之，於人則聽之，不亦輕重好惡之俱失其倫也哉？

吴子立三，衍《好逑傳》爲《鴛鴦俠》，嫉夫世之遇凶災患難之事，而漠然置之不問者，非謂挾其富貴、詐力、勇健、智術以馳騁一時之流之果足以取重古今也？雖然，吾以視夫挾富貴、詐力、勇健、智術以籠罩公侯，恐喝鄉里，爲一己之私利者，視鐵中玉爲何如哉？讀此傳者，當自得之。

（同上倪蛻《蛻翁文集》卷二）

兩代奇（孫爲）

孫爲，字龍光，别署壺山主人，籍里、生平未詳。撰傳奇《兩代奇》，《古典戲曲存目彙考》著錄，現存灰絲欄舊稿本，《傳惜華藏古典戲曲珍本叢刊》第三八册據以影印。

兩代奇序

孫　爲

夫一事而天下之人所共好者，生也，生其易爲也；一事而天下之人所共惡者，死也，死固難得也。故忠臣孝子，義夫節婦，名垂史册，與天地同不朽者，蓋以其人之所難，而爲彼之所易也。

癸未秋杪〔一〕，予自吳門歸，内姪朱子請予而言曰：『適里友數輩，有演劇之興，然謂諸古本陳腐已極，況經前人摹擬，殆曲盡其妙處，若必與較量優劣，是猶奪寵太眞，爭媚西子，反增其醜態矣。先生久以音律自任，能爲另開生面，務使見者耳目一新，演者易於藏拙，先生寧有意耶？』予允其所請，卽於稗史中檢閱是編，取其忠孝節義，深有關於世教，引商刻羽，一月告成。隨付朱子，被之絃歌，不虛其所請之意。然予亦藉此筆墨，以醒世之愚夫婦，使善者益勸於爲善，易其所難，惡者冀改其所惡，難其所易，未必非先王教民化俗之遺意也。自爲序。

壺山主人自述〔二〕。

（《傅惜華藏古典戲曲珍本叢刊》第三八册影印灰絲欄舊稿本《兩代奇傳奇》卷首）

【箋】

〔一〕癸未：乾隆二十八年（一七六三）。

〔二〕題署之後有印章二枚：陰文方章『龍光之印』，陽文方章『壺山』。

幻姻緣（胡寯年）

胡寯年（一七四二—一八〇五），字瑀章，號春山，歙縣（今屬安徽）人，僑居太倉（今屬江蘇）。監生。民國《太倉州志》卷二一傳云：『胡寯年，字瑀章，世業鹽，補浙江商籍諸生。内行醇篤，兄蚤沒，督二從子嚮學，皆有成。學務根柢，通《毛詩》、《左氏傳》，詩忠厚悱惻，得性情之正。卒年六十三。』著有《石粱詩草》、《曙戒軒詩鈔》。撰傳奇《幻姻緣》。生平又見王昶《湖海詩傳》卷四四。太倉詩人蘇加玉《蓼蟲吟稿》（南京圖書館藏清乾隆五十九年刻本）多有贈、悼胡寯年詩（鄭志良見告）。參見鄧長風《二十九位清代戲曲家的生平材料・胡寯年》（《明清戲曲家考略三編》）。

《幻姻緣》傳奇，一名《燈下草》，《明清傳奇綜錄》著錄，現存乾隆間刻本，中國社會科學院圖書館藏。

幻姻緣弁言

胡寯年

一往而深者，唯情而已矣。況蛾眉出於燕趙之都，豔色生於鄭衛之國。感雕梁語燕，猶是雙棲；思錦水文鴛，那能獨宿。是以詞壇麗製，每多綺豔之篇；歌苑清音，半屬纏綿之作。若箇脫離色障，阿誰勘破情禪。顧欲海難航，眉峯易鑠。看銅街之走馬，櫻桃遂至迷城；聽珠閣之吹簫，荳蔻於焉傾國。嫣姿綴□，不異鏡花；冶態窺人，何殊水月。非固非知者難言，亦正索詞人不得爾。乃或托琴心於客座，本倫父□謂桐如；吟花影於隔牆，遇村沙謬稱君瑞。所圖燕婉，乃是戚施；爲訪絪繆，眞同嫫姆。尤雲殢雨，唯知暮暮朝朝；流水落花，豈願生生世世。甚至情窮難繼，無割案之歡；樂去還悲，有白頭之嘆。誠今老子羞顏，佳人隕淚矣。

僕素懷狂病，夙負情癡。固嘗盼良媒以接歡，無如望美人而不見。三年宋玉，好色微異登徒；十五王昌，無行略殊崔顥。憫孽根之難斷，竟逞風流；慨情種之無聞，空傳薄倖。爰就燈前，譜成院本。借子虚而作傳，疑假疑眞；即嘻笑以成文，非空非色。詎云音韻皆工，差幸情辭各別。將十八拍宫商律調，更奏新聲；爲五百年花月姻緣，頓翻舊案。

閼逢涒灘白藏之牡月〔一〕，婁水胡窩年春山氏自序。（清乾隆間刻本《幻姻緣傳奇》卷首）

【箋】

〔一〕閼逢涒灘：甲申，即乾隆二十九年（一七六四）。

鳳凰樓（燕都）

燕都，字子京，建州長白（今屬吉林）人。生平未詳。撰傳奇《鳳凰樓》，《古典戲曲存目彙考》著錄。現存清雙琥簃原藏稿本，上海圖書館藏；綴玉軒鈔本（殘存首卷），中國藝術研究院圖書館藏。

鳳凰樓序

燕都

余幼家陪京，多聞鄉先輩稱説苗先生軼事〔一〕，慕其志行高潔，輒神往者久之。稍長，得讀其詩《知白齋集》，益好之不已。而一時所交游俠輩，多又祖述姚君崇廣〔二〕，迹其行事，乃亦慷慨丈夫流也。今兩人並載省志，敘次簡略，存姓氏而已，心竊憾焉。時表弟幹子粱〔三〕，同學王子久〔四〕，雅有同志，欲余别爲立傳，以補未逮。既諾之矣，而十年以來，奔走道路，願久弗遂。既又移家京師，潦倒科場，心爲境累，更忽忽置之。

丁亥春夏五〔五〕，子粱以事來京，聯榻草堂，尋及舊諾，意興復振。顧念筆性劣弱，文章盛事，似難勉强。傳奇一道，體近小説，得失之數，無足重輕，或可塞責。子粱故喜度曲，特慫恿之。時值酷暑，揮汗命筆，間以他務，作輟參半。殆及三月，草創始就。

昔人論塡詞有云：『案頭場上，交相爲譏。』蓋謂詞華聲律，罕能兼善。兹則詞既非工，律亦未協，揆之所云，幾於兩失。幸意義明顯，索解爲易，使百年遺韻，由此得以播諸雅俗，傳十傳百，樂道不衰，則於初心，固大快也。

嗟乎！知音遇合，政復何定？《桃園》、《金印》，幸者斯傳。獨恨脱稿未半，子粱已别我東歸，子久復遘於家難，屏迹鄉園。風簾月燭，樽酒誰論？倍以增思人懷土之感耳。子粱，長白人，名濟。子久，名化成，瀋陽人也。

乾隆三十二年八月既望，長白燕都子京父偶識。

【箋】

〔一〕苗先生：即苗君稷（一六二〇—一六九二後），字有郃，號焦冥，又作螔螟，或作譙明，昌平（今屬北京）人。明諸生。明崇禎十二年（清崇德四年，一六三九），被擄至遼東，拒絶出仕，自請爲道士，居瀋陽三官廟。著有《焦冥集》。别本《傳奇彙考標目》著録，撰傳奇《白乳記》、《松芝記》，傳本未見。傳見《明遺民詩》卷四、《皇明遺民傳》卷三、《明代千遺民詩詠二編》卷八、《大清畿輔先哲傳》卷二七、《欽定盛京通志》卷三九、《大清一統志》卷四二、光緒《昌平州志》卷一四等。參見張玉興《苗君稷簡論》（《明清之際的探索》，社會科學文獻出版社，二〇一二）、劉剛《有關苗君稷幾個基本問題的考證》（《西安電子科技大學學報》【社會科學版】二〇一三年第六期）。

〔二〕姚崇廣：瀋陽（今屬遼寧）人。明季劍俠。事迹見《欽定盛京通志》卷一〇八（《景印文淵閣四庫全書》第五〇三冊）。

〔三〕幹子粱：即幹濟，字子粱，長白（今吉林長春）人。生平未詳。

〔四〕王子久：即王化成，字子久，瀋陽（今屬遼寧）人。生平未詳。

〔五〕丁亥：乾隆三十二年（一七六七）。

《鳳凰樓》題詞

王　諤〔一〕

木葉山高碧海沈，才名早歲重雞林。而今卻斂淩雲手，小部新翻試鳳音。

鶴去莊空鎖寂寥，當年哀怨曲中調。知君別有英雄恨，金粉何心賦六朝。

燕趙賢豪意氣橫，相逢彈劍話平生。驚回一枕華胥夢，聽取鈞天廣樂聲。

夜堂殘雪月華高，秉燭微吟興自豪。昨日梨園看奏伎，當筵爭唱《鬱輪袍》。吳興王諤諫臺

【箋】

〔一〕王諤：字諫臺，吳興（今浙江湖州）人。生平未詳。

附 鳳凰樓跋〔一〕

李大翀〔二〕

吾鄉先賢苗君稷、姚崇廣兩先生，志行高潔，人倫師表，遺文逸事，鄉父老猶能言之。而省志僅傳其姓名，餘無可考。余於廠肆中得此書，雖非正史，而兩先生之流風餘韻，庶可賴以不沒①。作者燕子京先生，亦乾嘉時人，吾鄉之名士也。鈔本流傳閲二百年，尚無刊本，而猶存天壤間，未罹水火鼠蠹之劫。豈三先賢之靈，實式憑之，冥冥中呵護所致乎？愚忝屬同鄉後學，安敢得之私爲枕祕，而不以公諸世，使三公之潛德遺著，泯而弗彰耶？

吾友劉彙臣先生〔三〕，經營勵力書局，於時賢著作，刊布甚廣。特以此書，奉貽印行，俾昔賢遺文，托茲不朽。而彙臣先生刻傳古書，嘉惠藝林之盛業，亦永傳爲文苑之佳話也。至於書中之詞華聲律，雅贍和協，方之元曲，正無多讓，則讀者有目所共賞，毋待辭費矣。

庚辰正月既望〔四〕，義州李大翀石孫識於津邸雙琥簃。

丁巳水厄〔五〕，余自先光祿公以來，四世藏書三十萬卷悉毁，頗多宋元板善本，及祕鈔批校本。此書並他載籍萬餘帙幸免。客歲，余游津，又罹水厄，是書復獲無恙。兩遘浩劫，竟得獨存，而卒待彙臣兄刻行以傳，抑亦奇矣。

石孫又記。

（以上均清雙琥簃原藏稿本《鳳凰樓》卷首）

【校】

①沒，底本作『沬』，據文義改。

【箋】

〔一〕底本無題名。

〔二〕李大翀：原名辟兵，字石孫，又作石蓀，號涂槫，書齋名雙琥簃，奉天義州（今遼寧義縣）人。江蘇候補道李葆恂（一八五九—一九一五）孫，書畫史家李放（一八八四—？）子。著有《然犀後錄》、《雙琥簃隨筆》、《雙琥簃墨董》、《袁文箋證拾遺》、《蟋蟀譜》、《燕都名伶傳》、《清代梨園書畫史》、《清代青樓書畫史》等。參見梁啓政、李曉林《李大翀及其稿本〈然犀後錄〉》（《通化師範學院學報》二〇〇八年第一期）。

〔三〕劉彙臣（？—一九六四）：寧波人。一九三〇年代於天津開設勵力出版社，出版還珠樓主等名家通俗小說。後遷移上海。一九四八年定居香港，於中環威靈頓街開書店。

〔四〕庚辰：民國二十九年（一九四〇）。

〔五〕丁巳：公元一九七七年。按此丁巳或爲辛巳之誤，辛巳，民國三十年（一九四一）。

陶然亭（許名崙）

許名崙（約一六八四—約一七五四），字蘊源，一作蘊原，號訪槎，別署習池客、吳下老情癡，吳縣（今江蘇蘇州）人。許廷錄（一六七八—約一七四七）、許廷鑅（一六七七—一七六〇）族姪。屢試棘闈，不售。雍正元年（一七二三），參與鄂爾泰春風亭文會，拔爲冠軍，文載《南邦黎獻集》。乾隆元年（一七三六），舉博學鴻詞，未中。後歸鄉里，以吟咏著述終老。通曉經史子集及釋典，工詩賦，善楷書。著有《松麟集》、《悲秋詩》、《涉淮草》、《鈞天遺響》、《訪槎駢體》、《訪槎尺牘》、《訪槎詩餘》、《訪槎雜俎》、《訪槎說鈴》等。現存《訪槎詩稿》（上海圖書館藏）。撰雜劇三種：《陶然亭》、《卷石夢》，今存稿本，鄭振鐸《劫中得書續紀》述略；《梅花三弄》，已佚。傳見乾隆《吴郡甫里志》卷二二許集《徵君訪槎傳》、嘉慶《吳門補乘》卷五等。參見鄧長風《九位明清江蘇、上海戲曲家生平考略》（《晚清戲曲家考略》）、饒瑩《許名崙雜劇創作與理論考述》（《戲曲藝術學報》）。

《陶然亭》雜劇，一名《及第花》，又名《樂游原》，《古典戲曲存目彙考》著錄，作『習池客』撰，現存稿本，中國國家圖書館。

（陶然亭）序

許名崙

鱘溪宗伯子告歸里〔一〕，有《懷人詩》二十首，其一贈我高陽先生云：『酒酣忽憶少年事，馬上能挽兩石弓。』託新安生郵至。是日重九，梅花藂林，繼結拾字之緣，我先生與天水先生司其社。因談及長安舊遊，嘗與東海、瑯琊者四人，清明郊外，賦詩爲樂。時有貴公校射，舉觥彈絃，乃持弓以請。我先生弓硬手柔，矢無虛發。壁上觀者，靡不咋舌驚羨。天水先生有七言斷句一，今已鐫入《草堂集》中。我先生賦五言□律，内有『□弓開辟歷，促節奏琵琶』之句。宗伯所贈，洵不虛也。

社散而歸，我先生有《憶舊游》三絶，屬天水先生與研石山樵和焉〔二〕，命予繼和，唯唯未遑。十月初六日，緣以假館，雨窗多暇，窮日之力，填就《陶然亭》一劇，計曲十二闋。予每見撰劇既成，必邀老伶工相其罅隙，名之曰『犯』，予頗能自爲之。至於字辨陰陽，音分脣腭，名曰『樂句』，復加逐一剖析。顧周郎於三爵之後，未識猶有誤否也？

先一日，設身處地，構局殊囍。至初七辰，曲已終闋，至晚始得脱稿，隨訂介白。初八日夕録成，自覺淋漓盡致，連浮大白以自賞。喜不成寐，並書《證引》、《關目》、《凡例》、《砌抹》於劇顛，以質世之知音者，俟更繕録就正。兩先生能勿一噴其飰乎？

作劇名姓，例在隱現之間。予酒不厭旨，取『山簡載酒於習家高陽池』，曰『習池客』。又按《漢書》載：『酈生自稱高陽酒徒』，及荀氏高陽里，均非鄙姓之郡名，客之命名，特假用『高陽』耳。兹序仍依劇中，兩先生止署郡名，故於贈詩宗伯，暨郵詩賡韻諸君之名姓，亦牽連而隱之。高陽曰『我先生』，親之之辭也。

初十日，吳下老情癡習池客漫題。

【箋】

〔一〕鮃溪宗伯子：與本段以下高陽先生、新安生、天水先生、東海、瑯琊，姓名、籍里、生平均未詳。

〔二〕研石山樵：姓名、籍里、生平均未詳。按，道光三年（一八二三）博古堂刻本《繡像北宋金鎗全傳》五十回，署『江寧研石山樵訂正』、『鴦湖度閒主人校閱』。又徐來琛，字小村，號研石山樵，吳縣（今江蘇蘇州）人。諸生。工詩。山水蒼勁渾厚。傳見《清代畫史增編》、民國《吳縣志》卷七五上。李邦熾，號珊洲，又號研石山樵，吳人。工山水。傳見《清代畫史增編》卷二五。

（陶然亭）凡例

闕　名〔一〕

一、古詩之韻，或平或仄，自首訖尾，雖遇獨用不通之韻，終是一條鞭的，似嚴實寬。《古詩十九首》中，《行行重行行》，索性二易韻；《飲馬長城窟》，索性七易韻。詞中如【荷葉盃】、【轉應曲】，一調二韻；如【重疊金】、【虞美人】，一調四韻，索性平仄換韻。至於曲律，如真文韻，並十三元半通，又隨帶上聲十一軫、十二吻、十三阮半，去聲十二震、十三問、十四願半等韻。北曲入聲分隸三聲，似乎通韻甚寬，可以展舒自如，用之不竭。不知曲中每韻以兩平字分領陰陽，陽不可陰，陰不可陽；平者不可用上去，上去者不可用平；上不可去，去不可上。用韻似寬實嚴，詳載《嘯餘南九宮譜》、周德清《中原音韻》，觸手牽絆，不能展舒。予十五六時，偶填套數，倖其韻寬，平仄滚用，被之筦絃，俱不入調。後於病中，夢椒山公召示《律吕元聲》一書，覺而有悟，悔其少作。今則漸老漸熟，亦可範我馳驅矣。此雖小道，亦有足觀。假如庚青韻，仄止隨帶上廿三梗、廿四迥，去廿四敬、廿五徑；閉口侵尋韻，仄止隨帶上廿六寢，去廿七沁，不可混淆。前人劇本，往往以真文、庚青，並侵尋雜用，開閉不辨，詞雖膾炙人口，而按譜究屬舛錯。每韻三聲並用，一字難混，其嚴乎？

二、金元雜劇，例以正名句末爲劇名。

三、劇本中引用唐詩、宋詩、金元人曲，合韻合調，如自己出，謂之當行家數。引子【滿庭芳】後『寒鴉數點』三句，本秦少游化用隋煬帝詩。【八聲甘州】，二旦曲中，『良辰美景奈何春』，用《牡丹亭》，改『天』爲『春』，又引用『路上行人』、『牧童遥指』句。二生曲中，『分明恩怨曲中論』，杜句。二旦曲中，『青娥屬使君』；二生曲中，『桃花馬上』，俱唐句。二旦背唱，引用唐人『從此蕭郎是路人』，改『從此』爲『無奈』。二生曲中，『棗花簾子水沉熏』，本王新城《金陵雜咏》。外曲中『牛羊下』三句，引用黄山谷《清明詩》：『日落牛羊來冢上，夜歸兒女笑燈前。』曲終合唱，『夕陽雖好』一句，本李義山『夕陽無限好，只是近黄昏』。【尾聲】『出門共是看花人』，改『俱』爲『共』。起曲前腔，小生代生答詝偕待榜，合唱『乘浪』六句，全拆用《琵琶記》，改『鳳池鼇禁聽絲綸』，爲『鳳池歸珮掌絲綸』。

四、清遠道人《四夢》集句，仿《孟子》引詩之例，往往改竄一二字。此劇白中『與君一夕話』，改『夕』爲『日』；『高陽一酒徒』，因上有『一日』之『一』，故改『一』爲『有』。上二句『十年書』，六魚韻；下『有酒徒』，七虞韻，絶句本不通韻，在傳奇中，不必拘拘。落場用高青丘『白下有山』，改『白』爲『日』。

五、北曲力在絃，字多調少，雖有連篇累牘，終奏甚速。南曲力在板，字少調多，有一字加幾板者，每齣中三四曲，終奏甚遲。此劇字調俱多，一齣要抵一折四齣，不然，梨園亦太苦矣。

六、每曲完後，介白另起，低格一字。白在曲中者，曰『插白』，與曲俱頂格寫。小字在旁，曰『襯字』。

七、曲中用韻處，紅圈爲記。

八、《陶然亭》，取正名句末三字。《及第花》，取落場句末三字。猶東坡於赤壁，填【念奴嬌】詞，後人取起句爲『大江東去』，取末句爲『酹江月』也。（酹，音類。）

【箋】

〔一〕此文當爲許名崙撰。

（陶然亭）關目

許名崙

習池客自記，稍有自詡之語，勿以爲笑。

一、正名起筆，『樂昇平』。引子後闋，『難負休沐君恩』。【八聲甘州】曲，生代天水生答。生逢顧後，外白中『一統車書』三句，射時謙遜。外白中，生忽插『聖朝兩途並重』句。外看祭掃曲中，『金門飽』三句，雖不標出何代人，必須如此。立言有體，方是盛世之音，猶《琵琶記》元人演漢事，引子中『風雲太平日』，終劇有『聖主垂衣』句。

二、引子內，『遙薦蒿焄』，『慈闈道遠』，『粧臺含顰』，可見念宗祖，重人倫，是爲人第一著。觀

三、爾時同遊四人，劇中節去瑯琊、東海，以免場上嘈雜，且兩位郊外之詩，已失傳矣。至吟詩時，仍補點一筆，並無滲漏。

四、末之弓箭，可以自佩。外係公侯，僕從代佩爲得體。場面上雖花團錦簇，然終非合圍之比，焉用全班出場？郊外作觀甚閒曠，而場上實境終偪仄。二生是主，外末是主中賓，二旦是賓中賓，已有六人，若副淨、小丑，不離左右，場面共八人矣，豈非喧客奪主乎？故遣其先下。

五、副淨稟詞，將『陶然亭』一點，此畫龍之睛也。

六、昔有串劇者，演張侯翼德，舞矛入化，從胯穿過，檯下人叫笑曰：『搠穿馬腹了。』此劇中稟『前去陶然亭』，末儹行幾步，作『加鞭介』，蓋恐場上化境，大踏步變成兩腳馬，故用『加鞭』以醒之。又恐忘卻下馬，故寫『各下馬介』。又恐似馬散失羣，故寫『繫了馬』，心細如髮。

七、童兒所挑傢伙，件件周至。若不吩咐鋪排，則副淨、丑先下之後，貴人自要鋪排，大失體統。即使二姬舉手，亦欠雅致。

八、副淨之弓箭，如解下呈外自佩，終不莊重，故挂在樹叉之上。沙土樹少，挂弓之後，隨手即繫了馬。

九、命取布鵠號鼓，副淨、丑先下，場面清楚，且伏射時之用，不覺其突。

十、外、末出場，至吩咐僕從時，二生如默無一語，場面偏寂，旁觀立定幾句，卻少不得。

十一、二生與外、末坐處，若文東武西，氣脈不貫。所以相見卽問訊，坐在一塊地，問答鄉姓，便生出許多波瀾，貫其氣脈。構局時，頗費經營。

十二、鄉貫姓氏，二生自答，怎好互相標榜，便減許多光焰。

十三、劇中稱『高陽』、『天水生』，故外、末但問貴鄉高姓，不問台表。

十四、杜詩：『讀書破萬卷，下筆如有神。』曲中改『萬』爲『千』，非減其數，因按譜，此字要平，若用『萬』字仄音，便拗嗓矣。昔湯義仍塡詞，但押韻腳，不顧句中平仄，自稱『雪裏芭蕉』，故多拗嗓。今場上所奏，照吳興臧晉叔訂本。

十五、鄉貫履歷，生代小生答，小生代生答，筆法不板。二生分答，外、末總答，筆法亦變。外、末住居，不問可知，姓有叔姪不同者，故但問台銜。

十六、追憶郊外詩射時，高陽生尚未登鄉榜，天水生亦未登會榜，劇中一云『計偕』，一云『需次』，寫來生色。此非據實之生傳，亦非紀年之曲史，且述時事，非演古人，何必刻舟求劍？按高則誠撰《琵琶記》院本《墜馬》齣中，比小秦王三跳澗；又湯若士《牡丹亭》，用宋書生看不到《皇明律》成語。演古尚然，何況時事？

十七、賜來新火，不脫清明，恰是貴家口吻。

十八、外出紅粧遊翫，無外人同行之理，故指末爲姪兒，卽帶說射法，頗好。

十九、副淨、丑仍上聽令，落場仍上收拾，忽上忽下，隨用隨撤。

廿、布鵠號鼓，若排在場上，傴仄復傴仄矣。作暗排古門中〔一〕，有郊外閒曠之觀，並省拾箭繫鼓人嘈雜。

廿一、外偏遜一籌，襯出其姪兒射法，正襯出高陽生射法之高也。此畫家烘雲托月之法。

廿二、外白中『先生們倘精射法』，下一『倘』字，乃藐視書生不嫺習也。小生辭介，一筆撇開。

廿三、生開弓連中時，外、末一驚，小生一喜，筆法相照。

廿四、鵠在古門，箭共八中，射時優人自有法度，雖是假箭，須仔細古門邊看官們的眼，至囑至囑。一笑。

廿五、郊外絕句，天水生已刻集中。高陽生本是五律，吟入劇中，轉覺板重，故借用【憶舊遊近】作絕句。

廿六、二生聽二旦奏曲，只『妙呀』二字，抵卻無數贊詞，且留『停雲落葉』於曲中用。

廿七、二旦自謙，若用搊文語，究非本色，只『好慚愧人也』五字，含蓄無限。

廿八、『翔鸞飛鳳』，有顧盼高陽生之意。大概傳奇背唱，便露出願侍巾櫛醜語矣。此云『非巫女』，自謙也，是路人自規也。情詞吞吐，不淫不傷，幾同欲界第四天，以相視一笑爲情矣。

廿九、『是路人』句後，二旦更著不得一字，下半曲，忽接外問江南風景，筆法超脫。

卅、他人只顧自誇江南春好矣，此偏說『單沒有桃花馬上石榴裙』，亦有眷戀二姬之意，筆法嵌空。下二『單』字，見件件都好也。

卅一、外說都中清明，一句抑，二句揚。見祭掃者，忽發感慨。一曲中三折筆，其轉棙處，全在襯字。

卅二、前曲已暢所欲言矣，忽作達觀一切語，筆勢展拓，波瀾不窮。

卅三、前外稱『俺的姪兒』，末亦有『叔叔講的是』，回喚一聲。外、末之爲叔姪，本子虛、亡是公也，安見末之令尊少於外幾歲乎？第因白中喚老伯，或伯父，或伯伯，總是迂板，只『叔叔』兩字爲當行。

卅四、居停內外門，至長班指引，極似元人本色語。

卅五、『歸鴉入九閫』，與引子『寒鴉』相應。在郊外，故可借用『流水孤村』。『飛鴉晚朝入內城』，實境也，永免繳弋之患。

卅六、落場如外、末先行，二生隨四馬二旦之後，竟似《南西厢》『游殿』，隨著鶯、紅，法聰詖君瑞爲雄雞矣。

卅七、前二旦奏曲中杏花村，爲贈杏伏案。

卅八、按譜，喜怒哀樂，各有一種音節，每宮有數十調，不得任意扯用。【八聲甘州】，是走道兒的曲，此在郊原，故亦可用。俱用前腔，不更易調，同一調也。內二旦『東華滚軟塵』，二生贊『《霓裳》法譜陳』，二旦對『青娥屬使君』，三曲，分外紆緩難唱。語云『女怕唱【綿搭絮】』，而亦有別，《荊釵》老旦女祭易唱；《牡丹亭》旦夢後，『雨香雲片』難唱；即如《牡丹亭》【小措大】一曲，旦自一順至十數，『一宵恩愛』難唱，生自十逆至一數，『十年窗外』易唱。順逆數法，亦本元人《倩女離魂》劇。

卅九、劇中分唱、合唱、獨唱，悉照曲文之義理。如末射中後，外與二生合唱贊之，末不可唱。『鵠神紅臉不隨身』三句，卽二生亦不可唱。乍交之時，豈可用譃？故外獨唱。餘仿此。上場時，須牢牢記著，不可如俗所云『上場混』。

四十、『天地一大梨園也』，麋公之言旨哉！眞者須達觀是戲，戲也仍須結撰當眞。此劇構局，頗費經營。至於介白，不過信手而成，然自己看來，儘有關目，不辭覼縷而書之。俗云：『不說不知。』予豈不憚煩哉？亦不得已也。

四一、生但言自家之寒酸，不言貴臣之喧鬧，因定場時，初見外、末，有『好生喧鬧也』句，眼光遙射在前，語無複沓。〇小生正接云『正是』，卽轉云『我輩別有雅趣，再申』一句，便是蛇足。故卽以『何必絲與竹，山水有清音』收之，猶書家之藏鋒。

四二、末應曰『这也偶然』，亦天造地設的謙語。若直用蔡文姬『偶然耳』三字，太掉文矣。加『這也』二字，便當行。

四三、生檢硬弓，不可用外與末者，如檢外弓爲硬，則末之弓不硬可見矣，弓不硬而三中，算不得勝外一籌；如檢末弓爲硬，則外開不硬之弓，只中二箭，太覺是翁之不矍鑠。故預備軟硬二弓於氈上。

【箋】

〔一〕此處眉批：『古門，言搬演古人之處，即戲房也。元曲亦稱「鬼門」，吾恐忌諱人見之，必曰百無禁忌矣。』

（陶然亭）證引

闕　名〔一〕

一、引子生唱『鴻鸞平沙』，本《月令》『雁北鄉』。

二、二生定場白，有『閒散心要一回去』，本《北西廂》『老夫人開春院』白。

三、生代答天水生曲，用岑參《送邑宰》詩：『縣花迎墨綬。』

四、小生代答高陽生曲，有『江南龍鳳』句，昔無葉堂宗泐大師乩贈云：『太岳自來才子國，至今龍鳳滿高陽。』下半曲『龍門鳳池』，與上相應，非犯複字。

五、『乾坤萬里無餘子』一對，是樓山王中丞贈高陽生。

六、後曲『南國斜簪王祭酒』一對，亦舊時友贈高陽生者，引用之，與韻腔恰合，亦異矣哉！

七、唐人語云：『城南韋杜，去天尺五。』

八、左思詩：『金張藉舊業，七葉珥漢貂。』與許、史爲四姓。

九、漢衛青、霍光，椒房之親，俱拜大將軍。

十、按《笑林》：一武臣敗績，有紅面神援之。祀謝關公，神示夢曰：『我乃鵠神也。因君從未射我，特來相護。』

十一、武藝强者，謂之『好身手』。

十二、元廉公希憲，帝命同武臣校射殿廷，謂太弟曰：『此眞有用書生。』

十三、曲中『玉關羌笛奏佳人』，引用旗亭雙鬟，歌王之涣『羌笛何須怨楊柳，春風不度玉門關』。

十四、宋時語云：『西湖風月，不若東華門外軟紅塵土。』

十五、宋子京《清明》詩：『草色引開盤馬路，簫聲吹暖賣餳天。』

十六、唐人有『十千沽酒莫辭貧』句。

十七、《綠巾詞》，係優人自塡之曲，見涵虚子編《北雅》。

十八、王建《宫詞》：『黄金桿撥貼胷前』，謂琵琶也。

十九、外國以玉鵾筋爲四絃，見《樂録》。

廿、二旦背唱『犧牲供養』，本《一笠庵占花魁》『勸妝曲』。

廿一、『教他眞箇消魂』，見宋人詞話。

廿二、《文選》：『素衣化爲緇』，言京洛多車塵也。

廿三、昔有壯歲卽封拜者，呼爲『黑頭公』。

廿四、范文正公有『終須一个土饅頭』句。

廿五、杜詩：『李邕求識面，王翰願卜鄰。』《唐書》：『邕美丰儀，行至金水橋，觀者如堵。』曲中以『堵』活對『鄰』。

【箋】

［一］此文當爲許名侖撰。

（陶然亭）砌末

闕名

生扮高陽生，軟翅帽。

小生扮天水生，儒巾服（需次者，可用冠帶，但恐類花裏排衙，故仍用儒巾服）。

末扮貴臣，戎服，佩弓箭，跨馬。

外扮貴戚公侯，便服，跨馬。

副淨扮從人，佩弓箭，步隨。

正旦、小旦，雉貂舞衣，俱跨馬。

丑扮童兒，步行，挑擔，內爵杯共五事，果榼，琵琶一，檀板一。

杏花二枝（紙絹紮，臨用之前，先繫庭柱上）。

【箋】

［一］此文當爲許名侖撰。

（陶然亭）評言

詞峯樵者〔一〕

丹青爲詩文之剩技，最重題跋，無題跋而重者，惟仇十洲①。傳奇亦詩詞之剩，除有傷風化者不撰外，須以燕鄴臺閣之體，塡金元院本之曲。若僅欲以傳奇擅場，成一湖上笠翁而已。習池客客春游湖上，撰《改琵琶》一劇，有召邕脩史詔，唯肖東漢人筆，有評者曰：『喬喬皇皇，麟麟炳炳，是知制誥大作手，不意於傳奇中遇之。』

文人心手，能鍊五色石以補天。高陽生驚才絕豔，而不獲通籍南宮，叨陪侍從，同人代爲之惜，而生則泊如也。習池客撰《及第花》一劇，藉此一吐其氣，風流亦足以自豪。

有愛習池客者曰：『老惜精神，筆墨宜省，勿速。疾行者無善步，故枚皋時有累句，勿多。隸事者每氣滯，故謂陸機子患才多。』斯言誠然。然予觀客之詩文，則有不盡然者。止就此劇觀之，成於一日，速矣，而絕無累句；計曲十二，並介白，共鈔九頁，多矣，而並無滯氣。細膩層次，無潦草複沓之病，惟見風發泉涌，霞蔚雲蒸。客之速而不拙如此，益服其才多之不足患也。客，貧士也，多文以爲富。書几得晴，試墨揮灑。對菊，飲酒，度曲，仙乎仙乎！

詞峯樵者僭筆。

（以上均清鈔本《陶然亭》卷首）

【校】

①洲，底本作『州』，據人名改。

【箋】

〔一〕詞峯樵者：姓名、籍里、生平均未詳。

富貴神仙（鄭含成）

鄭含成，別署影園灌者，籍里、生平均未詳。與曲家積石山樵善，曾校閱其《奎星現》傳奇。撰傳奇《富貴神仙》，《曲考》著錄，現存乾隆間刻本、烏絲欄舊鈔本。

富貴神仙自敍〔一〕

鄭含成

貧賤常思富貴，而富貴之極，未有不求神仙者。然使既仙之後，一皆餐霞飲露，羸然爲山澤之臞，富貴中人不可終日矣。文成五利之徒知求仙者，非好仙也，欲長其有富貴而已。於是以五城十二樓諸凡富貴之境，以誑之而溺之者，遂終身不悟，至今人齒冷焉。僕生抱寒胎，身無仙骨，偶借葉子之戲，寄意傳奇，謔語耶？寓言耶？俾天上人間作如是觀者，皆大歡喜，則亦何必曰須富貴何時，而神仙之必不可學也哉？

乾隆三十五年歲次庚寅冬十月上浣，影園灌者書。（清乾隆間刻本《富貴神仙》卷首）

【箋】

〔一〕底本無題名。上海圖書館藏烏絲欄舊鈔本題《自敍》。

雙忠節（郭宗林）

郭宗林，字蓼洲，齋號聽雨園，太平（今屬山西襄汾）人。久困場屋，曾與郭曾撰、尉雲章諸人唱和。撰傳奇《雙忠節》，傅惜華《近五年來所獲之戲曲珍籍》、莊一拂《古典戲曲存目彙考》著錄，現存乾隆間活字本（《傅惜華藏古典戲曲珍本叢刊》第四四冊據以影印）。

雙忠節傳奇序

趙熟典〔一〕

先大夫教授公未赴襄垣時〔二〕，與友四五人，同事吟詠。如郭子蓼洲、曾撰、伊雲〔三〕、尉子雲章〔四〕諸先生，互相唱酬，遞相評論，至樂也。及後至襄十五年，猶以郵筒，札寄不絕。蓼洲、雲章兩先生，更以所爲傳奇寄。《雙忠節》，郭作也；《忠智義》，尉作也。予年幼時，曾皆見之。手鈔《雙忠節》，存於篋笥，已三十載。而《忠智義》竟化烟雲，不可復得，可爲嘆惋。今既不克合梓，令存者亦化烟雲，不更可憾耶？

先生久困場屋，聊以此撥悶焉，遂有奇筆墨留在人間。若果如《西廂》古本，尚須調檀板而趁歌喉，予鮮能知之。若詞白之妙，毫無《房中》淫褻之態。昔人云『醉聽樵唱如《英》、《咸》』，或有可議，斯則放絕鄭聲，純乎雅奏，果爲今日之《英》、《咸》』乎哉？予能言之。今方梓矣，無化烟雲之憾矣。至於所爲詩，蓼洲先生之《聽雨園》，曾撰先生之《皆柳園》，伊雲先生之《讀書堂》，雲章先生之《西窗草》，昔與先大夫吟詠，尚有存者，將次第梓行之。

乾隆乙未冬日，晚學趙熟典敬題於紫藤書室。

（《傅惜華藏古典戲曲珍本叢刊》第四四册影印清乾隆間活字印本《雙忠節傳奇》卷首）

【箋】

（一）趙熟典（約一七一一—？）：字厚五，號藥齋，室名愛日堂，太平（今屬山西襄汾）人。趙思植子。乾隆二十一年丙子（一七五六），任工部虞衡司員外郎。越二載，辭職歸里，專事雕槧，表章前輩遺籍，不遺餘力。編《國朝文彙》。好刻書，愛日堂刻有《小畜集》，自輯《今文粹編》、《二編》等。著有《志仁堂詩》、《趙熟典集》。傳見乾隆《太平縣志》卷六、光緒《太平縣志》卷六等。

（二）先大夫教授公：即趙思植，字培元，號勿庵，別署竹窗、磨嶺散人，室名四勿堂，太平（今屬山西襄汾）人。康熙三十七年戊寅（一六九八），以選貢入成均。後授山西襄垣教諭，秉鐸者十五年。官至大同右衛教授。雍正初，以疾歸，日以詩文自娱。著有《竹窗詩草》、《耐寒齋詩》、《小堂集杜》、《四勿堂詩》等。傳見《國朝耆獻類徵初編》卷二五二、乾隆《太平縣志》卷七、道光《太平縣志》卷一三、光緒《山西通志》卷一五三等。

〔三〕曾撰、伊雲：即郭曾撰、郭伊雲，太平（今屬山西襄汾）人。字號、生平均未詳。或爲郭宗林昆仲。

〔四〕尉雲章：太平（今屬山西襄汾）人。字號、生平均未詳。撰戲曲《忠智義》，未見著錄，已佚。

笳聲拍（葉溶）

葉溶，字容水，號鶴塗，錢塘（今浙江杭州）人。清諸生。精史事，藏書千帙。長垣知縣淩世御（一七二七—一七八六）之師。著有《葉鶴塗文集》。乾隆間，改編舊本《笳聲拍》傳奇，葉德均《戲曲小說叢考》卷上《曲目鈎沉録》著錄，已佚。

笳聲拍傳奇跋

葉溶

蔡中郎蓋世文章，忠孝素著，當其逃匿朔方，風節何其高也！迫於逆卓之知、周臺之歷，勉强從之，原其初心，要非黨附者比。王子師殺之，使之無後，洵可哀也。文姬雅擅文詞，深通音律，身陷虜廷，瑜爲瑕掩，後雖歸漢，有餘憾焉。嘗讀《漢書》至此，未嘗不痛其父女之不幸，欲作傳奇以補其缺。

會周丈理山示余舊本〔一〕，用意頗與余同。而填詞摭事，余更演之，略根《漢書》，以寫摹胷臆，使觀斯劇者，如見其爲人。即稍有假借，不過中郎更生，文姬完節，亦普天下才人學士快心得意之事，非强作莫須有以骫骳古人，令九京散屈也。

其間於楊奉、董承、段煨去卑，皆表其翊戴之功。尤許曹操，非偏操也，贖女求書，憐才繼絕，亦古大臣有容若己之美。取姦回於一節，寧云濫乎？至於張老、牛氏，繼子、騙徒，是皆牽合成文，隨時悅目，故非立言之本意。必泥謂非正傳，彼『滿村唱中郎』者，果皆實事耶？

（浙江圖書館藏清乾隆四十八年淩世御刻本《葉鶴塗文集》卷下）

【箋】

〔一〕周理山： 即周整，字理山，號頓庵，仁和（今屬浙江杭州）人。性不喜帖括，專力古文。屢試不第，遂絕意進取。彈琴咏詩，寄情篆刻。壽至八旬而卒。與鄞縣陳撰（一六七八—一七五八）爲友，《玉幾山房聽雨錄》中敍及。傳見汪啓淑《飛鴻堂印人傳》卷一。

百花夢（張新梅）

張新梅，號玉堂，别署江南游子。籍里、生平均未詳。光緒《續纂句容縣志》卷一八云：『張新梅，字文耀，邑庠生。歲科考試，屢冠軍。秋闈四薦，未售。閉門潛修，品學兼優。著有《百花夢》詩一部，板片被匪焚燬。』未詳是否其人。

撰傳奇《百花夢》，《今樂考證》著錄，現存嘉慶八年癸亥（一八〇三）市隱莊刻本，《傅惜華藏古典戲曲珍本叢刊》第六一冊據以影印。

百花夢序

張新梅

夢，幻境也。花間一夢，尤幻境中之幻境也。然幻而爲夢，則既寔有是夢矣；幻而爲夢中之花，則既寔有是夢中之花矣。若夫本未嘗有是夢與是夢中之花，而花由夢生，夢以花繫，眞耶幻耶，吾烏乎知之耶？昔者莊周夢化爲蝶，蝶固花間之一物也。彼其覓蕊尋香，倚紅偎翠以自適，其爲蝶者，必不於夢而有異也。蝶與花，固皆入周之夢矣，庸詎知周之化爲蝶者，不並化爲花耶？蝶有知矣，花非無知者也；蝶有情矣，花非無情者也。孤若梅，傲若菊，清若蓮，幽若蘭，一性之有定也。斧斤之所夭，澗谷之所遺，雕欄繡幕之所寶護而愛惜，一遇之無定也。先春而萌，經霜而隕，映日而笑，浥露而泣，一盛衰榮悴之無定而有定也。人之於世，有以異於花乎？百年，一夢也，夢之中又有夢焉。崔處士之廬，有陶氏、李氏。石醋醋其人者，非人也，花之化而爲人也。花之化而爲人者，不猶人之化而爲蝶乎？人且栩栩然覓蕊尋香，倚紅偎翠，樂蝶之樂於須臾，而自忘其爲人也。然則夜深花睡之際，其現種種色相於夢中者，安知不馳逐於名途利域，悲歡離合之場，而自忘其爲花歟？花由夢生，夢以花繫，幻耶眞耶，願與天下之不夢者辯之。

時乾隆歲次己酉花朝，江南游子自題〔一〕。

（《傅惜華藏古典戲曲珍本叢刊》第六一册影

印清嘉慶八年市隱莊刻本《百花夢》卷首）

【箋】

（一）乾隆歲次己酉：乾隆五十四年（一七八九）。題署之後有印章二枚：陰文方章『張新梅印』，陽文方章『玉堂』。

（百花夢）跋

竹鹵侍史（一）

夫子編《百花夢》成，予閨閣多暇，竊取其義而釋之。夫子見之，笑曰：『是書也，支離者其詞，汙漫者其意，將使巴人棘喉，周郎噴飯。余方悔之，子又從而評之乎？』予曰：『昔笠翁有言：「弟不敢序其師之集。」矧婦而敢評其夫之文哉？』抑又有說焉。天地，皆夢境也。鄭人之失鹿得鹿，其室人嘗參一解焉。予所釋者，夢也，非文也。閱吾夫子之文者，卽以予言爲夢中囈語也可。

乾隆庚戌菊月，荊人竹鹵侍史跋。

（同上《百花夢》卷末）

【箋】

（一）竹鹵侍史：張新梅妻。按嘉慶八年（一八〇三）市隱莊刻本《百花夢》正文首頁署『玉堂張新梅撰』、『荊寶高山桃評』。則竹鹵侍史或卽高山桃，字荊寶。

西廂後傳（王基）

王基，字太御，號梅齋，一作梅庵，别署梅庵逸叟，吴縣（今江蘇蘇州）人。乾隆、嘉慶間人。畫馬及人物，皆稱名手。知音律，能弈棋。年六十餘，不娶無子。著有《梅庵雜志》。撰傳奇《西廂後傳》。傳見《清代畫史增編》卷一六、民國《吴縣志》卷七五等。

《西廂後傳》，一名《西廂記後傳》、《後西廂》，《古典戲曲存目彙考》著録，現存民國間古吴蓮勺廬朱絲欄鈔本（《鄭振鐸藏古吴蓮勺廬鈔本戲曲百種》第八册據以影印）、光緒三十三年丁未（一九〇七）上海書局石印本（題《新輯繪圖後西廂記》）。

後西廂序

袁　枚

《西廂》一書，膾炙人口，由來尚矣。厥後①金聖歎批定，宛如畫龍點睛，幾欲飛去。卽彼作者，亦不知其技之神妙若②此。最恨者，不知何傖父，漫將狗尾而續貂，宜乎聖歎有『何用續』、『何可續』、『何能續』之語矣。

然愚以爲，謂其不能續則可，謂其不可續則不可。何則？蓋不能續而偏要續，必至如前所續者之俗惡不堪矣。若能續而必謂其不可續，則亦未知《西廂》自是前人未成之書，要未可因其絕筆於《驚夢》一編，而遂謂其必欲如是而止也。何以言之？蓋嘗觀夫一切傳奇之書，不妨無其人而無其事，而斷不可有其始而無其終。若使《西廂》不續，則人與事俱無結局，奈之何而可謂之成書也？曷爲人與事俱無結局？比如張生與雙文，人也，人之中最著重者也。而長亭一別，張生果何結局乎？雙文果何結局乎？此二人無結局，則其餘之人可勿問矣。比如男婚女嫁，事也，亦事之中最著重者。而長亭一別，男婚者果何結局乎？女嫁者果何結局乎？此二事無結局，則其餘之事可勿問矣。由是言之，《西廂》固不可不續，而特未遇能續之者爲憾耳。

己酉孟秋〔一〕，有自號梅庵逸叟者，赴試金陵，來予旅邸，出其手纂《西廂後傳》以示余。余不及展玩，留置案頭，約其試畢歸趙。因不憚廢寢忘餐，詳加披閱。夫乃歎斯人之作《後傳》，其功有難於前傳也。蓋前傳不過我作我之妙文而已，《後傳》則將前傳缺陷之處，而一一爲之彌補，一一爲之照應，而又能別出機杼，與前傳迥不相侔。此其所以爲難也。昔人云：『莫爲之前，雖美不彰；莫爲之後，雖盛不傳。』今而後，前傳賴《後傳》而後成爲完本，斯《後傳》亦與前傳而永垂不朽矣。

乾隆五十四年歲次己酉仲秋，子才袁枚書於金陵別業。

【校】

①『後』字後，底本衍一『後』字，據文義刪。

②『若』字後，底本衍一『若』字，據文義刪。

【箋】

〔一〕己酉：乾隆五十四年（一七八九）。

梅齋自序

王　基

序一曰：　雪人不白之冤

《西廂記》中所載鄭恒，乃鄭尚書之子，崔相國之壻，老夫人之姪，而雙文之夫也。因相國棄世，孝服未除，故未成合。考之十六篇中，並無有一句一字厭而惡之者。若果可厭可惡，相國在時，曷爲以傾城之愛女字之哉？寺警變後，老夫人何爲不賴鄭恒之婚，而賴張生之婚哉？吾不知續《西廂》者，果何所見，而喪心病狂，必欲致之死地而後快。即聖歎評者，亦指之之爲人人厭惡之惡物，甚至以彘比之，以學唱公雞比之，以吃蝨猴猻比之。嗟乎！人孰無妻？無論鄭恒未必庸陋，即使庸陋，而其妻被人踰牆而摟去，而復欲致之死地，而復欲傳其惡名，此固鄭恒累世不白之冤也。余故願比死者一灑之，而實爲作此傳之第一大綱領也。

序二曰：　完人未了之事

老夫人因停喪於普救之別院，遂結成才子佳人一段夙緣。夙緣既結，乃不久而遂離，離而不能復合，是才子佳人終身未了之事也。雙文是鄭恒原配，藉端復許張生，鄭恒果甘心乎？一拈俗筆，必至如前續者之相爭而威逼，致其死矣，如其不死，則是鄭恒與雙文亦終身未了之事也。張生既去，鄭恒不來，而相國靈柩停在寺中，不得歸葬，此又老夫人一門未了之事也。種種未了之事，前人不能了，余前後打算，一一完結，此又是書之第二綱領也。

序三曰：成人一生之志

人若有才而無志，又若有志而無才，是二者，功名之得失無足重輕者也。若夫張生，因有才而又有志者，而乃使之泯沒而無聞，此固成人之美者，所不能恝然者也。余嘗觀其未遇雙文之前，其志全在功名。及其既遇雙文之後，才則猶是也，而志若爲情所奪，而要之非奪也。蓋始則志在功名，後則志在國色也。國色既得而功名不得，可謂有志者乎？功名雖得而非鼇頭獨占，可謂有志者乎？觀其哭宴之時，鶯曰：『得官不得官，疾便回來。』張云：『小姐放心，狀元不是小姐家的是誰家的。』蓋其臨別之時，早已將狀元自命矣。而前之續者何所見，而偏言其中探花，宜乎鶯鶯言曰：『慚愧，探花郎是第二名。』蓋鶯鶯之志，亦望張之中狀元。若中探花，是兩人之志俱未遂也，成人之美者，必不然也。余故不妨如願以償，而必此書之第三綱領也。

序四曰：覺人三世之迷

客有問於余曰：『汝知前世①乎？』余曰：『不知也。』再問曰：『汝知後世乎？』余曰：『不知也。』又問曰：『汝知今世乎？』余亦曰：『不知也。』客曰：『汝前世不知，後世不知，固也，奈何今世而亦不知也？』余對曰：『余惟不知今世，所以不知前世、後世也。若知今世，則前、後世豈難知哉？』客曰：『似子之言，似非迷而不悟者，奈何見世之迷者，竟任其迷而不一覺之也？』余曰：『如覺之而人卽不迷，余亦何樂而不覺之也？倘覺之而仍迷，則不如不覺之爲愈也。』客曰：『天下之大，四海之廣，豈盡皆覺之而迷者，子何輕量天下士哉？』余曰：『余一人之口舌，焉得人人而覺之？』客怒曰：『似子所言，汝尚迷而不悟，安能以覺人哉？』余不禁憮然爲間，曰：『客勿罪，余得覺人之法矣。』遂於第十六篇之末而設法以覺之，此又《西廂》前後傳之一大收場也。

【校】

①世，底本無，據下文補。

西廂前後傳異同讀法

闕　名〔一〕

一、《西廂》前傳是言情之文，後傳是言理之文。學者讀前傳，須著意於其文情之妙；讀後傳，須虛心看其文理之明。蓋分路揚鑣，實則並行而不悖也。

二、前傳是名家之文，妙處在於沉鬱頓挫、輕圓透脫；後傳則是作家之文，妙處在於起伏照應、脈絡貫通。

三、前傳是在一處做文章，故事實少而詞華多；後傳是到處做文章，故事實多而詞華少。

四、前傳之文略似《國風》，後傳之文略似《雅》、《頌》。

五、前傳是比也、興也，後傳是賦也。

六、前傳是六朝之文，喜於靡麗；後傳是兩京之文，喜於不佻。

七、前傳是香奩體，後傳是歌行體。
八、前傳如詩之可以興，感發志意；　後傳如詩之可以觀，考見得失。
九、前傳如《莊子》、《離騷》，後傳如史詩、《左傳》。
十、前傳如小生、小旦之文，處處見其嫵媚；　後傳如正生、正旦之文，處處見其大方。

（以上均《鄭振鐸藏古吳蓮勺廬鈔本戲曲百種》第八冊影印民國間古吳蓮勺廬朱絲欄鈔本《西廂後傳》卷首）

【箋】

〔一〕此文當爲王基撰。

梅花亭（畢乃謙）

畢乃謙，字六吉，文登（今山東威海市文登區）人。乾隆間諸生。工詩詞。著有《桂園詩稿》。晚年撰《梅花亭》傳奇，未見著錄，已佚。傳見光緒《文登縣志》卷一〇上。參見鄧長風《關於〈方志著錄元明清曲家傳略〉中若干清代曲家的生平材料·畢乃謙》（《明清戲曲家考略續編》）。

梅花亭傳奇序

呂肇齡〔一〕

今之論者，動云『聖賢之言道其常，寓言之書出以奇』，是大不然。夫天壤之大，何所不有？幻化之遭，何所不至？《齊諧》志怪，《博物》記異，不必奇也。士君子不得志於時，往往悲憤於邑鬱於中，而大作於外，藉院本俳詞，消其胷中壘塊，不至恍惚杳渺、恢詭譎怪不止。此吾讀六吉先生《梅花亭》之作，歎爲不可及也。

先生善治詩。詩以窮工，先生窮矣，詩安得不工？而詩又不足以盡之，於是乎更撰劇詞，調律呂，協宮商，雕鏤刻畫，渾脱漓躐。其言遭逢也以功名，其言遇合也以夫婦。其滅巨寇也爲朝廷立功；其譜樂府也，爲國家鳴盛。無一非奇，實無一非常。他日付之伶人，演之旗亭，不且可醒人世之瞶瞶哉！

憶己卯〔二〕，余讀書耳馬，先生設帳石羊，相距里餘。每乘暇辱臨，爲玉屑談。今不獲合並者，十年於茲矣。丙申〔三〕，予復館耳馬，先生移趾枉顧，出所爲傳奇，屬予商定。予於曲調素不諳，而把誦之餘，義藴微密，格調孤清，知先生固以工詩者工傳奇也。因不顧謭劣，而爲之序。

（臺北成文出版社《中國方志叢書》影印民國廿二年鉛印本清光緒廿三年李祖年修、于霖逢纂《文登縣志》卷一七）

【箋】

〔一〕呂肇齡：　字岐封，文登（今山東威海市文登區）人。乾隆四十七年壬寅（一七八二）歲貢生，授萊州府訓導。張問陶時官知府，以詩相契。著有《觀古堂古文》、《觀古堂詩刪》、《啓堂隨筆》等。傳見《文登縣志》卷九上。

〔二〕己卯：　乾隆二十四年（一七五九）。

〔三〕丙申：　乾隆四十一年（一七七六）。

綵毫緣（謝庭）

謝庭，一名蘭階，字玉亭，號灃浦，別署小畫溪玉亭。籍里、生平均未詳。或爲崇仁（今屬江西）人，名蘭階，父廷恩，字德清，傳見同治《崇仁縣志》卷八。撰傳奇《綵毫緣》，一名《鴛鴦夢》，《古典戲曲存目彙考》著錄，現存舊鈔本，上海圖書館藏。

（綵毫緣）序

謝　庭

原夫鴛鴦製曲，吹罷瓊簫；　鸚鵡填詞，題殘翠管。郢傳《白雪》，宋大夫之雅調猶存；　笛弄斜陽，桓野王之清歌不少。或戲拋紅豆，樹號相思；　或笑擲茱萸，藥稱獨活。固知烏絲麗句，鳳毫寫芍藥之篇；　紫薑雄文，龍杼織葡萄之綿。

僕本鵝洲狂客，蛟水愁人。泉石吟哦，時載酒於玉潭山下；烟霞嘯傲，常挂帆於笠澤湖邊。偶翻絃管新聲，竊仿宫商舊譜。南北引彈成别調，敢謂移情；長短句搜剩吟囊，差堪銷恨。然而車義雖辨，競病粗諳。刻鵠難工，未許唾壺之擊碎；造鳶易敗，何勞玉磬之敲殘。空歌回紇而倚聲，羞付雪兒以度曲。縱有千枝玳瑇，難誇《烏角》、《紅鹽》；即饒七尺珊瑚，亦遜《後庭玉樹》。況夫沉香花落，捧硯無人；結綺春殘，劈箋少侶。吴季子之知音不遇，誰復傾心；陸士衡之把臂無聞，聊資撫掌。徒使橋頭紅杏，空攜來檀板銀箏；溪畔白蘋，止唱罷『曉風殘月』。自愧街談巷議，那堪貯以帳中；敢煩禍棗災梨，漫欲行諸世上。

竊思左思傖父，未免貽譏；沈約中材，亦嘗致誚。未貴洛陽之紙，誰爲都下之傳？空令邁遠之嗤人，未見周郎之顧曲。即或偶逢韻士，間遇騷人。詠蝴蝶之佳章，誦鷓鴣之麗製。鮮不訶關、鄭爲詩詞之剩技，訾高、施爲製作之外篇。不知貶惡褒賢，即文人豈殊此意；揚風扢雅，雖小道亦有可觀。矧復演出淋漓，座客聞而起舞；歌來宛轉，行雲遏以不流。固非徒錦帶銷魂，共識斷腸之句；紅牙緩拍，纔知杳渺之音。洵爲案間破悶之書，實亦席上閒情之助。

嗟乎！芙蓉帳裏，帶結同心；朱烏窗前，枝名連理。始信雀爐清怨，女亦憐才；絨榻愁吟，士眞好色。加以邊軍奏凱，征人歌《楊柳》而來思；淑女于歸，之子向桃花而索笑。凡兹勝事，共集毫端；一切癡情，胥歸筆底。庶使青天碧海，長留蠲忿之方；繡幕紅毹，共唱銷愁之曲。

時乾隆四十五年歲次庚子仲秋上浣，玉亭謝蘭階澧浦氏題於虎丘舟次〔一〕。

【箋】

〔一〕題署之後有印章二枚：陰文方章『謝庭之印』，陽文方章『澧浦』。

綵毫緣跋〔一〕

徐墨謙〔二〕

才同司馬，玉人貽玳瑇之簪；學富文通，綵筆寫桃花之句。認烏衣之舊族，燕亦啣箋；詠白雲之佳章，柳疑飛絮。風流調笑，問寄情於才子佳人；跌宕縱横，時放志於舞裙歌扇。愛拋紅豆，戲寫烏絲。《鴛鴦夢》一編，則其新作也。言乎才藻，行間開春日之葩；溯厥詞源，天上傾玉河之水。擬其幽秀，品若秋蘭；聆彼宮商，聲如瑤瑟。君眞名士，何妨慷慨而歌；僕本愁人，不禁低徊欲絕矣。

金壇弟徐墨謙跋。

（以上均舊鈔本《綵毫緣》卷首）

【箋】

〔一〕底本無題名。

〔二〕徐墨謙：金壇（今江蘇常州市金壇區）人。字號、生平均未詳。

百寶箱（黄標）

黄標（一七三〇前—？），字紀堂，一作字時準，號紀堂，别署梅窗主人、蕉窗主人，揚州（今屬江蘇）人。清諸生。著有《黄紀堂集》，現藏中國科學院圖書館。傳見《晚晴簃詩匯》卷八六、《揚州畫舫録》卷一三。撰傳奇《百寶箱》，《古典戲曲存目彙考》著録，誤作黄圖珌撰。現存嘉慶間刻本，光緒二十年（一八九四）袖海山房石印本（《傅惜華藏古典戲曲珍本叢刊》第七二册據以影印）。

（百寶箱）序

黄　標

小説家傳《杜十娘怒沉百寶箱》故事，其説娼也贖身從李甲，李窮困京師，得柳生輸金，挾杜歸江南。至揚州，江上有孫富者，豔其色，啗以千金，李竟委杜歸之。十娘方以百寶囊箱，知李甲迫於嚴命，畏不敢歸，以是爲貲，恣情山水，而孫故迫之，竟致投江而死。其後，柳生至溺所，夜夢杜凌波贈箱，爲前日①助金之報。如是而已。

予閲其傳而心竊憐之。杜以樂籍從良，其來雖不臧，而激情憤志，居然節烈可風，其視石氏緑珠又何如也？操行冰玉，凜不可汙。乃汩没江流，銷沉終古，曾不得如文姬有家，眞娘有墓，騷人詞客尚得過而弔之，亦可悲矣！雁丘歌闋，累軸盈編，至今傳載志典。凡物有情，尚足感人如此，而況於杜耶！《燕子樓》詩，吾欲與諸君子徵歌而傳咏之矣。儒者不追既往，從善則善。釋氏以當下解脫爲清證，三途六道，一日涅槃，九蓮池中，稱無尚菩提。今杜娥以風月之姿，厲冰霜之節，不得復以娼論。有心者爲之原其情而悲其遇，所欲極拯救其人榮寵之，以美其報，不當衆聽其死，而當委曲求全，以設言其生也，豈不是歟？

辛丑秋八月〔一〕，予方夜坐，漏下燈殘，百蟲絮語。憶十娘事，淒婉不能釋，影響恍惚之間，冉冉如欲出者。吾亦不知當日者，果有此人，亦果有此事，抑或説者虹影蜃樓，作此燦花之論也。而吾以一朝幻想，構成幻境，書成幻筆，爲之譜入傳奇，使得按拍而歌之，殆所謂無情而有情者耶？

乾隆辛丑冬十月下浣，梅窗主人序。

【箋】

〔一〕辛丑：乾隆四十六年（一七八一）。

（百寶箱）序〔一〕

黄文煇〔二〕

夫崇巖百仞，盤而爲阿，則一隅之地嶔嶜可觀；洪流千里，瀠而爲渚，則半畝之澤淪漪可翫。何則？所藏納者深，故所融溢者異也。

先紀堂世父，研精六籍，殫志百家，凡其爲文，根柢深而枝葉茂。文煇夙侍丹鉛，罔窺堂奧。

頃以賦閒居暇，披循往帙，哀輯遺編。盈尺之寶，櫝啓其輝；徑寸之珍，襲承其祕。若夫偶爾倚聲，慨焉寄興，惜幽草之淪汙，感芳華之滌垢。棄爨之材，采其葑菲；委灰之香，發其鬱烈。是用罄厥沈思，摛其縟藻。搴蘪芎之英，駕蜃虹之彩。傾墨沼之餘瀾，振筆穎之纖秀。釀百花爲蜜，幾費絪縕；窺一管之斑，足徵炳蔚。

握玩之餘，付諸簡槧，非謂私其靈珠，實以公其片璧云。

嘉慶丙寅二月下浣，姪文燀謹序。

【箋】

〔一〕中國藝術研究院圖書館藏清光緒二十年石印本《繪圖百寶箱傳》三本，僅此本有此序，應爲後補，未詳所據。

〔二〕黄文燀：又作文暉，揚州（今屬江蘇）人。黄標姪。舉人，召試中書。傳見嘉慶《甘泉縣續志》卷四、《揚州畫舫録》卷一三。

（百寶箱）題詞

江　崑　等

一種情癡太認眞，緑珠遺韻是前身。李郎空有分香女，慚愧當年石季倫。

翠羽明璫委逝波，扁舟相對淚傾河。夜深應有潛蛟泣，直欲同聲唤柰何。

多情誰似柳屯田，夢斷鴛衾賴瓦全。從此騷壇傳韻事，共推高誼薄雲天。

獵獵西風冷絳筵，氍毹新唱麗娘箋。若非玉茗堂前筆，千古傷心竟不傳。江瑤圃崑〔一〕

偶拈毫素托深情，好惡姻緣組織成。要使青樓存志節，不妨薄倖屬書生。

千里歸帆擁黛粧，月明瓜步夜相羊。眼前樂事翻成恨，檀板紅牙總斷腸。

大江東去海門賒，玉碎珠沉萬口嗟。譜入詞人新樂府，不須重爲聽琵琶。

飄泊空門心已枯，那堪隱泣忍秋胡？不知棒喝樺燈下，多少恩讎悔也無。

終始成全仗友生，柳郎也爲惜傾城。笑他濁世佳公子，浪得人間好色名。

血染桃花扇底春，勾欄儘有守貞人。云亭老去憑誰繼？聽取江南曲調新。張琴川尚絅〔二〕

牙板新歌杜十娘，梨園譜就炳琳琅。藍田玉碎空憑弔，合浦珠還妙闡揚。一點靈犀情脈脈，千重磨蝎恨茫茫。可憐揚子江頭月，猶照騷壇刺史狂。張東岩履泰〔三〕

是誰歌館作班頭，珠箔銀箏夜未收。看取揚州江上事，怎教人不怨風流！

北望江流疊浪高，邗山邗水路迢迢。多憐一日蛾眉恨，未許風前咽暮潮。

六時鐘磬一龕紗，洗盡脂鉛入釋家。唯有畫眉人不捨，務教並蔕作蓮花。

淮南木落洞庭波，譜得新詞入調歌。紅粉到今無覓處，算來騷客自情多。劉清江源濱

一種傳奇假共眞，莫教魚葬美人身。是誰收拾風流意，唱遍江南一水濱？

懷恨沉江事不平，一時玉碎使人驚。無情翻作多情說，究是黃生是李生？

青樓逸事可堪憐，一點負心百載傳。爲道相思無斷處，生生死死作姻緣。

綠珠烈性較何如？俠氣今傳女較書。一自詞人揮彩翰，《牡丹亭》外又披圖。劉牧人謙

說到姻緣有折磨，一尊談笑起風波。空餘賈客千金在，奈失香奩百寶何？妾命料應如紙薄，人生不合是情多。判教萬頃長江水，解脫愁魔與恨魔。

遮莫前生種佛田，紅繩百尺斷還連。歡從盡後都成幻，悔到眞時卽是緣。五夜鞭箠當棒喝，百年歌哭證情禪。煩君一管生花筆，補盡人間離恨天。方笠塘本

欣看淑女伴仙郎，一種傳奇杜十娘。續就良姻還一對，生生世世永難忘。

華堂開處倚雙肩，春去人間四月天。看取娉婷渾似畫，憐香惜玉夜無眠。

柳院春深夜燭花，東風時候好年華。銷魂雁字家書至，難把鄉心訴館娃。

爲愛琵琶按調新，欲同紅拂學私奔。平原有客還堪助，成就良姻感故人。

曉粧鏡裏嘆春嬌，叱撥牽來換翠翹。從此多情都抹盡，寒沙冷葬小蠻腰。

那是輪金意氣高，分明舌劍與脣刀。空教玉樹臨江卸，血染湘川紅半篙。

飄蓬斷梗委荒丘，幸值南歸處士舟。聞道芳名人是舊，窮途攜上綠珠樓。

積得相思債已賒，閒來意緒總如麻。閨中拉住傷情淚，連理重開並蒂花。

功名猶未愧中年，紫棘丹株御苑仙。欲把多情還細講，鸞臺故使鏡重圓。

雨困雲驕損翠眉，重教薄命咏于歸。從今了卻相思賬，夜夜朝朝比翼飛。卞振千如岡（集《百寶箱》句）

夜叉棚底淚河傾，割背輕從月下盟。如此美人應薄命，何來蕩子復多情？買絲欲繡黃衫客，

按拍難尋白石生。一曲琵琶翻舊譜，始知快士是公衡。

玉茗花枯結夢思，遊仙幾續晚唐詩（余舊有《金鳳緣》、《寫韻軒》等劇）〔四〕。寓言難得莊生旨，脫手都非幼婦詞。情至如君應爾爾，愁多似我益癡癡。聽花軒下挑燈讀，露濕寒梅一兩枝。蕭雲槎椿〔五〕

小鳥啼時泣血，江花落處銷魂。北來南去可憐人，誰遣珠沉玉燼？　修月團圞自滿，補天缺陷能平。筆參造化燦文心，塡就情坑恨阱。（右調【西江月】）　田丹崖肇桂〔六〕

情濃意曲好斟量，金石同堅自得方。猶豫郎心成忍刻，盈箱也惜久深藏。

生平難信是他心，痛絕粧臺盟誓深。嘉耦忽然嗟怨耦，怎教重誘見夫金。

堪傾私願逢名士，可託微軀識鉅公。若在彼原萍絮視，徒矜豪貴野鴛同。

煉石由來巧補天，詞妍才贍總留傳。名門復出箱重獻，始慰人間恨可蠲。　汪對琴棣〔七〕

稗野何須問假眞，不堪遺恨溯江濱。多情最是生花筆，一曲翻成按調新。

玉碎香銷不可留，柔情都付水東流。補天若少媧皇石，誰遣鸞凰續舊遊。

風月冰霜並一身，貞心不減墜樓人。偶拈毫彩傳芳烈，演向氍毹總入神。

歷歷傳奇數輩行，悲歡離合遞登場。從今譜出青樓節，檀板新歌《百寶箱》。　鄭溶野塘〔八〕

烟暖花飛欲暮春，鳳儀門外草如茵。初鶯邂逅多情侶，一抹遙山瑣翠顰。

著意尋芳步碧堤，美人訪得畫樓西。笙歌達曙垂朱箔，那管花驄柳外嘶？

繫帛遙傳達帝畿，銷魂遊子淚沾衣。深沈未識儂心苦，只爲情牽悵別離。

數載沈淪只自憐，一朝幸爲托良緣。何期江上西風急，催折幽芳並蒂蓮。
芙蓉如面鐵如心，棄寶損軀眾所欽。洗脫風塵秋水碧，冰清玉潔叩禪林。
義重金蘭柳遇春，幾番鏡破喜重輪。瓊瑤難答綈袍贈，又效鍾馗送妹頻。
紅絲遙繫是前因，迎得新粧卽舊人。棒喝良宵渾似夢，傷心往事未堪論。
瓊林賦罷省庭闈，更挾湘娥彩翼歸。天憫冰霜還百寶，遙空稽首謝神威。
新閱傳奇杜十娘，風塵薄命總堪傷。若非百折詩人意，千載芳魂恨怎忘？
世間幾許最多情，薄倖何云獨李生？記否悽悽吟《白首》，璇璣錦字寄邊城。裴夫人沈在秀岫雲〔九〕

（以上均《傅惜華藏古典戲曲珍本叢刊》第七二冊影印清光緒二十年袖海山房石印本《百寶箱》卷首）

【箋】

〔一〕江崑：字瑤圃，籍里、生平均未詳。

〔二〕張尚絅：字琴川，丹徒（今屬江蘇鎮江）人。諸生。著有《思勉齋詩鈔》。傳見《晚晴簃詩匯》卷一一一。

〔三〕張履泰：與以下劉源濱、劉謙、卞如岡，籍里、生平均未詳。

〔四〕《金鳳緣》、《寫韻軒》等劇：蕭椿撰，未見著録，已佚。

〔五〕蕭椿：字雲槎，江都（今江蘇揚州市江都區）人。乾隆間舉人。善畫，現存乾隆四十九年（一七八四）《山水畫冊》。傳見《揚州畫舫錄》卷五。

〔六〕田肇桂：　字丹崖，籍里、生平均未詳。

〔七〕汪棣（一七二〇—一八〇一）：　字韡懷，號對琴，一號碧溪，徽州人，寄籍儀徵（今屬江蘇）人。廩監生，爲國子博士，官至刑部員外郎。以詩名東南，與錢大昕、王昶、史承謙等相友善。曾參與盧見曾紅橋修禊。好文史，工詩詞。輯纂《唐宋分體詩選》。著有《對琴初稿》、《持雅堂集》、《春華閣詞》。傳見王昶《春融堂集》卷五六《墓志銘》、《揚州畫舫録》卷一〇、《國朝耆獻類徵初編》卷一四五等。

〔八〕鄭塘：　字溶野，籍里、生平均未詳。

〔九〕沈岫雲：　字在秀，又字虛谷，高郵（今屬江蘇）人。太史沈業富女，巡撫裴宗錫（一七一二—一七七九）媳，知府裴正文（端齋）室。著有《雙清閣集》。詩見潘素心編《城東唱和集》。事迹見袁枚《隨園詩話》卷八。

臘盡春回（金廷標）

金廷標（？—一七六七），字士揆，別署金牛湖半村主人，烏程（今浙江吴興）人。曾爲內廷供養畫家，善畫人物。撰雜劇《臘盡春回》。傳見《讀畫輯略》、《國朝院畫録》等。參見聶崇正《宮廷畫家金廷標卒年及其作品》（《紫禁城》二〇一一年第六期）。

《臘盡春回》雜劇，全稱《小螺齋臘盡春回傳奇》，《吴興周氏言言齋藏曲目》、《古典戲曲存目彙考》著録，現存清鈔本，中國國家圖書館藏。

小螺齋臘盡春回傳奇序〔一〕

玉几生〔二〕

蛾眉坐惜，嗟貧女於綠窗；驥足徒憐，泣王孫於歧路。終年萍梗，幾度榔榆。况復月影消沉，悵珠樓之夢杳；簫聲歇絶，悲故苑之春殘。望官闕以裴回，憶瓊花而太息。斯則紅箋十丈，寫幽怨以難窮；白紵千絲，縈繁愁而欲斷者也。

爾乃觸目流連，逢場繪畫。音成微妙，寓悲閔於嬉笑怒駡之中；舌並廣長，寄隱語於唱導鉗錘之際。若冰雪之沁心，似凉風之拂體。三復回環，慷當以慨矣。

嗟乎！丘園寥寂，何知月落花開；城市闤𨽻，一任霜迴燧變。認白雪爲粉米，羣兒之瞇昧堪憐；指黄葉作金錢，古德之慇懃足念。廣筵一引，四座無聲。庶幾臘盡春回，羊忘鹿失之意也夫。

戊戌七夕〔三〕，玉几生拜手題。

（中國國家圖書館藏清鈔本《小螺齋臘盡春回傳奇》卷首）

【箋】

〔一〕底本無題名。

〔二〕玉几生：姓名、籍里、生平均未詳。

〔三〕戊戌：乾隆四十三年（一七七八）。

天孫錦（嚴華祝）

嚴華祝，字石舫，號唐封，別署雲山外史，孝感（今屬湖北）人。年十一補諸生，工古今體詩。清嘉慶間恩貢。著有《一房山詩寄》、《漢遊詩草》、《石舫詩集》等。撰《天孫錦》雜劇。傳見光緒《孝感縣志·文苑》、《湖北詩徵傳略》卷一三。參見張志全《明清湖北籍曲家劇目史料考遺》（《四川戲劇》二〇一四年第七期）。

《天孫錦》雜劇，未見著錄，已佚。

天孫錦自敍

嚴華祝

癸丑夏〔一〕，養拙白雲，室如斗大。赤日燒我茅茨，榻且成炭，書盡欲焚。自朝至暮，汗如雨注。唇焦口燥腸枯，飯不得吃，三晝夜未就枕。偶月明露下，散髮奇石大樹間，取尤西堂雜劇作清涼散解渴。忽忽口嚼白雪，腳蹈層冰，清風生兩腋，無復諸般苦楚。笑矣悲哉！天乎人也！因念澴以孝子得名，感董永傭身、天孫下嫁一事，事不見漢史，往往雜出於百家小說，即《澴川志》亦無深考。而千百年來，豐碑貫日，古墓生雲，田翁婦孺莫不嘖嘖流傳，豈反不足動學士之悲歌，而發天良之感激哉？若云事屬子虛，彼臥冰而魚，哭竹而筍，種種異驗，又何以說？且而不考張博望、郭子儀兩事乎？客星犯斗牛，支機一石，尚方琢硯。子儀經略銀州，夜見軿車繡幄，美女自空而下，富貴壽考。卒如其言，天心眷德，織女多情，有明徵也。至如羿妻奔月，傅說騎箕，人既登天；子陵高隱，曼倩詼諧，星猶在世。人間天上，只是一家。理固如是，事何須辯。矧大孝格天，更非惝恍離奇幽怪荒唐之説。人患不師董生耳，區區一河邊女子，奚足奇哉？

余楚傖末學，未諳宮譜，步趨尤作平仄，因之古調獨彈。風流自愛，豈必令李龜年、劉念奴輩播弄紅氍毹上耶？曲成，浮一大白，空山大叫，林壑風生，不知是歌是哭。嫦娥大是解人，且冉冉穩步到樽前矣。

（轉錄自湖北省博物館編《湖北文徵》第九卷，湖北人民出版社，二〇一四）

【箋】

〔一〕癸丑：乾隆五十八年（一七九三）。

揚州鶴（三原雙生）

三原雙生，姓名、籍里、生平均未詳。或爲揚州（今屬江蘇）人。撰傳奇《揚州鶴》，周氏《言言齋劫存戲曲目》、莊一拂《古典戲曲存目彙考》著錄，現存舊鈔本，上海圖書館藏。

（揚州鶴）序

松石間人〔一〕

杜子春爲太上守丹，不知丹是何藥。予往來揚州者三年，偶憩璚華觀黃鶴樓上，得見雙屋此編，乃恍然曰：『此非丹藥方邪？』方卽是丹，丹本無藥。藥所以已病，如竟謂無藥，則病者危矣。病固不一，而通受其病者莫如錢。予卽指錢以爲藥，諺所謂『心病心藥醫』，又所謂『毒攻毒』也。其《本草》云：錢味甘，大熱有毒，偏能駐顏，采澤流潤，善療飢寒困阨之患，能利邦家，惡賢達，畏清廉。貪婪者食之，以均平爲良；如不均平，則冷熱相激，令人霍亂。其藥采無時，采至，非理則味臭。及既流行，能役神靈，通鬼氣。如積而不散，則水火盜賊之災生；如散而不積，則飢寒困阨之患至。一積一散，謂之道；不以爲珍，謂之德；取與合宜，謂之義；使無非分，謂之禮；博施濟眾，謂之仁；出不失期，謂之信；入不妨己，謂之智。以此七術精鍊，方可久而服之，令人長壽。服之非理，則溺志喪神，切須忌之。張燕公著《千秋金鑒》，《本草》亦出其手。良醫、良相兼善者，誰能不一唱而三歎也哉！

辛亥小陽春二十三日〔二〕，松石間人。

【箋】

〔一〕松石間人：姓名、籍里、生平均未詳。

〔二〕辛亥：雍正九年（一七三一）。

（揚州鶴）序

于　振

若夫春秋代序，乾坤本傀儡之場；泡影無端，爾我亦魚龍之戲。問郭家之金穴，衰草寒荊；過石氏之珠樓，殘脂賸粉。偃師奚怒，偶然屬目於空花；猗頓何權，暫爾假錢於司命。意者壺中日月，差可消遙；海上風光，聊堪把玩者乎？

則有柘館名流，蕪城才子，索居無事，到處爲歡。寄本意於倚聲，寫閒情於理曲。窗開朱鳥，侍兒捧硯匣而來；帳啓青牛，歌者挾箏牀而至。財夙輕其十萬，名不愧乎半千。以道人解脱之心，傳遊子窮愁之況。故夫《揚州鶴》之緣起也。

癡郎年少，未曉治生；仙客情長，深憐落魄。爾輪爾載，既僕僕以不辭；予取予求，亦多多而益善。全疑點出，恆河沙可隨手以揮；錯以鑄成，剎那頃便立身無所。可是法華窮子，思諸寶城；勾漏仙鄉，偕遊福地。俾安心於金鼎，將翹首於玉京。風雷虎豹，曾不經懷；牛鬼蛇神，何嘗眴目？

然而夔蚿世界，蕉鹿光陰。情尚戀於愛河，習未除於淨域。三生石上，重締良緣；百步障前，忽攜愛子。妾非息女，懷故宮而不言；郎類賈君，索如皋之一笑。豈意鼓琴趙冶，難望夫憐；爭博齊姬，能令公怒。心頓傷於碎璧，口忽忘其緘金。旱地裂而山摧，竟丹飛而鼎竭。恍如隔世，誰爲兒女之情？勘破機關，即是神仙之路。此所以芒鞵竹杖，願脱浮生；石室丹臺，終題姓字者也。

僕也霜酣紅藥，曾停邗上之車；尊捲白波，得醉餘杭之酒。猶憶筵前雙豆，憐記拍之衛娘；燈下千觴，感轉喉之車子。仙緣塵夢，瞥眼皆空；魔障道心，聞聲而寂。借筆花於名士，當棒喝於禪人。喜聽新聲，謬爲廋語。文章江左，自今玉種家家；烟月揚州，重見花開樹樹。

癸丑仲秋〔一〕，金壇學弟于振書於京邸之雙梧書屋。

（以上均舊鈔本《揚州鶴》卷首）

【箋】

〔一〕癸丑：清雍正十一年（一七三三）。

也春秋（花村居士等）

《也春秋》，全名《新編也春秋傳奇》，《古典戲曲存目彙考》著録，現存乾隆間刻本，《古本戲曲叢刊六集》據以影印，正文首頁署「古愚老人校正」、「花村居士、紫樓逸老、雲岳山人、步柳漁甫同塡」。赤柏子《也春秋傳奇序》云：「《也春秋》者，海陽之新劇也。」據此，四人當爲海陽（今安徽休寧）人，故所譜亦係休寧事。

也春秋傳奇序

赤柏子〔一〕

《也春秋》者，海陽之新劇也。劇何以名『春秋』？意蓋有所寓也，抑亦仿古人定褒貶、彰善惡，而托賞罰之權於穹蒼，以明報應之由，人胡不自省哉？

今觀斯編，葛公赴任，微員也，詞中已蓄忠君救民之心。既而耕耤勸農，剪兇堂鞫，不逐黄綬，更奮青鋒。案定蕭何之律，岱嶽難移；民興子產之歌，巷塗遍誦。所以感天錫麟，題薦陞任，二子登庸，以慶團圓，理當然也。若夫佘門四虎，大惡也。《虎壽》之曲，繪其肆行無忌之情。繼而鬧花燈，謀孽會，以及蜂媒蝶約，狠圖逼休，則天良没盡，魍魎公行矣。更可嘆者，佔孤身招贅之妻，家傳妙法；欺孑形無輔之老，夜逞凶鋩。所以天人共憤，神鬼皆嗔。陰魂之告，是啓天發怒之階；虎遁之謀，是彰天誅兇之兆。春既陽誅，而秋不可無陰譴，則雷之殛其全家，而人心於以大快，夫非以有同然者乎？其寫趙、汪之任俠也，實映《春秋》之用謀；寫宋尉之懦也，正對葛公之英傑。機似線而意如珠，非苦心以揣摩，烏能若是之縝密與？

予年老矣，久違城市，隱迹山林。虎案既成，予聞之亦不覺擲杖掀髯而稱快。及覽茲新編，竊喜諸君子之集腋成裘，何其渾然合也。予不揣老拙，謬以塗鴉之筆，序諸繡虎之文，得毋忘其陋耶？

九十老人赤柏子漫書。

（清乾隆間刻《也春秋傳奇》卷首）

【箋】

〔一〕赤柏子：姓名、籍里、生平均未詳。

也春秋跋

藥園灌夫〔一〕

從來博雅，爭誇二酉三倉；此日傳奇，乍覩一門四虎。名皆徵寔，八九或屬寓言；筆可生花，百一無非警世。

爾者藉蝶使蜂媒之地，作蛇心蝎尾之場。鬧春燈而搶劫無端，幾使青閨體辱；施毒藥而屍蹤莫問，復令碧海冤沉。固已郡邑通聞，神人共憤矣。乃淫坑不滿，既因妾以眠妻；欲壑難填，遂緣財而害命。刀鋒索絞，早已加身；砒鼓蛇羹，幾乎入腹。苟非天水高鄰從空而下，誰爲打救衰翁？若匪丹砂仙尉攝篆以行，安得盡鋤惡黨？此闔邑所以稱神明之宰，而吾朋因而吐絕妙之詞也。

是以竊月偷花，翻譜出班香宋豔；轟雷激電，悉揮成陸海潘江。《四聲猿》悲壯淋漓，《十種曲》詼諧謔浪。臨川居士，急與言情；粲花主人，必當把臂。傳之藝圃，洵咳玉而吐珠；散入歌場，總引商而刻羽。

僕爲誦此，更有進焉。則以名雖托諸歌劇，義寔比之《春秋》。一字之褒，幾榮華衮而威鐵鉞；全篇之唱，歎起痿痺而豁矇聾。刺心之筆既多，怵目之言不少。雖逃世網，難逃天網恢恢；縱免人誅，不免冥誅隱隱。此又餘殃餘慶，犧《易》之垂訓同辭；而其事其文，《麟經》之直出無礙。豈徒曉風殘月，爭妍於歌扇酒旗；不僅鐵板銅鉦，竟響於紅濤碧①浪而已也。付之梨棗，以警兇頑。是爲跋。

時乾隆二十四年歲次己卯季夏，藥園灌夫題。（清乾隆間刻《也春秋傳奇》卷下之首）

【校】

①碧，底本作『壁』，據文義改。

【箋】

〔一〕藥園灌夫：姓名、籍里、生平均未詳。

闔邑紳士恭頌葛父母除虎德政詩詞録後

汪士鍠　等

三年報政待遷鶯，白馬青衫又遠行。執法爭傳除虎患，騰歌早已叶鶯聲。悠悠練水波偏麗，淼淼巢湖浪自平。相送金庭山畔去，憑高翹首不勝情。汪士鍠〔一〕

光天化日，怪無端、糾聚一門兇物。白晝横行工狡黠，慘甚穿牆穴壁。魑魅成羣，道塗側目，劇待明公雪。孔方有力，未許牢籠豪傑。　休嘆往事模糊，現前欺誑，也有時昭發。　奕奕心精呈炯鑒，早把狐羣氣滅。　鬼載一車，網羅萬狀，姦計窮毫髮。　襟懷如水，此中堪照秋月。（其一。以下調寄【百字令】，用赤壁韻。）

澄清吏治，問當前、誰是漢京人物。　蔓草難圖頻翦拂、忍使釀成堅壁。　秦鏡高懸，纖塵弗染，肺腑清於雪。　幾番歌詠，風流共識英傑。　安得溫嶠懷中，通天犀照，曖昧今朝發。　往古來今天網密，豈類曉星明滅。　國典長存，人心不沒，繫得千鈞髮。　瑤篇持贈，朗吟如對新月。（其二）　汪存寬〔二〕

才堪伯仲，果分猷、奏績康民阜物。　砥柱中流眞少府、撐起天都半壁。　平似釋之，寬如鄒衍，誰訝炎天雪？　蕩陰繼武，遙遙華胄稱傑。　披薙須鏟根荄，如山鐵案，掣若雷轟發。　照膽於今秦鏡皎，自爾魑魅迹滅。　德盛于公，麟逢竇志，安慮蕭蕭髮。　此日歌驪，贈君千里明月。　趙繼禾〔三〕

兇巖漸朽，人人道、少府揚庭有物。　鐵面於今稱再見，暮夜曾揮尺璧。　黃綬班輕，青云望重，潔己逾冰雪。　江南正氣，眞堪比狄仁傑。　五色棒列階前，依稀在昔，北郭英風發。　任說山中饒虎聚，舉網須教隕滅。　羣服聰明，暫棲枳棘，喜見書濡髮。　柳枝折處，悵廬江上帆月。　趙繼序〔四〕

光天化日，竟有此、窮兇極惡之物。　狗黨狐羣蟠結久，孰敢攖鋒破壁。　誰照溫犀，誰懸秦鏡，積恨今朝雪。　清風勾漏，不愧公堂豪傑。　況更酖酒釀成，銛刀磨就，殺機將發。　幸有恢恢天網在，鬼向明公現滅。　若漏鯨魚，若逃狡兔，說起冠衝髮。　青天共仰，重放一輪皎月。　潘倫〔五〕

雄姿大奮，爲赤子、殲去殃民兇物。　烈烈轟轟眞不負，十載芸窗面壁。　任彼狐形，使伊狗行，難躲冰壺雪。秉鈞執法，梁公本諱仁傑。　四虎肆毒多年，數終貫已滿，陽懲陰發。惟願吾公再激烈，一掃根苗盡滅。姦盜邪淫，謀財拐掠，過惡多於髮。梟之曹市，萬民仰戴天月。吴世彪〔六〕

犀燃牛渚，盡形出、許多異怪奇物。白日肆行爲鬼蜮，密聚重關複壁。誰捋虎鬚，自憐雞肋，抱恨難求雪。蕩陰勾漏，果然不愧前傑。　洞燭巧變機心，一端未就，又早乘間發。此是神人所共憤，惡積數當消滅。罄竹難書，竭波不盡，聽到寒人髮。高懸秦鏡，玉壺冰貯秋月。汪纘善

中州雜氣，新生出、這個妖魔怪物。針黹綠窗貧女事，儘可光分東壁。怎學塗鴉，驕成瘦馬，那裏能吟雪。搽指抹粉，自負女中魁傑。　嫁作命婦隨來，閨箴不守，舊性猶騷發。攪枕翻衾頻亂夢，慾火燒身難滅。轉想桑間，回思濮上，髻挽烏雲髮。私偷惡少，欲效嫦娥奔月。陳宗器

姦窮怪變，請看此、砒妝蜜賣尤物。惡少招邀賓入幕，何用踰牆穴壁。逼得蓑翁，幾成冤鬼，畏比湯澆雪。吾公一鞫，訟庭盡仰英傑。　笑殺金屋猶存，香奩難檢，片紙書空發。大澤龍蛇誰實產，狐鼠都教澌滅。敢惜卑官，或嫌越俎，孰引千鈞髮？新詞競和，獨明丹井心月。金鼎〔七〕

江城如畫，怎幻出、無數窮奇妖物。水懦養成狼野性，黨結銅牆鐵壁。三尺空懸，懇嗟父老，孰把腥膻雪？葛天有氏，卓哉千古人傑。　怪他黨翼朋淫，元兇煽聚，豈待今相發。末吏遠承天子命，嚮邇燎原澌滅。義激鬚眉，感生國典，愁擢千鈞髮。民生誰寄？穩酬寒潭秋月。查洪

附〔八〕

天工何在？偏生此、狼心狗行之物。惡甚窮奇勢焰焰，直可摧牆倒壁。里閈宣淫，弟兄肆毒，幽恨從何雪？吾公烈烈，片時照察稱傑。　從此掃盡根苗，無教滋蔓也，留芽復發。萬戶

熙熙安枕簟，虎豹豺狼並滅。刑豈無辜，罪眞莫逭，擢數憂無髮。謳歌到處，秦鏡明勝於月。查同

唐虞盛世，豈容此、虎豹害人之物？姦盜圖謀天網到，一旦飛簷走壁。虺蜴爲心，豺狼成性，多少冤難雪。斬蛟射虎，眞是聖朝人傑。　初次堂審供招，乍驚神鬼，走石飛沙發。好似烏臺陰斷也，冤焰忽明忽滅。今佔伊妻，舊淫彼妾，怒氣衝冠髮。掃除惡孽，放開萬里明月。徐簫

英風卓立，鋤去了、天理難容尤物。百姓歡騰公激烈，執法衝堅潰壁。子母强梁，弟兄跋扈，遭害如霜雪。沉機伏虎，不愧古來之傑。　更有莫雪奇冤，沉埋鬼夜哭，貫盈當發。怒氣堂前陰告也，故此瓦飛燭滅。說起姦謀，令人膽落，陡豎英雄髮。蚤求申處，怎禁緩待明月？胡周

乾坤浩蕩，怎逢此、魑魅不仁之物？蝶使蜂媒排密網，何減銅牆鐵壁？無地容身，有天放眼，迺得奇冤雪。鸞棲清吏，今時允矣豪傑。　可怪毒欲潛投，鋒將顯試，一片兇心發。白日青天懸寶鏡，遂使神靈不滅。虎受牢籠，魚遊釜甑，報豈差毫髮？士林傳誦，冰壺擬秋月。陳允旦

魑魅魍魎，昇平世、豈容此輩妖物？惡貫已盈還造惡，誰敢捨身入壁？覆載不容，神人共怒，天網恢恢雪。睚眥道路，不必俠豪英傑。　多少氣塞塡胸，不言敢怒，看彼機心發。毒害多方情已露，神鬼亦吹燈滅。幸有龍圖，能探虎子，皆烈兼衝髮。爲民除害，朗朗皎如秋月。潘寵

恢恢天網，怎容此、窮奇饕餮之物？霹靂一聲難掩耳，任你飛簷走壁。勘破奸謀，掃除兇惔，好似湯澆雪。片言折獄，這番可稱雄傑。　更喜筆效《春秋》，圖成周鼎，惡狀從頭發。黨羽須教膽落也，莫慮燎原弗滅。智伏長鯨，力摧猛虎，撚斷幾莖髮。殺機屏退，依然光霽風月。查傳炳

風波頓起，禍來也、勼上一般惡物。舞爪張牙涎眼望，恨不鄰居隔壁。淫奪其妻，還圖佔屋，露出刀如雪。横行威迫，煞是兇徒梟傑。　批字押不甘心，情書兩紙，總向公堂發。白信青蛇供實了，可見天良盡滅。陽典難寛，陰誅必甚，剉磨抽筋髮。要平人憤，胥望鏡懸古月。胡晉

昨年謁兄赴台州，五月衝炎掉歸舟。道路口碑喧異政，停船問訊語綢繆。大尹河工委任重，二尹關摧方借籌。繁劇獨綜等游刃，五色棒開豺虎投。豺虎何人余氏子，一門濟惡春爲彪。受患百千莫敢訴，含冤隱忍憐同儔。一朝摘發置諸理，不畏齒缺狗舌柔。閶門浙喜鄉音近，又聽雄略豁雙眸。歸來衢巷徵歌舞，瑤編投贈詩應劉。寶劍騰光須他日，即今攀轅擁道周。汪永聰〔九〕

居官殄惡即安良，禾莠從無並植方。慝聚一門除物蠹，法伸三尺凜王章。鬼啼深夜淒風雨，人譜清歌按羽商。共説公廉天不負，石麟紫誥足輝光。（其一）

大吏何如小吏明？歌謠里巷遍賢聲。丹砂自出仙靈器，污簡還同國老名。是處伏戎皆有虎，此間相餞倏移旌。悠悠練水思何極？我爲蒼黎繫别情。（其二）　戴廷魁〔一〇〕

悵惘賢才别海陽，何年復躡訊公堂？汶溪月色明旌旆，白嶽雲光奐縹緗。擁餞衣冠環輅道，遮留父老頌康莊。咸瞻惠政仁風遍，遥望高遷仰慕長。吴元灘〔一一〕

靳長鯨沈佺期霹靂引句也賦似葛老父臺新政恭成八韻

琴堂轟霹靂，有似靳長鯨。本效絃歌化，何成殺伐聲。揚威除物害，赫怒答民情。撥指并刀快，照心秦鏡明。悍鱗須剗盡，惡鬣務誅平。遂使鯢魂落，還教鱷夢驚。渠兇其伏罪，水族自安

生。慶得逢仙尉，海陽濁浪清。陳古齋

在陸勝狼虎，沉淵過鱷鯨。滿城皆飲恨，合邑盡吞聲。惡焰干神怒，妖氛動鬼情。溫犀照朗徹，秦鏡放光明。大浪雖然落，餘波尚未平。聞之眥欲舞，念及膽還驚。周處眞除害，昌黎豈縱生？我懷勾漏令，硃井萬年青。吴世彪

深潭爲窟宅，無計奈梟鯨。欲掃妖魔障，除非霹靂聲。罡風一旦發，霖雨萬家情。怪影從何躲，犀光徹底明。龍泉重一奮，鱷類盡鋤平。無復舟行險，何憂人涉驚。漁歌包老出，童唱范公生。大德漸江水，揚波萬載清。胡寅〔一二〕

豺狼成性久，遠邇憚威名。横逆全無忌，兇鋒莫敢攖。生涯惟拐掠，結黨滿郊城。毒害心多險，姦淫孽匪輕。昭彰天眼豁，際遇葛公明。惡語爰書定，陰風鬼訴聲。積冤今乍雪，餘孽尚須清。若使一家哭，寸衷始得平。查思尹

吾公眞壯烈，利劍斬長鯨。黄耇相欣賀，青童發頌聲。數年造巨孽，片語折眞情。如見肺肝險，難逃日月明。洗冤消穢迹，除害兆昇平。不但兇徒滅，直教醜類驚。聽琴幽韻遠，觀政肅風生。幸際龍圖出，天潢一笑清。汪曾泰〔一三〕

（清乾隆間刻《也春秋傳奇》卷首）

【箋】

〔一〕汪士鍠：一作士湟，字君宣，號筠川，休寧（今屬安徽）人。雍正七年己酉（一七二九）順天榜副貢生。乾隆元年丙辰（一七三六），召試博學鴻詞，授翰林院庶吉士，改編修。曾任河南學政。九年，典四川鄉試。十年，

乞養歸里。十六年,乾隆帝南巡,恭迎鑾駕,獻《百韻詩冊》。擅長書法。著有《筠川書屋集》等。傳見民國《安徽通志稿》、《鶴徵後錄》卷一、《皇清書史》卷一八、《詞林輯略》卷四等。

〔二〕汪存寬:字經耘,號香泉,休寧(今屬安徽)人。乾隆十九年甲戌(一七五四)進士,選庶吉士,散館授編修。三十六年,爲廣西鄉試正考官。擢河南道御史,轉工科給事中。曾入紫陽書院,爲沈德潛門生。與蔣士銓、金兆燕、趙翼有交。傳見道光《休寧縣志》卷九、《詞林輯略》卷四、《清代職官年表人名錄》、法式善《清祕述聞》卷七及卷一六等。

〔三〕趙繼禾:字其書,號鳳阿,休寧(今屬安徽)人。雍正十年壬子(一七三二)舉人,浙江榜,任安徽建德縣教諭。乾隆間,受聘爲休寧海陽書院山長。工詩文。著有《棣輝堂文集》、《碧梧書屋詩稿》。參見道光《徽州府志》卷九、《安徽人物大辭典》、萬正中《徽州人物志》等。

〔四〕趙繼序:字芝生,號易門,休寧(今屬安徽)人。乾隆六年辛酉(一七四一)舉人,任績溪知縣。力於經學。曾主講直隸鴛亭、江西白鷺洲書院。著有《漢儒經傳記》(附《歷朝崇經記》)、《周易圖書質疑》等。編纂《績溪縣志》。傳見道光《徽州府志》卷一一、道光《休寧縣志》卷八、《清儒學案》卷一三、唐鑒《學案小識》卷一三、《國朝耆獻類徵初編》卷四一九等。

〔五〕潘倫:休寧(今屬安徽)人。名醫,精兒科。著有《痘疹約言》。

〔六〕吳世彪:與以下汪纘善、陳宗器,字號、籍里、生平均未詳。

〔七〕金鼎:字號、籍里均未詳。乾隆間,與王錫蕃纂修《宿州志》(已佚)。著有《金鼎詩文稿》。

〔八〕查洪附:與以下查同、徐簫、胡周、陳允旦、潘寵、查傳炳、胡晉,字號、籍里、生平均未詳。

〔九〕汪永聰:字穎思,休寧(今屬安徽)人。乾隆十七年壬申(一七五二)恩科進士,授陝西甘泉知縣。主持編纂《甘泉縣志》。傳見道光《徽州府志》卷一二。

〔一〇〕戴廷魁：休寧（今屬安徽）人。副貢生，乾隆三十一年（一七六六）任舒城教諭。見《舒城縣志》及《續修舒城縣志》卷一七。

〔一一〕吴元瀠：與以下陳古齋、查思尹，字號、籍里、生平均未詳。

〔一二〕胡寅：字號、籍里、生平均未詳。《清代畫史增編》載：『胡寅，字覺之，安徽桐城人。嘗爲縣令，忤上官，罷去。善人物魚鳥。（出《海上墨林》）』或即其人。

〔一三〕汪曾泰：字號、籍里、生平均未詳。以下尚有吴雲岳《虎穴歌》、汪新《弔宋亦城文》、吴山秀《一門四虎賦》、胡新寅《虎子謀宋賦》，並附《葛公留別詩詞》二首，未錄。

點金丹（西泠詞客）

西泠詞客，姓名、籍里、生平均未詳，疑爲浙江杭州人。撰傳奇《點金丹》，《北平圖書館戲曲展覽會目錄》、《古典戲曲存目彙考》著錄，現存乾隆間刻本。

點金丹小引

西泠詞客

西泠最愛蒔蘜，故遊蹤所至，每到重陽，則堂房几壁，處處是紅裳紫袖，金粉交輝，無不爲西泠含笑而吐英者，西泠誠顧盼自雄哉！然西泠之於繭，培本收苗，删岐併氣，以及點蕊過枝諸事，必經年保護，始得對秋風皓月，而顧盼自雄，不禁恍然曰：『收苗併氣，金丹旨也，何養小而失大也耶？』輪蹄少暇，輒仿爲之，確有奇驗。一切丹書，不肯直露天機，多方曲譬，轉令學者或睨視高遠，或岐路徘徊，所謂『盡信書，則不如無書』矣。《周易》以『剛反』爲『地雷復』、『柔上』爲『止』說《咸》，如來以堅固交遘、感應圓成爲精行仙。噫嘻！未之思也。收苗併氣，以人治人，改而止而已。

或者曰：『云何不仙男而仙女，不仙人而仙畜耶？』西泠正襟危坐，爲之歌曰：『九竅惟人道最尊，可憐盡是愛銷魂。昇沉一切惟心造，脱卻皮毛坐羽軒。一。學仙須要學天仙，殺裏生恩事業堅。惆悵男兒都自誤，不妨拈出兩嬋娟。二。』

曰：『云何而兼因果說耶？』曰：『未有無德無功而能仙者。』又歌曰：『沖合恬淡守金丹，育德銷因苦自甘。了得腳根根下事，滚珠盤拜女天官。一。偶然受得天仙訣，仗俠捐軀難變恩。這道傾城更傾國，那知全未懂溫存。二。五百尊開羅漢堂，續添一座是巡方。落伽箋啓慈悲大，特把横超功德償。三。書獃不解魂銷味，這願天仙伴此生。有志竟成歸兜率，金花丹法手中擎。四。縱惡滔淫報應奇，卻因轉念續宗支。自新原是昇天級，公子持編仔細思。五。伶仃僕婦本庸材，偏抱天良老不衰。一例歸他返魂女，錦衣鼎食護蘭荄。六。』

曰：『云何而不自仙耶？』又歌曰：『未嗣何能步伯端，年來憶煞滚珠盤。挑燈偷點金丹譜，說破人天眞鳳鸞。』

雖然，仙亦是六道中也，欲超三界，必須成佛。顧豎出甚難，橫出亦不易。清夜思之，躐等飛超，差爲穩捷。若徒謂金蕊（菊名）可以延年，已非本旨；倘更對女華（亦菊名）恣其漁色，尤足傷生。人耶？菊耶？能外一點靈根而育孕也耶？我同人盍各各於『點』字下，下一轉語。

西泠詞客偶書於芙蓉閣裏。

點金丹凡例

闕　名〔一〕

一、傳奇所以闡幽光也。凡忠臣、孝子、義夫、節婦萬不得已之苦心孤詣，以及佳人才子之奇緣巧合，譜之宮商，以維風教，以葆天眞，美不勝收矣，又何用更拾牙慧，而妄續貂尾哉？余非有意傳奇，亦並不知絲竹。偶讀《聊齋·辛十四娘》一段，似可寄『吾與』，知能行焉，遂借譜倚聲，成若干篇。顧既握筆，又不肯潦草了事，凡五易稿而成。意在顯露祕旨，毋俟臘月三十日驚悔耳。蓋傳奇之變調也。

一、有奇可傳，方不恤磨墨伸紙而爲之。馮生直碌碌哉！若滾兒之沖和，磬兒之豪俠，俱足令人歌泣，是可傳也。《聊齋》既草創，西泠敢不潤色耶？

一、引用事語，俱有所本。除童而習之之外，若《楞嚴》、《悟眞》、《參同》、《明史》諸書，皆可參閱。

一、因果本乎至理，陰曹賞罰，與陽世同，仁智善信之士，無有不皈依因果者。故吾夫子嘗曰：『悖出悖入，悖入悖出。』又曰：『相在爾室。』又曰：『鬼神之爲德，其盛矣乎？』

一、塡詞家汗牛充棟，邯鄲夢仙矣，未嘗直指仙源。是編可與《歸元鏡》分道揚鑣。

一、譜齣過多，恐卽繼燭不能盡一日之歡。今將冗枝繁節，烹鍊成二十四篇，是以篇幅稍長，蓋恐伶人率意刪減也。若《追豔》、《寺逐》、《神媒》、《殺姬》等篇，關目靜細；《鬧鬭》、《妓訴》、《送房》，尤爲緊密。伶人之善於摹寫者，尤能體味而出之。至於《遣妹》一篇，係全本點睛處，『丹房不外陰陽』二語以下，句句有手法，字字有神理，須於莊重之中，兼帶戲狎摹寫，方得二女月下談玄意思，若孟浪登餖，味同嚼蠟矣。

一、郡君在土，乳母姓黃，十四娘字滾珠盤，俱有所指，非泛然也。若馮生二字，妙義尤諦，當可思。

一、塡詞家最難者，格局奇中見正；次難者，介白繁中仍潔。至於敷華掞藻，刻徵引商，易易事耳。但述一事，至再至四，其間詳略曲白，總要處處清新，各肖口吻，方免重複。

一、譜中不免點綴處，然不點綴，則不足邀雅俗共賞矣。

一、下場詩，諸家多用集唐見工；上場詩，每用熟語易習。玆譜悉係新製，如龍在雲中，一鱗一爪，俱見全神。

一、譜中牌名，各有宮調，並正字、襯字，不致混淆，悉本《九宮大成譜》。

一、腳色譜中，貼旦較爲辛苦，若名部子弟人多，不妨分任。

一、譜中密圈，有在文情者，有在本旨者，統在開編時各各解悟已爾。

一、刻友守催急迫，每脫一幅，即便開鐫，倘能示我瑕疵，致成全璧，甚賴他山。或有忌諱字眼，尤望代爲檢點，急示更易。

【箋】

〔一〕此文當爲西泠詞客撰。

孫月溪敍

孫　謐〔一〕

谷子雲云：『明於天地之性，不可惑以神怪；知夫萬物之情，不可罔以非類。』諸如奇怪鬼神，以及遐興輕舉、黃冶變化之屬，聽其言，若將可遇，而求之蕩蕩，則如繫風捕影，杳不可得。此聖人之所以絕而不語也。

今觀《點金丹》二十四篇，若薛都使、郡君輩，神怪極矣；辛十四娘、磬福輩，非類極矣。豔而稱之，抑何其惑且罔也。顧彼雖神怪，而循分盡職，雖死猶生；其作狐媒、遣狐婢也，亦不過因物付物，以人治人，則猶是所謂天地之性也。彼雖非類，而其所感者，仍屬人道之常，且適可而止，視世間溺於牀笫，若山木膏火，自寇自焚，卒歸澌滅者，相懸難以數計，則猶是所謂萬物之情也。

余於化色五倉之術，素未究心，而神怪非類，又往往以尋常日用目之。今觀《點金丹》二十四篇，乃嘆惑者衆而西泠獨明也，罔者衆而西泠獨知也。明可也，獨明不可也；知可也，獨知不可也。了於心，又了於口；了於口，又了於筆。閲是書者，其受點化，宜神且速矣。然則兩間之大、羣生之廣，有何神怪？有何非類？苟能保其性情之德，喜怒哀樂，發之各中其節，天地也，鬼神也，人也，物也，一理也。題此簡端，西泠得毋嗤余罔惑否？

京山孫謐月溪甫拜題〔二〕。

【箋】

〔一〕孫謐：字若泉，號月溪，京山（今屬湖北）人。乾隆四十二年丁酉（一七七七）解元，官蒲圻縣教諭。著有《周易觀玩隨筆》等。參見《湖北文徵》卷八。

〔二〕題署之後有印章二枚：陰文方章「孫謐字若泉」，陽文方章「丁酉楚元」。

（點金丹）賈雲莊序

賈季超〔一〕

分袂十年，每深依企。朶雲遥墮，仰荷注存。藉稔二哥大人，福祺亨吉爲慰。賜讀《點金丹》，得知二哥道行深純，《悟眞篇》、《無根樹》，世人不解，君眞獨得三昧也。至《九宫大成》，律媚法熟，按宫立調，製譜名家魏良輔復生，當引爲知音矣。

超於去秋北闈報罷，踉蹌南歸。曾拈《聊齋·青梅》故事，學譜傳奇，卽名《青梅記》。纔塡半冊，捧到《金丹》，君已先得我心。大巫在前，小巫氣索，即焚其稿。

今歲修兩邑志書，公舉超董其事。年伯大人應列傳志中，望將行略開寄。二哥風流仙吏，擺脱塵埃，而山水優游，還思故里否？超自傷淪落，少壯所讀之書，已爲魔母攫去。惟假毛錐子，醮墨作蘭石。鴻便，當繫足寄政也。先此布復，並請邇安，不戩。兒子董文，稟筆請安。

世愚弟賈季超頓首〔二〕。

（以上均清乾隆間刻本《點金丹》卷首）

【箋】

〔一〕賈季超（一七四九—一八一五）：字亦羣，號雲莊，一作雲裝，別署春午主人，金匱（今江蘇無錫）人。諸生。隱居不仕，與同邑楊掄、馬燦、嵇文煒等以詞相倡和。工畫，尤擅蘭，吳人呼之爲『賈蘭花』。著有聊齋體詩話《護花鈴語》，參見蔣寅《清詩話考》（中華書局，二〇〇四）。撰傳奇《青梅記》，已佚。傳見《清代書畫家筆錄》卷二、《清代畫史增編》卷二八、《清代畫史補録》卷三等。

〔二〕題署之後有印章三枚：陰文方章『季超』，陽文方章『雲莊』，陰文長方章『司書小史』。

奎星見（積石山樵）

積石山樵，姓名、籍里、生平均未詳。撰傳奇《奎星現》，一名《教中稀》，《古典戲曲存目彙考》著錄，現存傳鈔本（《古本戲曲叢刊五集》據以影印）。今存本署『積石山樵塡詞』、『影園灌者校訂》。按，乾隆間刻本《富貴神仙》傳奇作者鄭含成，别署影園灌者，疑卽此劇校訂者。倘若如此，則積石山樵當爲乾隆時人。

奎星見題詞〔一〕

耐　人〔二〕

卅載塡詞筆幾兗，而今歌詠辨清渾。最欣境冷情翻熱，那識官卑命自尊。作戲逢場驚世眼，知音何處想雍門？廣文酸氣從兹吐，誰說齋頭耄老昏？耐人和韻

（《古本戲曲叢刊五集》影印傳鈔本《奎星見》卷末）

【箋】

〔一〕底本無題名。此詩乃和《奎星現》下場詩而作。

〔二〕耐人：生平未詳。

如意緣（癯道人）

癯道人，室名信天齋，姓名、籍里、生平均未詳。撰傳奇《如意緣》，《古典戲曲存目彙考》著錄，現存乾隆四十七年壬寅（一七八二）忠孝堂鈔本（《綏中吳氏藏鈔本稿本戲曲叢刊》第一七册據以影印）、乾隆間鈔本、道光十三年癸巳（一八三三）忠信堂鈔本、清鈔本。鄭騫《景午叢編》下

編稱：『劇中多用北京旗人語插科打諢，作者當是雍乾時京旗人。』（臺北：中華書局，一九七二）

如意緣序

癯道人

余少時，隨諸童聽塾師講《孟子》『仁之於父子』一節書，濛濛然，怦怦然，不解命之所云。夫天以理成人之性，人率性以成天之理，又何所不遂，而命故有以限之耶？迨及晚年，閱歷既久，始喟然歎斯言之不謬也。即君子盡性致命，亦不知幾經坎坷，幾經盤錯，始能遂其意之所如。而究其所以能遂者，亦命也；其不得遂者，不知凡幾矣。天之困人，固如斯乎？

又聞嘗讀野史《亂點鴛鴦譜》小說〔一〕，見孫潤與劉慧娘，並非懷春女子，誘人吉士，原因兩家父母，機鋒相對，巧爲二人成此幽歡。想其郎才女貌，珠玉相輝，有不願終身伉儷者乎？然因父母之機彀而成，非奉父母之明命而就，且又各聘有室家，若鳴之於官，而太守且以法繩之，彼兩人者，亦徒抱千古恨耳，可奈之何？乃父母攝之於前，太守復成之於後，遂使彼兩人者，不費一謀，不歷一險，安然遂其意之所如。世果有其人乎，竟何修而得此？天之佑人，亦如斯乎？命也夫，命也夫！因感而有斯作，適意耳。至若音律之出入，字句之順拗，文詞之工拙，余寔固陋寡學，尚有借於大家之斤斧。

時乾隆歲次壬寅正月下浣，信天齋癯道人漫識。

（《綏中吴氏藏鈔本稿本戲曲叢刊》第一七册影印清乾隆四十七年忠孝堂鈔本《如意緣傳奇》卷首）

【箋】

〔一〕《亂點鴛鴦譜》小説：見馮夢龍《醒世恒言》卷八，題《喬太守亂點鴛鴦譜》。

天人怨（牧奴子）

牧奴子，姓顧，字秋𣗥，或爲東海（今屬江蘇）人。生平未詳。撰傳奇《天人怨》，《明清傳奇綜錄》著錄，現存舊鈔本，上海圖書館藏（中國藝術研究院圖書館據以影印）。

天人怨序〔一〕

牧奴子

［前闕］嘻嘻！響天乎人耶，時也命矣！明知是編粗就，一傳眾咻；或者存案閒觀，十言九寓。知我者，曰天寧可問，姑爲或爾之言；笑我者，云客果何能，彈此不平之局。

東海牧奴子秋𣗥氏題於招隱山房。

【箋】

〔一〕底本無題名。

天人怨序〔一〕

楊雲鶴〔二〕

原夫梨園子弟，傳麗曲於鵝笙；平樂樓臺，播新聲於象板。實甫有『花間』之喻，漢卿來『醉客』之評。編演所稱，由來尚矣。然而朝雲暮雨，易屬陳言；香草美人，久無仙筆。我師虎頭後裔，江左奇英。託隱謎以寫愁，借嘲詼以言志。淋漓骯髒，直追屈、宋風騷；宛轉悠揚，詎雜金元爨舞。敍半生之身世，劍拔弩張；結一曲之漁樵，水窮雲起。吟來商羽，足令才士魂消；度以檀槽，能使教師心折。洵可謂紅牙哲匠，綺席專門者矣。鶴也一編守拙，未解塡詞；萬事俱盲，詎精協律？牆邊擫笛，愧無李子之能；座上聞歌，殊遜周郎之顧。師誠善怨，逞妍詞而寄興可知；余亦多愁，撫豔製而奈何頻喚云爾。

受業門生楊雲鶴敬題。

【箋】

〔一〕底本無題名。

〔二〕楊雲鶴：字號、籍里、生平均未詳。

天人怨序〔一〕

陳鴻業〔二〕

《天人怨》傳奇，何爲而作也？客曰：『才人失職，憤激之詞，不平之鳴也。』余笑曰：『客得其貌，未察其心也。』

卞和之以璞獻也，意在玉之得白，零陵之封，非所計也。千古懷奇抱異之士，皆璞也。莫以自明，淪落於山砠水涯以終老，然人卒得而耳□之，豔慕之，以視沒字碑、麒麟楦、蘇合糞丸，相去何如？而又何怨之有？所不滿者，天之困厄才子，庸人從而附會，謂生人如有定數，算司皆有判屬。雖廣□之賢，僅傳諸王；相如之①才，終於園令。脣腐齒落，無由紆紫拖朱；飯□羹藜，莫想銅山金穴。即奇材異能，不得與腐愚爭福命也。是何言哉！是何言哉！

士寧抱才智以死，不死於庸夫之口；此身可貧可賤，不甘於鬼魅揶揄之辱。哀猿窮鳥，天耶，人耶？人生至此，怨氣漫空，紅雨失色。玉清上眞，爲我皺眉；閻羅老子，一時膽落而語塞也。

客過，因書一通，附於牧奴子卷末，以質之善讀《天人怨》者。

筍里奈村陳鴻業題。

（以上均舊鈔本《天人怨》卷首）

【校】

①『之』字後，底本衍一『之』字，據文義删。

【箋】

〔一〕底本無題名。

〔二〕陳鴻業：字翼王，別署筍里奈村，上海人。詩詞書畫，各臻化境。生平深自韬晦。著有《欠山閣詩稿》。傳見《清畫家詩史》丙上，又見《全清詞鈔》。按，杜信孚、蔡鴻源《著者別號書録考》，以爲牧奴子即陳鴻業。

溫柔鄉（星堂主人）

星堂主人，姓名、籍里、生平均未詳。中國國家圖書館藏傳鈔本《澄懷堂偶輯溫柔鄉傳奇》，首封署『繼善堂薛』，版沿書『繼善堂薛忠賢子孫賢此外何求』，正文首頁署『星堂主人編次』、『同社瘦石山人、率眞居士評閲』、『堂弟福增額灝川，啇升額升東同校』。目録列二卷四十二折，另有《楔子》及《餘音》，現存上卷二十一折及《楔子》。或云星堂主人乃余懷別署（周妙中《清代戲曲史》），未詳所據。

節録板橋雜記跋〔一〕

星堂主人

余嘗讀《板橋雜記》，未嘗不三復其意，而竊怪澹心寫葛嫩何其淡漠若此，而寫王月又何其絢爛若彼也。及細味之，方知其淡漠者，皆其最經意之處；其絢爛者，皆其最不經意之處耳。故余題之曰：『諸姬之中，惟葛嫩爲第一。』非徒高其殉節之難，亦深嘉其盛名之不顯也。試起澹心於九泉，當必含笑而以予爲知言。

仲春既望後五日偶錄。星堂主人

（傳鈔本《澄懷堂偶輯溫柔鄉傳奇》卷首）

【箋】

〔一〕底本題作『節錄板橋雜記』，此爲最後一段星堂主人所述。

溫柔鄉傳奇綱領

乾部

正主　孫臨　生

陪賓　蕭伯梁　外　方密之　小生　陳則梁　丑

狎客　朱維章　丑　王公遠　末　管五官　貼

雜色　奚童　小丑

坤部

正主　葛嫩　旦

陪賓　李貞美　老旦　董小宛　貼　顧眉生　小旦

狎客　頓老　副淨　張魁　淨　張卯　小丑

雜色　小梅

離部

正主　楊文驄　外

陪賓　鄭之龍　副淨　馬如彪　末

戾氣

馬三寶　副淨　劉澤清　副淨　劉良佐　丑

雜色

楊奎　小生　楊璧　小旦

坎部

正主

王月　小旦

陪賓

李小大　丑　胥如夢　小丑

戾氣

張獻忠　淨　蔡如蘅　副淨　徐青君　丑

雜色

劉小眼　貼　張大腳　小丑

總綱

余澹心　末

要領

鄭履祥　小生

以上四部，每部八人，連綱領二人，統計三十四人。四部正主不時登場外，其餘或一見再見，更有數見不已者。總以有名字姓氏、有關本劇者，分派四部。然其中或以字行，或以名傳，有定而又若無定也。因並附識於此。

星堂主人漫筆。

（傳鈔本《澄懷堂偶輯溫柔鄉傳奇》卷首）

【箋】

〔一〕底本無題名。

畫圖緣（汾上誰庵）

汾上誰庵，姓劉，字號、籍里、生平均未詳。疑爲山西汾陽人。撰傳奇《畫圖緣》，《古典戲曲存目彙考》著錄，現存乾隆五十二年（一七八七）寧拙齋刻本（《傅惜華藏古典戲曲珍本叢刊》第七二冊據以影印）。

畫圖緣序〔一〕

吴元熯〔二〕

古今多憾事，而死者居其半。星落五原而志不就，獄成三字而功不終，其魂魄私恨，有終窮哉！然而余心有時少快，何也？讀《南陽樂》而如見三分之一，讀《如是觀》而如見二聖之還，未嘗不嘆二公之隱憾，得傳奇而平者已八九也。

維男女之鍾情亦然。或聞聲而思，或見色而慕，思慕方殷，而溘然以死，高天厚地之中，長懸此一緘未遂之情，烏咽於苦雨淒風而不能自已，此與忠臣義士之賫恨以沒者，豈不同一缺陷哉？扶地下之幽魂，使復諧人間之靜好，此又《牡丹還魂》所以膾炙人口也。獨惜其才過贍，其情過豔，傳之樂府，裨觀者骨騰肉飛，蓋有之矣；正人心而翼世教，殆猶未焉。夫《國風》好色而不淫，古之作者有然，今之作者何獨不然？吾意必有遏三楚之朝雲，洗六朝之金粉，獨追正始而返希聲者，何居乎未之前聞也？

丙午仲春〔三〕，汾上誰庵以所著《畫圖緣傳奇》相示，繾綣之中，倍形瀟灑；妖淫之外，別得風流。竊意玉茗見之，猶當自慚形穢，又何論自鄶以下也。他日被諸絃管，播諸聽聞，使天下曉然於謔浪猥褻之不可爲訓，而因各得其性情之正焉，是亦風化之所賴也。豈但平張靈、崔瑩兩人之隱憾，而供人心之一快也哉！

神山弟吳元熯拜撰〔四〕。

【箋】

〔一〕底本無題名，據版心題。

〔二〕吳元熯：字孔照，一作孔昭，浮山（今屬山西臨汾）人。乾隆三十六年辛卯（一七七一）舉人，授知縣，改就教職，授隰州（今屬山西）學正。傳見光緒《浮山縣志》卷二一。

〔三〕丙午：乾隆五十一年（一七八六）。

〔四〕題署之後有印章二枚：陰文方章『吳元熯印』，陽文方章『孔昭』。

畫圖緣序〔一〕

劉大懿〔二〕

《國風》好色而不淫，步兵窮途而欲哭。由來畸士，大抵酒狂；自古佳人，半爲情死。是以高蹤寡合，陸龜蒙日日閉門；秀色可餐，崔亭伯年年擇配。覽思真《醜女》之賦，寧守空房；讀中散《絕交》之書，惟親濁酒。先生移我情矣，美人隔秋水兮。矧夫我輩鍾情，非必訂三生之約；斯人可作，不難傾半面之心。碧澥青天，相思無路；朝風暮雨，是處愁人。脫令臺築青陵，拆不散鴛鴦對對；任使形歸畫障，繫得住綵線絲絲。蓋守信宜要以死生，而發情尤止乎禮義者也。

若乃金閶名士，狂醉題虎山之詩；洪都仙姝，含愁停鶯脰之櫂。把書卷而行乞，不是凡人；象科跣以圖形，定稱聖手。烟波兩岸，問鄉里最是癡情；櫛櫪一條，認國士還憑老眼。此也廿八字，親題才子，宛如誓海盟山；彼也一片石，生署醉侯，眞欲幕天席地。撫碑揮淚，嬌處女稱未亡人；伏闕陳書，窮措大乃敢諫士。耳茲佳話，曠古所無；迹其深情，人間希有。而我誰庵先生者，筆參造化，思幻風雲。破鏡能圓，斷弦可續。收分飛之鳥，維世於以傳奇；覓返魂之香，憐才因而補恨。果使優人嬰舞，不數五花百菓之名；便教詞苑流傳，定儷秦七黃九之句。僕也未工顧曲，雅好塡詞。敢偏師以攻長城，每低頭而拜東野。吹竹振鳳鸞之響，何用蚓鳴；運斤過匠石之門，幸容蠡測。

楊縣愚弟　大懿拜撰〔三〕。

（以上均《傳惜華藏古典戲曲珍本叢刊》第七二册影印清乾隆五十二年寧拙齋刻本《畫圖緣傳奇》卷首）

【箋】

〔一〕底本無題名，據版心題。

〔二〕劉大懿（一七五六—一八二三）：字堅雅，號葦亭，一號葦間，楊縣（今山西洪洞）人。乾隆四十二年丁酉（一七七七）舉人，五躓禮闈。捐貲助餉，議敘刑部雲南司員外郎。五十六年，出爲福建糧儲道，旋調鹽法道，攝按察使。尋遷臺灣道，兼提督學政。官至山東布政使，以詿誤，左遷刑部員外郎，告歸。著有《葦間詩文稿》、《知冰軒語錄》等。傳見陳用光《太乙舟文集》卷八《墓志銘》、《皇清書史》卷二〇、光緒《山西通志》卷一五一、民國《洪洞縣志》卷一二。乾隆末年，曾爲范鶴年《桃花影傳奇》撰序，參見本書卷八。

〔三〕題署之後有印章二枚：陰文方章『劉大懿印』，陽文方章『葦亭』。

夢中因（尤泉山人）

尤泉山人，姓名、生平均未詳，掖水（今山東萊州）人。撰傳奇《夢中因》，《古典戲曲存目彙考》著録，現存乾隆五十五年庚戌（一七九〇）序蘭絲欄稿本。

夢中因傳奇序

尤泉山人

人生一蝨耳，而暫寄於乾坤大禪之中，與蜉蝣爭朝夕，與蟪蛄爭春秋，蠕然雜處，所歷幾何？役役者奚自苦焉？然人生而有形，有形卽有神，有神卽有想，有想卽有因。一有因，則肉塊墮地，便葬五欲窖中。吾不能禁其迷於心者之不能不眩於目，又烏能禁其眩於目者之不能不呈於夜？夫然後上入九天，下入九地，並攝其魄，入於無何有之鄉，而夢生焉。以故因色貪花，則夢蝴蝶；因仙求道，則夢黄粱；因利務得，則夢蕉鹿；因聲聞樂，則夢鈞天；因微致顯，則夢槐安；因安思逸，則夢華胥。當其夢也，栩栩然不知所謂覺也；及其覺也，蘧蘧然不知所謂夢也。昔樂令對衛洗馬曰：『夢者，因也。未嘗夢乘車入鼠穴，擣齏噉鐵杵者，無因故也。』雖然，人知蝴蝶、黄粱、蕉鹿等夢之爲夢，而不知因色、因仙、因利等因之爲夢；人知因色、因仙、因利等因之爲夢，而不知非蝴蝶、黄粱、蕉鹿等夢之亦可爲夢。

今夫人生千奇百怪，舉一切倏忽變幻之狀，與夫可涕可笑、可憐可憫、可賞可罰之事，不過好色、好仙、好利、好聲、好顯、好逸數大端而已。好色者心多歡，即是喜夢，即非蝴蝶，亦可作蝴蝶觀。好仙者心已覺，即是寤夢，即非黄粱，亦可作黄粱觀。好利、好聲者，心且驚且勞，即是噩夢、思夢，雖非蕉鹿、鈞天，亦可作蕉鹿、鈞天觀。好顯、好逸者，心一動一靜，即是懼夢、平夢，雖非槐安、華胥，亦可作槐安、華胥觀。嗚乎！據《周禮》之六夢，悟石上之三生。人生住偌大乾坤，究竟如蜃樓焉，如鏡花焉，如水月焉，如泡影焉，瞬息而來，彈指而去，所謂『浮生若夢』者，是耶，非耶？推而衍之，天有元、有會、有運、有世，總計十二萬九千六百年，吾烏知其誰假而誰眞也，夢也。地有南、有北、有東、有西，總計四十三萬七千百餘里，吾烏知其誰是而誰非也，夢也。朗朗宇宙，竟成一黑甜世界。

言念及此，未始不儲淚三升，慨然太息，謂盤古多事，鑿開渾沌一竅，幾令億萬千瞌睡漢子日夜沉浮，竟據大地爲鼾睡所也。雖然，吾亦夢耳，將邀彌勒佛說八千偈，解脱一切正覺，而吾不得；將進黄冠子誦五千言，喚醒世上昏寐，而吾不得；將呪韋馱尊者，持降魔杵，向大千界内，掃除一切睡魔，而吾更不得。無已，則毋寧傚癡人説夢，假優孟之衣冠，狀傀儡之啼笑，惝惝恍恍，杳杳茫茫，臥榻之旁，現出種種變相，豈囈語哉？夫亦曰『夢中占夢』。彼夢夢者，當下場頭，大開眼孔，視世間一切生活，俱作如是觀，則雖謂之『至人無夢』也可。

歲次庚戌重陽後一日〔一〕，東萊尤泉山人自識於桐花書屋。

【箋】

〔一〕庚戌：乾隆五十五年（一七九〇）。

（夢中因）塡詞凡例

尤泉山人

一、先是，余叔祖青芳先生有《夢中巾》傳奇一冊〔一〕，因闖變而作也。予就其輪廓，更而張之，規模稍闊。非敢殺青，聊云僿白。

一、黃粱、蕉鹿、蝴蝶，以人而名，經也；華胥、槐安、鈞天，以地而名，緯也。而其中聯絡者則以巾，貫串者則以鸚鵡，如雲峯疊出，面面皆到，此驪龍珠也，閲者尤當著眼。

一、余非周郎，素不諳曲。無已，則於舊院曲本中，擇其時登排場者，摹寫成套，庶幾老姬能解，知音者或不至棄爲唾餘。

一、下場詩章，前輩名流以集唐見長，雖間有精工，然已數見矣。兹遵云亭山人舊例〔二〕，概以本韻收場，自出機杼，庶不拾人牙後慧。

一、齣中小令以及駢聯碎語，前輩多以舊句敷衍。兹更翻出臼窠，駢①句儷語，俱因一韻串成。擬諸鮫人之錦，略無一絲紕纇。

一、科白打諢，盡力模仿，然後化板爲活，鬚眉畢現耳。不然，作史而發滑稽，有何趣哉？今賓白不遺瑣碎，非賣笑也，正爲傳神寫照，只在阿堵間。

一、用韻尨雜，亦可成吟，然而呼吸不貫矣。如『先天』溷於『鹽咸』，固不辨閉口與否之異，即雜於『桓歡』，亦非一律。謹按南北曲韻，一絲不溢，被諸管絃，始免艾艾期期等癥。

一、登場固在聲容，然優孟借衣冠而顯，又烏可偏廢哉？茲則錦裝麗具，多出新裁，若恡惜物力，如張冠李戴，别部可以參用，無寧踢破黄鶴，無效乞人褦襶狀耳。

一、製曲雖小道，然别寓箴規，發人修省，實《三百》遺意也。今不揣固陋，每齣綴以評語，正爲名教場中下鍼砭耳。至於詞調工拙，則仍聽夫曲子相公。

一、立局最忌雷同，如探報、戰鬬、試場、婚聚等項，傳奇多有，然東搽西抹，究竟依様葫蘆耳。今標新領異，務令觀者咤爲奇姿。

一、曲中增字，南北譜中，歷歷剔出，原爲塡詞者作圭臬耳。茲取梨園習調，矢口成音，無煩指南。雖有增字，亦並行直書，令閲者爽目，謳者亦可探喉而出。

尤泉山人偶次。

【校】

①駢，底本闕，墨筆寫作『併』，誤，據文義補。

【箋】

〔一〕青芳先生：或爲馮起震（一五五三—一六三八後），字青方，又字省予，號稷下門人，益都（今山東青州人。歲貢生。隱居教授，不希仕進。擅墨竹。傳見《益都縣圖志》。然則尤泉山人或姓馮。《夢中巾》傳奇：未見著録，已佚。

〔二〕云亭山人：即孔尚任（一六四八—一七一八）。

夢中因傳奇序

文峯氏〔一〕

人爲萬物之靈，秉偉然七尺之軀，與倮蟲而共寄夢也。然才智征逐於物欲，身名銷磨於虛無，亦夢也。蓋隙駒易老，色色成空，乃馳騖於聲色貨利之場，甘爲征逐，甘爲銷磨，烏知此征逐者皆浪花泡影，而銷磨者盡石火電光哉？於斯云夢，眞夢矣；於斯云非夢，尤夢。無于斯，溯其何爲而夢，更夢夢之不已矣。雖然，至人無夢，夢亦無因。下此者，無論其爲巨爲細，爲久暫爲順逆，爲尋常爲幻杳，魔障深而情眩，無夢非因，芥蔕深而孽生，無因非夢。而且因中生因，夢中遊夢，當跳丸之日月，而姑泛苦海之波，爭投欲焚之劫。舉普天大衆，終沉於黑甜鄉中，而莫能少悟，即有靈醫調清涼散，安能替此夢中人盡除睡魔？即有佛子持無盡燈，安能引此夢中人悉開覺路？

識者知其所以夢，別具法力，借筆上之花，援出迷陣，揮舌端之劍，闢透禪關。研之心血，寄諸管絃，假優孟衣冠，以洩胷中壘塊。其欲喚醒塵寰，而不啻大聲疾呼者，又豈無端戲謔哉？彼夫蝴蝶以色而夢，蕉鹿以貪而夢。黄粱之夢仙何由？槐安之夢國奚自？而且聲樂嗜而鈞天之夢忽來，安逸思而華胥之夢適至。舉一切緣情入夢之源，若振以鐸，若正以鼓，不憚歷歷以相詔者，吾烏知其笑耶？啼耶？戲耶？嘆耶？抑明知無益，而漫以嘻嬉爲怒駡耶？今欲續蝴蝶、蕉鹿諸夢未了之緣，爲之會其全，而惜先我者之空捫婆心也，則謂之『痛哭古人』也可；發蝴蝶、蕉鹿諸夢未洩之奇，爲之闡其藴，而幸踵塵者之自有大覺也，則謂之『留贈後人』也可。萃蝴蝶、蕉鹿諸夢故有之精，爲之積腋，爲之綴裘，爲之流連慷慨，而相勖於靡窮，則一線天光，已近青蓮之座，半生迷覺，無非舍利之丹，即謂之現身説法也，亦無不可。此傳之因，亦曠觀斯人之傀儡而獨醒乎？奇其傳，更奇其人其世之覽者，亦將有感於斯。試誌之，以爲知音待。

乾隆歲次庚戌仲秋，膠西文峯氏序於九青山下。

（以上均清乾隆五十五年庚戌序藍絲欄稿本《夢中因傳奇》卷首）

【箋】

〔一〕文峯氏：生平未詳。

譜定紅香傳（雲臥山人）

雲臥山人，姓名未詳，如臯（今屬江蘇）人。或以爲即徐攀龍（約一七四五—一七九八前），字利人，號臥雲，通州（今江蘇南通）人。性豪邁，喜結納，飲酒賦詩。年五十餘，卒於蜀中。著《臥雲剩稿》。參見鄧長風《十四位明清戲曲家生平著作拾補——美國國會圖書館讀書札記之十五·徐攀龍》（《明清戲曲家考略》）。或以爲即戴鴻恩，號臥雲山人，籍里、生平均未詳。或以爲即黄振（一七二四—一七九三後），生平詳見本卷《石榴記》條解題，參見孫書磊《〈譜定紅香傳〉傳奇及其作者考》（《南京圖書館藏孤本戲曲叢考》）。

《譜定紅香傳》傳奇，《古典戲曲存目彙考》著錄，現存南京圖書館藏紅杏山房謄清稿本、南京圖書館藏謄清稿本過録本、北京師範大學圖書館藏舊鈔本、首都圖書館藏舊鈔本（《綏中吳氏藏鈔本稿本戲曲叢刊》第一七册據以影印）。

譜定紅香傳自記〔一〕

雲臥山人

右傳奇共十齣，名乃假名，事爲實事。踰月而成，屢經作輟。其填詞開白，繪景摹情，風晨雨夕，月夜花朝，經營慘淡，嘔出心肝。況歲逢荒歉，米珠薪桂，三旬九食。濡墨含毫，知無當於窮愁著書，殊稍異乎遊戲成文焉耳。

雲臥山人自記。

（北京師範大學圖書館藏舊鈔本《譜定紅香傳》卷首目録後）

【箋】

〔一〕底本無題名。南京圖書館藏謄清稿本此文置於卷首《譜定紅香傳題詞》之後。

譜定紅香傳題詞

李懿曾　等

羅虯曾詠比紅詩，千載芳情孰似之。譜出《紅香》新樂府，憐香心事曉鶯知。

少伯扁舟事有無，臙脂匯畔長青蕪。曲終自擲珊瑚筆，昨夜烟波夢五湖。

氏妁參媒易舛乖，罡風吹落幾枝釵。移來歡樂園中住，一段工夫勝女媧。

雲臥山人綠髓仙，青衫憔悴落花天。聊裁小部氤氳記，象板銀箏送華年。紫琅李懿曾拜讀〔一〕

一夕春花筆底開，曲終情韻話堪哀。五湖烟月沉淪久，更讀鴟夷別傳來。

多情紈扇定青樓，一棹吳中載美遊。應笑杜郎眞薄倖，空留好夢在揚州。笛生魏茂林拜讀〔二〕

琲珠璣於白紵，豔冰雪於紅牙。錦心繡口，在臧晉叔、白仁甫之間，後來惟玉茗、家青藤似之。挑燈沐誦，想見風流運腕時也。癸丑子月六日〔三〕，弟湘甫政讀〔四〕

無限人間絕代姿，才華費盡比紅兒。色絲好繡蘭閨品，珍重春風芍藥詞。

苦海歡場幾變更，歸舟載趁月華明。平生我亦多情者，夢斷霜鐘第一聲。瑤華仙史題〔五〕

辜負多情孝穆才，俱從筆底細傳來。春光賤賣春情在，淚落當場卻也該。

字別陰陽譜按商，何須調協曲霓裳。殷勤管領春風髩，一聽旁人笑作狂。社繁曹景福集句〔六〕

什襲瓊瑤護錦囊，薔薇浣手露餘香。披吟怯到銷魂處，殘月曉風柳七郎。翹珊弟拜題〔七〕

我已江湖十載遊，漫從翰墨識名流。東皋自昔多奇撰，又得《紅香》繼《石榴》。玉山樵人拜題〔八〕

媚香樓上舊風華，一見能教學士誇。春恨也從羅扇寄，倩誰和淚寫桃花。

中流攜手幾魂消，綠舫紅簾緩緩潮。不是美人多俠氣，月明空聽廣陵簫。眷同學晚生蕉衫吳大春拜題〔九〕

花作嬋娟月作妝，春風一曲斷人腸。鬚眉自古來巾幗，不愛金錢愛玉郎。

平生我亦戀交遊，夢繞虹橋處處樓。祗有曾郎緣分好，除君那忍說揚州。眷同學晚生春潯汪爲霖拜題〔一〇〕

（北京師範大學圖書館藏舊鈔本《譜定紅香傳》卷首）

【箋】

〔一〕李懿曾（一七五五—一八〇七）：字拾珊，號漁衫，又號紫琅，南通州（今江蘇南通）人。乾隆四十八年癸卯（一七八三）副貢。嘉慶間，肄業國子監。應順天試，中副榜，益困甚。後考授州判，改教職。嘉慶十二年丁卯（一八〇七）春，謁選吳門，爲馬踐死。著有《紫琅山館詩鈔》、《扶海樓詩集》、《扶海樓詩餘》、《天海樓古文鈔》、《天海樓四六文鈔》、《天海樓集》（含《詩集》、《詞鈔》、《文續集》）。傳見袁景星輯《崇川書香錄》引《崇川咫聞錄》王豫《李漁衫傳》、《晚晴簃詩匯》卷一〇四等。

〔二〕魏茂林：字賓門，號笛生，別署南懷老人，龍巖（今屬福建）人。嘉慶十二年丁卯（一八〇七）舉人，十四年己巳（一八〇九）進士，授內閣中書，累擢郎中。道光十二年壬辰（一八三二）外簡，歷河間、保定知府，陞通永河道，引疾歸。僑寓泰州，主講胡公書院。閉戶著書，好小學。著有《駢雅訓纂》、《同館詩賦解題》、《覃雅廣腋》、《天部類腋》、《天部二十九聞》、《二知軒詩鈔》、《有不爲齋文稿》等。傳見民國《龍巖縣志》卷二六、民國《續纂泰州志》卷二八等。

〔三〕癸丑：乾隆五十八年（一七九三）。

〔四〕湘甫：即徐觀政（一七四二—一八〇八），字憲南，一字憲甫，號湘浦，如皋（今屬江蘇）人。貢生，授中書。乾隆五十一年丙午（一七八六），任兩浙鹽運司副使。詩畫清逸，與北郭沈笠人、南屏釋心舟相倡和。乾隆五十七年壬子（一七九二），引病歸。家有霽峯園，蓄戲班演出。著有《洋程日記》、《湘浦詩稿》等。傳見嘉慶《如皋縣志》卷一六、《墨林今話》、《清畫家詩史》卷己下、《清代畫史增編》、《欽定重修兩浙鹽法志》卷二二等。

〔五〕瑤華仙史：或即清宗室弘旿，字卓亭，號恕齋，一號醉迂，别署一如居士、瑤華道人。封固山貝子，援事革爵。後任都統。工詩詞書畫。著有《恕齋集》、《醉墨軒詩鈔》等。傳見《清畫家詩史》卷丁上、《清代畫史增編》、《清代畫史補錄》、洪業輯校《清畫傳輯佚三種》等。

〔六〕曹景福：號祉繁，籍里、生平均未詳。

〔七〕翹珊：姓名、籍里、生平均未詳。

〔八〕玉山樵人：姓名、籍里、生平均未詳。

〔九〕吳大春：號蕉衫，籍里、生平均未詳。

〔一〇〕汪爲霖：號春澪，室名紅杏山房。或爲歙縣（今屬安徽）人。生平未詳。

譜定紅香傳讀後〔一〕

紉蘭芬 等

選詞最雅，立意尤工。穿插映帶，迴環起伏，無不入妙。間有諷諭，亦含蓄不露，可謂忠厚之遺。至其韻叶宮商，聲成金石，漢卿、實甫不是過也。

紉蘭芬拜讀〔二〕。

以淵雅之才，具粲花之舌。寓意則溫柔敦厚，遣詞復淡雅清麗。前之作者，罕盛於此，誠爲名世一寶。

弟松門讀。

金元遺音。

鴈橋居士拜讀。

【箋】

〔一〕底本無題名。

〔二〕紉蘭芬：與以下松門、鴈橋居士，姓名、籍里、生平均未詳。

（譜定紅香傳）跋

冒瑞和〔一〕

鳳簡徵歌，龍梭織字。左與言生工綺語，滴粉搓酥；柳耆卿慣唱妍詞，曉風殘月。檐欹側帽，酒濁拈花。琲百斛之珠璣，抒千行之錦繡。緣情綺靡，至性纏綿。處處紅樓，浣裙北里；家家香徑，題壁東鄰。廿四橋魂消荳蔻，二分月腸斷琵琶。君雖未免有情，僕又那能無淚？珊瑚架畔，聞吟絶妙之詞；翡翠窗前，漫索相思之句。裁雲鏤月，學窮鹿苑編中；戛玉敲金，調叶鸞簫聲裏。消盡筵前之恨，無非牛鬼蛇神；揮殘醉後之毫，都是時花美女。漆園傲吏，每著《齊諧》；紅豆詞人，曾翻舊譜。從教看儘舞人，爭歌薊北；倩誰付諸檀板，傳唱江南？

世愚姪柏崖冒瑞和拜讀。

（以上均北京師範大學圖書館藏舊鈔本《譜定紅香傳》卷末）

【箋】

〔一〕冒瑞和：字柏崖，籍里、生平均未詳。

譜定紅香傳跋

馮雲鵬〔一〕

才憐黄絹，譜按紅香。問杜牧以前身，識羅虬於今日。薛侍□□□，製曲鏦鏦錚錚；溫助教蠟淚，塡詞深深密密。小笙□□，□□□院之音；紅繡紅羅，豔寫當場之畫。借虛名以□□，□□迹以生新。一自參媒氏妁，行間之月老□□；□令璧合珠聯，雲裏之女媧鍊石。眞可爲才子舒□□□□□□□。

僕也幻①海恨人，邗江羈客。半載梅花□□，□□□□；□回春柳長堤，紅思映水。羅呼愛愛，李喚心心。□□□□，頻裁豔曲；櫻桃會上，曾按新聲。然而美無徐媛，飄零雲閣之篇；才愧曾郎，冷落邗公之廟。三□□□□花，花花弄恨；二十四橋明月，月月停愁。倘按□□□□□□□之歌吹無聲；如□斯曲於木葉秋□□□□□□□□□豔，鄭德輝之《倩女離魂》。□□□□□□□□□□願傳樂府，永播詞場。

晏海馮雲鵬拜讀。

（南京圖書館藏清鈔本《譜定紅香傳》卷末）

【校】

①幻，底本作『幼』，據文義改。

【箋】

〔一〕馮雲鵬（一七六五—一八三九）：字九扶，號晏海，一號豔瀨，號別署紅雪詞人，南通州（今江蘇南通）人。增貢生，十赴鄉試不第。乾隆、嘉慶間，曾旅居南京、東阿、曲阜等地。道光六年（一八二六），主曲阜昌平書院講席。工詩詞，善篆隸。與弟雲鵷輯《金石索》。著有《掃紅亭吟稿》、《紅雪詞》、《紅雪詞餘》等。傳見《晚晴簃詩匯》卷一二三、《皇清書史》卷一、袁景星輯《崇川書香錄》引《崇川詩鈔小傳》、民國《續修曲阜縣志》卷五等。參見袁行雲《清人詩集敍録》卷五一。李懿曾爲《紅雪詞甲稿》撰《弁言》云：『余與晏海，姻聯劉、范，戚結郗、王。』

桂香雲影（秋緑詞人）

秋緑詞人，姓名、籍里、生卒年均未詳，似爲浙江紹興人。撰雜劇《桂香雲影》，《清人雜劇全目》著録，現存道光二十六年丙午（一八四六）刻本（《傅惜華藏古典戲曲珍本叢刊》第八七册據以影印）、舊鈔本（據刻本影鈔）。

（桂香雲影）序

鷗夢詞人〔一〕

翠管紅簫，寫懷夫月露；銅琵鐵板，攄想夫風雲。樵靈均之幽思，抒蘇門之長嘯。情難强合，事或歧趨。亦知兒女柔腸，即是英雄本色。每際酒邊傳唱，花外徵歌，或記豆以纏緜，或擊壺而忼慨。綺思豪想，有觸俱呈。秋緑詞人，司馬題橋，士衡入洛，往往攜花入座，擲果盈車。將爲打槳之迎，復動棄繻之想。遂乃中途多梗，好音不傳。登雲有梯，補天無路。嘆予懷之渺渺，覺此恨之緜緜。爰迺引商刻羽，範影模聲。託神女之生涯，借伶人之色相。情文並摯，絃管俱新。謂余略解宫商，雅知顛末。重來張祜，門巷都非；前度劉郎，光陰易駛。誦洛神之賦，句麗詞妍；歌湘靈之詩，曲終人遠。

時在柔兆敦牂陽月〔二〕，鷗夢詞人序於珠湖小滄浪館〔三〕。

（《傅惜華藏古典戲曲珍本叢刊》第八七册影印清道光二十六年刻本《桂香雲影樂府》卷首）

【箋】

〔一〕鷗夢詞人： 姓名不詳。周貽白認爲道光間畫家顧椿年室名鷗夢廬，鷗夢詞人或卽顧椿年（《周貽白戲劇論文選·曲海燃藜》）。顧椿年： 字映莊，號東山，又號沅蘭，昭文（今江蘇常熟）人。乾隆五十三年戊申（一七八八）舉人，五十四年己酉（一七八九）進士。嘉慶五年（一八〇〇），官河南桐柏知縣。嘗於道光壬午（二年，一八二二）、癸未（三年，一八二三），集同人爲消寒會，會各有詩，集爲《圍鑪小集》付刊，孫原湘爲之序。工詩，善書畫。著有《鷗夢廬吟稿》。傳見《墨林今話》卷一六、《清畫家詩史》辛上、《續虞山畫志》、《清代畫史增編》卷三一、《清代畫史補錄》卷四、道光《上元縣志》卷一〇等。參見鄧長風《二十九位清代戲曲家生平材料·顧椿年》（《明清戲曲家考略三編》）。按，顧椿年曾爲司馬章《花間樂》傳奇作跋，在乾隆五十七年（一七九二），見本書卷八。

〔二〕柔兆敦牂： 卽丙午，道光二十六年（一八四六）。傅惜華《清人雜劇全目》以爲乾隆五十一年（一七八六）。然則此刻本當刻於乾隆年間。

〔三〕珠湖： 在鄱陽縣（今江西波陽）。

蓮花幕傳奇（尚論堂主人）

尚論堂主人，姓名、籍里、生平未詳，約雍正、乾隆間人。撰《蓮花幕傳奇》，葉德均《戲曲小說叢考》卷上《曲目鈎沉録》著録，已佚。鄧長風《倪蛻的生平及其學術貢獻述略》，以爲此劇或爲倪蛻所作（《明清戲曲家考略》）。

蓮花幕傳奇序

倪　蛻

天之生物不測，獨於花爲最奇。凡其剛而植者，柔而倚者，蔓者，藤者，蓋靡不有花矣。乃其爲狀也，則方圓之外，有觚棱、縵剡、缺刻之不同焉；其爲色也，則正間之外，有黎騂、紺緅、灰黯之不同焉。至若芳馨是其本性，而或嘆同器之薰籠；秋實亦其固然，而或嗟碩果之不食。是天之於花，固有獨畀以最奇者。

而世方視花爲耳目之翫，且云錦屏華堂，顧不可無花以點綴之耳，彼其眞有適於世用者哉？嗚呼！此亦褻花之甚矣。夫繁釐觀内，瓊花只有一株；廣寒殿前，金粟原無二樹。少見多怪，宜其然矣！第楩、楠、杞、梓、杶、幹、栝、柏，是皆中於梁麗之用，故以其偃偃於飛英斷梗之間，而以爲果不適於世用乎？惟其以花爲耳目之翫，而忽其中於梁麗之用也。於是花之心愈傷矣，深山大壑之間，猿狖與居，鹿豕與共，而不願受闌階之顧盼者，亦豈得已哉？

尚論堂主人之傳花天荷，蓋就野史而韻之以聲歌者也。昔人稱張鎬云：『用之則爲帝王師，不用則窮谷一病叟耳。』乃或者謂主人少時，挾劍走四方，意欲有所建白，卒無所遇，遂寄人食飲，爲常何家客，蹉跎一生，其志抑鬱，因借花天荷以發抒其憤。而我獨以爲不然。花之榮悴，時也，而其精神自在天壤。假令天荷不被韓公之薦，終身爲布衣，攜如烟氏歸天台，馳動之情既薄，愛翫賢妻姿色清惠，以遂終焉之志，此亦人生之至樂矣。奚必副帥封侯，始足爲花之奇遇也哉？主人之意，當不在是。雖然，自有此傳，而後知花不徒爲耳目之翫，而其中果有梁麗之才也已。

（上海商務印書館編《叢書集成續編》第一二七冊影印《雲南叢書》本倪蛻《蛻翁文集》卷二）

千秋鑒（闕名）

《千秋鑒》傳奇，《曲海目》著録，入清無名氏傳奇目，現存精鈔本（《明清鈔本孤本戲曲叢刊》據以影印）、舊鈔本、清乾隆間洪善堂鈔本、滿洲傅氏藏舊松谷齋紅格稿紙鈔本等。

續編千秋鑒下卷小引〔一〕

闕名

《千秋鑒》一劇①，爲武林串演諸友命題而作②也③，登場之後，膾炙一時。迄今十有餘載，而同聲之人，星散過半。癸丑孟秋〔二〕，復遭回禄，眞稿盡付祖龍。至乙卯仲秋〔三〕，忽有友人向予覓玆劇甚慇，而不可復，殊爲悵恨。遍詢故④友，僅獲其半。予遂於遺編斷簡之中，細加補葺，續爲完璧，較前更加奇豔⑤。然舊本曾付梨園，盛行吳下，恐續編未合前符⑥，故表而出之，以破魚珠之誚⑦。今續編已成⑧。

（滿洲傳氏藏松谷齋紅格稿紙鈔本《續編千秋鑒》下卷卷首）

【校】

①劇，《明清鈔本孤本戲曲叢刊》影印精鈔本《千秋鑒傳奇》卷首《小引》作「種」。

②作，底本作「非」，據文義改。

③「而非也」三字精鈔本《千秋鑒傳奇》卷首《小引》無。

④故，精鈔本《千秋鑒傳奇》卷首《小引》作「舊」。

⑤更加奇豔，精鈔本《千秋鑒傳奇》卷首《小引》作「自覺略勝」。

⑥「前符」二字後，精鈔本《千秋鑒傳奇》卷首《小引》有「疑出兩手」四字。

⑦「誚」字後，精鈔本《千秋鑒傳奇》卷首《小引》有「云爾」二字。

⑧精鈔本《千秋鑒傳奇》卷首《小引》無此句。

【箋】

〔一〕《明清鈔本孤本戲曲叢刊》影印精鈔本《千秋鑒傳奇》卷首題《小引》，即此文。

〔二〕癸丑：乾隆五十八年（一七九三）。

〔三〕乙卯：乾隆六十年（一七九五）。

進瓜記（闕名）

《進瓜記》傳奇，《古典戲曲存目彙考》著録。現存乾隆間内府五色精鈔本，與《江流記》傳奇合爲一册，上海圖書館藏。

進瓜記識語〔一〕

許葉芬〔二〕

此乾隆初大内節戲院本。時海宇乂安，每内廷演劇，輒命張文敏製詞，如《屈子競渡》、《子安題閣》，各依時令演之，謂之《月令承應》。其於内廷諸慶事，奏演祥徵瑞應者，謂之《法宫雅奏》。其於萬壽令節前後，奉演羣仙諸佛添籌錫禧及白叟黄童含哺鼓腹者，謂之《九九大慶》。又演目連尊者救母事，析爲十本，謂之《勸善金科》，於歲暮奏之，以其鬼魅雜出，代古人儺祓之意。演唐玄奘和尚西域取經事，謂之《昇平寶筏》，於上元前後日演之。禮親王《嘯亭雜録》載之甚詳〔三〕。張文敏製詞奇麗，引用内典經卷，深得禪家三昧，大爲超妙。

此册雪廬太史所貽〔四〕，不知得之誰氏。蓋當時進御副本，故鈔訂極工。凡牌名黄字，曲文墨字，科白緑字，場末注脚紅字。承平樂律，前輩詞華，展誦之餘，深爲響往。惜只開場兩記，未能得覩其全，心誠闕如。此曲坊間不敢有刻本，會向内城藏書家物色之。

光緒八年壬午正月二日，早起晴窗，宛平許葉芬識〔五〕。是日雨水節。

（清乾隆間内府五色精鈔本《進瓜記》卷首）

【箋】

〔一〕底本無題名。

〔二〕許葉芬（一八五二—？）：字馨簃，一字少雩，小字阿芬，號鄦齋，宛平（今北京）人。忻州知府許亦崧（一八二四—一八七〇）子。光緒十四年戊子（一八八八）順天鄉試舉人，十五年己丑（一八八九）進士，選庶吉士，散館授編修。二十一年，補國史館纂修官，教習庶吉士。二十三年，京察一等，奉旨記名以道府用。光緒五年，撰《紅樓夢辨》。著有《少雩詩草》。傳見《詞林輯略》卷九、《清代科舉人物家傳資料彙編》等。

〔三〕禮親王：即昭禮親昭槤（一七七六—一八三三）。以上引文見《嘯亭續錄·大戲節戲》。

〔四〕雪廬太史：姓名、籍里、生平均未詳。

〔五〕署名上鈐陽文方章「葉芬私印」。

育嬰堂新劇（闕名）

《育嬰堂新劇》，一名《育嬰堂柴善人傳奇》，未見著錄。作者爲乾隆間人，姓名、生平均未詳。現存乾隆間鈔本，日本大谷大學圖書館藏，《日本所藏稀見中國戲曲文獻叢刊》第二輯據以影印，黃仕忠《明清孤本稀見戲曲叢刊》據以校錄。參見張劍華《育嬰堂新劇與清初北京育嬰堂考》（中山大學碩士學位論文，二〇一〇）。

（育嬰堂新劇）凡例

闕名

是劇悉載實事。其引用鬼神，則以陸地慈航，現在大書車上，文武二帝堂中，供奉香火，並非隨意撏撦牛鬼蛇神。

吳位，言無此位；何仁，言不知何人，諱之也。言者無罪，聞者足以戒。前《赦孤曲》，後《募化曲》，音節皆從內典得來，其故實亦皆引用內典。

第九齣、第四齣皆不敢塡詞，一因□紵，鼠鬚不敢續貂；一以衆善歡騰，空言無補寔惠。乳①媪之用縫窮，本之育嬰緣起。聊藉燕姬鉛粉，一長滿座精神。

北齣從無分唱之例，近梨園往往有之。《冥路》、《降祥》二折，姑且從俗。然鬼則同爲鬼，啾啾夜語，悲哉誰是誰非？神則同爲神，赫赫監觀，至矣無聲無臭。要自不必以常例拘也。

（日本大谷大學圖書館藏清乾隆間鈔本《育嬰堂新劇》卷首）

【校】

①『乳』字，底本殘存左半『孚』，據文義補。

讀育嬰堂柴善人傳奇題後

崔應階　等

救苦尋聲是所司，志人功德萃於斯。育嬰堂立仁兼愛，普濟生成惠且慈。只解此生爲善樂，肯教人喚守錢癡。從今念彼觀音力，大地應無貧夭兒。楚鄂研露老人階〔一〕

果報從來說冥司，宫商譜出信如斯。抬頭便見菩薩座，援手眞如父母慈。天上有神增福德，人間無計喚愚癡。春風和靄鄒生笛，吹暖孤寒襁褓兒。涉園張韶題〔二〕

（同上《育嬰堂新劇》卷末）

【箋】

〔一〕楚鄂研露老人階：即崔應階（一六九九—一七八〇），字吉升，號拙圃，别署研露老人，江夏（今屬湖北）人，生平詳見本卷《烟花債》條解題。題署之後有印章二枚：「崔應階印」、「宫保尚書」。乾隆三十三年（一七六八），崔應階擢閩浙總督，加太子太保；三十七年，授刑部尚書，尋遷漕運總督。題詩當在乾隆三十七年或稍後。

〔二〕涉園張韶：生平未詳。或與海鹽張氏涉園有關，待考。